パトリックと本を読む

絶望から立ち上がるための読書会

ミシェル・クオ
神田由布子
［訳］

白水社

パトリックと本を読む——絶望から立ち上がるための読書会

母フア＝メイ・リン・クオと父ミン＝シャン・クオに、愛と感謝をこめて面子にこだわるのはやめて。ぼくたちの人生のことを考えて、あなたが見てきた世界のことを教えて。物語をつくって聞かせて。何より大事なのはお話なんだ。お話は、つくられているその瞬間にぼくたちを生み出すんだよ。あなたが手を伸ばしすぎてつかみそこねても責めないから。愛があなたの言葉に火をつけ、言葉が炎に包まれ焼け落ちて、あとには火傷しか残らなくても。外科医の手のような寡黙さで、あなたの言葉が血の流れ出そうなところしか縫い合わせないとしても。完璧にできないのはわかってる。情熱だけではだめだし、技術があってもまだ足りない。でも、試してみて。ぼくたちのために、あなたのために、世間での評判を忘れて。暗闇や明るい場所で世界があなたにとってどんなものであったのかを話して。……名のないものの恐さから、ぼくたちを守るのは言葉だけ。言葉だけが瞑想なんだ。

——トニ・モリスン、一九九三年ノーベル文学賞受賞スピーチより
〔ある民話を紹介する部分〕

パトリックと本を読む――絶望から立ち上がるための読書会　目次

序章

私は、ある明確なプロジェクトを抱えてミシシッピ・デルタに向かった。黒人文学を通して子どもたちにアメリカの歴史を教えよう、かつて私が心ゆさぶられた文学を子どもたちに教えようと考えていた。八年生のときの自分と同じように生徒がキング牧師の『バーミングハム獄中からの手紙』に奮い立ち、高校生のときの自分のようにマルコムXの自伝に魅了されるさまを私は思い描いた。それからジェイムズ・ボールドウィンも。嘲る群集の中を通り抜け徒歩通学する子どもたちの勇敢な克己心について書いた作家、ボールドウィンの作品も読んでほしいと思っていた。ラルフ・エリスンの言葉を借りれば、「世界に立ち向かい、自らの経験を正直に評価しようとするひとりの人間の意志」を称えることを、私は本に教わった。私を変えたのも、私にさまざまな責任を引き受けさせたのも本だった。だから、生徒の人生も本で変えられると信じていた。臆面もないロマンチストだ。二十二歳だった。

私自身のルーツはなんとも退屈だ。台湾系移民の娘で、一九八〇年代にミシガン州西部で育った。学校へは徒歩で通学し、ピアノを弾き、兄の友だちに熱を上げた。初雪の日には兄とふたり、安物のプラスチック皿を持ち出して雪の上をぐるぐる回りながら滑った。夏休み、両親が仕事で家にいないときには、大学進学適性試験の英語と数学の問題集を毎日まじめに解き進めた。

両親はある意味、アメリカにかなりうまく順応していた。リビングにはマイケル・ジャクソンやジョーン・バエズのレコードをどっさりと置いていたし、選挙があると必ずきちんと投票しに行ったし、なにか特別な日にはバレル入りのフライドチキンを夕食に買って帰ってきた。しかしまたいっぽうでは、自分たちがよそ者だということを常に意識してもいた。アメリカで暮らすアジア人は脅され、殺され、忘れ去られるのだと、戒めの話をあれこれと私に話して聞かせた。たとえば一九八二年、結婚式の一週間前に野球のバットで殴殺されたヴィンセント・チンの話。反日感情が広がるデトロイトの自動車業界で働いていたチンは、「おれたちが仕事にあぶれたのはおまえらのせいだ」と言われ、白人の男ふたりに殺された（実際には日系ではなく中国系で、しかもアメリカ生まれだったのに）。殺した男たちは執行猶予となり服役しなかった。「刑務所に送るたぐいの人物ではない」とのちに裁判官は述べた。「刑罰は犯罪に合わせるものではなく、罪人に合わせるもの」だと。

両親はまた、深南部ルイジアナのどこかで起きた十六歳の少年の――これはほんとうに日本の男の子の――話もしてくれた。一九九〇年代初頭に起きた「日本の交換留学生」の事件である。その少年は、〈サタデー・ナイト・フィーバー〉のジョン・トラボルタに扮して白いスーツに身を包み、招かれたハロウィーン・パーティーに行くつもりが訪問先を間違えた。玄関ベルを鳴らすとドアが開き、その子は至近距離から撃たれて死んでしまった。撃った男は傷害致死罪に問われた。少年が変な動きをしたから撃ったのだと、その男は裁判所で主張した。彼は自分の所有財産を守ろうとしていた「ごく普通の人間」で、「どこにでもいるような隣人」で、「粗挽きトウモロコシに砂糖をかけて」食べたがるような人だと、弁護士は陪審に述べたてた。男は無罪となった。

「こんな話はだれもしてくれないだろうから」と両親は私に言った。「おまえに用心してほしいから、こうして話しているんだよ」

用心なさい。父と母が伝えたいポイントはそこだった。多くの移民がそうであるように、私の両親は怯えていた。悲劇がすぐそこで待ち構えているかもしれない。それをなんとしてでも娘におぼえさせねばと思っていたようだ。無知な男がひとり、銃や野球バットを持って現れただけで悲劇に見舞われてしまうものなのだと。統計上は、一九八〇年代から九〇年代、アジア人が殺される可能性など微々たるものだった。それでも、ある意味、両親は大切なことを私に伝えていた。私たちはまったく国に意識されない存在だということを。事実、私は大学二年になるまで、存命だろうが故人だろうが、アジア系アメリカ人について、どの授業でも、どの先生からも教わったことがなかった。移民は重宝な存在だけれど、結局は使い捨てられる集団だった。何かをうまくやり遂げたときにはアメリカン・ドリームの証しと曖昧に指摘されるのに、アジア人であることを理由に殺されてもマスコミは関心を寄せない。私たちが死んでも、アメリカの神話や理想の嘘がばれるわけではない。なぜなら私たちはアメリカ人ではないから。そんなことは顔かたちを見れば一目瞭然だ。

多くの移民同様、私の両親もまた、教育こそ傷めつけられないためのバリケード、安全と豊かさにつづく階段だと固く信じ、とくに数学をやっておけば安心と考えていた。数学なら慣れ親しんでいる。小さな島国、台湾だろうが、アメリカだろうが同じだ。英語がわからなくても、暗黙の社会ルールを知らずとも、数学なら解くことができる。時間をかければマスターできる。小学生の頃、兄と私は毎晩、父に算数の問題を反復練習させられた。答えを間違えると父に怒鳴られ、ふたりとも泣いた。すると母が後ろめたそうにお茶を運んできてくれた。

私は言葉を話しはじめるのが遅かった。恥ずかしがり屋で、ひとりで過ごすことを好み、たとえばピアノを弾くときには感情をたっぷり込めて弾くことができた。ショパンのカデンツァを激情にかられて弾き、譜面台に頭をぶつけたこともあったほどだ。怠けるのが嫌いなところは母親似、だから公立のほどほどの進学校では成績がよかった。両親の喜ぶ姿が嬉しくて、六年生のクリスマスには成績表をラッピングしてプレゼントした。おびただしい数の本を読んだけれど、いま思えば、本を味わう力がそれほどあったとはいえない。普遍的な道徳を説いたものが好きで、パロディーを理解するのが下手だった。『ドン・キホーテ』を読んで、主人公をヒーローだと思い、『ミドルマーチ』を読んで、ドロテアになりたい、知識の豊かな人に嫁ぎたいと思った。

しかし、そんな私の生真面目さに報いてくれるものもあった。たとえば、キング牧師の書いたこんな文には勇気がわいた。「問題は私たちが過激主義者になるか否かではなく、私たちがどのような過激主義者になるかだ」また、私と同じミシガン州出身で、母親が私の故郷の町カラマズーの精神病院に入っていた、マルコムXの文章も読んだ。彼は黒人の読者に白人のリベラルを信じるなと警告した。「その白人がどんなにきみに親切だろうが私の知ったことではない。これだけは常に忘れないでほしい。彼らがきみを見る目は、ほぼ確実に、自分自身を見る目や、自分と同種の人間を見る目とは違っている。きみの立場が悪いときには味方になってくれるだろうが、きみの立場がよいときには支持などしてくれない」これと同じような非難をジェイムズ・ボールドウィンが言うのを聞いたことがある。リベラルはいつも適切な本を買い、「適切な態度を取るけれど、彼らには本物の信念というものがない。抜き差しならない状況になったとき、彼らが思っている（とあなたが考えている）ことをいざ実行に移してほしいと思ったら、どういうわけかそこにいない」

白人たちはどういうわけかそこにいない。私はこの主張を文字通りに解釈し、自分に問いかけた。では、この私はどこにいればいいのだろう？

ミシガン州郊外の家で、しんと静まりかえった自分の部屋で、人種差別反対主義者の語る言葉に触れ、偶像崇拝的な読書の魔法に私はかかった。善き使徒になる準備の整った子どもに、それらの本がひっそりと福音をもたらした。ただ読み、学ぶだけではまだ足りなかった。黒人作家を称えるだけではまだ不充分だった。称賛だけしていても何の意味もない。自分の熱い思いに行動が伴わなければ、それはたんなるロール・プレイング。何を称え、何を拒むべきかを知っていると表明しているだけにすぎない。私にとって「教育」は、具体的であると同時に精神的な意味をもつものになっていった。「学ぶ」とは、本を読み、居心地の悪い思いを抱くことを意味した。鏡を覗き込み、こう問いかけることを意味した。「私は何かしら代償を伴うことを実行してきただろうか？　意見を表明するどんな権限が私にあるというのだろう？　私はどんな努力をしてきたのだろう？」それは自分の確信を打ち砕き、自分を守り固めているものを破壊することだった。無防備で、丸腰で、攻撃にさらされている感覚をもたねばならないことだった。

しかし問題がひとつあった。ボールドウィンやキング牧師やマルコムXが言及しているのは黒人と白人のことだけで、私はそのどちらでもなかったのである。アジア系アメリカ人は、いったい何を求めて闘い、死んでいったのだろう？　私たちアジア系は何を大切にしてきたのだろう？　歴史の教科書の中にもポップカルチャーの中にも答えは見つからなかった。アジア人っぽい顔の人がテレビに出てくると（そんなのは珍しいけれど）、心臓の鼓動が速くなった。頭に浮かんだのは「これはジョークなの？」という問いではなく、「これはどういう種類のジョークなの？」という問いだった。それはただの誤解で、その人はただのちょい役——訛りもなく、とりたててほかと異なる特徴もなく、記憶にも残らない端役——で出ていただけとわかったら、私は満足し、感謝の念さえおぼえた。

やがて、私は本の中にロールモデルを見つけだした。W・E・B・デュ・ボイス、ラルフ・エリスン、リチャード・ライト、アリス・ウォーカー、マヤ・アンジェロウ。アジア系アメリカ人がおどおどして見えるのにひきかえ、彼ら彼女らアフリカ系はみな、怖れを知らないように思えた。アジア系がアメリカ史に無関係なのにひきかえ、アメリカの歴史に不可欠な存在のように思えた。私はハーヴァード大学に進んで、活動家というものに初めて出会った。とくに見習いたかった仲間たちの親は一九六〇年代から七〇年代にかけて公民権を求めて闘い、ベトナム戦争に異議を唱えた人たちだった。ワシントン大行進の場に居合わせ、マーティン・ルーサー・キング・ジュニアの有名な演説を聞き、ブラック・パワー・ムーブメントに参加した人たちだった。夢中になって意見を交わしている家庭を私は想像した。情熱と憤りの歴史を受け継ぐとはどういう感覚なのだろう？　そういう家庭で育つと強くなれるのだろうか？　勇気を与えられるのだろうか？　だから私は弱くて、甘ちゃんで、従順なのだろうか？

私は覚悟を決めた。ゼロからはじめよう。雑草を引っこ抜くように、両親から受けた影響を一掃しよう。無難な選択をし、出世をし、安心感を得ようとする性向を根こそぎ取り払おう。分別のないことをやってみよう。そう決意して、大学生になるとホームレスのシェルターでアルバイトをはじめた。毎週金曜はシェルターで寝泊まりし、レポートの提出日にわざわざ追加でシフトを組んでもらった。医学進学過程の単位を落とし、社会学とジェンダー論を専攻した。人種、階級、性に関する小雑誌の編集もした。いずれコンサルタントやヘッジファンドの仕事で数十万ドルの収入を得ることになるであろうアジア系アメリカ人に会おうものなら、心の中で目を細め、手厳しくジャッジしてやった。「あなたがどういう人か知ってるよ。知るべきものもそれほどないだろうし」

　卒業が近づくにつれ、自分が何をしたいのかを考えるようになった。考えていたのは活動すること、だった。もっとも素晴らしいのは活動家だと思っていたからだ。でも私は活動家向きではなかった。フェミニストのNPOに入り、議会のスタッフにロビー活動をしてみたこともあったけれど、相手の時間に割り込むのをつい謝ってしまう自分に気がついた。もっと露骨に言うなら、きわめて利己的な人たちの心を変えるのは難しすぎると思ったのだ。私は、もっと直接的に、すぐさま人の役に立つ仕事を、人手の足りていないところでしたかった。それで、〈ティーチ・フォー・アメリカ〉〔米の教育NPO。教員免許の有無によらず、アメリカの一流大学学部卒業生を教育困難地域の学校に常勤講師として赴任させるプログラムを実施〕のリクルーターというアジア系アメリカ人の女性に会い、アメリカの最貧地域のひとつ、ミシシッピ・デルタの学校が深刻な教師不足に直面しているという話を聞いた。

　デルタの現状を人から聞いたのはそのときが初めてだった。綿花と極貧の地、デルタ地域は、初期の公民権運動とブラック・パワー・ムーブメントの本拠地だったところだ。ロバート・ケネディが貧困撲滅を掲げて視察してまわり、ストークリー・カーマイケルが「ブラック・パワー」なる言葉をつくり出した土地である。デルタは、変革をもたらそうとする雄々しい人びとが、その信念ゆえに傷つけられ、銃撃され、逮捕され、殺された場所だった。キング牧師も、黒人の清掃作業員を支援するためデルタの最北端メンフィスに滞在中、銃弾に倒れた。ミシシッピ州をたったひとりで縦断するという、あの伝説の行進をはじめたジェイムズ・メレディスは、二日目に撃たれて負傷した。分益小作人（シェアクロッパー）ファニー・ルー・ヘイマーは、投票登録運動を進めるために人を集めたせいで捕まり、警察署内で暴行を受けた。

　デルタの人たちがいまどういう暮らしをしているのか、なぜそれまで耳にしたことがなかったのだろう。私は不思議でならなかった。進歩的な人たちや教養ある中産階級の人たち——ボールドウィンの時代に残念なリベラルと言われた人たち——が、デルタを訪ねたいとか、住みたいとか思わなくなったからだろうか？　公民権運動やブラック・パワー・ムーブメントの終焉とともに、この地は国民の意識の中から消えてしまったのかと思わずにはいられなかった。白人の暴力が絡んでなければ、田舎の黒人の貧困などつまらなすぎて、大物リーダーは大義のために声をあげようと思わないのだろうか？

もうすぐブラウン判決〔一九五四年五月に連邦最高裁が下した人種隔離違憲判決のこと〕の五十周年だというのに、最近実施された四年生向けの全国読解力テストでは、白人児童の四五％が合格点を取れていたのに対し、黒人児童は一三％しか合格点に達していなかった。〈ティーチ・フォー・アメリカ〉の仕事を検討していた私は、公民権運動の火が消えてしまった場所に行けないものかと思いはじめていた。「これが我々の希望であり、我々の信念です。この信念を抱いて私は南部に帰ります」とマーティン・ルーサー・キングは語った。「ミシシッピに帰りなさい、アラバマに、サウスカロライナに、ジョージアに、ルイジアナに帰りなさい、北部都市のスラムやゲットーに帰りなさい、この状況はなんとか変えられる、きっと変わると思って」

そんな勇敢なふるまいに触れてみたい、いや、その痕跡が残る場所で働けるだけでもいいと私は思った。ジェイムズ・ボールドウィンの説く言葉を私は信じた。「愛しあう者たちのようになり、他者を意識せよと主張したり、他者に対する意識を生み出さねばならない（私たちが）……ぐずぐずせずに義務を果たせば、人種問題の悪夢に終止符を打ち、私たちの国を見事につくり上げ、世界の歴史を変えることができるかもしれない」ボールドウィンが求めていることがわかった、と私は思った。全身、全存在をかけて償うことなのだ。「無邪気こそが犯罪をなしている」一九六三年、ボールドウィンは白人についてこう書いた。「なぜなら、そういう無邪気な人びとには、ほかに望みがないからだ。要するに白人たちは、自分の理解していない歴史の罠に相変わらずはまったままなのだ。それを理解しない限り彼らが解放されることはない」そうだ、自分が無邪気ではないことを証明しよう、と私は誓った（「無邪気（イノセンス）」とは「無知（イグノランス）」をより柔らかく、より手厳しく、ボールドウィン流に言い換えた言葉だ）。デルタの中心部に位置するアーカンソー州ヘレナで教職に就けば、ボールドウィンの告発から解放されるかもしれないような気がした。

　両親から遠く離れて暮らしていた私は、あっさりとデルタ行きを決めてしまった。電話でその話をしたとき、父と母はまず取り乱し、それから怒りだした。「あなた、殺されに行くのよ」と母は言った。その台詞に私が声をたてて笑うと、父の声が険しくなった。

「笑いごとじゃない、メイメイ」妹を意味する中国語で父は私に呼びかけた。「危険なところなんだぞ」

　父と母がこんなにもヒステリックなのは、悲しいかな、アメリカを誤解しているからだと子どものころは思っていた。でも私は両親とは違う。私はアメリカ生まれのアメリカ人だ。大学生のあいだもずっとそう思って生きてきた。

　読み書き能力に関する統計データについて説明しはじめると、私のご立派な口調をさえぎり両親がこう言った。

「給料は出るのかい？」

　地方自治体から給料がもらえる、と私は答えた。

「じゃあ大した額じゃないな」と父が言った。「ハーヴァードの学位をどぶに捨てる気か？」

その言葉には傷ついた。が、一日とたたないうちに、私は親の反対について友だちと冗談を飛ばしあっていた。

〈ティーチ・フォー・アメリカ〉から派遣された先は、スターズ（Stars）というおよそ不釣り合いな校名のオルタナティブ・スクールだった。地方自治体がいわゆる不良を最終的に放り込む学校だ。無断欠席する子、ドラッグの常習者、たえずトラブルを起こす子、喧嘩の絶えない子など、普通の学校を追い出された生徒がやって来る学校である。スターズは子どもたちが公教育を受けることのできる最後の場所、ここを脱落した子は公教育の場から完全に追放された〔オルタナティブ・スクールとは従来とは異なるかたちで子どもたちに教育を行なう学校。プレスクールから十二年生までが対象〕。

パトリックに出会ったのはこの学校だ。彼は十五歳、八年生だった。

温厚なパトリックは、ふんぞり返るよりは背中を丸めて歩くような子だった。授業中はしゃべるよりも耳を傾けることを好んだ。決して人をいじめず、人に悪態をついたりもしなかった。自分で自分に課した規範（コード）を守っているような雰囲気があった。ひとりでいること、ふざけたり騒いだりしないこと、他人のトラブルに巻き込まれないこと。しかし、もっともな理由があるときにはコードを破ることも厭わない。あるときなど、女子がふたり喧嘩しているあいだに割って入り、床に突き飛ばされたこともあった。

昼休み、ほかの生徒がわれ先にと人を押しのけてランチの列の前方に入ってゆくのに、パトリックは体を反らせてあとずさった。いつも心ここにあらずといった様子だった。課題に取り組んでいるときに知らずと鼻歌が出て、だれかに突つかれ初めて気づくこともたびたびだった。プリントを自分の机の上にまき散らしたまま帰ったり、あちこちのポケットから出して広げたりした。にっこり笑っても満面の笑みではなく、満面の笑みを浮かべる練習をしたけれどやめた、とでもいうような顔だった。

何よりパトリックには、スクールバスにまぎれ込んでしまった迷い子のような雰囲気が漂っていた。そして実際、スターズに来てからわずか一か月で、学校に出てこなくなった。


学校に来なくなった理由は簡単に想像がついた。たぶん気が滅入ったのだ。スターズは暴力的になることもあり、生徒が喧嘩をはじめると学校が警察を呼ぶ場合もあった。生々しい引っかき傷やあざをつけ、ほかの生徒が見守るなかパトカーに押し込まれ、郡拘置所〔カウンティ・ジェイル〕（カウンティ・ジェイルは、罪が確定するまでの容疑者を収容する拘置所の機能と、刑期の短い軽犯罪者を収容する刑務所の機能をあわせもつ）で週末を過ごすことになった生徒たちもいた。ある教師に言わせれば、拘置所なら「先の人生について考える」ことができるのだそうだ。教師たちも暴力的だった。クラスメイトや教師を罵るなど喧嘩ほどではない悪さをしただけでも、パドルと呼ばれるへら状の体罰板で叩いた。アーカンソー州では体罰が合法なので、生徒を叩くなどよくあることだった。アーカンソー州教育委員会の印が押された最新式のパドルには、スイングのスピードを速めるために穴があけられていた。私自身はそのパドルで叩いたことはなかったが、大半の教師にならい、いけないことをした生徒は校長室に送った。しかし、生徒をしつける目的で教師たちが一番よくやったのは、ただ家に帰すという方法だった。生徒には全員、無料のランチが学校で提供されるので、騒ぎたいなら午後というジョークを生徒たちはよく口にしたものだった。

それでも、パトリックを含め、私の生徒たちの多くは将来を楽観視していた。パトリックは卒業したら整備士になりたいと言った。ニューヨークに行ってみたいとも。いい仕事に就いて祖父母の面倒をみたいと言う生徒たちもいた。その希望がどこからくるのか知りたくて尋ねてみると、ほとんどの生徒が神様がそうしてくださると答えた。そういう信仰心や、人間は神のかたちに似せて造られているから生まれながらに価値があるという考えかたに、私は馴染んでいなかった。しかし、デルタで暮らせば暮らすほど、なるほどと思うようになった。

私はよく、ボールドウィンが甥に宛てて書いた手紙の一節を思い出した。「この無邪気な国はきみをゲットーの中に据えたが、じつは、きみにそこで死んでもらうつもりだったのだ」ただし、デルタのゲットーは町の一角にあるのではない。地域全体がゲットーだ。このゲットーが生徒たちの知るすべて。そして私は思い至った。去ることができず、車が買えなければ旅行も仕事もできず、果てしなく広がる大地が人を拒みつづけ、売るよりも保険金をもらうほうが儲かるからと住民が自分の家を燃やし、雨戸の閉まった家の庭が通行人のゴミ捨て場になり、水を汚染したとおぼしき化学肥料会社が黙って逃げ去るような場所に暮らしていると、目の前に広がる光景に自分はまったく似ていないと信じたくなるものだと。この町の荒廃は自分の未来を映し出したものではない、町が汚くても自分の内面は汚れていない、町が空虚でも自分の大きな望みが否定されるわけではないと信じたくなる。本当は自分は、生まれながらに美しいものに、復活という喜びに満ちた力に、つながっていると信じたくなるものなのだ。

生徒たちの根っこにある信仰について長々と考えてはみたものの、もっぱら気をもむのは目の前の課題だった。生徒に読み、書き、話しあわせるにはどうすればいいのか。卒業後の生徒たちを待ち受ける危険の数々については、深く考えないようにした。そんな危険のすべてに彼らが直面するわけではないと思っていた。たとえば予言者がひとりわが家を訪れ、パトリックの未来を告げたとしても、私はその言葉を信じなかっただろう。

たぶん扉を閉めただろう。そしてたぶん、私は間違ってはいなかっただろう。自分の希望をすべて託したくなるような子は確かにいるのだから。

第一部

第1章　ア・レーズン・イン・ザ・サン

ミシシッピ川畔の町ヘレナでは、川の流れは静かで穏やかだ。カエルに応えて夏鳥がチーチー、ツーツーと歌っている。川岸の絶壁には野生のデューベリーが繁り、たわわにみのった果実が摘まれることなく熟れている。その下を流れる川にはナマズの群れが、風で川面に落ちる実をむさぼり食おうと待ち構えている。何千年ものあいだ、川は氾濫を繰り返し、世界有数の肥沃な土壌が形成された。十九世紀半ば、農園主たちはこの大地からただひとつの作物を生産していた。この地に奴隷制をもたらした作物、綿花である。

デルタの奴隷所有者はアメリカ一の金持ちで、アーカンソー州富裕層の上位一〇％が有する土地は州面積の七〇％を占めていた。蒸気船と鉄道が競うようにしてヘレナの町から綿花を運びだした。南北戦争が終わり木材産業が栄えはじめると、デルタの低湿地の硬材（ハードウッド）が新たな富の源泉となった。賃金めあての人びとが二十四の製材所や波止場に集まり、フィッシュフライの店、ジュークボックスのある安酒場、劇場、バーに人が群がった。サイコロ賭博、材木運び、密造酒づくりの繰り返し。一八八三年のヘレナは、マーク・トウェインによれば、「川畔でもっとも魅力的な場所」、「繁栄する広大な地域の商業中心地」だった。

二〇〇四年に私がやってきたときのヘレナには、トウェインの描写した町の面影はなかった。町の目抜き通り、チェリー・ストリートに面したショーウィンドウには板が打ちつけられていた。打ち捨てられた店先には「徘徊禁止」の貼り紙。しかし、実際はのらくら者が、通りの向かいにある町で唯一の酒屋あたりにたむろしていた。長らくシャッターが下りたままの店舗の庇は悪戯者のカンバスと化し、「スターバックス、まもなく開店」と落書きされていた。町には教会が多く、その庇にも落書きがあったが、こちらのほうがまだしも真実味があるように思えた。たとえば、「イエス抜きの更生なんてありえない」本屋も映画館もコーヒーショップもなく、あるのは数軒のレストランだけ。おいしいコーヒーはどこで買えるかと尋ねたら、薦められたのは〈マクドナルド〉だった（まずくはなかったけれど）。

ヘレナは町の歴史の魅力的な部分であるブルースを売り込もうと、古い列車の車庫を博物館に改造していた。展示されているのは、ヘレナで歌ったり、ヘレナで暮らしたり、ヘレナを訪れたり、ヘレナを足がかりにしてシカゴに進出したり、シカゴで成功できずにヘレナに都落ちしたりした黒人ミュージシャンの物語や写真だ。その芸名には想像力をかき立てられる。ブラインド〔盲目の〕・レモン・ジェファーソン、ハウリン・ウルフ〔吠える狼〕、スーパー・チカン〔チカンはchickenのもじり〕など、身体的弱点や動物名を含んだ名前が多い。展示物には希望に満ちたタイトルがついている。「決断という遺産」、「恵み豊かな土地での奮闘」なのに訪れる人の数は豊かどころかほとんどいなかった。

ヘレナの衰退が本当にはじまったのは、モホーク・ラバー・アンド・タイヤ・カンパニーが工場を閉めたときからだと言われている。一九七九年に閉鎖されるや、ミドルクラスの人びとは、黒人も白人もこの町を離れた。それから化学肥料の会社、アークラ・ケミカルが閉鎖され、ボウリング場や映画館や商店やおいしいレストランがつづいた。ヘレナで育った人間が、リトルロック、メンフィス、フェイエットヴィルやテキサス州で職を見つけるべく町を去り、家族連れが移り住んでくることはなくなった。ここに来てまず気になったのは、〈ティーチ・フォー・アメリカ〉が定める二年が終わるとヘレナを出ていく教師のことを、地元住民がどう思うかということだった。が、まもなく悟った。そんな疑問は、去ることがヘレナの日常では珍しいという前提にもとづくものだ。そもそも若い教師がこの町にやってくることじたい、地元住民には目新しいことだった。「ハイスクールの卒業式は最高に悲しい日だね」と、のちにある祖父母が私に言うが、それは別の土地で職を見つけた子どもたちが「もう戻ってこないから」なのだった。

この町の住民は自分にできる仕事ならとにかく何でもやった。老人たちは家々の戸をノックし、いくばくかの料金で庭の枝拾いをさせてくれと頼んで回っていた。郡拘置所の守衛は〈マクドナルド〉でアルバイトもしていた。大きな雇用主といえばカジノで、川向こうの、厳密に言えばミシシッピ州にあった。葬祭業は仕事に事欠かなかった。プラザ・アベニューを車で走ると、八〇〇メートルもないブロックの中に葬儀場が三軒、墓石屋と花屋が一軒ずつあった。墓石屋の前の芝生の上では、まだ何も彫り込まれていない、大きな平たい石が陽光を反射していた。〈ウォルマート〉も繁盛していた。学校のある日でも毎日、十代の女の子が赤ちゃん用品コーナーであれこれ物色している姿を見かけた（週末には〈ウォルマート〉の前で、教会の高校生グループが禁酒を呼びかけるパンフレットを配っていた）。ヘレナに郡庁を置くフィリップス郡はアメリカの最貧郡のひとつで、公衆衛生ではアーカンソー州の中で最下位という自治体だった。十代の出産率は発展途上国九十四か国のそれよりも高く、町なかでは銃の撃ちあいが日常茶飯事だった。ドラッグも問題のひとつで、密売に手を染めた警官がＦＢＩに逮捕されたりもしていた。

この町に住み、この町で食事したり仕事したりする白人はいたけれど、その子どもたちを日中に見かけることはまれだった。白人の子どもたちはデソト・スクールに通っていた。人種融合教育の抜け道としてデルタに数多く設立された私立一貫校のひとつだ。一九七〇年、デソトが開校したとき、人種差別撤廃に熱心な白人家庭の一団は、融合教育化されたばかりの公立校にあえて子どもを通わせた。当初、公立校は華々しい成果を上げた。黒人と白人の生徒からなるヘレナの理想的なバスケットボール・チームが州の強豪になったのである。しかし経済が急激に落ち込み、資産価値が下がり、人びとがこぞってヘレナを離れると、当初マイノリティだった人種差別主義者の拠点、私立のデソトが、ヘレナに留まった白人家庭の避難所に変貌した。ヘレナの公立校、セントラル・ハイスクールとイライザ・ミラーの生徒は九九％が黒人だ。これを書いている時点で、デソトに入学を許可されている黒人生徒はまだひとりもいない。町のハイスクールの最高学年の生徒数が合計二百人にも満たないほどの小さな町、映画を観に行くのに車でかなりの距離を移動しなくてはならないような辺ぴな町ヘレナでは、黒人の子どもと白人の子どもがほとんど交流もないままに成長していた。

スターズでの最初の数か月はある種シュールな様相を呈した。アジア人に遭遇するのが初めてという生徒がほとんどで、みな穴があくほど私のことを見つめた。「どこの人？」と言われ、ジャッキー・チェンの親戚か、などと真顔で訊かれた（もっと礼儀知らずの生徒は、「ふん、中国女」と言ったりした）。あるときは、けしかけられた十六歳の生徒が教室内でおしっこをした。またあるときは、別の生徒が両脚じゅうに鞭の跡をつけて登校してきた。「児童保護サービスに電話すべきですか？」と同僚教師にたずねたら、いいの、いいの、この辺ではそうやって規律を守ってるんだから、と返された。学校で問題を起こした生徒は停学よりも体罰を選びたがるというのは、このあたりでは周知のことだ。「慣れっこなんです」とスクール・セクレタリは言った。「それにあの子たち、家に帰りたがらないし」

何から何まで私にはショッキングなことばかりだった。しかし、何にいちばんショックを受けたかといえば、ほかならぬ自分自身にであった。私は怒鳴り、意地悪になった。まともに取りあってもらおうと最初は厳しい態度を取るようにしていたのが、やがてその部分だけがひとり歩きしはじめたのだ。私のことを「中国女」と呼んだ十二年生〔日本の高校三年生相当〕の生徒には、〈マクドナルド〉で仕事できたらラッキーと思いなさい、と言い返した。ある女子にデブと言った男子には、「あなたもでしょ」とぴしゃりと言ってやった。また、生徒が描いた絵を破ったこともあった。落書きのように見えたので、がつんとやって集中させようとしたのだ。その子にはついぞ許してもらえなかった。このことは一生後悔しつづけるだろう。ある母親には、子どもを校外学習に連れ出す許可証にサインしてもらうために賄賂を渡した。家に寄りつかない麻薬中毒者で、娘（私の生徒）が弟妹を思って児童保護サービスに電話したら腹を立て、家を訪ねてきた私に、「カラーテレビくれるならサインするよ」と言うような母親だ。その母親とは〈ウォルマート〉の子ども用プールで話をつけた（これを巨大なビニール袋に押し込んでいた〈ウォルマート〉のレジ係に私は言われたものだ。「お子さん、きっと気に入るよ、暑くなってきたもんねえ」）。また、ある男子生徒にお尻をつかまれたときには、その子を校長室送りにした。「体罰と停学のどちらに？」と校長に訊かれたので、「彼に決めさせてください」と答えたら、その生徒は体罰を選んだ。

現代のデルタはアメリカ人の意識の中に存在していないのでは、と私は思うようになった。戸惑いを与える場所、アメリカの神話の一部を壊す場所だからだ。公民権運動の発祥地がいまだに貧しく、いまだに差別され、劇的な社会変革の必要に迫られているとしたら、暴力や殉教や熱狂的な行動といった運動はいったい何のためのものだったのか？　かつて築かれた意味ある世界はいまや崩れ去っていた。この土地にいると、あの運動は国民の空想の産物で、ただのつくり話だったのではないかと思えてきた。事実、ずっと先の話だが、ある十六歳の少年は――花屋に強盗に入り白人男性に殺された兄をもつ子だ――私が貼ったキング牧師のワシントン大行進のポスターに、完全に疑いの目を向けて近寄っていった。その子は、群衆に混じり抗議の声を上げている白人が写った部分に鼻がくっつくほど、写真に近寄った。

「先生がつくったんだろ」とその子は言った。

「え？」私は意味がわからず訊き返した。

「白人は黒人を助けたりしないもんな」私が写真を合成したと思い込んでいたのだ。

最初の学期で容赦なく能力を試された私は、お決まりのパターンを地でいっていることにほとんど気づいていなかった――ミドルクラスのよそ者がのこのこやってきて、怖気(おぞけ)をふるう。

私は授業中のルールをつくってはひっきりなしに変更した。手を挙げること。悪態をつかないこと。クラスメイトをけなさないこと。「ホモ」という言葉を使わないこと。他人をひっぱたかないこと、突つかないこと、とにかくだれにも触れないこと。うつむかないこと。授業中ずっとうつむいていた生徒は零点になること。ルール違反にはたいてい「警告」が与えられ、警告をふたつ受けたら教室の隅に行き、「反省文」を書くか、謝るほうが適切ならば謝罪文を書く。言うことをきかない生徒は校長室送り。ヒューストンでやった夏期講習では、このやりかたが効いたのだ。しかしスターズの生徒のほうが年齢が上だし、もっとひどい罰も受けてきていたから、私のつくったルールなど気にも留めなかった。それでも生徒たちが完璧にふるまう場面はあった。学校づきの警官がたまに教室に入ってきたときだ（スターズには進路指導の教師も音楽や美術の教師もおらず、ちゃんとした図書室もなく、体育館もスポーツチームも――ついでに言えば、どんなチームも――なかったけれど、警官だけはいた）。警官がひとりいるだけで教室のムードは一変した。青い制服を着た男がベルトから警棒をぶら下げ立っているだけで、生徒たちは、私の言おうとしていることが何であれ、いきなり熱心に耳を傾けるようになった。すると教室の反対側から警官が私にウィンクをした。

こんなやりかたでいいのだろうか。罰を与えればそれでいいのだろうか。私は自分のやりかたに疑問を感じるようになった。手を挙げ忘れた生徒は、他人をバカ呼ばわりした生徒と同じように警告を与えられるべきなのか。「ホモ」という言葉を使った生徒個人を叱責するよりも、みんなで協調しあえるように話しあうべきではないのか？　警官、体罰、私の中にいるもうひとりの意地悪な自分など、規律にまつわるもろもろの問題に気がそれていた私は、ある日突然、大切なことを思い出した。自分が本当に教えたいことは何？　生徒に学んでほしいことは何？　英語教師だというのに、私はもう何日も本のことを考えずに過ごしているようだった。

本は――本という言葉でさえも――ヘレナではすたれてしまったように見受けられた。新学期がはじまる前、私は校長から、八年生には四～五年生程度の読解力しかないので、それに見合った〝コンテンツ〟を見つけるべきだという注意を受けた。私にはその言葉の意味が理解できなかったし、理解したいとも思わなかった。だから授業でジェイムズ・ボールドウィンの短編を読ませたのだが、言葉が難しすぎて生徒たちは挫折した。マルコムXの演説を読めば憤るかと思い、読ませてもみたが、退屈させただけだった。そこで私は、二〇〇四年の民主党大会で世の中をあっといわせた若き上院議員、バラク・オバマの演説ビデオを見せてみた。「私の父はケニアの小さな村で生まれ育ち、アメリカにやってきた留学生でした」という名演説だ。しかしオバマの演説は、歴史への言及も、熱く語りかける言葉も、何もかもがあまりに自分とかけ離れていて実感がなさすぎ、生徒たちにはぴんとこないようだった。

私のしていることの何が間違っているのか？ 純粋に読解力の問題なのか、生徒たちの知らない歴史だからなのか、クラスをコントロールする力が私にないからなのか。それとも私は生徒たちと気持ちが通じていないのだろうか？ 自分では貴重だと思っていた黒人の歴史に関する著作を紹介するのが、しだいに怖くなってきた。生徒にとって意味がなければ、私にとってはなおさら意味がないはずだ。あと一度だけと心に決め、私はロレイン・ハンズベリーの『ア・レーズン・イン・ザ・サン』を授業で取り上げた。登場人物が直接語りあう会話からなり、読解力がそれほどいらず、生徒にとっては目新しい戯曲という形式で書かれ、しかも黒人一家をめぐる物語だ〔シカゴの黒人一家が父親の死亡保険金で白人居住区の家を買い、引越すまでの経緯を描いた戯曲〕。

これが大当たりだった。ウォルターとルースという夫婦が腹立ちまぎれにかわす悪気のない冗談が笑いを誘った。狭い家でひしめきあって暮らす不満にはだれもが頷いた。妊娠がわかり、ルースが絶望的になるシーンでは教室がしんと静まりかえった。生徒はみんなおばあちゃんを気に入り、こういう人知ってる、という表情をだれもが見せた。ミシシッピ州生まれの信心深いおばあちゃんは、酒屋をはじめたいという息子を叱り、神様なんかいないという娘を平手でたたき、中絶したいという嫁をどなりつける。役を割り振るときには、おばあちゃん役をやらせてくれとだれもが騒ぎたてた。「この人、芝居くさくないよね」とみな口をそろえておばあちゃんを褒めた。

なぜ、おばあちゃんはミシシッピを離れてシカゴに行ったと思う？　私は生徒たちに訊いてみた。

「ここにいても、おれらにはたいしていいことねえし」と、ある生徒がこともなげに答えた。集団を表す「おれら」という言葉が、そんなふうに使われたことに私は動揺した。ほかの生徒たちもあっさりその言葉に同意した。

初めて、アメリカの歴史についての会話が無理なくできた。いつもは、生徒に基本的な知識が欠けているせいで話が進まなかったのだ。たとえば、彼らは奴隷制がいつ終わったのかも知らず、「解放」という言葉を聞いても、何のことだかよくわかっていなかった。元奴隷に土地を与えるという約束が反故にされたことも知らなかった。デルタ地方の黒人に対して暴力が振るわれたことを漠然と聞いたことはあっても、フィリップス郡で団結を試みた黒人の分益小作人たちが虐殺されたことや、「リンチ」とは何なのかを、わかっていない子がほとんどだった。しかし、なぜ黒人一家がデルタを去るのかという質問には、だれもが難なく答えられた。

私はヘレナで起きた暴力の歴史を話して聞かせた。この町で暮らす黒人と白人にとってはタブーの話題だ。この件のせいでシカゴのような都会に黒人が大勢移住したこと、行政側が黒人を威嚇することに賛同し、加担までしたことも話した。そして、リンチの写真を教室内に回した。焼け焦げて、木からぶら下がり、体の端のほうがなぜか不鮮明になっている死体の写真だ。どれほど残虐なことが行なわれたかをその目で見れば、怒りへの道筋がつき、蹴られても立ち上がってきた黒人の歴史に誇りをもてるようになるかもしれないと思ったのだ。

「こんなのよくないよ」ある生徒が嫌悪感もあらわな表情でそう言い、写真を回した。それを見た次の生徒は無言で頭を振った。そして写真を次に回した。

　憤りと冷静さ。生徒が抱いたこのふたつの感情は、私にとってはつじつまの合った、ひとつの完全な感情だった。ミドルスクールのとき、リンチについて学んだ私は激しい怒りに駆られ、こんなことがあってはならないと強く思ったものだ。

　やがて写真はデイヴィッドのところで止まった。祖母と暮らす、ひょろ長い体の、動物をスケッチするのが好きな子だ。写真を見ていたデイヴィッドの動きが止まった。息を止めたかのようだった。彼は写真を裏返すとうつむいた。

　首がかっと熱くなった。おなかが締めつけられるような感じがしてきた。私の授業では、うつむくのはルール違反だ。様子を見守る生徒たちが、私の優柔不断さに気づいている。

「頭を上げなければ」きっぱりとした口調を心がけて私は言った。「成績が零点になるよ」

　ようやくデイヴィッドは小声でこう言った。「こんなのだれも見たくない」

　その言葉を聞いた瞬間、私は自分がとても大切なことをわかっていなかったことに気づいた。声の調子で、がらりと態度を変えることで、デイヴィッドは私が一線を越えたことを伝えていた。私は彼の机から写真を回収した。写真をほんのちらりと見ただけで心臓が止まりそうになった。いまやそれはまったく別のものに、私にはまるで理解できない、ほかの教師がどこかで見つけ、プリントして配ったもののように見えた。

　私は生徒たちの正面、ホワイトボード前のいつもの場所に戻った。ボードに言葉をいくつか、なんとなく書いたのは、生徒に背を向け、顔を見られないようにするためだった。胸が張り裂けそうだった。なぜ私はこんなにも軽々しく、いやもっと悪く言えば、独りよがりにリンチのことなど取り上げたのだろう？　まるで秘密を明かすように、生徒たちの目の前に彼らの歴史を突きつけたのだ。痛みをともなうが、啓発されるためには必要なプロセスなのだといわんばかりに。私は思いきって境界を越え、黒人が受けた暴力の歴史を持ちだしたつもりだった。しかし、たぶんデイヴィッドやほかの生徒たちは、学校に、悲惨な記憶から逃れられる場所であってほしかったのだ。

生徒の境遇を感傷的に解釈したり、上からの目線で共感するなどして、後ろめたい気持ちになるかもしれないとは予想していた。が、まさか自分が独りよがりなことをするとは思ってもみなかった。ほら見なさい、見て学びなさい、あなたの歴史を学ばなくては点がもらえないのよ。笑みを浮かべてそう言う、真意をはかりかねる教師。

授業のあと、私はその写真を裏返してデスクの引き出しにしまい、二度と見ることはなかった。

第２章　自由に書いてみる

失望感にどんより曇って一年目を終えた私は、落ち込んだまま教師生活二年目に突入した。反面、ベーグルが食べたい、書店や映画館やコーヒーショップに行きたい思いはそれまで以上につのった。土曜には一〇〇キロ以上離れたテネシー州メンフィスまで、車を走らせることが多くなった。メンフィスは歴史に名高い町だけれど、私にとって何より重要だったのはそこが都会だということ。人や車の往来があり、信号機がある！　コーヒーショップ、楽しい時間、タイ料理、駐車場、タワークレーン。そぞろ歩く家族連れや、おしゃれしてどこかに出かけてゆく若いカップル。そしてアジア人！　クラクションが鳴ると車がいきなり動きだした。街が歌っていた。どこかそう遠くないところに豆腐を売ってるお店があるはず――心の奥でそんな予感がした。荒廃地域に足を踏み入れると、壁のグラフィティの陽気な叫びが目に飛び込んできた。ヘレナでは、あれだけ貧しい町だというのに、こんなグラフィティを見かけることはまずなかった。この街のグラフィティのなんの変哲もない言い回しにさえ、ヘレナの若者の不満よりもずっとレベルの高い不満が示唆されていることに私は衝撃を受けた。公然と抵抗するスピリット、敵がだれかを知っているという自信（財産、社会、国家、特定の人間）。おれを見ろ、と鮮やかな色を使って要求するスリル。まずもってスプレーペイントを手に入れようとする意気込みがある。いっぽう、街のこぎれいなエリアには、消費に情熱を燃やしたくなり、匿名性の力で何をしてもオーケーという気分になる、また別の種類の荒廃があった。あるとき、〈バーンズ＆ノーブル〉書店のカフェで並んでいた私の前に男が割り込んできた。ヘレナでは、列をなして並ぶという珍しい状況になったとき、割り込んでくる人間はまずいない。割り込まれたショックから立ち直った私は、即座に行動に出た。「謝りなさい！」教師らしい口調で私は男に叫んだ。二度と会うこともないのだから気にする必要なんてない。むこうもたぶん同じことを考えていたはずだ。「謝りなさい！」動転していた私は、さらに大きな声で繰り返した。その男は悔しそうな顔をした。悪いことをしたと思ったからか、ただ悔しかったからなのかはよくわからないけれど、男は言われるがままに「すみません」と謝った。そのあと私はカウンターで食い意地をはってマフィンを注文した。コーヒーも、炭酸飲料まで面白半分に注文した。

何もかもが広くて風通しがよくて清潔なのに驚きつつ、私はテーブルでラップトップを開き、ロースクールの出願書に入力していった。ときどき手を休めては、まわりの会話に聞き耳をたてた。ロースクールならデルタを去るためのいくぶん立派な言い訳になるだろう。私利と理想をいっしょくたにできなくもないのだし。公民権運動を学んでからというもの、ＮＡＡＣＰ〔全米有色人種地位向上委員会〕の法的弁護基金に憧れ、そこで働きたいと思ってきた。そもそもデルタにやってきたのは、一九五〇～六〇年代、アメリカ南部の人種差別を撤廃するために闘ったＮＡＡＣＰの弁護士たちの物語に感銘を受けたからなのだ。しかし、ただデルタから抜け出したくてたまらないという気持ちもあった。

そうこうするうちに何かが起こった。デルタを好きになりはじめたのだ。ある日曜には教え子の通う教会を訪ねた。羽目板張りの掘っ立て小屋は、ワンピースやスーツを着込んだり、大きな帽子をかぶったりした人たちでひしめきあっていて、みな汗をかきかき手をたたいて踊っていた。またあるときは、電柱につるを巻きつけて自由奔放に伸びている葛(くず)の写真を午後いっぱいかけて撮った。葛の葉は、不思議で華やかで濃い緑色をした、こんな葉もあるのかと思うような三つ葉だった。私は毎週末メンフィスに行くのをやめた。マグに注いだ紅茶に氷を入れ、ポーチに座って飲むようになった。手の届くところにイチジクの木が繁っていて、実をもいでデザートにすることができた。

教室では、ようやく生徒たちと罪のない冗談を言いあえるようになり、かつ教師としての権威を示せるようにもなった。九月の終わりごろ、ある生徒にヤオ・ミン〔NBAで活躍した中国人選手〕の親戚かと訊かれ、授業の邪魔をされた。私は冷ややかな目でその子を見つめ、しばらく沈黙を漂わせてから答えた。

「あなたってコービー・ブライアント〔NBA選手〕の親戚?」

ほかの生徒が爆笑した。私にではなく、その子に対して。

「先生、それ、人種差別」その子はむっとして言い返した。

「よく考えてみなさい」と私は言い、授業をつづけた。

ロースクールに出願したと電話で伝えたら両親は興味を示してきた。父や母には弁護士の知り合いはいないが、これはいい考えだと思ったのだ。弁護士ならだれにも痛い目にあわされない。移住する前、両親がアメリカと聞いてまず連想するのは訴えられることだったが、実際に住んでみてその思いはいっそう強くなった。が、まさか自分の娘が訴える側の人間になろうとは思いもしなかったようだ。

ふたりは熱のこもった口調で訊いてきた。「合格したらアーカンソーを出るわけだね?」

両親がわくわくしていることが、私にとってひとつの手がかりになった。父と母があるアイデアを気に入っている場合、たぶん私はそのアイデアを疑ってみるべきなのだ。

「たぶん出ると思う」と私は答えた。

「よかった。これでもう生徒に変な中国語の発音でからかわれずにすむな」と父が言った。

「悪い子たちだったもんねえ」と母が笑った。まるで私がもうデルタを去り、生徒たちがただの過去の思い出になってしまったような口調だ。

生徒たちのことを間違えて伝えてしまったと、そのときに思った。きっと不平を言いすぎたのだ。ちゃんとした理由があってロースクールに願書を出したのではないと両親に白状しようか。私はいまデルタで生徒たちとの人生を築きはじめている、生徒の心を動かすすべがわかりはじめたところだと父と母に言おうか。しかし、そんなささやかな成功をふたりに説明するのがとても面倒に思えた。両親には私を好きでいてほしかった。認められたかった。ロースクールに入れば娘がデルタを去る。そう思ってふたりが明るい気持ちになっているのだから、それを壊すまいと思った。

その年の初めから私のクラスにいたパトリックは、おとなしい子だった。おとなしい生徒は見過ごされがちだ。いつも後ろのほうの席を選んで座り、頭を低く垂れていた。声も小さかった。「パトリック、大きい声で言ってもらえる?」気づくと私はよくそう言っていた。パトリックはそう言われると、まるで私が何か面白いことでも言ったかのようにうっすらと笑みを浮かべた。パトリックは上の空のようにも見えたし、用心しているようにも見えた。教室の壁に視線を這わせて落ち着かせ先を探していた。席に座ったままそばの本棚に手を伸ばし、そっとたたいて音を確かめるようなしぐさをしたことが何度かあった。人の気持ちになれる子でもあった。いちど、ある生徒が別の生徒の後頭部を軽く叩いたとき、パトリックは顔をしかめ、自分が叩かれでもしたかのように目をそらしたことがあった。

教え子の中には、もはやなんの関心ももてない生徒もいた。その子たちには硬くて意地の悪い棘(とげ)があった。十五歳のレイもそのひとり。「あの子、いつも険悪な顔をしてない?」とある教師は言った。「やめておきなさい。あの子はもう悪魔に取り憑かれてるから」という教師もいた。レイに必要なのはカウンセラーだったのだが、私はしばらくのあいだ自分で働きかけてみた。私の貼っていたポスターを盗んだレイに希望を感じたからだ。ピカソの青の時代の作品で、盲目の男が食べているところを描いたものだった。レイはきっとその絵に心を動かされたのだと思った。詩を書かせてみたこともあった。しかし、そういうのは例外で、たいていの場合レイは頑として他人を受けつけなかった。何かおかしなことにクラスじゅうが笑い転げているときも絶対に笑わなかった。うつむいていることが多く、話しかけようとすると悪態をつき、あっちへ行きやがれと拒絶した。噂によると母親が麻薬中毒で、ほかの多くの生徒とは違い、祖父母と暮らした経験がないようだった。それでも私はレイの味方だということを示す努力をすることに疲れ果ててしまった。

二年目に入るころには生徒を功利的な目で見るようになっていた。大人がほんの少し興味を示すだけで大きな成果を上げてくれる子はだれか。その点、パトリックほど大きく報いてくれる生徒はいなかった。パトリックは努力したがっていた。励ましに飢えていた。しかし落第点を取っていた。いつもそばにだれかがいて背中を押してやれば、抜きん出ることのできる子だった。なのにずっと授業に出てこなかった。パトリックがなぜスターズに送られてきたのか、やがて理由がわかった。ただ学校に行きたくなかったのだ。

十二月、あまりに欠席が多いので、もうすぐはじまる試験でパトリックが落第点を取りはしないかと私は気がかりだった。欠席の理由を知りたくて自宅に電話をかけてみたところ、「パットは病気だ」と男の声がして電話が切れた。落ちこぼれたかと心配だったので、私は本人に会いに行くことにした。

パトリックは、生徒たちの言う「ゲットーの中のゲットー」に暮らしていた。銃撃事件があまりに多いので、夜間外出禁止令を出すという脅しを町の議会が出したような地域だ。あたりの家の大半は番地の数字が消えており、空き家も多かった。十代の少年たちが群れて通りの真ん中を歩き、通りかかった車を避けさせようと挑発していた。私は車で行きつ戻りつしたあげく道に迷い、ついにあきらめて路肩に車を停めた。自転車に乗った少年がひとり、そばを通りかかったので、パトリック・ブラウニングの家はどこかと訊いてみた。「パットんち、そこだけど」その少年は、ほんの一メートルほど先にあるポーチつきの小さな四角い家を指差した。

私は網扉をノックした。家の中は暗かった。アンダーシャツ姿の男が長椅子からゆっくり立ち上がり、足を引きずりながら戸口まで歩いてきた。

「パトリックの担任のクオです」網扉越しに私は挨拶をした。「たしかお電話でお話ししましたよね?」

男は私をじろりと見た。「ああ、そうだった」そう言うと暗がりに戻っていった。

別の人影が近づいてきた。パトリックだ。陽光の中に現れた顔が私を認めるとほころんだ。気づいてもらったこと、好意を示してもらったことに対して見せる、とびきり大きな、少年らしい輝きに満ちた笑顔。急に何歳も幼い男の子のような表情になった。だがすぐに学校をさぼっていたことを思い出して顔を引きつらせた。

「バスが来なかったから」パトリックは早口で言うと目をそらした。嘘が下手なことを自覚していた。

「バスを逃したんです」

そして謝った。「すみません、先生」

私たちはポーチに腰を下ろした。

「だれも……」と言いかけた私は振り返り、ドアが閉まっていることを確かめた。「だれもあなたに学校に行けと言わないの？」

「家族のせいじゃない、おれのせいです。行けって言われるけど、なんだかその気になれないときがあって……」声がしだいにしぼんでゆく。「母さんはほんとに忙しいんです。いつも仕事してる。父さんは、ほら……」

パトリックはそこで言葉を切った。父親のことを悪く言いたくなかったのだろう。

「そもそも、あなたはなんでスターズに来たの？」と私はたずねた。

「十一歳のとき事故にあって」とパトリックは話しはじめた。「あのころはガソリンが安くて、一ガロン一ドルで、おれはまるまる一ガロンのガソリンをもってたんです。裏庭で遊んでただけだった。地面に落ちてた枝にガソリンかけて。ただの遊びです、ほんとに。ガソリンが燃えやすいもんだって思ってなかった。ほんと、バカだった。で、ガソリンの入った容れものに火をつけたらぱっと燃えて。見下ろしたらズボンが燃えてた。あっというまに庭じゅうが火の海になって。姉ちゃんや妹がそこにいて、タオルをもってたからラッキーだったけど」

そのときにはデルタ暮らしも長くなっていたので、パトリックが裏庭でたまたまボヤを起こしたと聞いても驚かなかった。ヘレナでは〈ウォルマート〉に行く以外、たいしてすることもなく、退屈のあまりまともに頭が働かないのだ。悪意があったわけではない。むしろその逆だ。パトリックはだれの手も煩わせないようなことをしようとしていただけだ。

この話で思い出したのが、リチャード・ライトだ。自伝『ブラック・ボーイ』の冒頭で、彼も似たようなことをやらかしている。デルタで育った分益小作人の息子ライトは、一九一〇年代の数年間をヘレナで過ごした。四歳のライトはあるとき、「退屈でどうしようもなく」、暖炉で燃える石炭をじっと見ていた。すると、「新しい遊びのアイデアがしだいに膨らみ、頭の中に根を下ろした」とライトは書く。火の中に何かを投げ込み、燃えるのを観察してはどうだろう？　藁が二、三本ならだれも困りはしないだろう。そう考えて古いほうきから藁をひとつかみ引きぬいた。注目したかいあって、火はパチパチと音をたてて燃えさかった。ライトの「アイデアはさらに膨らみ、大がかりになっていった」あのふわふわした白いカーテンに火をつけたらどうなるのだろう。火のついた藁をカーテンにくっつけたら？　たちまち家は炎に包まれ、ライト少年は恐怖におののいた。

パトリックの見下ろした片脚には大きく不規則なかたちをした火傷の跡がいくつもあった。「たぶん何週間か入院してた。学校は何か月も休んだんです。先生が家に宿題をもってきてくれるはずだったのに来なかった」パトリックの声は淡々として怒りはなく、そんなのは普通といった口ぶりだった。「病院にテレビがあって、タワーがふたつ、崩れるのを見ました」

タワーがふたつ。パトリックを9・11と、いや、アメリカが経験したどんな出来事とも結びつけて考えるのには違和感があった。ふと、私の頭の中ではデルタがこの国のどこからも孤立した場所として存在していることに気づいた。

「また歩く練習をしなきゃならなかった。二、三か月寝たきりだったから。だから勉強が遅れて。また七年生をやらなきゃならなかった。そのあと、八年生も二回。それでスターズに送られたんです」

パトリックの家での生活を想像してみた。母親は日中、仕事に出ていたのだろう。父親には何かがある。たぶん、退屈な自由に慣れてしまった人で、窓の外をながめ、テレビのチャンネルを次々に切り替えては、通りにたむろする落ちこぼれが安いマリファナを手に入れたりするのをじっと見ていたのだろう。彼には学校というシステムがまるで縁のないものに感じられたに違いない。

「喧嘩を仲裁しているのを見かけたよ」と私は言った。「なぜ、あいだに入ったの？」

パトリックは眉間に大きなしわを寄せてうつむいた。

「メイはいとこなんです。リアーナは近所に住んでる。いとこが近所の子と喧嘩するの、見たくないから。人が喧嘩するのを見るの、嫌なんです。なぜって、みんな同じオルタナティブ・スクールにいるんだから喧嘩したって意味ないし。たぶんみんなもう人生をあきらめる気でいる。それしか理由を思いつかない」

私は頷いてから、パトリックにロダンの《考える人》の絵葉書を手わたした。裏には、この彫像を見るとパトリックを思い出す、と書いておいた。

パトリックは絵葉書の両隅を指先でそっともち、写真をまじまじと見た。「ありがとう、先生」

私はその週末の校外学習のメンバーにパトリックを選んでいた。行きたいかと尋ねてみた。

「行きたいです」とパトリックが答えた。私は許可書を渡した。

「ありがとう、先生」パトリックはまた言った。「ほんとにありがとう」

お礼は言わなくていい、と私は言った。

あなたなら八年生をやり遂げられるはずだよ。

「はい、先生」パトリックは小さな低い声で言った。

あなたのために一生懸命努力するけど、あなたもうんとがんばらないとね、少しずついろいろなことを。

「はい、先生」彼はそう繰り返し、こんどは顔をわずかにこちらに向けて私と目を合わせた。あたりは暗くなりかけていたが街灯はなかった。それでも、パトリックの両目が小さく確かな光を放っていた。私の目もそうだろうかと思った。

明日、学校で会いたいと私は言った。出てくるつもりはあるか、と訊いた。

パトリックらしい真面目な頷きかたからみて、出てくるだろうと思った。

あなたがハイスクールを卒業するときには式に出る、と私は言った。その言葉にパトリックが白い歯を見せてにっこりと笑った。前歯のあいだに隙間があることを、私は初めて知った。

この約束を口にしたことに気持ちが昂り、このままデルタに残りたくなった。私がなるべきは「留まる人間」だ。

私が立ち上がり、通りに向かって歩きだすと、パトリックは驚いたようだった。なんて軽率な人だろうと言いたげな顔をしていた。

「このへんは危ないから、先生」パトリックもポーチから離れてついてきた。車まで送ってくれようとしたのだ。

ミズ・ライリーはスターズでの親友だ。ゴスペルを歌い、聖書やタイラー・ペリー〔黒人社会の問題を多く扱う劇作家・俳優〕を引用し、チキン・ダンプリングをつくればランチのときにおすそ分けしてくれた。スプーンにすくってじかに口に入れてくれるときもあった。私には優しく、生徒には厳しかった。

女子生徒がふたり、トイレット・ペーパーをちぎってトイレ中にばらまいたときには、残りのトイレット・ペーパーをすべて没収した。「善は悪とともに歩む」預言者のようにそう言うミズ・ライリーの背後には、ほどけたトイレット・ペーパーが吹き流しのようにひらひらしていた。正式には〝教員助手〟だったが、教員不足が深刻なデルタではよくあるように、授業を受けもち、リーディングを教えていた。

ある日昼食をとりながら、新しい校長が発行した監査報告書を読んでいたミズ・ライリーが口を開いた。「ミズ・クオ、この町を運営しているのは馬鹿ばっかりだね」私は彼女の肩越しに報告書をのぞき込んだ。

ヘレナでは、黒人であれ白人であれ、公立校を守ろうとする人間はまれで、公立校には毎年新たな不名誉がもたらされていた。私が着任した年、スターズの試験の成績はアーカンソー州で最下位だった。二年目の二〇〇五年、アーカンソー州教育委員会はヘレナ学区を掌握してスターズの校長を退任させ、後任をリトルロックから送り込んで財政面の腐敗を調査させた。監査で発覚したスキャンダルの中でもとくに目立ったのがある管理職の昇給で、教育委員会の承認もなしに一年で給与が九万ドルから十二万四九九七ドルに上がっていた。一年目の教師の給与が二万七千ドルで、助手の給与がその半分にも満たないというのに。

「最近校長に会った?」と私は訊いた。

「今週はぜんぜん見かけない」とミズ・ライリー。

校長のミズ・マデンの出勤率は、この学校で出席率最下位の生徒といい勝負だった。これまでのところ、ミズ・マデンのこの学校に対するおもな貢献といえば、校名をスターズからホープに変えたこと。

しかも何か月もたたずに、私には皆目わからない理由で校名をまたスターズに戻した。十年後にミズ・マデンは、欠食の子どもを助ける連邦政府の食費補助プログラムから百万ドルを横領したかどで起訴されることになる。しかし当時の彼女はまだ二十七歳という若さで、スターズ校長のほかに託児保育所も運営していた。

一年間で四人目の校長であるミズ・マデンは、結局一番長く職に留まることになる。最初で最高の校長だったドクター・ランキンは子どものカウンセリングの博士号をもっており、校長室送りになった生徒たちと真の信頼関係を築いていた。だが、私が着任して数か月で輸送局に異動となり、バスの運行を監督することになった。後任は教頭のミスター・ホートン、州が実施した財政腐敗調査に協力した罰としてスターズに左遷された人だった。訴訟を起こすか、ちらつかせるかして、ミスター・ホートンもまたスターズを去った。そのあと校長になったミセス・エクレソンは数か月しかもたなかった。生徒たちは校長不在の日を「フリー・デイ」と呼んでいた。規則がゆるくなり、限界を試せる日だ。生徒たちは授業中トイレに隠れたり、カフェテリアで奇声を発したり、喧嘩を起こそうとしたりした。賢い生徒は深刻なトラブルに陥る寸前でやめた。教師は教師で、自分に責任を取らせる人間がいないせいでいつもより怠惰になるのを、どの生徒も見すかしていた。教師は校長のいる日ほど熱心には仕事せず、早めに帰宅した。

友人のミズ・ライリーはヘレナ育ちで、人種隔離時代の生活ぶりを私にたくさん教えてくれた。白人の子を乗せたバスが、徒歩通学する黒人の子どもたちの体じゅうに泥をはねていくのに、黒人の子どもたちは気にしなかったこと。黒人の子どもたちは一緒に歩いていたこと。みんな仲間だったこと。近所の人にものを盗まれたことはなく、家の戸に鍵をかける必要などなかったこと。洗濯物を干したままで外出しても、お隣さんが風になびく洗濯物を見て家に取り込んでおいてくれ、それでも家から何ひとつなくならなかったこと。子どもは親を尊敬し、親は教育を尊敬していたこと。ミズ・ライリーに言わせれば、人種融合教育のせいでその多くが失われたという。新たに黒人と白人が共学化された学校では、黒人教師はおおむね歓迎されず職を失ったのに対し、白人の教師は職を維持した。セントラル・ハイスクールが融合教育化されたとき、管理職側は体罰にかかわる罰則を設けることにした。セントラルに着任できた少数の黒人教師が白人の生徒を叩くところを見たくなかったからだ。いずれにせよ白人家庭の要望でデソトが設立された。ということはつまり、ヘレナは人種隔離教育をしていたときのほうがましだったというわけだ。

ミズ・ライリーの話を理解しようとしていて気がついた。これは単なるノスタルジア以上のものだ。デルタのとある近隣校では、一九六八年の人種融合教育化を受けて教育委員会が黒人だけの学校を閉鎖したあと、そこで教えていた黒人教師たちが再雇用を拒まれたという記述を読んだことがある。教師たちは訴訟を起こしたが、裁判官は訴えを退けた。「これは、学校が法の求める人種融合を遂行した結果、残念なことに調整が生じ、一部の教師たちが『組織上必要となるプロセス』の犠牲になったもうひとつの例である」と当の裁判官は書いている。人種融合を侮り、黒人教師が人種融合のせいで不当に扱われている可能性について裁判官が無関心なことが容易にわかるコメントだ。

パトリックが欠席していたころ、これなら授業も失敗しないという策を私は発見していた。「アイ・アム」の詩である。

I am（私は～だ）
I feel（私は～と感じる）
I wonder（私は～だろうかと思う）
I hear（私には～が聞こえる）
I see（私には～が見える）
I understand（私は～がわかっている）
I say（私は～と言う）
I dream（私は～を夢見る）
I try（私は～してみる）
I hope（私は～であってほしい）
I want（私は～をしたい）
I pretend（私は～のふりをする）
I cry（私は～で泣く）

一見シンプルな構造の詩だ。これなら簡単にできそうに思える。空白に言葉を入れるだけなのだから。しかし、それがトリックなのだ。書き込むためには内省しなければならない。自分について何を知っているか、自分が何を求め、何を失ったのか。扱いづらい生徒にも自己の内面に向きあってもらわねばならない。心の内を声に出してほしいと言えば、彼らはきっと笑い飛ばすだろう。

いったん詩作に取り組みだしたら、ほとんど全員が亡くした人のこと、失うのが怖い人のことについて書きたがった。その懸命に語ろうとする様子からして、自分のトラウマをありふれたものではないと言ってくれる部外者、自分のストーリーをまだ癒えぬ悲しみと思ってくれる外部の人間に、あまり出会ったことがないのが見て取れた。生徒たちの語彙は限られていたのに「心疾患」とか「糖尿病」といった言葉はだれもが知っているようだった。祖父母の死は子どもたちにとって圧倒的な打撃となった。おもに世話を焼いてくれるのが祖父母という場合が多いからだ。劇的な話もいろいろと出てきた。ある生徒のいとこが十五歳か十六歳のときに牧師に妊娠させられた話。ヘロインでハイになった継父に、バッテリーを投げつけられた女の子が流れ出た酸で片脚を失ったという話。あるいは、銃をもてあそんでいたアル中がたまたま引き金を引いて、姪を殺してしまったという話。

アーロンは快活で、しなやかな強さをもつ男の子、私の生徒の中でもとりわけ出来のいい子だった。そのアーロンがすぐさま課題に取りかかった。「甥っ子のこと、書いてもいい？　二歳なんだけど、もう悪くなりかけてるんだ」

「あなたは本当にすごいわね」アーロンがなぜスターズにいるのか、困惑するばかりだ。「なんでまた、ここに来ることになったの」

マリファナではないかと思った。

「喧嘩で」

「まさか。そうは見えないけど」

その言葉にアーロンの顔が輝いた。「ミラーでひどい目にあってたんだ。あそこじゃ、すぐ殴りあいになるから」

スターズにもいろいろ問題があるとはいえ、ここの少人数のクラスはアーロンが必要としているものなのだろう。この学校でなら「何でも見える」とアーロンは言った。何でもって、どういうこと？「みんながほんとはどのくらい助けを必要としてるかってこと」

アーロンは分析的に話す子だった。自分は助けが必要な生徒の集団には含まれない、むしろ離れたところから評価する側だと言わんばかりの口ぶりだった。少人数クラスの利点は、大人数だと問題児が顧みられず、いっそう素行が悪くなり、追い出されるからというだけではないことに、私は気がついた。成功と失敗のボーダーライン上にいるアーロンのような子にとって、少人数クラスは仲間を評価するための拡大鏡のようなものだったのだ。その子が何を欲し、何にイラつくのか。なぜカッとなるのか。どんな助けを受け入れ、あるいは受けつけないのか。自分の映し鏡かもしれない仲間たちを見て、自分はああなるまいとアーロンは自覚することができていた。

スターズでアーロンが喧嘩するところを私は見たことがなかった。あらゆる点で常に理想的な生徒だった。明るく、好奇心があり、無欠席。彼の家では学校に行くか行かないかは「選べない」とアーロンは言った。だから風邪を引いていても学校に来た。母親も祖母も高校を卒業しており、アーロンにも卒業することを期待していた。この、きちんと学校に行くという姿勢こそ、スターズの教え子たちが将来ちゃんとした人生を送るかどうかを予測する、もっとも基本的な物差しのひとつであることが、のちにわかる。

「アイ・アム」の詩をアーロンはこんなふうに書いた。「ぼくには、まわりのみんながののしっているのが聞こえる。だからぼくもののしる／ぼくは、おばさんとおじさんがいつもケンカしているのを見ているから、同じことをする／ぼくは、いつもののしっているせいで息がゼイゼイして泣く／ぼくは、優しくなろうとするけれど、いつもトラブルを見つけてはかかわりあう／ぼくは、いつか硬い殻をやぶって新しい人になりたい」

アーロンの隣に座っているのは、おびえたような表情のタミールだ。こういう課題は人をまねればいいとでも思っているのか、アーロンの詩をのぞき込んだ。私はタミールの席まで歩いていった。紙には名前しか書いていない。ほとんど見えないくらいに小さな字だ。それが、直されないようにするために生徒がよく使う手だということに、私は気づきはじめていた。

ほかの生徒に聞かれたくなくて、タミールは小さい声で言った。「何を書けばいいのかわかんない」

「そうよね」私はタミールの机の脇にひざをついた。この作業は教えることの中でも好きなもののひとつだ。言葉たちをつつき、ゆっくりと解体し、心を紙に写し取る。

「これはどう？」私は「私には～が見える」を指差した。

「先生」とタミールが返した。「おれの見てるもんなんか、話してもしかたないよ」

私は黙って、タミールと顔を見合わせた。タミールの輝く目は真剣だ。彼は書きたがっている。私には本当に理解しきれないことをたくさん、タミールは経験してきている。こちらの思いをどうやって伝えたものか。私があなたのことをわかっていないのは確か。でも、あなたのことをとても知りたい、それは本当よ。

「あなたにとって大切な人がいるはずよね」と私は言った。

タミールは目をしばたたいた。いるのだ。しかし、口にすべきかどうか決めかねて、あいまいなそぶりをしている。「おばさん」ようやくタミールは口を開いた。「でも死んだ」そう言うと、死んだ人を見るのは変なのかと問いかけるように私を見つめた。

「でも、いまでもおばさんの姿が目に浮かぶでしょ」

そういう考えかたもあるのかと、タミールの顔がぱっと明るくなった。

「おばさん、ってどう書くの?」と訊くので、私はつづりを教えた。

タミールはこう書いた。「ぼくには、てんこくでおとうさんとしあわせにしているおばさんが見える」

「じゃあこれは」タミールは「私は〜だろうかと思う」を指した。

「正しい答えなんてないの。あなたが本当に感じていることを書けばいい。ほら、夜寝ながら考えるようなことよ」私は立ち上がり、ほかの生徒にも聞こえるような声でタミールに言った。「もうわかったね」タミールはこくりと頷いた。

タミールはこんな詩を書いた。「ぼくはあさのぼるたいようのようにあかい/ぼくにはねようとしてるときいぬのほえるこえが聞こえる/ぼくはなにもかんじないふりをしている/ぼくは十八さいまでいきるんだろうかと思う」

最後の行を書き終えると、タミールは全文を黙って読み返した。そして、先生のコンピュータでこれをタイプしてもいいか、と訊いてきた。

イライザ・ミラーから放り出されてきたばかりの八年生、マイルズも後ろ向きな生徒だった。スターズに来る前からすでに悪名が高く、ミラーで教えていた友人のヴィヴィアンによれば、マイルズが追い出されたことを祝った教師がふたりいたという。しかし、最初は申し分なく見えた。服装も乱れていなかった。シャツはいつもパンツの中に入れていたし、パンツがずり落ちていたこともなかった。

「失せろ、中国女」私が近寄るとマイルズは悪態をついた。そして、チンだの、チョンだの、中国語の音をまねて私をからかい、どんな反応が返ってくるかとうかがった。

私はただ残念そうな目でマイルズを見た。マイルズが自分で自分を傷つけたかのように、かすかな悲しみを装って。それからこう言った。「この授業が終わったら」――ここで私はわざとゆっくりと壁掛け時計を指差す――「私が受け継いだものを侮辱したことを、あなたは謝るんですからね。さぞ楽しいことでしょうね」

マイルズの背後で生徒たちがくすくすと笑った。「ミズ・クオの圧勝」

そのときにはもうアジア人のものまねには慣れていたけれど、生徒に初めてやられたときには胃が締めつけられた。祖父のことを思い出したからだ。私が二年生のとき、祖父は毎朝、私を学校まで送っていってくれた。身を切るように寒い冬の朝もだ。祖父は二度、移民となった。中国で生まれ、一九四九年に難民として台湾に渡り、当時はアメリカに来たばかりだった。そんな祖父に向かって、ある日、私のクラスメイトが、マイルズが口にしたような歌うような異様な話しまねをしたのである。もう学校まで送ってくるのはやめてくれと私は懇願したが、結局、祖父が私のあとを歩くことで落ち着いた。

しかし、そのときの私はもう充分経験を積んでいたので、祖父の記憶を押し込めておけた。私が怒らないのでマイルズは冷静になったようだった。

「おれの兄貴のこと知ってた？」とマイルズは言った。「スターズに通ってたんだよ」

「名前は？」

「ブランドン・クラーク」

心が沈んだ。最初に受けもった生徒だ。花屋に強盗に入って殺された少年だ。一月一日、ブランドンは少年ふたりと一緒に花屋に押し入った。ふたりのうちのひとりも私の教え子で、ウィリアムというおとなしい子だった。おそらく首謀者だった三人目の少年が、花屋を経営している老夫婦にBBガンを向けた。しかし、夫のほうが本物の銃をもっており、込めてあった弾丸五発をすべて撃った。少年たちは這って逃げたが、ブランドンがドアまでたどりついたそのとき、一発が後頭部に命中した。かかえていた金の袋が吹き飛んだ。盗んだお金は全部で一〇三ドルだった。

ブランドンが死んで数日後、生徒たちに文章を書いてもらった。ブランドンのことについて、ブランドンが死んでどんな気持ちがするかについて。すると、どういうわけか教員助手のミズ・ジャスパーがそれを嗅ぎつけ、教室に飛び込んできた。ミズ・ジャスパーはちょうどそのころ、ひどい学習障害の十六歳の生徒に体罰を加えたばかりだった。

「悪行の報いですよ、ミズ・クオ」とミズ・ジャスパーは声を張り上げた。

「これじゃ、あなたが生徒に対してブランドンのしたことを肯定していることになります。銃で撃たれた少年について詩を書くなんて」

私は呆然となった。生徒たちの書く手が止まった。ミズ・ジャスパーは正しいの？　書くのは馬鹿げたこと？　ブランドンの犯罪を承認したも同然なの？　私はたじろいだ。ミズ・ジャスパーはミズ・ライリーと同じ世代で、黒人コミュニティの生命力を信じていたが、そのコミュニティはここ三十年でモラルの高さを失った感があった。ブランドンについて書くということはブランドンを悼むということであり、ブランドンを悼むということはその無実を主張するということだと彼女の目には映ったのだろう。生徒にブランドンについての文章を書かせ、恥の意識とは別の感情を正当化することで、私はブランドンの強盗を是認したことになる。ミズ・ジャスパーにとって、尊厳とは恥の感覚から生まれるものだったのだ。

ブランドンを殺した花屋の店主は逮捕されなかった。正当防衛を主張した。後日、黒人と白人がともに人種差別撤廃を求めて歩くワシントン大行進のポスターを見て、つくりものではないかと疑った生徒はマイルズである。

「ブランドンはいい子だった」マイルズにそう言ったとき、授業の終わりを告げるベルが鳴った。

その言葉に嘘がないかどうか、マイルズは私の顔を観察した。

私が自宅を訪ねてすぐ、パトリックは約束どおり学校に出てきた。それからは毎日登校するようになった。例の迷子になったような雰囲気で本を抱え、間違って学校に着いてしまったかのようにバスを降りてきた。しかし、いったん出てきたらパトリックは模範生だった。いじめてくる生徒に対して感情を爆発させ、校長室に送られ、パドルで叩かれはしないかという心配は無用だった。

私は生徒たちに「アイ・アム」の詩を壁にテープで貼らせた。自分の書いたものに誇りを持たせるためだ。すると驚くようなことが起こった。生徒たちが互いの作品をすすんで読みだしたのである。授業中、全員で何かを読ませようとしているときにうつむいていたり、熱心に勉強しているクラスメートの頭を叩き、いい子ぶるのをやめさせようとしたりする子が、クラスメートの詩の前に佇み、人差し指で一行一行追いながら詩を読んでいる。ひとこともしゃべらずに。

「これ、いいな」ようやくある子が口を開いた。なぜその詩が気に入ったのか、子どもたちが口にする理由はたいてい同じだった。「リアルだから」パトリックもまた、多くの生徒と同じように、ひとつひとつ作品を読んでいた。

生徒たちのそんな様子を数日間見守るうちに、私は突然、自分が間違っていたことを悟った。私は読書のよさを伝えようとしていなかった。本とはとても個人的なもので、書きたいという切迫した思いから——ちょうど「アイ・アム」の詩のように——書かれたものだということを、ちゃんと生徒たちに説明していなかったのである。『ア・レーズン・イン・ザ・サン』以外、取り上げた本で生徒たちの共感を呼んだものはなかった。そこで私は別の切り口で問いかけてみた。

「みんな、よく『かっこつけてる』って言うけど」と私は切り出した。「その言葉、どういうときに使ってる?」

「だれかが、なんかのふりしてるとき」

「見せかけてるときとか」

「言ってることとしてることが違うとき」

「注目されようとしてふざけるとき」

私はホワイトボードにこう書いた。「人は私を（　　）と思っているけれど、本当は私は（　　）だ」そして空所を埋めるように指示した。生徒たちはこう書いた。

人はぼくが気にしていないと思っているけど、ほんとうはぼくはママを愛していて、ママに自慢に思ってほしい。

人は私が勉強したがっていないと思っているけれど、私は教育を受けたい。

人は私をバカだと思っているけれど、ほんとうは私は頭がいい。

人はぼくを悪いやつと思っているけれど、ぼくはそうではない。

パトリックはこう書いた。「人はぼくが気にしていないと思っているけれど、ぼくは気にしている」

「私たちはみんな、かっこつけてるのよね」と私は言った。「私が本を読むのが好きな理由、わかる？　それはね、本がかっこつけてないから」

生徒たちが耳を傾けている。これは効いている。

「本を読むと、人の心の声が聞こえてきます」私は続ける。「とんでもないことをしたりする人でも、その人がどう感じているのかがわかる。その人の心の中で起きていることが理解できるようになる」

人のうわべだけを見るとはどういうことなのかを私たちは話しあった。「どうしてみんな自分の内面を隠すのかな？」という問いに、返ってきた答えは痛々しいまでに本質を突いていた。いちばん多かった種類の答えを要約すればこうなる。「求めていることを正直に言っても叶えられないのが怖いから」

登場人物やストーリーを自分のものとして受け止める感覚を与える必要もある。そう思った私は、ティーン向けの作品を書いている黒人作家を探した。ウォルター・ディーン・マイヤーズ、シャロン・フレイク、シャロン・ドレイパー、シスター・ソウルジャー、ニッキ・グライムズ、ジャクリーン・ウッドソン。私はそうした作家の著書を注文して生徒たちに読んで聞かせた。生徒の求めているストーリーについては、私より作家のほうがよほど詳しいようだった。主人公は生徒たちと同じような容貌で、同じようにしゃべり、同じような問題に直面している。シャロン・ドレイパーの『トラの涙』では、十代のアンディが親友の死を自分のせいにする。ニッキ・グライムズの『ジャズミンのノート』では、十四歳のジャズミンが母の世話をおもにしている。シャロン・フレイク『私は変わりたい』のラズベリーは、疎遠になっていた父親をまた快く受け容れるべきかどうかを考える。新人教師に対して州から下りる八〇〇ドルの助成金を、私はすべて生徒用の本につぎ込んだ。

「ミズ・クオ、なんでわざわざそんなことを？　あいつらが読まないのはわかりきってるのに」本の詰まった箱を教室まで引きずっていく私を見て、コーチのドッドが窓から大声で話しかけてきた。進路指導教員として最近スターズに着任した人だ。ハイスクールでフットボールの副コーチをしていたが、教員のポストを手に入れるためにスターズに送られてきたのである。調子はどうかと尋ねたら、答えはいつも同じだった。「トイレ変われど出すものは同じ」

私は、生徒が好みの本を見つけられるように、あいだを取りもってやった。本を読みたがる生徒がしだいに増え、お薦め本の口コミがたちまち広まっていった。買いそろえた本が取りあいになった。生徒が本を胸に抱え、授業から授業へと歩いてゆく姿を目にするようになるまでに時間はかからなかった。みんな、お守りのように大事に本を抱えていた。新しい読者はじっくり本を読み込み、表紙の内側にコメントを加えていった——これはいい本だよ。ＪＧ。「ＪＧってだれ？」と生徒たちは想像をめぐらせた。書き込みの主がわかると、だれもがあっと驚いた。

「それ、ジャスミンが大好きなのよ」私はさらりと答えた。

読まれて、すり切れて、威厳を増してゆく本たち。

読んでいるときの自分がどんな顔をしているのか、生徒たちはわかっているだろうか？　集中し、没頭している真剣な顔。そんな子どもたちの姿を私は写真に収めた。当時はカメラつきの携帯電話がまだなく、フィルムを現像に出して写真が出来上がってくるまでのあいだ、みんな本当にドキドキしたものだった。写真を教室にもってくると、生徒たちは自分の意外なポートレイトに見入った。

私は教室の壁を生徒の写真で飾った。写真は注意深い精霊のように私たちを励ましているように見えた。本を一冊また一冊と読破するたびに、教室の壁に掲げた方眼紙のマス目を、読んだページ分、色で塗りつぶした。私の授業では黙読がおなじみになった。やがて、黙読のもつとりわけ素敵な美点がわかってきた。予想外の生徒がよい読書家だとわかることである。ひとが静けさを渇望していることなど、およそわからないものだ。つい最近喧嘩で留置場に送られたケイラが、だれよりも厳しい態度で黙って本を読んでいた。だれかが小声でしゃべって静寂を破ろうものなら、ケイラは張りつめた様子で体を硬くして、刺すような視線を向けた。先日パトリックが喧嘩の仲裁に入ったリアーナとメイは、隣りあったビーズクッションの上に丸まって本を読んだ。黙読中は休戦だといわんばかりに。

私は毎朝五時に起きた。授業の準備をし、採点をし、六時半には車で学校に向かい、用務員が校門を開けてくれるのを駐車場で待った。食習慣がしだいにおかしくなっていた。学校では食べず、家ではひっきりなしに食べていた。どっと太ったかと思えば、どっとやせた。いつも心の中で独りごとをしゃべっていた。自分がどれだけヘマをし、どれだけ成果を上げたか。ふと気づくと生徒に話しかけていることもあった。ひとりなのに声を出して、「あなたたち、そんなおバカさんじゃないでしょ」と言ったり、「この文章、素晴らしい」などと、宙に向かって話しかけていた。

ノートも変だった。自分に向けて、しばしば矛盾した激励や決意を書きつらねていた。「優しくする。意地悪になるのを恐れない」カルト集団にでも入信したかと思うようなメモもあった。「変化は日々起きている。霊的研鑽は無駄ではない」あるいは当時の私の状況をそのまま表しているようなドストエフスキーの引用。「たゆみない努力をせよ。夜、これから寝ようというとき、『やるべきであったことをしなかった』と思ったら、すぐさま身を起こして実行すること」以前ほど足を運ばなくなったメンフィスの書店めぐりでは、『いつも前向きでいるために』や『人生のガラクタ整理術』みたいな本がないかと、セルフヘルプの棚を物色した。後者は購入したけれど、書類や本や服の山に埋もれて、どこにあるのかわからなくなってしまった。家の中は汚かった。掃除をする気もする暇もなかったからだ。キッチンにハエがわいたときには、ねちねちした四角いハエ取り紙を置いただけだった、そのハエ取り紙にくっついたハエの数たるや、粘着テープからカウンターの上に転げ落ちるほどの多さだった。

「ミスター・トンプソン」と私は声をかけた。

常勤の代用教員で歴史を教えているミスター・トンプソンは振り返らなかった。〈マインスイーパー〉の最中だった。歴史の先生が辞めてほぼ一年がたっていたが、学校側はまだ後任教師を見つけていなかった。

空き時間には、授業をさぼった生徒を探してみることがあった。そのときはパトリックとマイルズがコンピュータでミュージックビデオを見ている姿を視界の隅に認めていた。イアマフのように大きなヘッドホンをつけていた。

「マイルズとパトリックに、やっていない課題をやらせてもいいですか?」

ミスター・トンプソンはスクリーンに向かって顔をしかめ、数字の入った四角に視線を定めている。体は微動だにせず、マウスの上に置いた人差し指だけが唯一生きている証しだった。「ミズ・クオ」ミスター・トンプソンはじっとしたままで口を開いた。「おわかりでしょうけど、私に許可をもらう必要はないですよ。あの子たちに用があるなら、どうぞ連れてってください」

私はマイルズとパトリックを引きつれて教室に戻ると、隣りあわせに座ったふたりの前の机を逆向きにし、向きあって座った。

作文のファイルをふたりに渡すと、自由時間（生徒の自習や教師との面談の時間）を奪われたマイルズが腹を立ててファイルを机に叩きつけ、鼻で笑った。

「反抗的だって言うなよ」とマイルズは言った。「反抗的になんかなってない。わかってくれるやつなんか、いねえしな」

背を丸めて机に向かっていたパトリックがちらりと見上げた。「だからって無礼な態度、取っていいことにはなんねえだろ」

マイルズの体が緊張した。パトリックに一目置いているからだ。パトリックは決して人をいじめず、人を不快にしない。容貌のことや家族のことをとやかく言わないし、文章をうまく読めなくてもからかったりはしない。

ほかの生徒たちもパトリックを尊敬していた。「パトリックは喧嘩を売らないんだ」とある生徒が言った。そのとおりだった。パトリックは孤高を保っている。マイルズと同じ、もう十六歳なのに、ずっと年上に見える。

「だれにだって問題はあるんだよ」とパトリックはつづけた。「おれの伯父さんはさ、クラックきめて大伯母さんを殺したんだ。バカみたいにハイになったせいで。どういう気持ちかわかるか？　でもいま、おまえのそばにいる人が助けようとしてくれてんだぞ。先生みたいな人がいつでもそばにいるわけじゃない」ふたりは机の前に座っている小さな私を見つめた。「先生はだれも傷つけようとしてない。助けようとしてくれてる。いまその助けを受けとかなきゃだめだろ、あきらめられちまう前に」

マイルズが目をしばたたいた。

パトリックがつづけた。「二、三年もすれば、みんなおまえのことをあきらめる。間違いない、おれは知ってんだ」

　マイルズはうつむいた。みな黙っていた。

　教室の一面窓になっているほうをパトリックは見つめていた。単語の紙をたくさん貼りつけた台紙を透かして陽光が差し込み、マーカーで書いた言葉がひとつひとつくっきりと浮かび上がっていた――歓喜に満ちた（ジュビラント）、勤勉な（ディリジェント）、威厳のある（グレイヴ）。パトリックはまたあの、「あきらめる」という言葉を使った。パトリックの家のポーチに座り、生徒の喧嘩について話していたとき、彼はどうしてそう表現したのだろう。「たぶんみんなもう人生をあきらめる気でいる」十六歳で、なぜそんな気持ちを知ってしまったのだろうか？

　しかし、いま目の前にいるパトリックは大丈夫そうで、私にはマイルズとふたりきりで話す時間が必要だった。私はパトリックを見てうなずき、ビーズクッションのほうに行くよう仕草で合図した。黙読しなさいという意味だ。パトリックはうなずき返して、本を選ぶために本棚のほうに歩いていった。一冊ずつ、本の背に触れ、どれにしようか考えていた。

「ねえ」と私はマイルズに言った。マイルズは腕を組んでいる。「書けるようになったら、『先生、準備できた』って言ってちょうだい。私はここにいるから」マイルズはうつむき、空欄のある詩が書かれた紙を見た。空欄の隣には **I am** や **I feel** などのシンプルな言葉が並んでいる。たぶんタミールと同じで、空欄に何を入れて完成させればいいのか本当にわからないのだろう。私はリスクを承知で彼の兄のことを口にした。

「ブランドンが恋しい？」

　マイルズは頷くと、顔をそむけた。「おふくろの目を見ることができない。兄貴のこと考えてるのがわかるから。兄貴のやらかしたことを考えてて、おれもおんなじようになっちまうんじゃないかと思ってんだ」

「あなたは……あなたも同じようになると思う?」

「先のことなんか知るかよ」とマイルズはそっけなく答えた。「わかるわけないだろ」

マイルズはぐっと言葉をのみ込んだ。しゃべりすぎたのだ。もう何もしゃべるまいと心に決めた様子だった。私もマイルズも押し黙り、相手が話しだすのを待っていた。沈黙を破ったのは私だった。

「考えたんだけど。この詩をお兄さんのかわりに書いたらどうかな?」

「どうやって?」マイルズが思わず訊き返す。

「いま、ブランドンはどこにいると思う?」

「天国」ためらいのない返事だった。

「そこで何してるかな?」

「楽しくやってる」

「それよ。一行目ができた」

その言葉にマイルズが笑顔を見せた。しかし、最初の空欄を目にするや笑みが消え、顔が歪んだ。どうすればいいのかわからないのだ。

「ぼくはブランドン・クラークで、天国で楽しく過ごしている、ってどうかな。ほら急いで書かなきゃ、忘れないうちに」

マイルズは書きとった。

「次はどうする?」マイルズは率直に訊いてきた。次の行には I feel と書いてあった。

「そうねえ、ブランドンはいま、天国でどんな気持ちでいると思う？」こんなふうにして私とマイルズは、残りの時間、空欄に何を書いてゆくかを話しあった。

マイルズにかかりきりだった私は、パトリックと話すのをすっかり忘れていた。いかにもパトリックらしい。自分に注目しろと要求しないのだ。パトリックはどんな本を選んだのだろう。それがわかれば、彼から注意をそらしていなかったような気持ちになるだろう。

ランチに行く途中、パトリックを見かけた。『オズの魔法使い』を小脇に抱えていた。

その日の夜、両親から電話があった。「ロースクールから知らせは来たの？」挨拶もなしにこれだ。出願していたことをほとんど忘れていたので、思い出させられたのが腹立たしかった。

「私の一日について訊いてくださってありがとう」と私。

「今日はどうだった？」と父と母は訊いた。

それからの数日間、マイルズは私の教室にやって来た。ランチのときも、朝食のときも、そして教師が生徒を居眠りさせたりコンピュータで遊ばせたりする自由時間にも。マイルズが私の授業でここまで一生懸命に取り組んだことはなかった。何度も何度もマイルズは詩を書きかえた。「先生、このつづり合ってる？」「先生、こういう書きかたで変じゃない？」と訊いてきた。

客観的に見て、その詩は感傷的だった。使ってある言葉はシンプルだった。それほど時間をかけて書くべきものではなかった。マイルズは、天国（ヘヴン）とか、みんな（エヴリワン）とか、恋しい（ミス）などのつづりを知っているべきだった。コンマとは何かを知っているべきだった。しかし、マイルズがどういうところからスタートしたかを考えれば――書くことへの不信感、兄を失った深い悲しみ、攻撃的な感情の爆発――その詩は大成功といえた。

「ぼくには母さんが毎ばんぼくを変しがって祈る声がきこえる／ぼくは弟にぼくと同じようなことがおきてほしくない／ぼくは母さんに、顔を上げてつよく生きて、ぼくは天こくでしんせつにされてるからと言う／ぼくはイエスさまがついているからなにも心ぱいしていない／ぼくが泣くとイエスさまがやって来て涙をふいてくれる／ぼくは天ごくでNBAせん手になろうとがんばっている／ぼくはみんナがぼくのことを心配しないでいてほしい／ぼくは天ごくにいるブランドン、楽しくすごしている」

私はメンフィスにある〈キンコーズ〉まで車を飛ばし、マイルズの詩を九〇センチ×一一〇センチの巨大サイズに拡大コピーした。教室に貼ってあるマルコムXやジェイムズ・ボールドウィンのポスターと同じ大きさだ。それを教室の前に掲げた。隣に、二〇センチ×二五センチに引き伸ばした、マイルズが笑っている写真を貼った。それから数週間、マイルズは毎朝、授業がはじまる前に私の教室に立ち寄っては壁を見て、写真と詩がまだそこにあるかどうかを確かめた。「先生、おれの書いた詩が好きなんだろ？」

好きだ。「もちろん大好きだよ」

のちに私はマイルズの母親から、その詩をブランドンの墓石に刻んだと聞かされた。

「私の授業ではこれからも詩を書きつづけます」と私は生徒たちに言った。

「これってほんとの勉強じゃないよね、先生」利口で活発なジーナが声を上げた。ミラーで太っていることをからかわれ、派手な喧嘩をした女の子だ。

創作についてこんなことを言うのはジーナが初めてではない。ジーナもほかの生徒も、文法の練習問題が「ほんとの勉強」だと思っていた。文法とかは退屈だから、というのだろう。質問には答えず私は微笑んだ。そして、「希望」の隠喩となるものを考えるよう生徒たちに指示し、つぎつぎに案を出していった。蠟燭（ろうそく）、窓、陽だまり、運動場、木（見上げるから）、犬が掘る穴。

パトリックが何かを書きだした。顔を紙に近づけ、ほとんどうずくまるようにして書いていた。パトリックは左利きだ。左手が紙の上を動くと、掌の脇がインクで汚れてゆく。私が肩越しにのぞいても、集中しているのでこちらが見ていることにも気づかない。バツ印で消した言葉がたくさんあった。「心」という言葉を消し、「からっぽな心」という言葉を書いていた。どの言葉にも苦労のあとが見えた。これでは自分の感じていることを表現できない。こんな言葉ではさまにならない。つづりが正しくない。言葉がちゃんと出てこないのは自分に力が足りないからだとパトリックは見ていたが、書きぶりは作家のようだった。

「先生、『日照り（drought）』のつづりは？」とパトリックが言った。「それは気にしなくていいよ」するとパトリックは立ち上がり辞書を取りにいった。

ようやく書き上げた作品がこれだ。

パットは犬
路上に暮らす獣
からっぽな心で
庭で首輪をつけられ

塀のむこうに閉じ込められ
しつけて餌を与える飼い主はおらず
いつも自分で進む道をさがす
下等な生きものと見られ
どこに行こうが信用されず
信用されるのは犬の群れの中だけ
値段だけで評価され
日照りで
なかば死にかけ
渇きで水を求めている

私は驚きで言葉を失った。この、パトリックが苦労して書き上げた最初の作品は、本質的な意味において真の詩だった。

パトリックは最後にタイトルをつけた。「町の獣」だ。書き終えると首を伸ばし、ぽきりという音をさせた。書くとはなんときつい作業なのだろう。肉体が変形する。息をすることを忘れる。手が、肩が痛む。それだけではない、書くということは精神的にも力量を試される。書くと決めたとたん、その人は大きなリスクを背負い込むことになる。仮面をはずし、「私はこう思っている。さあ、私をバカだと言ってくれ」、「私はこの意味を理解しようと思う。さあ、時間の無駄だと言ってくれ」と声に出すことになる。どんなに集中したかを知っているのも、新たな内面世界を切り拓いたことを知っているのも自分だけ。書くことでいちばん大切なのは他人とつながることではないが、かといってつながることができなければ、せっかくできた空間が少し縮こまってしまう。教室では、あらゆるものがよりリスキーになる。つづりを間違えたらどうしよう？　そもそも、つづりさえ知らずにその言葉を使ってよいものか？　教師に手伝ってもらったのを見られ、自分で書いていないとだれかに言われたら？　まわりの人間にごますりだとかヤワだとか思われたら？　本当の自分を見せていないと思われたら？　もう手遅れだとしたら？　ずっと劣等生だったのはみんな知っているし。そういうリスクを承知のうえで気持ちを集中し、自分の本当の願いに正直になる自由――それこそが書くための、あるいは、何であれ意味のある仕事をするための条件だと私は考えていた。

私は授業で「自由作文」を書かせることにした。自由作文は採点しない。添削もしない。書きたいことを書きたいように書いていい。私は間違いを探さない。教室を巡回して肩越しに書いているものを見たりもしない。それどころか、生徒が望むなら書き上げたものを提出しなくてもいい。自分の書いたものを人に読んでほしければ、私にその特権を与えてもらいたい。だけど、その作品を採点するつもりはない。

そう言ったときの生徒たちの顔、懐疑的な表情をどう言い表せばいいのだろう。「じゃあおれ、何も書かない」とデマーカスが言った。「先生の仕事は教えることでしょ」とカサンドラが言った。それでも、どの生徒も書いた。この不思議な沈黙の時間に聞こえているのは、重く深い呼吸音とカリカリという不規則な鉛筆の音だけ。だれひとりしゃべらない驚くべき静けさの中には、子どもたちの、こうありたいと願う気持ちが手に取るように感じられた。

自由作文にまったく疑問を差しはさまない生徒もいた。パトリックはすぐさまうつむき、紙に顔を近づけて書きはじめた。紙の上を動く左手がどんどんインクにまみれていった。ときどき、書いた紙をくしゃくしゃと丸めてはポケットに入れた。

ケイラは大きな目をした扱いづらい子だ。ひとにパンチを食らわすことで有名で、喧嘩を理由にスターズに送られてきた。なぜ喧嘩するのかわからない、たぶん得意なことをしたいからかもと、しばらく考えたあとでケイラは私に言った。しかし、最近の彼女は私の口にする言葉をひとつも聞き漏らすまいとしていた。ケイラは三週間でシャロン・フレイクの本を四冊読破した。「アイ・アム」の詩を書くときには自分の母親を思い浮かべて書いた。五人の子持ちで、日中はプレスクール、夜はカジノと仕事をふたつ掛けもちしている母親だ。別の課題でケイラはこんなことを書いた。「自分の人生に何かを起こしたいけど、何かに引き止められてるようで、やりたいことを見つけられそうにない」

自由作文では自分自身に手紙を書いた。

親愛なるケイラへ

この数か月どうしてたかな。順調だといいね。またケンカしたかな。トラブルがあなたのほうに向かってきたら、顔を高く上げて、笑顔で歩き去って。ときどきあなたがどうなるかはわかってる。でも、ほら！　ケンカなんかしても、もうすでに悪くなってることがもっと悪くなるだけ。

将来は十代の女の子に詩を教える女のひとになりたい。そして私がその学校を出ていくときには、生徒たちが考えを変えて、もういっぺん最初からやり直す気になっててほしい。人生でまちがいをおかしても、いつも自分を許してほしい。だってまちがいは起きるものだから、大丈夫。

生徒たちはみな、疑い深い子でさえもうつむいて、ひとこともしゃべらずに集中していた。目の前に広がる紙の上に、心のリボンが一本、はらりとほどけていた。

「だってまちがいは起きるものだから、大丈夫」

無垢と経験とが入りまじった言葉。

「ときどきあなたがどうなるかはわかってる。でも、ほら！」

自由作文の七分が終わると、生徒たちはいつも、もう少し時間がほしいと言った。

第3章　次は火だ

三月に入って、ハーヴァード・ロースクールの入試担当事務局からボイス・メッセージを受け取った。合格したのだ。

両親に電話をかけた。母は「恭喜（ゴンシー）」と言い、思わず笑い声を上げた。こちらの気持ちに不釣り合いなまでに嬉しそうな声だ。おめでとう。次に受話器をつかんだ父が、これで外食する口実ができたなと言った。もうずいぶん長いあいだ、両親を喜ばせていなかったような気がした。たぶん大学卒業以来だ。だから、ロースクールに行くつもりはないこと、ヘレナに留まるということは伏せておいた。

「じゃあまたね」と私は言った。父と母は五月にこちらへやって来る。ふたりとも私の言うことなどほとんど聞いていなかった。

そのあと一流ロースクールに通っている友人に電話をかけた。また別の意見を言ってくれることを期待して。

「デルタに残って教師を続けるのって別に過激なことじゃないよね？」こんな会話ができるのはありがたい。中国語では「過激」をどう言うのかも私は知らない。

しかし、彼ともまた話が合わなくなっていた。「過激？」そんな言葉を口にするのは何年ぶりだろうというような言いかただ。「弁護士の資格を取ればば抜本的な変化を起こせるのに。デルタにいたら、そんなことできないぞ」そう言うと、彼は自分がいま学んでいることを話しはじめた。別人の話を聞いているようだった。じつを言えば、ロースクールに進んだ進歩的な友人たちの多くは人が変わってしまっていた。ふるまいかたが以前とは違うのだ。より自信をつけ、より如才なくなったように思えた。憤りはより簡単明瞭になった。公判や訴訟のことを話題にした。判例や区別について語った。銀行や企業や法律事務所の名前をいくつも知っていた。名前が重要なのだった。

「殉教者になるなよ」

その言葉に私は傷ついた。

国の情報監視に関する一連の記事がタイムズに出ていたのを読んだかと私は訊かれた。

「タイムズ？」私は間の抜けた返事をした。使う言葉が変わったのはこちらも同じだ。

「そうだよ」むこうはクールな口調だ。「ニューヨーク・タイムズ紙だ。さすがにこの新聞は知ってるだろ」

タイムズにはデルタのことなどほとんど出ていないと思ったが、口には出さないでおいた。

「ところで、いまは何を教えてるの？」

私はごくりとつばを呑みこみ咳払いをした。「アイ・アム」の詩がばかげているように思えてきた。生徒の子守をしていると思われはしないだろうか。事実、それまで生徒たちに頑張らせるのに苦労してきたのだ。私が見つけたヤングアダルトの作家たちの名前など、彼はまず知るまい。

「アマドゥ・ディアーロや警察の暴力や民主主義について教えてる」

じつのところ、その授業はうまくいかず、一日やっただけでやめてしまった。しかし友人も私も、ちょうどディアーロが警官に殺されたころに大人になった世代だ。ニューヨーク市警の警官たちが撃った四十一発のうち、十九発がディアーロに命中した。二十三歳のギニア移民、ディアーロは丸腰だった。生徒たちがこの事実に刺激されないことに私は失望した。みな、ディアーロの名前を面白がり、ヘレナの警官は銃の撃ちかたを知らないと冗談を飛ばした。生徒がこの事件をわがこととしてとらえないだろうとは思いもしなかった。デルタでは白人警官の暴力など大きな問題ではない。警官といえば署長クラスまですべて黒人という場所がほとんどなのだ。ここでは黒人はマイノリティではない。子どもたちにとって警官の何が頭にくるかといえば、ドラッグの売買に手を染めていることや友だちが殺されても捜査してくれないことだった。授業はたちまち脱線して雑談になった。ニュー、ヨーク、シティってどんなとこ？　生徒たちは三つの単語を、まるでそれぞれが別個の場所であるかのように発音して訊いてきた。ボウリング場はあった？

「ディアーロか。そりゃすごい」友人は感じ入ったようだった。「でも、もうそろそろ次のステップに進むときだよ、ミシェル。弁護士の資格があれば、いまの何倍もの力を発揮できるから」

パトリックの能力は黙読で開花した。本はパトリックをとりこにした。ラングストン・ヒューズの作品やディラン・トマスのアンソロジー、同韻語辞典など、好みは幅広かった。学校の春の式典では「最も成績の上がった」生徒として表彰された。私が推したわけではない。不在がちの校長でさえ、パトリックが登校しはじめたことに気づいていたほどだ。受賞者の名前が発表されると、パトリックはびっくりしたようだった。何かを勝ち取ったことなどそれまで一度もなかったからだ。生徒たちの喝采を浴びながらパトリックはステージまで歩いていった。猫背で、ゆっくりとした足取りで、どうふるまえばよいのかわからないようだった。まわりから認められてもじもじしていた。ふり返ると生徒たちはまだ拍手をしている。パトリックはいきなり両手を挙げ、ガッツポーズをしてみせた。どっと笑いが起きた。

リチャード・ワームザーがヘレナにやって来たのはそれからまもなくのことだった。しわの寄ったスラックスに白髪まじりの頭という、ニューヨークのむさ苦しい映画監督だ。ヘレナで「危機的状況にある」子どもたちと話したいならスターズに行け、と言われたのだった。リチャードはアーカンソー州エレインを題材にした映画を撮り終えたばかりだった。エレインはヘレナから二十数キロ内陸に入った、フィリップス郡のほぼ中央に位置し、ヘレナの住民が「田舎」と呼ぶようなところだ。この町で作家リチャード・ライトのおじは酒場の経営で成功し、それをねたんだ白人に殺された。おじが撃たれた夜、ライト一家は衣類や食器を荷馬車に積み込み、暗闇にまぎれてヘレナに逃げた。葬儀も告別も埋葬式もなかった。「私自身が白人の恐怖に見舞われたかのように頭が混乱した」とライトは書いている。「どうしてやり返さないの、と母に尋ねたら、母は恐怖のあまり私を平手でぶって黙らせた」

リチャード・ワームザーの映画はおそらく、このあたりで「エレイン暴動」と呼ばれている事件をテーマにしたものだろうと思った。だが、その呼称は正しくない。「暴動」ではなく、正真正銘、黒人の大虐殺だったのだから。

はじまりは教会だった。黒人の分益小作人が集まり、報酬を支払わない農園主を訴える計画を練っていた。すると白人が大挙して押しかけ、教会内部に火を放ったのである。白人がひとり銃で撃たれると、町じゅうの怒りが爆発した。数日のうちに近隣郡から何百という白人がなだれ込み、黒人という黒人を、女や子どもまで、路上で、綿花畑で、見つけしだい狩りたてた。連邦政府の軍隊までが機関銃を携えてやって来た。連邦軍が黒人を撃ち殺す手助けをしたという歴史家もいる。白人の死者は五人、黒人の死者は数百人。警察は黒人だけを逮捕し、ヘレナ郡の拘置所に収容した。白人はだれひとり起訴されず、黒人の死はどれも殺人と認められなかった。

話しはじめてすぐ、リチャードと私には共通点があることがわかった。私たちは知りたかったのだ。あれだけ過酷な歴史を経て、結局いまのデルタの黒人はどんな現実を生きているのかを。四時間目が終わり、あちらこちらの教室からあふれ出てきた生徒たちがカフェテリアに向かうなか、私たちは教室の外で立ち話をしていた。

「あの子は？」肩を落として背中を丸め、ゆっくり歩いている男子生徒をリチャードが指差した。

「パトリックです」と私は答えた。リチャードがパトリックを見つめるのを私は見守った。私だけではないのだ。パトリックには手を差し伸べてあげたくなる独特な何かがある。

「なんでここに放り込まれたんですかね？」ここがどういう学校なのか、リチャードは早々に理解している。

「出席率が悪かったんです。それが理由で送られてくる生徒が多いけど、私たちにはどうすることもできません。だからまた学校をさぼりはじめるんです」

リチャードはパトリックを撮りたいと言い、数日のうちにクルーふたりを従えてパトリックの家に現れた。注目されたことが嬉しいらしく、パトリックは、ゴーカートを見ないかと訪問客を裏庭に誘った。鎖歯車（スプロケット）もチェーンも何もかも自分で直したんだ。あとはブレーキだけ。そう言うと、しゃがみ込んでボルトを締めた。それから車輪を回してみせた。回転はとても滑らかだった。見上げたパトリックの顔が輝いていた。撮影クルーはたちまち魅了された。

「整備士になりたいの?」カメラを回していた女性が訊いた。

「はい、そうです」

リチャードはカメラをそのまま回させ、パトリックにスターズをどう思うかと質問した。パトリックは私のことをあれこれと褒めてくれた。学校に行く気にさせてくれたとか、欠席したら電話をくれたり家まで来てくれたりとか。「ミラーじゃだれもそんなことしてくれなかった。だから落第したんだ。スターズでは絶対に落第しない気がする。ミズ・クオがとても気にかけてくれるから」

そんなふうに言ってもらえたことが嬉しかった。クルーの女性が振り返って私を見た。称賛してくれているのを感じた。学校に戻るとリチャードは私にカメラを向けた。気づくと私は、熱狂的に何かを信じる人にありがちな無邪気な熱意もあらわに、こんな言葉を口にしていた。「一番大事なことは、気にかけてもらっていると子どもたちが思えるようにしてやることです。それだけでいい、単純なことなんです」

五月のある週末、メイプル・ヒル墓地を探そうと近所に散歩に出かけた。南部連合墓地として知られているところだ。かつては華やかな大邸宅であったろう建物の前を通り過ぎる。立ち並ぶ柱と四角い窓、ポーチに続く幅広の白い階段。その最上段にダウン症の女性がひとり、腰をおろして猫をなでている。このあたりに残った数少ない白人のひとりだ。

私はさらに歩きつづけた。誰かが捨てたポテトチップスの袋に野良犬が頭を突っ込んでいた。犬を見つめる私を、子どもがふたり、じっと見ていた。その子たちが「チン・チョン」〔西洋人が東洋人をからかうときの言葉〕と叫びだしはしないかと私は身構えた。が、黙ったままなので ほっとした。やがてポプラやオークの並木がとぎれ、強い日差しをさえぎるものがなくなった。猛暑に汗が吹き出てきた。私はフードのついた薄いスウェットシャツを脱ぎ、タンクトップだけになった。首筋を汗が伝い落ちる。ヴィクトリア朝風の家がなくなり、平屋の掘っ立て小屋のような家々が現れてきた。家と通りの距離が気まずいほど近く、通りすがりの人に屋内が丸見えだ。窓ガラスはない。ラップをガムテープで窓枠に貼りつけ、ガラス代わりにしている。立ち並ぶ建物の中には教会もいくつかあった。入口の庇には、「イエスは天国への切符」とか「ここに奇跡がある」と書いてあった。

野良犬の数が多くなった。通りの名前を見ると、教え子のひとりが住むあたりだった。タンクトップでいるところを見られはしまいかと気になったので、スウェットシャツをまた羽織った。家々の前に座っている住人が扇であおぎながら私のことをじっと見ていた。よちよち歩きの子が汚れたプラスチックのコップで遊んでいた。

私は立ち止まった。遠くに墓地が見えた。陽光を浴びた緑の丘が不相応なまでの威厳をたたえている。木々の蔭に、がっしりとした大きな石がいくつも横たわっている。入口はアーチ型をした金属製の門だ。これまでヘレナで見てきたどんな公共空間よりもはるかに感じのよいところだった。

丘をひとつ、またひとつと上ったすえに、ヒマラヤ杉が濃い緑蔭をつくる舗装された高台にようやく出た。中央に高い記念碑がそびえている。精いっぱい首を反らせて、てっぺんを見上げた。口ひげを生やし、ライフル銃を手にした兵士の彫像が乗っていた。碑の上端には「シャイロー」と彫ってある。「チッカモーガ」の名もある〔どちらも南北戦争の激戦地〕。十三個の星の上には「我が南部連合の戦没者」

と読める。

さらに、大文字の一文。「この記念碑は、愛国心と犠牲の霊廟での英雄崇拝と、失われし大義の記憶への献身と、ここに眠る有名無名の兵士の名誉を象徴し具現するものである」

「英雄崇拝」、「失われし大義」――私はいったいどこにいる？　いまは何年？　いまは西暦二〇〇六年で、ここは黒人がマジョリティの地域、かつて綿花の生産量と奴隷の所有が相前後して急増した土地、数少ない公共空間のひとつでいまだに南部連合の大義を記念している町だ。

南北戦争中の一八六二年、北軍がアーカンソー州に侵攻してヘレナを掌握し、ヴィクスバーグへの補給路を遮断した。ヴィクスバーグの壮絶な戦いは翌年だ。北軍兵二万人がヘレナ防御のために配置され、南部人を立ち退かせて農園を管理下に置き、奴隷を解放した。デルタだけではなく南部じゅうの奴隷たちが、自由を期待してヘレナをめざした。移住者は膨大な数にのぼった。何千人もの黒人がヘレナに流れ込み、「ブラックベリーのようにぞろぞろと野営地にたむろした」とウィスコンシン州のある兵士は述べている。

南部連合議会は、北軍側について戦った黒人兵をすべて死刑に処すとの声明を出した。いずれにしても黒人たちは戦った。アーカンソー州初の黒人連隊がヘレナで結成され、戦争が終わるまでにアーカンソーで五千人以上の黒人が志願兵として従軍することになる。その八五パーセントはデルタの出身者であった。

黒人の兵士や逃亡者の記念碑はどこにあるのだろう？　黒人たちの痕跡がほとんど見当たらないなんて、この長い一世紀のあいだにどれほど間違った方向に進んでしまったのか。〈マグノリア墓地〉という町の黒人墓地は見るも哀れなありさまで、手入れもされず、膝まで伸びた雑草に墓石が埋もれていた。黒人たちの物語は無視され、拭い消され、デルタでいまだ果たされていない長い黒人解放史の一部になっていた。

奴隷制が終わると、こんどは新たな不正がもたらされた。南部十一州が北部に再編入され連邦が再建されたことで黒人の権利が向上した動きもたちまち終わってしまい、黒人たちはさらなる絶望を味わうことになった。

奴隷解放後、十年もしないうちに、悪辣な分益小作制度ができたのである。それはこんな具合だ。一年の終わり、クリスマスの時期になると、分益小作人は農園の事務所に呼び出され、その年の労働に対する報酬を支払われた。それはしばしば「希望が無残に打ちくだかれる」ひとときだったと、ニコラス・レマンは書いている。分益小作人は数字がひとつ書かれた紙切れを一枚渡された。数字は農園主に対して負っている借金額のときもあれば、一年間働いたすえに手にできるわずか数ドルの給金というときもあった。金額の明細など尋ねようものなら命取りだった。「分益小作制度の詐欺的側面、小作人が貧乏なのは小作人側に落ち度があるからという農園主の変わることなき主張——小作人と農園主は仕事上のパートナーにすぎず、その取引明細書に活字で記されているのが小作人の損失額である——が、そのひとときをとりわけつらいものにした」とレマンは書く。「分益小作人である自分の人生は、理論上は自由なアメリカ人の人生だが、現実はまったくそうではない。なぜなのか、説明をつける方法はふたつしかなく、そのどちらも満足のいくものではなかった。ひとつは、小作人を押さえつけておくための陰謀が仕組まれているからであり、もうひとつは——白人たちの説明によれば——小作人が劣っていて無能だからであった」

黒人のリベリア移住運動が熱を帯びたのは、南部の片田舎に住む黒人たちの絶望の証しだった。ヘレナはこの初期のアフリカ帰還運動（バック・トゥ・アフリカ・ムーブメント）の生地であり、活動家の温床でもあった。〈リベリア移住をめざすアーカンソー州植民団〉の第一回会議は、一八七七年、ヘレナの第三バプテスト教会で開かれた。が、リベリアに移住できた黒人はごくわずか、フィリップス郡からの移住者は百名しかいなかった。彼らはあまりにも貧しく、あまりにも内地に住んでおり、手放したくない白人農園主たちに借金をでっち上げられてしまったのだった。

ヘレナの黒人たちが移住のため団結していたのと同時期に、フレデリック・ダグラスはアメリカ西部だろうが北部だろうがアフリカだろうが、移住を支持するいかなる運動も激しく非難した。偉大な仕事は南部でなされなくてはならないと彼は人びとに熱く訴えた。ダグラスにとって南部は故郷であり祖国であり、「政治権力と可能性の基盤」であった。一八七九年、ダグラスはこう宣言した。「わずかな財産を貯めはじめ、家族の基盤を築きはじめたばかりの南部の有色人種は、焦ってそのなけなしの財産を売り、ミシシッピ川の堤防に逃げてはいけない。懸命に努力をし、身の周りが望みどおりになるまでは、故郷を去って新たな土地に移るべきではない。よりよい環境を求めて転々と放浪する癖をつけるのは絶対によくない……私はここで生まれ、ここの人たちをみな知っていると言えることのほうが、私はよそ者で、ここに知り合いがいないと言うことよりも喜ばしいことなのだから」

ダグラスは楽観主義のせいで鈍感になっていた。南北戦争で黒人が戦って勝てるならこんどは自由を勝ち取れるだろう、と。移住は個々の黒人による権利の主張を反映すると同時に、卑劣で無法な南部諸州の勝利を認める行為でもあった。何よりダグラスは夢想家だった。連邦再建に臨んでなされた約束が果たされると信じ、そんな約束は有名無実だという意見を認めようとはしなかった。黒人たちが、ダグラスが再建を願った南部を捨てることで自由を表現することになろうとは思っていなかった。世界一有名な逃亡者ダグラスは黒人が南部に留まることを望んでいた。ほかの黒人リーダーのほうが、南部の抑圧的な制度がなんら正されることなく続くであろうことを、よく理解していた。

事実、ヘレナではそうだった。ほかの南部諸州と同様、アーカンソーでも黒人に労働を強要するため元奴隷を投獄した。奴隷解放以前は、労働力を必要とする農園主が逮捕された黒人奴隷の保釈金を支払っていたので、収監者の大半は白人だった。しかし解放後は黒人の囚人が極端に多くなった。地方裁判所は「労働力が不足している州じゅうの雇用主に奴隷を送り込むベルトコンベヤー」として機能した、と歴史家のデイヴィッド・オシンスキーは書いている。些細な罪でも刑罰は重かった。フィリップス郡では、たった一リットルほどのウィスキーを注文したかどで元奴隷ふたりが有罪になり、ひとりは十八年、もうひとりは三十六年の刑務所入りとなった。

ある元奴隷に言わせれば、自由など名ばかりの八百長試合にすぎず、新しい制度は「奴隷制よりひどい」ものだった。元奴隷とその子どもたちは、堤防の建設、低湿地の開拓、綿花の収穫など、それまでとなんら変わらない仕事をしつづけた。やがて工業化が起こると仕事はよりいっそう危険になった。炭鉱や製材所や鉄道の工事現場で多くの死者が出た。

それでも、尊厳の源は持ちこたえ、育っていった。黒人の親たちが黒人のための学校を開いたのだ。フィリップス郡では小さな森の木蔭が教室になった。床もないラバ小屋を教室にしたところもあった。インディアナ州からはクウェーカー教徒が助っ人としてやって来た。地元民は彼らを「黒んぼ先生と黒んぼを甘やかすやつら」と呼んだ。クウェーカーがサウスランド大学を設立するのを援助するため、ヘレナに駐屯していた黒人兵たちが二万ドル調達した。やがてこの大学はミシシッピ川以西で初めて設立された黒人の高等教育機関となった。そしていつもブルースがあった。バーやジュークボックスのある安酒場で、大勢の人々が踊り、いちゃつき、恋をし、密造酒を分かちあった。厳しい禁酒法下にあったミシシッピ州とは違い、アーカンソーでは比較的自由に酒が流通した。

だが、ブルースにも黒人のフリースクールにも、白人至上主義が駆り立てる暴力を止める力はなかった。連邦再建時代の終盤から第二次世界大戦までのあいだ、フィリップス郡ではアメリカのほかのどの郡よりも多くのリンチが起こった。歴史家のナン・ウッドラフによると、エレイン大虐殺の期間中、フィリップス郡のある教師は、「黒人が二十八人殺害され、その遺体が穴に投げ込まれて火をつけられた」のを目撃している。さらにほかにも、十六人がヘレナ近郊の橋に吊されているのを見たという。「怒りに燃えた市民は、ヘレナからエレインに向かう途上でも、黒人の死体に火をつけた」と、グリフ・ストックリーはメンフィスの新聞記事を引用している。ある地元住民はこんな証言をしている。「白人が黒人を銃で撃ち、焼くのを見て、私たちが背を向けて東のほうにある鉄道めざして走っているあいだ、白人たちが行く手を阻もうとしてきました。ひっきりなしに私たちに向かって発砲していました……夕方五時ごろには、さらに三百人近い白人が銃をもって押し寄せ、男や女や子どもたちを撃ち、殺したのです」

大虐殺から四年後の一九二三年になっても、暴力への欲望はいぜんとして猛威をふるっていた。ヘレナで開かれたクー・クラックス・クラン支部の決起集会には、テネシー州、ミシシッピ州からやって来た一万人を超える白人が参加した。いっぽう、アーカンソー州のデルタ地域を訪問中のNAACPの州支部長はすでにこうコメントしていた。「有色人種にとって、現在のアーカンソー州の農村地域は、三十年あまり前に比べて安全ではなくなっている。おそらくかつてないほど危険な状態にある」

大量の人びとがアーカンソーをあとにした。めざすはアフリカのリベリアではなく、合衆国北部だ。一九二〇年代から一九三〇年代、アーカンソー州を離れる人の割合は全米のどの州よりも多かった。黒人の三分の一が州を離れた。そうこうするうち、一大変革をもたらす機械が登場した。綿摘み機である。この機械は一時間に四五〇キログラムほどの綿を摘めるのに対し、人力ではわずか九キロにしかならない。一世紀近くのあいだデルタ地域に不可欠だった黒人の労働力は、たちまち時代遅れとなった。黒人労働力をめぐって南と北とが血みどろの戦いをし、雇用主のいない黒人を強制的に労働につかせる浮浪者取締法なるものが考案され、不当な実刑判決が下され、重罪犯刑務所がつくられ、抗議運動が潰され、綿花の種まきや摘み取りのシーズンには学校が閉鎖されたというのに、綿摘み機が到来するや黒人たちは履き古しの靴のように捨て去られた。北に行ける者はひきつづき北に向かった。流出は増加していった。

アーカンソー州でも他の南部諸州でも、高い教育を受けた者やなんらかのコネをもつ者のほうが去る傾向が強かった。留まったのは、デルタの中でもとりわけ辺ぴな内陸に住み、その地を抜け出すすべをもたない者であることが多かった。彼らは読み書きができず、恐れを抱いていた。雇用主との「契約」を破ってしまうのを、脱け出せない家族や愛する者たちに手ひどい報復がなされることを、見知らぬ馴染みのない土地のことを恐れていた。劣悪な環境は、そこにいる人間を逃げ出さずにはいられなくするだけでなく、行動する気力を奪いもする。シカゴ、ニューヨーク、ロサンジェルスなどの都市に移住した黒人たちの、困難で勇気あふれる旅の話ならたくさん語られてきた。しかし、留まった者たちのことはほとんど顧みられてこなかった。だから、一八七九年の黒人移住者たちを非難したフレデリック・ダグラスはたぶん許されてもいいと思うのだ。取り残された者たちに共鳴していたのだから。

今日デルタで生きるということは、ここを去って別の場所で生きる手立てが自分にはあるのかという、積年の疑念の影に怯えて生きることを意味していた。二十世紀初頭に起きた南部から北部大都市への黒人の大移動（グレイト・ミグレーション）もまた、公民権運動や奴隷解放と同様、それなりの救済寓話を提示していると私は思いはじめていた。それは黒人が自由を手に入れる選択をし、南部を脱け出して人種のるつぼたる北部に溶け込んでゆく物語だ。逃亡が英雄視される物語だ。脱出して北に逃れる。子どものために、自分の尊厳のために、生きのびるために。この物語では、どこを出たかではなく、出ることじたいが大事なのだ。デルタだろうがブラック・ベルトだろうが深南部だろうが、出てさえしまえばないも同然。いやな思い出や過去そのもののようにいずれ薄れてゆく。

こうして大移動の物語は、去ることのできなかった者、留まることを選んだ者のことを見えなくしてしまった。残ったのはたぶん、もっとも貧しい人たちだ。外界との接触がもっとも少なかった人たち、敗北にもっとも慣れてしまった人たち。しかし、おそらくまさにその特性のおかげで耐え抜いた人たちだった。彼らは歳を重ね、子どもをもうけた。子どもたちが生まれ落ちた世界は荒涼たるものだった。仕事はろくにない。学校もひどい。暴動などはるか遠い世界の物語。要するにおまえは自力ではい上がらなきゃならないんだよ、とわが子に言う親たちもいた。

パトリックやマイルズやタミールといった私の教え子たちは、取り残された人びとの子孫だった。

一週間後に両親がヘレナに来るというのに、私はまだ居残るつもりでいることを伝えていなかった。そこで友人たちが集まり、一緒に作戦を練ってくれた。

「週末まで黙ってなさい」とある友人が言った。その意見に別の友人が異議を唱えた。「最初に言えよ。最初にいやなことを終わらせろ」「だめ、だめ」とまた別の友人が言った。「話すのはすべてを見てもらってから」

すべてを見てもらってから。この案は期待できそうだったので、こんな計画を立てた。まず三人でコーンブレッドとリブステーキを食べる。そして教室を見せる。壁という壁に貼った写真や詩を一枚ずつ。それから〈デルタ・アイドル〉という大きなイベントに連れて行く。友人たちが立ち上げた〈ボーイズ・アンド・ガールズ・クラブ〉のチャリティ・イベントだ。エレイン、マーヴェル、ヘレナなどフィリップス郡全域からやって来た子どもたちが、歌い、踊り、詩を読み、劇を演じる。私立のデソトの生徒も参加するので、十年ぶりに白人の子と黒人の子が同じステージに立つイベントになる。友だちのダニーと私が書いたプレスリリースも見せよう。新聞が一字一句変えることなく掲載してくれた記事を。

最後にみんなの意見が一致したことがひとつ。私は部屋を掃除する必要があった。

両親がヘレナにやって来る前の週、ミシシッピ州クリーヴランドへの校外学習を企画した。話し言葉とラップについてのワークショップに参加するためだ。私は前よりも定期的に校外学習をやるようになっていた。朝、生徒数名を車で拾い、メンフィス図書館やブルース発祥の地ビール・ストリートや書店などに日帰りで連れていくのだ。

私は運転が下手くそで、それがまた生徒を喜ばせた。こちらが何かミスるたびに生徒たちが盛り上がる。曲がるところを間違えたり、縁石にぶつかったり、赤信号を飛ばしたり。あるときなど間違った私道に入ってしまい、そこから出ようとして車をバックさせたら郵便ポストにぶつかった。「くそっ」と私は思わず口走った。

普段は静かに考え込んでいるパトリックにこれが受けた。

「おっ、先生が悪態ついてる！」

「先生の免許証って、〈クラッカー・ジャック〉のおまけについてたやつ？」

「先生の仕事はおれらを教えることだろ、殺すことじゃねえよな」

「中国の人ってこんなふうに運転すんの？　絶対中国には行かない」

「先生を中国人って言うなよ！　アメリカ生まれだぞ」とパトリックが言った。

「でも中国人だよな」

私の車の中では教室ほどルールに縛られない。生徒たちはそこが気に入っていた。要するに、実質的に仕返しされる心配なしに口喧嘩できるということだ。

音楽が聴けるのもよかった。子どもたちはカーラジオをいじって選局し、私のＣＤを引っかきまわした。私の持っているニック・ドレイクやスフィアン・スティーヴンスやアイアン・アンド・ワインといったフォーク・ミュージックのＣＤはお気に召さなかった。だれがどんな音楽を選ぶかで言い争った。

２パックのＣＤを見つけたのはパトリックだった。彼は「チェンジズ」をかけ、ダッシュボードを指で叩いてリズムをとった。「おっ、いい感じになってきた」とタミールが後部座席から言った。「トゥパック、超カッコいいよな」

助手席にいるパトリックは歌詞に聴き入っている。

「けどそれは汚ないやりかたで稼いだ金だ、子どもにクスリ売りつけて」窓の外を眺めながらパトリックは小声で歌詞を繰り返した。

その視線の先を追うと、キックスケーターに乗ろうとしている男の子がひとりいた。せいぜい八歳だろうか。パトリックがその子に向かってうなずくと、気づいた男の子が疑いの目で見つめ返してキックスケーターに乗った。「知り合い？」

「いや、ただ挨拶してみただけ」パトリックはそう言うと鼻歌をうたいだした。

目的地そのものよりもドライブのほうが楽しいのはいつものことで、窓の外を見てごらんと子どもたちに促す必要はなかった。パトリックは必ずウィンドウを下げた。吹き込んでくる風が、自分たちがどこかに向かっている証しと思っているふうでもあった。車に乗ると力を手に入れたような気分になった。車に乗ると、何もない広大な空間を、果てなき平原を疾走できた。越えられない場所などないように思えた。ミシシッピ川にかかるヘレナ橋を渡るときにはだれもが黙った。橋の先に行くのは初めてか二度目という子がほとんどだった。

橋を渡るとき車内に満ちる静寂は、黙って本を読むときの静寂そのものだった。


両親は三泊の予定でやって来た。そしてリブステーキとコーンブレッドを私と食べた。友人たちが〈ボーイズ・アンド・ガールズ・クラブ〉のために企画した入札式競売形式のオークションに参加し、カモが一羽描かれた高価な絵を、地下室行きになることを承知のうえで購入した。出し物が終わるたび、ふたりは心から拍手をした。ゴスペルに合わせて父が体を揺するので、母と私は驚いて顔を見あわせた。

ヘレナを発つ前日、両親は私の学校にやって来て、まる一日を過ごした。私はふたりを壁に貼った詩のほうに誘導した。父は一篇を途中まで読むと歩き去った。母は生徒たちに手土産のシャープペンシルを渡して人気者になった。最近引っ越したインディアナで買ってきたのだ。しかし、両親の顔が本当に輝きだしたのは放課後の数学の補習のときだった。パトリック、マイルズ、アーロンやその他の生徒たちが教室のホワイトボードで問題を解いていると、父はじっとしていられなくなった。「違う、違う、このほうが速い」と言いながら、父は教室の前方に突進してマーカーを手に取った。父らしいわね、といった顔で母がくすりと笑った。

生徒たちもくすくすと笑った。父のやりかたは私とは正反対、無遠慮で、率直で、堅苦しくなかったからだ。父がマイルズにマーカーを返した。マイルズは父のやりかたで問題を解き、振り返って私が見ているかどうかを確認した。

「どうだ」と父は勝ち誇ったように言った。「速いだろう?」たぶん私は両親のことをまるでわかっていないのかもしれない、とそのときに思った。

背の高い生徒たちに見下ろされている父が、眼鏡をかけたアジアの小人のように見えた。父は別の問題を解きはじめた。分数の引き算を含んだ、ひねった問題だ。説明しているときの父は生き生きとして、眼鏡がずり落ちそうなほどだった。

その夜、私たち三人はポーチでアイスティーを飲んだ。期待してもいいのではないかと胸が高鳴っていた。さあ言うのよ。心の中で私は自分に声をかけた。

「考えてたんだけどね」と私は切り出した。「考えてたのよ、もう二年、ここにいようかなって。そのための方法があるの。保留っていってね、大勢——」

「ここに?」両親は同時に声を上げた。

父の顔がゆがんでいた。母が両手で顔を覆った。

「ここにか?」父はもう一度同じ言葉を繰り返した。ショックを受けていた。ロースクールに進学することになったって、いろんな人に話したんだよ、と父と母は言った。何をする気だ? 私たちを嘘つきにするのか? 本気で進学する気がないなら、どうしてわざわざ願書を出した?

「おまえはもっと賢い子のはずだ、こんな――」父は言いかけ、通りを指し、問題外だといわんばかりに両手を振ってみせた。「もっと賢い」と言ったときの独特の声音。首筋の血管が脈打っているのがわかった。

「あなた、幸せなの?」と母が割って入った。「ごらんなさいな、自分の体を」母は中国語でつづけた。私が太ったことを言っているのだ。「あなた、自分がどんな話しかたしてるかわかってる? わからないでしょ。老けてるのよ。真面目すぎるの。あなたと話してるとね、自分が若いことを忘れてるんじゃないかって思えてくるの。見た目を気にしないし、つきあってる男の人がいなくても平気だし。まるで幸せになりたくないみたい。学校、子どもたち、学校、子どもたちって、そればっかり。あなたの産んだ子どもじゃないのよ。自分の子どもを欲しいと思わないの? ここのお友だちはみんな結婚してるのに。あの人たちはあなたが独り身だってこと、気にかけてくれないわよ。自分たちのせいじゃないもの。夫婦なんてそんなもんよ。私は気になるわ。気にしてくれるのはね、ママとパパだけなのよ」母はそこでひと呼吸入れた。「あなた、普通じゃないわ。あなたのいとこたちはね、普通なの。結婚して、理系の勉強をして、幸せになって。あの子たちはそれが簡単にできてる。気難しくないのよ。親の言うこと、ちゃんと聞いて。なんであなたは普通になれないの? 何があったの? いい? マザー・

テレサと結婚したい人なんていないんだからね」

私は言葉を失った。ヘレナにいることを両親がそんなに嫌っていただなんて。

母は言葉をつづけた。「大学に入ってから変わったわね。ハーヴァードなんかにやるんじゃなかった。あそこの学生はみんな自分が世界を変えられると思ってるのよね。あなたもそう思ってるの？ 新聞を見てごらん、何も変わりやしない。自分が特別だと思ってるの？ ママやパパより優秀だと思ってるの？ あんなにたくさん本を読んだから、人を助けたいと思ってるから？」母は嘲るような声で笑った。「ママとパパが人を助けてないとでも思ってるの？ 私たちはあなたを助けてるのよ。あなたを学校に行かせてあげてるの。大学に通わせてあげてるの。寝る家を与えて、毎日働いてるのよ」

父が痛そうな顔をして自分の胸元をつかんだ。「おまえは親を見下している」

そして立ち上がると、母を残して歩き去った。

母がおろおろと父のあとを追った。

翌朝早く、私は両親を車に乗せ、メンフィスの空港まで送っていった。途中で朝食をとろうと車を降りたが、私たちはほとんど口をきかなかった。

「うちは幸せな家族だよな？」父がようやく口を開いた。そして自分で自分の問いにきっぱりと答えた。「うちは幸せだ」

空港に送り届けたあと、自分の部屋に帰りたくなくて、ハイウェイ六十一号線のメンフィスとヘレナの間を行ったり来たりしながら両親のことを考えた。首筋が凝っていた。

私が十歳くらいのころ、カラマズーの洗車場で、並んでいた車のあとに父が車を寄せると金切り声が上がったことがあった。「ちょっと！」後ろの車の窓から女性が身を乗り出し、私たちに向かって声を張り上げた。「そこのシナ人とその娘、割り込んだよ」私たちって割り込んだの？　シナ人が何なのか知らなかった私の頭の中は、その疑問で一杯になった。父はいきなり車を飛び出すと、その女性に怒鳴り返した。「このあばずれが！」私はたじろいだ。父の口汚い言葉をその場に居合わせた人たちみんなが耳にしたはずだ。ただ、私がショックだったのはその女性までたじろいだことだった。彼女は父が言い返すと思っていなかったのだ。父は流暢に罵った。激怒していた。父がその女性を殴るのではないかと怖くなった。が、殴らなかった。車に戻ってきた。そしてこんどは私に怒声を浴びせた。まるで私も何か悪いことをしたみたいに。「いいか憶えておけ、おまえはアメリカ人だ。アメリカの市民だ。この国で生まれたんだ。わかるか？　おい？」

両親が近所の人たちに私を紹介すると、私がしゃべるのを聞いた相手の顔に驚きを感じとることがあった。私になまりがないのを一瞬忘れていたけれど、よそ者である私の両親の存在によって、そういえばこの子の英語は流暢だと気づいたような様子だった。私という人物、ことに私のしゃべる英語は、親睦のしるしであると同時に、反撃であり、鬨(とき)の声だった。この子の英語を聴いてくれと両親が言っているように思えた。この子にはなまりがない、この子はあなたたちの仲間なんだ、と。両親からすれば、兄と私はアメリカ人だった。アジア系でも中国系でもない、ただのアメリカ人。たぶん時代のせいだったのかもしれない。が、同時にそれは両親が何かをすすんで捨てようとしていたしるしでもあった。

デルタの友人たちは、なぜ私がそこまで両親の言うことをきくのかが理解できなかった。「親の前じゃ、まるでちっちゃな女の子なんだから」と私はあるルームメイトに諭された。「どうして親にああしなさいこうしなさいって言われなきゃならないの？　あなたはもう大人よ」しかし、アジア系の親は失望を耐えがたいと考える人が多い。その失望の大きさは想像もつかないだろう。ポップカルチャーで風刺的に描かれるアジア人がそれっぽくないのは、描きかたが生ぬるいからだ。少なくともうちの家族の場合、叫んだり泣いたり、恥や罪悪感を抱かせられたりはよくあることだった。

しかし、本当の問題はそこではない。応えたのはたぶん、両親が言わずにおいたことだった。両親は私の授業料や本代のために貯金をはたくことをなんとも思っていなかった。自分の人生にはさほどの成功を求めず、子どもたちの成功のほうを重視していた。兄や私に家事をさせようとは思っていなかった。勉強こそ子どもの本業と信じていた。両親は私に本を読み聞かせたりはしなかった。自分たちのなまりがうつると思ったからだ。自らの過去にはおかまいなしで、娘に自分たちの母語を学ばせようとはしなかった。そんなふうに子どもに軽視されることが、移民になることの代償だとずっと考えてきたのである。

「おまえは親を見下している」と言ったときの父と母の表情は打ちひしがれていた。両親がその言葉を口にしたのは初めてではなかったが、直接聞かされたのは初めてだった。だから私は気乗りがせずつらくても、両親に優しくせずにはいられなかった。両親は両親で、私との話しかたを知らなかった。娘が自分の求めているものを筋道立てて説明できるよう手助けする方法を知らなかった。だからなんだというの？　大げさな。大人になりなさい。それにたぶんふたりは、私としては認めたくない私の性格を知っていたのだろう。

あるとき、生徒が中国語の発音を茶化して私を馬鹿にしている場に居合わせたミズ・ライリーが、子どもたちを怒鳴りつけたことがあった。「ミズ・クオは私たちと同じマイノリティなんだよ。なんで傷つけようとするの？　あんたたち、自分を傷つけてるってことだよ」恥ずかしくなったのか、生徒たちはしんと静かになった。こちらを向いて私の顔、私の容貌をいまさらのようにまじまじと見つめた。自分と私との関係について考え込んでいるのがわかった。ガイジンでも、ヤオ・ミンの親戚でもない、先生は自分たちと似たような人間なのかもしれないと思ったようだった。そういうことを言ってくれるミズ・ライリーが私は大好きだった。「私たちは似た者どうしなんだよ」と言ってくれたことが本当に嬉しかった。

「黄色人種」「モンゴロイド」（これは最高裁の表現）「不愉快な中国人」（これも最高裁）――どの言葉もアジア人を白人と分け隔て、アジアのさまざまな文化を、追放されうる存在としてひとくくりにした。一九五四年のブラウン判決まで、ミシシッピ州に住む中国人の子どもたちは、有色人種だからという理由で白人の学校に通うことを禁じられていた。アーカンソー州では一九四三年に正式な禁止令を出すさい、州のある上院議員がこんな言葉を吐いた。「黒人の子どもがみなさんの子どもと同じくらい優秀だとお思いの方々はおられないでしょうし、黄色人種の子があなたや私の子どもと同じくらい優秀だと私は思っておりません」

戦争中、一万七千人近い日系アメリカ人は、敵性外国人としてヘレナから百六十キロ南に下ったアーカンソー・デルタに送られた。その多くはカリフォルニアでかき集められ、列車に七日間乗せられたまま国を横切った。着いた先で目にしたのは蛇のはびこる見捨てられた土地。そこに完成半ばの汚いバラックが建ち並んでいた。監視塔はあるのに水道がないところもあった。新たに強制収容された人びとの大半はアメリカ生まれだったが、そんなことは問題ではなかった。「日本人は敵性民族である」と西部防衛司令官は記した。「合衆国で生まれた多くの日系二世、三世は合衆国の市民権を持っており、アメリカ化されてはいるが、民族間の緊張が弱まることはない」

デルタにやって来た日系アメリカ人は木を切り、土地を開拓し、作物を植えた。カリフォルニアで農業に従事していた者もいたが、斧の使いかたを知らない元会社員もいた。日系人の働きのおかげで、値打ちなどなかった土地の価値はやがて七倍から十五倍に跳ね上がる。しかし戦後、日本人がその土地を買って居座るのではないかと危惧した州議会は、日本人および日本人の子孫はアーカンソー州のいかなる土地も購入してはならず所有権を保持してはならない、とする議案を可決した。

私たちはみなデルタに連綿とつづく白人至上主義の構図に組み込まれているのだと、ミズ・ライリーは生徒たちに教えていたのだ。彼女の言葉は、私がこの土地にやって来たまさにその理由を言い表していた。私は連帯を示したかったのだ。しかしいまとなっては、それもこじつけのように思えた。デルタでのアジア系の苦闘も、生徒やミズ・ライリーの苦闘も私のものではなかった。私の祖先はこの土地の出ではない。私の祖父母は戦時中に強制収容されなかったし、白人の学校に通うのを禁じられたわけでもない。アメリカでの私の歴史はとても短く単純だ。両親はだれも聞いたことがない、私でさえもよく知らない国から来た人たちだ。いまごろになってわかってきたのだが、要するに私は代用物として――私の歴史の空白を埋め、アメリカの過去をわがものと主張するための手段として――黒人の歴史に頼っていたのだ。

私は運転をつづけた。カジノ〈ラッキー・ストライク〉に乗り入れてそのまま出てきた。北上してから南下し、また北に向かった。ハイウェイ沿いにはペカンの木が立ち並んでいた。なぜそこにあるのかがわからない十字架が平原に立ち、耕作されなくなった農地が広がっていた。古木が一本、水の中にすっくと立っていた。

「ここに?」父は両手を振ってあたりを指し示し、そう訊いた。ここは父や母が求めてやって来たアメリカではなかった。ふたりともそのことに気づいていないけれど。ヘレナでは移民の集団がひとつまたひとつといなくなっていた。デルタのユダヤ人、デルタのレバノン人、デルタの中国人。かつてヘレナの重要な一部であった人びとがみな去ってしまった。彼らは移民だ。移り住む人たちだ。彼らを彼らたらしめているのはまさにその点だ。その瞬間、奇妙にも私はあることを明確に理解した。デルタを見る目は両親のほうが生徒たちに近い。彼らはこの土地をどん詰まり、抜け出すべき場所と考えていた。

私たちのあいだには絆があるとはっきり言ったミズ・ライリー。その言葉に私は、自分が義理をはたすべき相手はだれなのだろうと考えた。両親は控えめすぎる人たちだった。自分たちも、自分たちの旅路も、特別なことは何もないからと多くを語ってこなかった。その言葉を真に受けた私が間違っていた。そう思うとちょっぴり心が痛んだ。私がだれよりもまず連帯すべき相手は、あの世俗的で、こつこつ働く、口やかましい人たち、娘をまるで所有物のように扱う両親だ。たぶん私は両親の所有物なのだ。たぶん私には両親に対して果たすべき義務があるのだ。

いつもながら母の言葉にはたじろがされた。そのとおりだったからだ。確かに親友はほとんどみなパートナーがいた。ふたりは猫を二匹飼っていて、私は毎日のように、通りを行った先にあるダニーとルーシーの家に入りびたっていた。私はさしずめ三匹目の猫、好きなときに出入りして、長椅子でうたた寝をしていた。訪ねたときはたいていチリコンカルネがコンロにかかり、私の上には毛布がかかった。ダニーとルーシーは私を起こさないようにと抜き足差し足で歩き、ひそひそ声でしゃべった。ディナーがすんだらダニーが私にギターを教え、ふたりの演奏に合わせてルーシーが歌った。私の今年のルームメイトもカップルで、カトリック教徒とユダヤ教徒だったので、子どもをもつべきか、もつならいつにすべきか、クリスマスツリーを買うべきかなど何かと議論になっていた。そんな口論のくり返しでさえ、私には縁遠い家庭生活をかいま見せてくれた。

しかし、唯一の独身の友だち、ヴィヴィアンとかわす会話は、母の非難を裏づける決定的な証拠だった。私とヴィヴィアンはデルタがまるで離島であるかのように話した。シングルだったらそうなってしまうだろう。歳の近い人間はいないのだから。ストレスやら揚げ物ばかり食べるやらで、こんなに太ってしまったと私たちは愚痴を言いあった。デルタに長期間留まることにした友人たちはほとんどが相手持ちだと当てつけで言いあった。

淋しいのは認めざるをえなかった。もうすぐ二十五だというのに恋人ができたこともないという、さえない事実。デルタに来る前の年、私は奨学金をもらってイングランドに行った。そしてそこで初めてお酒を飲み、耳にピアスをし、恋をしたのに相手にされないという屈辱感を味わった。自分のことをちょっぴり残念に思いながらイングランドを去ったけれど、その夏デルタに来るころには、まるで何もなかったかのように大学時代の高い理想に立ち返っていた。大学では、デートはほかの女の子たちがすることと決め込んでいた。それが人の役に立ちたいと思う気持ちの真剣さのあらわれで、つまらないことには無関心な印だというふるまいかたをしていた。アジア系の女性は女らしくてエキゾチックという固定観念に反する行ないをしていることが、それはそれは誇らしかった。自分は禁欲主義のフェミニストだと人にはジョークを飛ばし、オーバーオールやミスマッチな色の服を着たりしていた。ミドルクラスの異性間恋愛よりも女どうしの友情のほうが優れていると熱く語った。いまとなっては、ばつの悪い思い出だ。声高に言いすぎていたように思う。まわりの世界との意味あるふれあいかたがわかっていなかったのだ。

そしてヴィヴィアンはデルタを去ろうとしていた。ミシガン大学の大学院に合格して公共政策の勉強をすることになったので、その週早々ディナーに立ち寄ってくれた。「今日、ミスター・クーパーがね」とヴィヴィアンが言った。彼女が勤めるイライザ・ミラーの校長のことだ。「パドルを手に廊下を走って生徒を追いかけてた。喧嘩をはじめたか何かだったんでしょうね」ヴィヴィアンは片手を上げてこぶしを握りしめ、ぶつぞ、というジェスチャーをしてみせた。「その子、逃げきってたけど」ヴィヴィアンは声をたてて悲しげに笑った。私はほんの一瞬、彼女のことが容認できなくなった。まともに機能していない学校を笑うのがデルタを去っていいという許可のように聞こえたからだ。

うまく機能している学校、たとえば私が子どものころ通っていたような学校では、スタッフがひとつの基本ユニットとして行動する。問題児がいると、チームメンバーに次々とバトンを渡すようにして、大人たちがその子を引き継いでゆく。校長はＰＴＡの会議を開き、スクールカウンセラーは定期的に面談をし、大人たちは会合を開いてその子のために対策を練る。だが、まともに機能していない学校では、あきらめの感覚を中心にしてものごとが回っている。あきらめとは、授業妨害する生徒を教室から追い出すこと。妨害する子を変えられるかもしれないと思う授業からその子を除外すること。気まぐれでその子を追い出すこと。気まぐれな処遇から守るのが学校だというのに。スターズでは校長が不在のとき、罰として教室から閉め出された生徒には行くあてがなかった。閉め出された子は校内をさまよい、ドアを次々に叩いてどこかの教室に入れてもらおうとする。「鍵をかけなさい」とミズ・ライリーは私に忠告した。「何度も叩くけど、そのうちいなくなるから」

私の両親はそんなに間違っていたのだろうか。移民であろうとなかろうと、親ならばたいていわが子をデルタにやりたいとは思わないものだ。両親は私が結婚し、子どもを産み、よい仕事につき、お金を稼ぐことを望んでいた。父と母が理想とする幸福はとてもアメリカ的だった。それまでに出会ったほぼすべての人たちが、デルタを去る許可をすでに出してくれているような気がした。どうして私は留まるのだろう？　そんな考えは常軌を逸している。私はミシガン州から来たアジア系アメリカ人の女だ。この土地とどんなつながりがあるというのだろう。もはや私にはヘレナに住む計画が馬鹿げたものにしか思えなくなっていた。あなた、自分を何様だと思っているの？

ようやく自宅に戻って車を停めるころにはほぼ日も暮れ、デルタを去る決心がついていた。私は熱いシャワーを長々と浴びた。バスルームから出ると鏡に映った自分の姿が目に入った。デルタに来てから初めて自分がかわいく見えたような気がして、私ははっとした。

去る決心をしてから二週間後、これ以上スターズを維持する資金がないとフィリップス郡が発表した。スターズの生徒や教師は全員、町で一番大きなハイスクール、セントラルに行くことになった。そういうわけで、オルタナティブ教育についての郡の実験――これを実験と呼べればの話だが――は七年で終わることになった。スターズは、ほとんど話しあいもないままにヘレナから消える。唯一返ってきた小さな不平は、セントラルから百メートルほどのところにある裕福な地区の白人家庭からのもので、自宅のそんな近くに不良がいる危険性についての懸念であった。が、その人たちのことはそんなに責められない。安全だから――つまり危険と離れているから――という理由で郊外暮らしをしているアッパークラス、ミドルクラスはあらゆる人種でいるのだし、それよりけしからぬわけではないだろう。この小さな町のよその地区では、住宅の窓に煉瓦が手当たり次第に投げつけられ、高齢者がなぐられて強盗に遭っていた。人びとは自宅の私道で銃口に向かって両手を挙げさせられていたのだ。

生徒たちは私の顔を見て尋ねた。「先生もセントラルに行く？」

私は首を振った。

パトリックがペンを置いた。教室がしんと静まりかえった。コンピュータの鈍くうなる音が聞こえた。

「私はロースクールに行くことになっています」と私。「来年はここにいません」

長い沈黙があった。ついにモニカが、生徒の中でも特に気性の優しい子が、口を開いた。

「先生はいい弁護士になれないよ」

「どうして?」怒ったふりをして、私は両手を腰に当てた。

「いい人すぎるもん」

私はひとりひとりの顔を見つめた。

「みんなと会えなくなると思うと淋しいわ」と私が言う。「あなたたちは私が知ってる中で一番強い人たちよ」と私が言う。パトリックが、まばたきもせずに私のことを見ている。私の言葉を飲み込もうとしているように見える。アーロンもだ。ジーナも、モニカも、ケイラも。この子たちはみな私のことを信じている。この子たちが信じてくれているということ——私がただ親切にしているだけだとか、給料をもらおうとしているだけだとか、生徒に何かをさせようとしているだけではないと思ってくれていること——に私は心を打たれた。大きな時間の枠組みの中では一年という期間は長くない。しかし、一日一日をともに過ごしてきた私と生徒たちは、互いを信じあうようになっていた。

学校で過ごす最後の日は「フィールド・デイ」にして、私たちは屋外で遊び、ハンバーガーをほおばった。

「ずっといて、先生」とモニカが言った。その表情に非難の色があるようには見えなかった。

その夏は最後の最後までヘレナに居残った。新しくできた〈ボーイズ・アンド・ガールズ・クラブ〉の仮スペースでピンポンに興じた。自宅のポーチに座り、マリリン・ロビンソンの『ギレアド』を読んだ。人の役に立つことは自分に期待できる最高のこと、目的がないことは不安の中でも最悪のものとロビンソンは書いていた。教室を片づけるのには時間がかかった。どれもこれも捨てたくないものばかりだった。私のステッカーは取っておいた。十五歳の男子のあいだで大ヒットだったことがわかったから。自由作文も取っておいた。そして写真も。パトリックの描いた「思いやりのある先生たち」という絵も。そこには私も描かれていた。

ヘレナを去る前夜、ダニーとルーシーに会いに行った。三人で夜通し語りあった。私は、かつて働いていたシェルターでの経験を話して聞かせた。あるとき、ホームレスの男に歯磨き粉を渡すとするでしょ。すると彼がこう言うのよ。おれはいつも空港で寝ているんだが、あっちでは警官にいじめられてるんだって。で、そのホームレスと数時間話し込む。そのあと地下鉄に乗るための代用コイン(トークン)を渡す。翌晩シェルターにベッドの空きがないと困るだろうからと。で、シフトが終わるとまた自分の生活に戻る。不要なものにお金を使い、どうでもいいことを心配する。これって意味があるわけ？　完全に見捨てられた人に――ぼろを着て、寒さに凍えて、不快な臭いを漂わせて、酒くさい息をして、ろれつの回ってない人に――出会って、その人の目をじっと見たとき、それまでの自分とは違う自分になってはいけないの？　その後の人生が変わっちゃいけないわけ？　私が本当に言いたいことをダニーもルーシーもわかっていた。

「あなたたちはあとどのくらい、いる予定？」ついに私はそう言った。そうすぐには去らないつもりだとダニーとルーシーは穏やかに答えた。批判めいた口調ではなかった。幸せを願っていると言ってくれた。そして私にギターをくれた。

発つ朝は暑くまぶしかった。デルタから車で出るときに私は初めて悟った。私たちには共通する人間性があるというボールドウィンの主張――黒人だろうと白人だろうと、「私たちは互いの一部」だということ――は安易な感情にもとづいたものではなく、努力の上になりたつものだということを。「人間は、他者と向きあうとき、自分の中で向きあえるものとしか向きあえない」とボールドウィンは書いた。共通の人間性があるという理想を信じ、愛を信じることをスタート地点にしたのが間違っていたのだ。信念とは努力して手に入れるものだった。自己を破壊し、破壊されることだった。努力をする。痛みに対峙する。ボールドウィンのように絶望と格闘してこそ、分かつことのできない私たちの運命を信じられるようになる。

私は生徒たちに努力を求めた。例のリンチの写真を見せたときには、デイヴィッドに努力を求めた。デイヴィッドはうなだれた。それは祖先が辱めを受けているのを目にしたからだろうか？　それとも授業そのものに問題があったから？　あるいは、デイヴィッドが自分に求められた役割――グロテスクな見世物を目撃し、見世物が終わっていることに安堵するという役割――を見抜き、それに抵抗したからだろうか？

私は生徒たちに書く努力をさせた。パトリックの家の近所に住む、おばあちゃんに育てられた十五歳のリアーナはこう書いた。「神さま、わたしが一番わからないのは、なぜおばあちゃんにいいボーイフレンドができなくて、わたしと妹の世話をするためにいい仕事が見つからなくて、おばあちゃんがどうして宝くじとかに当たってお金が入らないのか、四〇エーカーとラバ一頭はどうなったのでしょうか」

「四〇エーカーとラバ一頭?」〔南北戦争後に解放されたアフリカ系アメリカ人に対して約束された補償のこと。結局その約束は守られなかった〕私は驚いた。そんなフレーズを知っている生徒は、ほかにいなかったからだ。「どこで知ったの?」と私は問いつめた。

「おばあちゃんが言ってた」とリアーナは答えた。祖母がだれかに約束を反故にされたことを思い、胸を痛めたのだ。

マイルズも書きつづけた。しかし二度目に書いた詩は、最初の作品と同じように兄のことを書いていながら殺伐としていた。「あの男はおれのあにきを殺したことで苦しんでいるだろうか/あの店を見るとあにきを思い出す/おれはあの男を殺したい/それをやりとげたら王さまになった気分」その紙を手にしたまま、私は体がすくんだように座っていた。書くことによってマイルズの気持ちに区切りがつき、苦しみが終わっていわゆる「新たなはじまり」が訪れたわけではないことが沁みとおるにつれて、耳が焼けるように熱くなった。書くことによって、かえってさらなる苦しみへの扉が開かれてしまったのだ。

パトリックも努力をしていた。パトリックなりに頑張って登校しつづけた。毎朝起きて、毎朝バスに乗った。最初はなぜ欠席するのかがわからず戸惑ったけれど、いまではその理由が納得できる。なぜ登校すべきなのか、わからなかったのだ。卒業したら自分の世界は本当にいまよりよくなるのか? 卒業したら何をするのか? パトリックの家族はだれひとりハイスクールを卒業していない。それでもパトリックは学校にやって来た。町の獣について詩を書き、カンザス州の魔女についての本を読んだ。ディラン・トマスの詩の一節をノートに書き写した。「歩む道は暗く、めざす場所は明るい」と。「すてきな響きだから」だとパトリックは言った。

『次は火だ』でボールドウィンはこう書いた。「愛しあう者たちのようになり、他者を意識せよと主張したり、他者に対する意識を生み出さねばならない（私たちが）……ぐずぐずせずに義務を果たせば」私の生徒たちは主張し、私は以前よりも問題意識をもつようになった。それでも、教室の中にいるだれもが了解している口にされない真実があった。私は去ることができた。本当にそうしたければ、教室から立ち去り、二度と戻らないことができた。私は去ることができ、彼らは去ることができない――私にはその手があったのだ。

与えるものより受け取るもののほうが多いという常套句は真実を言い当てている。意味のある一日とはどういう日のことをいうのか、私はもう判断する基準を手に入れていた。まったく異なる環境下にいる人たちと、難しいけれども生きた関係を築けたかどうかを基準にすればいいのだ。関係を築こうとしていたことを忘れてしまうほど純粋な絆を結べたかどうか。翌日も姿を見せたいと思い、相手もこちらがきっと来ると思っている、そこまで強く求めあうつながりかどうか。もしそうであれば、あなたは嘘つきにならないようにしようと、リベラルな理想を実のあるものに、自分の骨と肉にしようとしたということだ。

生徒たちに努力を求めた私はいったいどんな努力をしたのだろう？　自分ではたくさん努力したつもりだったが、走り去る車の中でこの二年を振り返ると、結局何もできていないような気がした。たぶん私は何も変わらなかったのかもしれない。教えるのが下手くそだった日々を私は思い起こした。自分の中にあった理想――善意や忍耐や強い信念――を掲げて、とことん壊された日々。だれかがだれかを嘲ると、仕返し、爆発、そしてカオス。その場に立ちすくむ私の首筋の動脈が膨らんでいるのを、生徒たちが見守り、これから何を言うのかと待ち構える。

うんざりしたんだ、と思った人もいたに違いない。あきらめて、車に乗って、ここから出て行きたくなったんだと思われたかもしれない。たぶんそのとおりだ。しかし、たいてい同時に私はまったく正反対の気持ちを抱いていた。救いようはあると思っていたのだ。キレた子どもたちは、まただいなしにしてしまったと思う。今日爆発したら昨日の成功は帳消し。得点板の数字は消されてまた零点に逆戻り。それでも私は生徒のところに歩み寄りこう話しかける。「あなたのしたことはなくならない。あの写真が見える？　あなたの読んでる本が見える？」そして、こうつづける。「自滅して、失敗して、転んで、落ち込んで、また立ち上がるのが人間よ。あなたは強い、あなたはいい子よ。私を信じて」

言葉こそが大事だったのだ。言葉が人を強く育てたのだ。しかし、そんなふうに励ます必要がほとんどない生徒もいた。パトリックのような子がふっと現れて、持ち前の賢さを示してくれた。

それは四月のある午後のこと。一週間雨が降りつづいたあと、教室の天井から雨漏りがして、たくさんの本がだめになってしまった。生徒たちは絶望した。モニカは雨水が染みて重くなった本を爪でこすった。私は動転した。

「おまえら、もう泣くな」パトリックはそう言って立ち上がると教室から出て行った。数分後、戻ってきた彼の手にはバケツとモップがあった。

闇(くらき)より闇に入るや猫の恋
——一茶

第二部

第4章　イワン・イリイチの死

ロースクールに入ったとたん、私はそれまでの自分とは似ても似つかない人間になってしまった。優等生でない気分を味わったのは生まれて初めてのことだった。授業中はびくびくし、しゃべるのが怖かった。成績は可もなく不可もなくといったところ。頭がよさそうなしゃべりかたをしているか気にしていた。成績がトップクラスとおぼしき学生たちは素早く、ためらわずに規則を当てはめていった。彼らは自分に求められたことをこなすことができた。引き起こしたのが生身の人間だという考えに気をそらされずに、問題を抽象的に考えることを。

契約についての講義の初日、私たちは教授から夫を亡くした女性の話を聞かされた。夫が加入していた生命保険の約款のせいで、妻は保険会社から保険金の支払を拒否された。教授から約款の説明を受けた私たちは愕然とした。その女性は保険金を受け取るべきだろうか。教授の問いに対し、八十名のクラスのほぼ全員がイエスと手を挙げた。学期が四分の三ほど過ぎたころ、教授が同じ判例を読み上げた。このとき、女性が保険金を受け取るべきだというほうに挙手した学生は、ごく少数だった。

最初の学期中、私はレフ・トルストイの『イワン・イリイチの死』を読んでいた。イワンは法律学校を卒業し、弁護士になり、やがて裁判官になった人物だ。一生懸命に働き、出世の階段を昇っている。昇進を待ち望み、それが叶わないと絶望する。昇進すると、また勢いづく。そして裁判官に任命される。自分の人生はあらゆる点で正しく、上品で、立派なものだとイワンはひとりごちる。

しかし、病を患うとすべてが一変する。イワンは肉体の痛みに驚き、うめき、のたうちまわる。そして内なる声が聞こえるようになる。

「おまえには何が必要なのだ?」と心の声が訊く。

苦しみたくない、生きたいとイワンは答える。

「生きるって? どう生きるのだ?」と声が訊き返す。

心の声に聴き入っているときには痛みを感じないことにイワンは気づく。

自分は正しい生きかたをしてこなかったのだろうか。イワンは自問する。だが、すべきことをすべてしてきたのなら、どうしてそんなことがあろう?

「そしてよくあるように、なにもかも自分が間違った生き方をしてきたせいで生じたことなんだという考えが頭をよぎると、彼は即座に自分の人生の正しさをくまなく思い起こして、その奇妙な考えを追い払うのだった」

ロースクールに入り、私は人生で初めてお金持ちのイベントに足を踏み入れた。企業法務の法律事務所が主催するリクルーティング・パーティである。二年目がはじまるころには、黒のワンピースに母から借りたパールのネックレスをつけ、企業のM&A〔合併と買収〕にとても関心がありますとリクルーターに請け合うことに、かなりの時間を費していた。この時期のイベントはどれもロースクールの学生を誘惑すべく企画されたもの。〈シェ・アンリ〉のワインとサーモンケーキやチャールズ・ホテルの巨大なチョコレート・ファウンテンなど、レストランを渡り歩く酒浸りの日々だ。学生たちは法律事務所に願書を出し、その夏その事務所で仕事をし、最終的には——二日酔いがそれほど目立たなければ——「内定」が出ることになっていた。誘惑はその他もろもろの力と相まって効力を発揮した。必要性（ロースクールに通う学生は莫大な額の教育ローンを組んでいる）、まわりのプレッシャー（ほかのみんながそうしているから）、理屈による正当化（世の中の大半を動かしているのは企業なのだから、そのしくみを知るべきである）。企業法務の弁護士になるのが「もっとも抵抗が少ない道」だと教授が言い、「死んで墓碑銘に『彼は態度の決定を保留していた』なんて書かれたくないだろう？」とそれとなく勧めるのを忘れようと、学生はたいへんな努力をしたものだった。

ロースクール二年生から三年生に上がるときの夏休み、私はいわゆる「サマー（インターン）」としてマンハッタンの法律事務所でひと月働いた。窒息しそうなほどきつい仕事だったが、驚くほどの高給だった。無料で五皿のコース・ランチが出るうえ、サマーたちのためにオープン・バーや高級料理が用意されたイベントが数日ごとに催された。たとえば私が働いた事務所では、アジア系アメリカ人を歓迎する「文化的多様性」イベントが開かれた。基調スピーチをした男性は「〈サバイバー〉のアジア系男子」と紹介された（〈サバイバー〉は、厳しい自然の中でメンバーを蹴落としてゆく生き残りゲームのテレビ番組）。また別の夜にはグルメのためのチーズづくり講座が催された。サマーたちをひと晩、空中ブランコ・スクールに送り込んだ法律事務所もあった。

各サマーにはメンターとして弁護士がひとりずつ割り当てられた。私の担当者は、律儀にもマンハッタンの高級和食レストランでランチをおごってくれた。私は彼が気に入った。噂に聞こえてくるほかのメンターと違い、私の採用にあまり関心がないように見えたからだ。じつは私よりひとつ歳下だったけれど、物腰は年配の男のようだった。げっそりやつれ、体のあちこちが痛いと言った。アルコールの話題が多かった。韓国系アメリカ人だろうなと思った。大学を出てすぐロースクールに入り、そのあと法律事務所に入ったらしかった。ぼんやりとノスタルジアにひたりながら、試験を受けつづけた日々を思い出していた。試験と聞いて、どの輪(フープ)を跳び抜ければいいのか訊かずともわかっていた日々が懐かしくなったのだろうか。

その四週間、私にとってのニューヨークとはトルストイにとってのモスクワのようなものだった。味気ない仕事の合間合間に食事とお酒、そしてまた食事とお酒のはさまったつまらない仕事の一日がやってくる。食べたり飲んだりが楽しくもあり、嫌でもあった。

その夏、母と父がニューヨークを訪ねてきたとき、タイムズ・スクエアにある事務所ビルのそばで一緒にお昼を食べた。摩天楼を仰ぎ見る両親のなんと移民っぽく見えたこと。アメリカまでどれほど長い旅をしてきたのかがその姿に現れていた。三十年以上も前、台湾とかいう、よくわからない島国からアメリカ中西部のミシガン州にやって来て、英語をおぼえ、仕事に就き、郊外で子どもをふたり育て上げた。いま、頭上高くそびえるのは、彼らのやりとげた証しだ。ここで、この高くそびえるビルの中で彼らの娘は働いている。お昼を食べているとき夕食に何が食べたいかを考えるような父が、職場で出る五皿のコース・ランチがどんなものか教えてくれと言うので、私は説明せざるをえなかった。平弁護士(アソシエイト)で幸せそうな人はいないと言っても父と母にはうまく理解できないようだったので、長々と説明するのはやめておいた。

法律事務所の仕事は四週間で終わった。事務所は採用戦略の一環として、夏休みの残りをどこのＮＰ

Oで働こうが、インターンシップにかかる費用をもつと約束してくれていた。そそくさと法律事務所のデスクを片づけたあと——取っておきたいものなど何もなかった——私はニューヨークに留まり、子どものためのNPO〈ザ・ドア〉で働いた。小さな子どものための賑やかな〈ハル・ハウス〉みたいなところで〔ハル・ハウスHull Houseは近代社会福祉の母、ジェーン・アダムズが創設したセツルメント〕、ダンスやラップの授業があり、カウンセラーが常駐していた。私は人身売買でアメリカにやって来た中国人の子にビザが下りるよう手伝った。楽しかった。〈ザ・ドア〉にいた四週間のあいだに、法律事務所が貸してくれたブラックベリーをなくした（夏休みが終わるときに返却することになっていたのに）。自分のデスクの上に置いたか、ひょっとしたらデスクではないところに置いたのかもしれない。自分で企画した労働者の権利のトレーニングのことで心が浮き立っていたある金曜の朝、個人携帯の呼び出し音が鳴った。「いまどこにいるの？」と法律事務所のコーディネイターの声がした。「え、どういう意味でしょうか？」どうやら内定者を集めて開かれたセレモニーをすっぽかしてしまったらしい。なくしたブラックベリーに詳細の連絡が入っていたのだ。

「内定が出たんですけど」と彼女。「ありがとうございます」内定取り消しかなとひやひやしながら私はお礼を言った。

内定をもらったサマーたちは両親に電話したが、私は連絡をしなかった。

私は頑張ってデートを試みていた。というか、デートのしかたを学ぼうとしていた。デートのときには必然的にヘレナで教えていたときの話になった。強烈な体験の常で言葉にするのが難しいうえ、ヘレナにはついこのあいだまでいたから、そこでの経験をまだ過去のこと——ただのいい経験——と考えてはいなかったし、考えてしまいたくなかった。のちにデルタのことを語ろうと筆をとったのは、たぶんそういう理由からだ。「前向きに考えてくれるパートナーがいたら、またあそこに戻って暮らすかも」と私は最初のデートで言ったものだった。

そして、デートがいつも一回で終わってしまうのはなぜだろう、と不思議がっていた。

とはいえ、ロースクールの最終学年に入ろうとするとき脳みその大半を占めていたのは、ほかのみんなと同じ、卒業後の仕事のことだった。例の法律事務所から内定は出たものの、受け入れるかどうか決めかねていた。政府機関かNPOで働くことを考えた。その点、ハーヴァードの学生は恵まれていた。NPOは職員を募集することがまれなうえ、募集がかかったとしても、トップランクの大学から採用されがちという不公平な現実があった。他大学のロースクールにいた友人は公的セクターで働くことを切望していたけれど、望みが叶わず民間セクターに就職した。選べる私は贅沢だった。けれどいったいどこで働くべきなのか。

ロースクールに進んだのは、公民権のひとつたる良質な教育を勝ち取るために闘おうと考えたからだった。私は学部生のころから、公民権擁護のために尽力した一九五〇年代から六〇年代の弁護士たちのことを尊敬していた。人生を賭け、南部の学校での人種差別撤廃に尽くした人たちだ。私はNAACPの法的弁護基金（LDF）にねらいを定め、ロースクール一年目が終わったあとの夏、インターンとしてそこで働いた。やってみてわかったのだが、学校はもはや公民権弁護士が闘う場ではなくなっていた。ブラウン判決でLDFの弁護団長をつとめ、のちに判事に転じたロバート・カーターは、一九八〇年に出版されたエッセイで象徴的な勝利を回想した。

弁護士が犯した根本的な過ちは、カーターによれば、人種融合教育イコール平等教育と決めてかかったことだった。そう考えた弁護士たちを責めることはできない。ブラウン判決まで南部の学区は、公けに、大っぴらに、恥知らずなまでに、黒人の学校をないがしろにしていたのだから。ブラウン判決に関わった弁護士たちが集めた証拠からは、生徒ひとりあたりの予算には人種間でまぎれもない格差があること、黒人の教師や校長の給与は情けないほど少額であること、黒人の学校の設備が老朽化していることなどが明らかになった。しかし、ブラウン判決が下されて初めて、「人種差別が法律として施行されていることが根本悪なのではない」ことが理解された。「それはただの副産物、より大きく、より有害な病――白人至上主義――のひとつの徴候にすぎなかった。言うまでもなく、白人至上主義はもはや局所的な汚染に留まらない」

北部では、裕福な白人たちが、黒人と同じ学校に通うことを避けるために郊外へと逃げていった。黒人の子と白人の子がなぜ分離されているかといえば、昔もいまも居住地域が分かれているからだ。だから、白人の子が白人の子と、黒人の子が黒人の子と一緒に学校に通うのである。ブラウン判決が下された一九五四年よりも現在のほうが、学校での人種隔離が著しい理由もそれだ。その間、南部では、アーカンソー州知事が州兵を動員し校舎を封鎖した〔リトルロック高校事件〕。デルタのような田舎では小さな私立校がいくつも開校した。一九八〇年になるころにはすでに、自分たちの世代では人種融合は起こらないとの落書きを、カーターは学校の壁に見つけていた。「今のところ、人種融合のみに的を絞って取り組むことはミドルクラスだけにできる贅沢である。ミドルクラスには、不満があれば公立校を見捨てる手立てがある」今日の子どもの教育のために――彼の言葉を借りれば「現実生活」のために――「黒人の子どもたちが通う学校に質のよい教育を届けることに力を注ぐ」べきだとカーターは書いている。W・E・B・デュボイスが一九三五年に述べた言葉には先見性があったように思う。人種隔離か融合かという問題に「魔法の策はない」とデュボイスは警鐘を鳴らした。「黒人に必要なのは、人種が分離された学校でも人種が混じり合った学校でもない。必要なのは教育だ」

融合教育の夢を持ちつづけた人たちもいた。重要なのは、黒人の子どもが学ぶさいに白人の子どもの存在が必要だということではなかった。社会学者のオーランド・パターソンに言わせれば、「生涯にわたる心的態度が形成されている時期に、アフリカ系アメリカ人とヨーロッパ系アメリカ人がともにいること」が人種融合教育のもたらす効用なのだ。黒人がいる学校に通った白人は「アフリカ系アメリカ人に対してより寛容であり、彼らが教育面や経済面でより多くの機会に恵まれることにより好意的」との結果が数々の研究から出ている。黒人は黒人で、白人の友人という社会資本を手に入れ、より広範な集団に貴重なネットワークを広げられる。最高裁判事のサーグッド・マーシャルが書いているように、「我々の子どもたちが共に学びはじめなければ、国民が共に生きられるようになる望みはきわめて薄い」のである。

私はこのふたつの見解の中間あたりの立場をとっていた。しかし私には、そんな自分の見解も、この問題に関するだれの見解も、最高裁が見当外れなものとしたことがわかりかけていた。二〇〇七年六月末のとある暑い日、歴史的な訴訟事件の判決を聴くため、私はLDFのスタッフ全員と最高裁判所の階段をのぼった。しんと静まりかえった満席の法廷でロバーツ最高裁主席判事が読み上げた意見は、シアトルとルイヴィルの学区が人種を考慮に入れたうえで生徒を学校に割り当てることを禁じるものだった。ロバーツ主席判事はそれらのシステムを「人種の均衡をはかるもの」とし、学校が生徒を人種で割り当てることはできないとする案を支持するのがブラウン判決であるとの意見を書面で記した。「人種に基づく差別をやめる方法とは、人種に基づいて識別するのをやめることである」というのが彼の意見だった。それに同意できないブライヤー判事が裁判官席から次のような意見を述べた。「これほど少ない人間によってこれほど迅速にこれほど多くのことが変わるのは法の世界ではあまりないことです」〔この判決では、最高裁判事九名のうちの五名が人種による生徒の割り当てを支持しなかった。つまり、たった五名によってブラウン判決の解釈が大きく変わってしまったという意味〕同じく異議をとなえたスティーヴンス判事は、ブラウン判決の歴史の書き換えにおいては「残酷な皮肉」が過半数を占めていると述べた。

へこんだのは私も同じだった。ロースクールに入ったのは、力を行使できる手段にともかくも近づけると思ったからだ。しかし最高裁の決定は、実質的に公民権弁護士に、人種融合教育の問題に展望はないと表明したようなものだった。人種差別の歴史に立ち向かい、自発的に融合教育を試みたシアトル、ルイヴィル両学区があったというのに、最高裁はそのシステムを違憲と見なしたのである。教育法を教えるジェイムズ・ライアン教授は次のように書いて嘆いた。「私を含め、人種融合教育というゴールを信じる多くの人たちは、喪失感と裏切られたという思いを抱かざるをえない」

翌年の夏は、法律事務所とＮＰＯという、これ以上異質なところはないふたつの場所で仕事をした。私はダーツを投げながら、自分のいるべき場所はどこなのか答えを出そうとしていた。三年生に上がるころには、ロースクールから何かひとつ得るものがあるとすれば、危機的状況にある貧しい人びとの役に立てる基本的スキルを身につけることだろうとの結論を出していた。家主に強制退去させられそうになっていたり、ボスが賃金を払ってくれなかったり、父親や母親が本国送還になったりといった危機に直面している人たちを助けられるようなスキルを身につけたい。〈セントロ・レガル・デ・ラ・ラーサ〉というＮＰＯで働くため、私は特別研究奨励金に出願した。カリフォルニア州オークランドの、のちに黒人オスカー・グラントが警官に射殺されることで有名になるフルートヴェール地区のＮＰＯだ。依頼人の大半はスペイン語を話す不法滞在移民。「魅力的な仕事じゃないよ」と〈セントロ〉で働く弁護士に言われた瞬間、ここにしようと決めた。「でも、安心してやって来て助けを求められる数少ない場所のひとつだね」

奨励金がおりた。それでも経済的にはきつくなりそうだった。物価の違いを考慮しても、アーカンソーで教えていたころの収入を下回る。場合によってはカリフォルニア州の公立校教師より給与が少ない。だが薄給であることが、自分の良心がそっくりそのまま保たれている証しのように思えた。

やがてヘレナに住む友人ダニーからよくない知らせが届いた。「パトリック・ブラウニングはきみの生徒だったよな?」電話のむこうでダニーが話しはじめた。パトリックが死んだ知らせなのかと思った。

そうではなかった。パトリックが人を死なせたのだった。いまは拘置所の中だという。ある男と喧嘩になり、相手を三回刺したのだという。

私は呆然となった。きっと何かの間違いよ。パトリックに人を殺せるはずがない。

私はたたみかけるようにダニーに質問をした。拘置所の面会時間、知ってる? 土曜は開いてるのかな? それからロースクールの教授に手紙を書き、授業を欠席すると伝えた。

パトリックが逮捕されてから三日後の土曜午前、面会時間内にどうにかフィリップス郡拘置所に着くことができた。外目には温和な建物だ。どっしりとした背の低い、煉瓦造りの二階建てだった。

ロビーは天井が低く、水の染みた跡があった。装飾といえば、馬にまたがる保安官が写った額入りの白黒写真きり。貴重品はすべて事務所の看守に預けるようにとの面会者向けの掲示がある。私のほかに待っている人はひとりだけ、十代半ばくらいの年格好の少年だった。その子は私に〈ドリトス〉の袋をよこして勧めてくれた。

私は看守のあとについて狭い廊下を歩いた。看守は戸惑いぎみに横目で私を見た。「あいつが何したか知ってんのかい？」

「パトリックは素晴らしい生徒でした」と私は簡潔に答えた。

それには答えず、看守はガラス窓を指差した。ガラスのむこうでパトリックが待っていた。

窓に歩み寄ったときの私は、自分の記憶に残るパトリックを期待していた。すきっ歯で薄笑いを浮かべた顔を、苦笑いしているような、物憂げに考え込んでいるような、おどおどした顔を。宿題をしていないときや、私が自宅にやって来たときや、私が何か親切なことを言ったときに見せる表情を。

パトリックの顔は以前よりもこけていた。二サイズほど大きな縞の囚人服を着ていた。口をへの字に曲げていた。パトリックは歳をとって見えた。いや、歳をとっていた。会うのは二年ぶりなのだから。

私の姿を認めたパトリックはとても驚いたようだった。

私は壁に掛かった黒電話の受話器を手に取った。

「先生、そんなつもりじゃなかったんだ」だしぬけに、嘆願するような口調でパトリックが口走った。

それが最初の言葉だった。悪さをした子どものような、ありふれた口調だった。実際にはもう子どもではなかった。十八か十九になっているはずだった。が、私の心の中ではパトリックは依然子どものままだったのだろう。

何があったの、と私は訊いた。あの晩、家に帰ったらパムがいなくて、とパトリックは言った。特別支援学級にいる十六歳の、下の妹だ。隣家のドアをノックした。返事はなかった。だからまた家に戻った。そうしたらパムがマーカスという男とふたりでポーチのほうに歩いてきた。ふたりともハイになってるみたいだった。マーカスは間違いなく酔ってて、おれに向かってわけのわからないことを言ってきた。おれはマーカスにポーチから降りろと言った。あいつは降りようとしなかった。ポケットに何か武器をもってるかもしれないと思った。だから怖くなってナイフをつかんだんだ。昼間、甥っ子のベビーカーを修理するのにそのナイフを使って、ポーチに置きっぱなしだったから。あいつを脅かそうとしただけだよ。でも喧嘩になって。あいつはのろのろとむこうに歩いてった。家に入りかけたとき、歩道のそばでマーカスが倒れるのが見えた。そしたら警察がやって来た。で、手錠をかけられた。ここに入って三日になる、ここには悪いやつらがいる、ここは地獄みたいだ、とパトリックは言った。

マーカスとパムはどういう関係だったのかと私は尋ねた。

「セックスしてた」と言い、パトリックは口をつぐんだ。そしてまた口を開いた。「殺すつもりはなかったんだ」

パトリックは黙りこくった。私たちはガラス越しに見つめあった。パトリックは頭（かぶり）を振った。「先生、なんていうか」

先生、なんていうか——その言いかたを聞くと、パトリックがぐっと見覚えのある顔だちに戻って見えた。

私たちは話をつづけた。お父さんとお母さんはどうしてるの？　元気です。どうにかやってます。食事はどう？　まずい、ほんとに。学校は？　ついてけなくて。行くのやめたんです。頑張ったけど、ほんとに。パトリックは学校については話したがらなかった。

看守が私を呼びに来た。もう時間だ。

私は立ち上がり、最後にパトリックに会ったときのことを思った。一緒に過ごした年の終わりごろ、パトリックの中にはある種の自覚とでも言えそうなものが芽生えはじめていた。「自負」と呼ぶにはあまりにも弱くて揺らぎやすい自覚。私なら、「自分を温かく受け容れる気持ち」と呼んだだろうか。「ここにいると自分の声が聞こえてくる」かつてパトリックは私たちの教室についてそう語った。いまではその温かな気持ちは消滅したか、眠ったかしていた。私たちの手に入れた何もかもが遠のいてしまった。それはいまも大切なものなのだろうか?

手紙を書く、と私は言った。この約束こそ守らなくては、と自分に言い聞かせて。

パトリックが逮捕される前から、私はロースクールで文章講座を取っていた。面会から戻ったあと、私はヘレナで教えていた日々のことを文章にしはじめた。すべてを思い出そうと無我夢中で、一心不乱に。デルタを去って二年が過ぎていたが、一部の生徒の名前はすっと思い出せた。マイルズ、タミール、ケイラ……。書いていると、古い夢の中に戻っていくような感覚があった。

最初は必要にかられて、書かずにはいられないから書いていた。書くことでパトリックとつながり、パトリックという人物やデルタでの日々を思い出すことができた。だれにも邪魔されない自分の部屋でデルタに向きあい、自分がデルタのためにしたこと、しなかったことをじっくり考えることができた。私は正直に自分を評価しようとした。私がヘレナを去ったことはパトリックが落ちこぼれたことと関係しているのか、恐る恐る自問した。病原体から作られたものを体内に入れるワクチン注射のように、書くことによって私の体の中にある種、否定的な生が吹き込まれた。危険なことと知りながら、記憶には誤りもありうると思いながら、私は書くことによって徐々に強くなっていった。

しかし、そのように強くなってゆくことを奇妙にも思った。書き終えるころには、まるでパトリックとのことも終わったかのような気分になったからだ。パトリックについての記憶のディテールは、何ひとつ壊れていなかった。頭の中でパトリックの一挙手一投足がおのずとよみがえってきた。パトリックのことを思い出そうとする私は、彼を失った人のように扱っていた。文章にすることによってパトリックは紙上の人物になった。私の目的をかなえるために、デルタを忘れたくないという私の欲求を満たすために存在する人物になっていた。

再会から五週間後の二〇〇八年十一月、大統領選でオバマが勝利を収めた。強い風の吹く夜、私はボストンのニューススタンドを三つめぐったすえ、まだ売れずに残っていたボストン・グローブ紙を一部見つけた。オバマの勝利した写真をパトリックに見せたかった。この歴史的な出来事を、わがこととして感じてほしかった。私はその新聞と、ジェイムズ・ボールドウィンの『次は火だ』を——自分の好きな部分の余白に×印をつけて——入れた小包をつくった。退屈するだろうと思って生徒たちには紹介しなかった本だ。

そしてパトリックにお行儀のいい言葉ではじまる手紙を書いた。「お元気ですか？　私は元気です」

「赤シャツを着た黒人男性が一名、うつ伏せに顔を伏せ（原文ママ）、生け垣のすぐ左に、体の下に血が流れた状態で横たわっていた。現場にいたのは本官とローズ警官であり、本官が犠牲者の体をひっくり返したところ、犠牲者は苦しそうにあえいでいた。その後、本官が脈を取ろうと取ろうと

（原文ママ）したが、すでに脈はなく、刺し傷と思われる大きな傷を被害者の上胸部に二か所発見。両目は大きく見開かれたままだった」

ロースクールの最終学期の春、パトリックの事件に関する警察の捜査報告書を、国選弁護人の経験をもつ私の指導教授に見せた。彼女の容赦のなさが獄中にいるパトリックに有利に働くかもしれないと期待したからだ。私はこの教授の刑事事件弁護ゼミを取っていて、実際に事件をいくつか割り当てられてもいた。おもな依頼人は暴行殴打のかどで起訴されているヘロイン中毒者で、殴った相手は母親だ。母親のほうは糖尿病を患う六十七歳のメキシコ移民で、息子に五回殴られ車椅子が必要な身となった。家族じゅうがその息子にうんざりしていた。母親の障害者給付金を盗み、注射針のせいで母親の家をめちゃくちゃにし、家族を立ち退き寸前にまで追いやっていた。

私は教授から、その母親が住んでいる場所を見つけ出し、家を訪ね、起訴を取り下げさせるように言われていた。

「母親に……母親と話をするんですか？」私は不安になってごくりとつばを飲み込んだ。

「ほかにだれかいる？」

言われたとおり、私は母親のアパートを訪ねた。しかし、彼女は起訴を取り下げず、たぶん私はそのことにほっとした。

ほかでもない、この教授なら、パトリックの事件の中からパトリックに対して有利に働く側面を暴き出せるかもしれないと私は考えた。

パトリックは令状で極刑、すなわちアーカンソー州では死刑に値する罪に問われ、その後、第一級殺人に引き下げられていたが、それでもまだ重すぎる罪だった。陪審裁判はお金も時間も食う。罪名を過剰に重くするのは検察側がよく用いる戦術であり、被告を脅して答弁取引に持ち込もうとする意図がある。州が過剰に重い罪に問うのには、よりシンプルな理由もある。州にはそれができるからだ。重すぎる罪名にはこんなメッセージがある。「こちらにはおまえをとことん痛めつける力がある、だからこちらに従え」第一級殺人には終身刑が言いわたされるが、傷害致死の場合におりる判決は三年から十年だ。一生刑務所暮らしになるかもしれない陪審裁判というギャンブルに打って出たがる被告は、無実の者も含めてほとんどいない。

被告が大衆の同情を買っているなど特別な場合のみ、検察はゆるめの求刑をするか、法律を念頭において起訴する。たとえば、玄関先に来た日本人留学生を至近距離から撃ったルイジアナの白人男性は、法に関連した二要因を考慮して傷害致死罪で起訴された。そのふたつとは、「城砦の法理」——家とは住む人にとっての城であり、人は自らの城を守る権利がある——と純然たる恐怖だ。パトリックについても、妥当な起訴とするために、このふたつの要因を重視できたはずなのだ。しかし、パトリックは郊外に暮らす白人ではないため、第一級殺人罪に問われていた。

私の指導教授は過剰な罪名に驚いた様子を見せなかった。「罪が軽くなるようトライしてみる必要はあるわね」と書類をめくりながら言ったあと、訊いてきた。「この子、警察と話した？」

「権利放棄条項にサインしました」と私。

教授の顔が曇った。

「弁護士はついてなかったの？」

「はい」私は急いでつづけた。「ミランダ権利〔容疑者が尋問前に告知される権利。告知しないと供述が証拠として採用されないとするミランダ準則にもとづく黙秘権や弁護士立会い要求権など」を読み上げられたと書いてありますが、正直なところ、ミランダが何で、それがどういう権利なのか、彼がわかっているとは思えないです」

教授はこの議論に興味を示さなかった。貧しくて教育を受けていない刑事被告人はたいていそうだからだ。一九六六年のミランダ対アリゾナ州事件の判決から確立された法手続き、ミランダ準則は、知的障害を抱える被告もほぼ対象となる。

「自白したの?」

「はい。父親が供述調書にサインもしてます」

教授はファイルを閉じた。自白をしたなら無実など問題外。パトリックはやったのである。よくあるタイプの事件だ。不幸な結果に終わったものの、その結果が予測できなかったわけではない喧嘩である。パトリックは喧嘩に勝ち、そのあと警察に何もかも話した。自分を守りすぎ、そのあと自分をまったく守らなかったのだ。

「手遅れとは言いたくないけれど」教授はそう言うとファイルを私に返した。「あなたにできることはあまりないわね」

これは「きわどい」事件ではないから希望をもたないように、と経験豊富な元国選弁護人は言った。

その夏いっぱい司法試験を受けたあと、私はカリフォルニアに引っ越した。ときは九月、新しい人生がはじまろうとしていた。オークランドでの仕事に対する研究奨励金がひと月半後から支給されることになっていた。

母がインディアナからサンフランシスコまで飛行機でやって来て、荷ほどきを手伝ってくれた。西部への長旅でしわの寄った洋服を見て、やれやれと頭を振り振り、母らしい几帳面さでブラウス、ブレザー、ワンピース、スラックスにひとつひとつアイロンをかけていった。なかでもとりわけ合うと思ったブラウスとブレザーを、同じハンガーに掛けておいてくれた。私は母を近所の散歩に連れ出した。「ここなら楽しく暮らせるね」と母は嬉しそうだった。

私がこれから暮らすところはサンフランシスコのミッション地区。友人のアディーナが、ふたりでルームシェアするアパートを見つけておいてくれたのだ。私たちは一年間の賃貸契約を結び、保証金を支払い、これからの共同生活にわくわくしていた。アパートがある通りの先には〈タルティーン〉があった。フードジャーナリストのマーク・ビットマンお気に入りのアメリカン・ベーカリーだ。なぜかひとつのブロック内に、素晴らしい書店が三つもあるのもありがたかった。アパートの近くには、メキシコの画家ディエゴ・リベラの影響と思われる、カラフルな色が渦巻く幻想的な壁画があった。壁画と反対方向に足を向けると、遊び心のある名前、皮肉な名前、意味のよくわからない名前の店――たとえば、〈外国映画(フォーリン・シネマ)〉という名のレストランとか――が軒を連ねていて楽しかった。

どの街角でも、バーがサービスタイムを謳って客を誘っていた。ゴージャスな大型牧羊犬がいるかと思えば、とんでもなく小さなチワワが歩いていたりした。通りはいつもたくさんの人びとで賑わっていて、アーガイル柄のブーツ、レギンスに不良っぽい帽子というようなルールを無視したファッションが街を引き立てていた。地区の高級化ははじまっていたけれど、家賃はまだ私たちの手の届くレベルだった。

母が帰った翌日、友人夫婦が訪ねてきたので、三人でバスに乗りオーシャン・ビーチまで太平洋を見に行った。潮風、ドラマティックな白い霧——私の夢のカリフォルニアが現実になっていた。私たち三人は砂浜に座りサワードウ・ブレッドを分けあって食べた。甲高い鳴き声のする方角に目をやると、すぐそばの島でアシカの群れが吠えていた。ゴールデンレトリーバーが一匹、ボールを追って海に飛び込んだかと思うと、ずぶぬれで勝ち誇ったように水中から姿を現した。口にはしっかりと大切なボールをくわえていた。

パトリックについて書いた文章がいいので発表できるのではと文章講座の面々に言われた。公けにすることに罪悪感をおぼえたけれど、私はなんとか自分をなだめようとした。独善的なエッセイではない。モラルの面でよくないことは重く受け止めている。パトリックやその他の生徒たちのことを温かく人間的なまなざしで見つめて描く努力はした。しかし、努力したからといって、他者の物語を語るときにどうしても生じる一方的な力の行使を、互いのあいだに育まれた温かな交流を裏切る行為を、人目に見てもらえるのだろうか？

講座の先生の仲立ちでコンタクトを取ったニューヨーク・タイムズ・マガジン誌の編集者は、私のエッセイを「人生」欄に掲載しましょうと言ってくれた。私は自分に約束をした。パトリックがこれを気に入らなければ発表はしないと。そして、彼についてのエッセイをヘレナの拘置所に送った。

しかしパトリックから返事は来なかった。エッセイを受け取っているのだろうか？

私は編集者に掲載の準備を進めてもらった。

やがて、掲載の契約をかわしたあと、私は心配になった。パトリックがこれを読んだらどう思うだろう。私の描きかたが間違っていると思うだろうか？　彼について書くことばかりにかまけて、彼自身のことをあまり気にかけていないと思ったら？　書くことと気にかけることのあいだに突然生じた予期せぬ奇妙な対立。パトリックのことを気にかけていないと思ったことなどなかった。私は間違いなく、自分の全アイデンティティを人への気遣いによって築いてきたのだから。親しい人はみな私のことを「胸を痛めるリベラル」という紋切り型表現で形容できる人間と思っていたけれど、私は実際に胸を痛めていた。書いたものを公表することによって自分の誠意がむしばまれるような気がしていた。

もうひとつ、私は自分に小さな約束をした。十月にパトリックに再会するとき――オークランドで仕事をはじめる前にもう一度面会に行くつもりだった――この作品をじかに見せよう、と。

最初の面会からほぼ一年後、十月上旬の土曜日に車でヘレナの郡拘置所に向かった。ほかに車は見当たらず、道はがら空きだった。サンフランシスコにひと月暮らし、駐車にかなりの苦労を強いられ精根尽きはてる経験をしてきた私にしてみれば、玄関の真正面に駐車できたことが信じられなかった。

私は待合室に腰を下ろした。受付にはオレンジ色のブロック体で「面会受付中（オープン）」と書かれた表示が出ていたが、看守はいなかった。

今回は私のほかに女性がひとりだけ待っていた。「そんなこと知るかよ」と書かれたシャツを着ていた。

十分後、特大サイズのピリ辛チップスの袋を手にした看守が現れた。

パトリック・ブラウニングに会いに来た、と私は言った。

「あいつには会えねえな」と看守が答えた。

「でもいまは面会時間中でしょ？」私は戸惑いながら尋ねた。

「あいつのこと連れてきたくねえ気分だからかな」そう言うと看守はウィンクした。

それでわかった。むこうは私をからかっているだけ、私に冗談を言い返してほしいのだ。もう戸惑わなかった。この男がプロフェッショナルだったなら、私はもっと驚いていたと思うけれど。からかわれてむっとした私は眉をひそめた。その様子に看守が首をかしげた。

「あんた、ボーイフレンドは?」突然、こちらの手にむこうの手が触れるのを感じた。「指輪してねえな」看守は私に向かって口をすぼめ、にやりと笑った。

デルタでは冷やかしはセクハラだ。五十歳未満なら、見てくれにかかわらず、こういう言動はセクハラになる。

看守は名を名乗った。ショーンという名前だった。お目にかかれてとても嬉しいよ、と言った。弁護士用の部屋を使えとショーンは言った。プレキシガラス越しにしゃべるよか、そのほうがいいだろ。どうしてなのか私にはわからなかった。私がパトリックの家族ではないと知っているから? はるばる東洋からやって来たと思ったから? それとも私がじゃれさせてあげたから?

ショーンは消えかけたステンシルで「取調室」と書かれた個室に私を案内してくれた。じめじめとした、ムスクのにおいがする部屋だった。隅っこには、雨漏りを受けるバケツが置いてあった。見上げると、黒紫色のしみが天井板に飛び散っていた。なんとなく毒がありそうなにおいを吸い込みたくなくて、私はつとめて息を詰めていた。そこにパトリックが姿を見せた。パトリックはぎょっとしたあとに笑顔になった。

「どう、元気にしてる?」と私。

「元気です。元気にしてます」

突然何かを思い出したようにパトリックが言った。「先生は元気ですか?」

「ええ」

「いまはどこに住んでるんですか?」

「カリフォルニア」

「カリフォルニア」パトリックはその言葉を注意深く繰り返した。頭の中でその言葉を、あるいは地図を思い出そうとしているように見えた。

ご家族はお元気、と私は訊いた。

「みんな元気です」パトリックがそこで口をつぐむと沈黙が流れた。私が彼にもっとしゃべってもらいたがっていることにパトリックは気づいた。

「そう、ちょっと前までは面会に来てくれてた。姉ちゃんや妹たちとか、親父とか、みんなで窓の中にぎゅうぎゅう詰めになって」

「姉妹が三人?」

「はい」

「男のきょうだいはいないの?」

「いません」

教師をしていたころ、パトリックの家族構成についてはろくに知らなかった。姉妹が三人いて、兄弟がいないことも知らなかった。いまになって、それがとても重要な事実であることを私は悟った。パトリックは母親から姉妹の面倒を見るようにと言われていたに違いない。この家で唯一の息子なのだからと。

「お母さんは来なかったの？」

パトリックは首を振った。「仕事に行かなきゃなんないし、それに……おれに会うのはきついだろうし。家族にはもう何か月も会ってません」

パトリックの家族は、郡拘置所からそう遠くはない、八キロも離れていないところに住んでいた。きっと私が驚いた顔をしたのだろう、パトリックがうつむいた。「正直言って、こんなふうにして家族に会いたくないんです」そこでいったん言葉を切り、パトリックはうまい言葉を探した。「おれって、にっこりしても、ほら……見せかけが好きじゃないから。だから来るなって頼んだ」

パトリックはまた黙りこくった。

「いいのよ、私には話さなくても」

かつて私たちは学校という場所でつながっていた。パトリックがなぜドロップアウトしたのか、パトリックに何が起きたのかを私は知りたかった。一年前のある夜、パトリックの自宅前でどんな間違いが起きたのかと同じくらい、そのことが気にかかった。学校をやめていなければこんなことにはなっていなかったはずだ、パトリックはいまごろ拘置されていなかったはずだと、たぶん心の奥深くで私は思っていたのだろう。学校をやめねばならない立派な理由があったのだろうと私はひそかに想像をめぐらせた。たぶんだれか、母親か姉妹のだれかが病気になり、支えるために仕事をする必要があったのかもしれない。

「それで、いつ」――「ドロップアウト」という言葉が喉元まで出かかった――「学校に行くのをやめたの？」と私は訊いた。

不自然なほどさりげない口調になった。

パトリックは目をそらした。このことも話したくないのだ。「がんばったんだ……」とパトリックは口を開いた。「でも先生にスターズでしてもらったようなことをしてもらえなかった。三角法があまりおぼえられなかった」パトリックは「三角法（トリゴノメトリー）」という言葉を、つっかえないように、ゆっくりと正確に発音した。

「数学でくじけちゃったの？」

「はい」

「成績はどのくらいだった？」

「悪かった」

「たとえば……Fとか？」

パトリックはうつむいた。

「ほんとのこと言うと、三角法が全然わかんなかった」

「あなた、数学はよくできてたのに」私はパトリックの分数の成績を思い出していた。

「この数学はダメだった」

「先生に教えてほしいって言わなかったの？」

パトリックはうつむいたままだ。

「お願いしようとは思わなかったの？」

私はできるだけ中立的な声を保つ努力をした。が、そのあとで思い立った。どんな口調で言おうが、いや、何を言おうが同じことだ。いまさらこんな話をしても、どうにもならないではないか。私はパトリックの昔の教師であって、パトリックはもうドロップアウトしてしまっている。

「とてもそんな……」パトリックの声がしだいにしぼんでいった。「頼むなんてこと、できなかった」
スターズで数学の授業を受けていれば三角法を理解できたとは断じていえない。私がやっていた放課後の補習だけでは不充分だったし、スターズの正規の数学教師はイライザ・ミラーで野球とフットボールのコーチをしていた。それはつまり、数学の先生がしょっちゅう試合やら練習やらで学校を早く退出するということ、学校にいる生徒のことについては警官任せだったということだ。

　ほんの数分前には、なぜパトリックが落ちこぼれたのか不思議でしかたなかったけれど、もう私には完全に想像がついた。数学の授業を受けているパトリックの姿を思い描くことができた。三十人の顔が並ぶなか、パトリックは後方の席でほかの子たちを観察している、気づかれないままにこぼれ落ちている。やがて彼は授業をさぼりはじめる。数学はとくに蓄積が大事だ。授業を一日さぼると、翌日にはもうわからなくなる。さぼったあとに再び出てきたときのパトリックの様子も想像できた。心機一転、やり直そうと思ったら、三角形やいろんな図形、「sin（サイン）」、「cos（コサイン）」、「tan（タンジェント）」などの言葉が踊るプリントを渡されたのだろう。きっと困惑したはずだ。パトリックが人に助けを求めるところなど見たことがない。差し出された助けは受けても、自分のほうから助けてほしいと言うような子ではなかった。

　それに冷静に考えてみれば、パトリックにはたしかにあきらめの早いところがあるように思った。

　私は椅子の背にもたれかかった。学校の話をしても家族の話と同じく行き詰まってしまう。

「で、あなたの国選弁護人とは話したの？」

「おれの何？」

「あなたの弁護士」

「いや、その人は知りません」

「公判の日は?」

パトリックは首を振った。「まったく、おれって、そういうの何も知らないんだな」

「どういう罪に問われているか知ってる?」

パトリックはそこで初めて身を乗り出した。この事件について、自分の知らないことを私が知っているかもしれないと思ったのだ。パトリックはうろたえていた。「先生、おれ、なんの罪? だれも何も教えてくれないんだよ」

罪。パトリックが話題にしたいのはもちろん罪名のことだ。いま彼を助けるために私にできることはそれだとパトリックは思っている。私は基本的なことは知っていたけれど、それを伝える役目を自分が担うことになろうとは予想していなかった。

私は慎重に言葉を選んだ。テーマや象徴的な意味についてクリエイティブに説明する方法を考えてみた経験はあるが、パトリックを前にしたいまの私は、「犯意」とか「殺意」といった難解な法律用語をつとめて避けようとしていた。

「これはすべて精神状態と関係しているのよ」と私は説明をはじめた。「第一級と第二級というのがあって……」私は「殺人」という言葉を使いたくなくて、いったん言葉を切った。

「第一級は、わざとやった場合」

パトリックが割って入ってきた。私の言葉をさえぎったのはそれが初めてだった。体がこわばり絶望的な声になっていた。「むこうを傷つけるつもりはなかった、妹を探してただけだったんだ。でも、あいつが訳わかんないこと言いだして。血を見るぞとか、自分はワルのグループに入ってるんだとか、ほんとに変なことばっか言うんだよ。おれがそこを離れようとしたのにあいつがつかんできたんだ」

「むこうが何を言ってたか憶えてる？」

感情を爆発させてきまり悪くなったのか、パトリックはまた椅子の背にもたれた。「あまり憶えてない」と小声でぼそりと答えた。「訳がわからなくて、あっという間のことだったから」

私は咳払いをしてこう訊いた。「そのときはどんな気持ちだった？」

「先生、ほんとにその気はなかったんだ。傷つける気も――」パトリックはいったん言葉を切って力をふりしぼり、「殺す気も」と言うと、口をつぐんだ。「ただ……泣けてきた。おれが何をしたか人に言われて。ほんとにそんなつもりじゃなかった。妹を探してただけだったんだよ」

「なぜ泣いていたのか思い出せる？」

「人を殺したって言われたからだよ！　やってないよ……わかんないけど」

声が割れて裏返った。パトリックは頭を両手で抱えこんだ。指が頭皮に食い込むほど。

それまでは亡くなった相手のことを考えないようにしていた。どんな人だったのだろう。きっと家族がいたはずだ。母親、父親、きょうだい。悲しみに暮れるその人たちのことを考えると重苦しい気持ちになった。理論的に言えば、被害者家族の悲しみのほうがパトリックの家族の悲しみを上回っているのだが、私には双方の悲しみをイメージしてみることができなかった。

パトリックと被害者のマーカスのことを同時に心の中で思い浮かべることはできないように思えた。片方に同情をすれば、もう片方に疑念を抱くことになる。空の星の輝きと、自分の立っている星の輝きを同時に見ることはできないように。

「傷害致死は」と私は言葉をつづけた。「第一級や第二級とはちがうの。これはね」――そこで私はまた、「殺人」という言葉を使いたくなくて躊躇した――「起きたことが意図的なものではないということよ」

しかし、パトリックは記憶に疲れ果てて自分を閉ざしてしまった。ショーンが顔をのぞかせ、腕時計を指差してから立ち去った。

そろそろ時間だとわかっていたが、まだパトリックについてのエッセイを読んでもらっていなかった。彼がエッセイの存在を知らなければフェアでない。

私はバッグの中から薄いニューヨーク・タイムズ・マガジン誌を引っぱり出した。

「あなたのことを書いたのよ」と私。「あなたのことや、私がスターズで教えていたときのことを書いたの」読んでみる？

「はい」パトリックが反射的に、あまりにも従順にそう返したので、こちらの質問をあまりよく聞かずに返事したことがわかった。

「読んでみて」そのページの最初の文を私は指し示した。

パトリックは前のめりになり、集中してがちがちになっていた。緊張していることに気づいてはっとした。本でも雑誌でも、パトリックが最後に何かを音読したのはいつなのだろう？　少なくとも先生と一緒に。左手が震えていた。パトリックはそれを和らげようとするかのように、ぎゅっとこぶしを握りしめていた。右手で恐る恐るページを持っていた。紙が破れるかもしれないとでもいうように。

生徒だったころからどのくらいの月日が流れたのか数えてみた。三年と四か月。パトリックは私がデルタを去った翌年に学校をドロップアウトしている。つまり厳密に言えば、終了したのは八年生までだ。

音読をやめさせたくなったがパトリックはすでに前のめりになっていた。とても速いテンポで、自信を装ってパトリックはエッセイを読みはじめた。しかしすぐに自分のことを描写した文のところでつっかえてしまった。〝彼にはほうようりょくのようなものがあった〟

「ごめん、先生」とパトリックが言った。

顔が紅潮していた。気づくと私の顔も火が出るように熱くなっていた。

パトリックと私はとぎれとぎれに読んでいった。「にがわらいしているような、ものうげに考え込んでいるような」とパトリックが読んだ。そして横目で私をちらりと見て、訂正されるのを待った。

「すみません」とパトリックがまた謝った。「いろんなこと、忘れてる」

パトリックの目がページの一番下あたり、最終行のほうにさっと動くのがわかった。そこまでたどりつけば、子音や母音の猛攻撃も終わる。

パトリックについて書くことが倫理的に正しいことかどうかに気を取られすぎて、こんな基本的な問題に直面することを予想していなかった。文章がほとんど読めなくなるほど、こういうことから遠ざかっていたのだ。これが現実のパトリックだ。昔の彼を思い出すのにかまけて、いまの彼のことがまるでわかっていなかった。

その日、あとになって、自己陶酔からしでかした愚かなまねについて、私はつくづく考えることになった。私はいったい何をしようとしていたの？　パトリックをあんなふうに追い詰めるんじゃなかった。なんてむごいことを、あんなに困らせて。少なくとも説明はできたはずなのに。正直に、飾らずに、自分が信じられなくなる前に、パトリックについて書いたそもそもの理由を説明できたはずなのに。「私は文章を書くといろんなことが理解できる。だから書いたの。あなたや私自身のことをもっと理解するために書いたのよ」と。あるいは、パトリックが読むのを助け、言葉の意味を説明することだってできたのに。だのに、教職を離れてからずいぶんたっていたせいで教師の勘が働かず、パトリックにひとりでとちらせ、訳のわからないまま恥をかかせてしまった。

パトリックはようやく最終行にたどりついた。「私はこれまでずっとパトリックに対してざいあくかんをもたずにはいられなかった」パトリックはちょっとした単語の発音にも口ごもり、たじろいだ。私が発音を訂正すると、それを繰り返した。

ようやく最後までたどりついたパトリックは、ふうと息をひとつ漏らした。力が抜けて肩が下がるのがわかった。私の緊張も解けた。

パトリックは人差し指の先でページをなぞった。つるつるとした紙の感触が目新しく、その滑らかさを楽しんでいるかのようだった。

「どう思った？」嘘っぽい明るい口調で私は訊いた。

「これは」と言いかけたパトリックは言葉を探した。「いいな」

私たちは見つめあった。もっと何か言うべきなのだとパトリックは感じ取ったようだった。「先生、よく憶えてる」そしてこう言った。「正直言って、おれは全部忘れてる」

「バケツとモップをもってきたときのこと、憶えてる？」

パトリックは首を振った。

「じゃあ、車まで私につき添っていってくれたことは？」

またしても首を横に振った。

私は、パトリックではない、だれか別の人物についてエッセイを書いたようなものだった。

「雨が降ってたことなら憶えてる」とパトリックが助け船を出した。「雨がずっと降ってたよね」そして、つづけた。「最高の学校じゃなかったけど、先生がいて、いろいろ気にしてくれた。だから学校に行ってたんだ――行く意味があった、気にかけてくれる人がいたから」

そう言って目をそらした。そして雑誌をめくり、カラフルな写真のあるページでだけ手を止めた。

「これって、全部先生がつくったの？」ページを最後までめくったパトリックが訊いてきた。

私は訳がわからずに眉をひそめた。つくったって、何を？ 「ああ、そうじゃなくて」質問の意味がわかった。「それは雑誌なの」と私は表紙を見せて言った。「ここになんて書いてある？」

パトリックは表紙に出ている誌名を声に出して読んだ。「ザ、ニュー、ヨーク、タイムズ、マガジン」と単語をひとつずつ発音して。

「ニューヨークに住んでる人が読むやつ？」

「そうね……ニューヨーク以外に住んでる人たちもたくさん読むわ。たぶん何百万という人たちが」

何百万といっても、パトリックにはぴんとこない数字のようだった。

「ニューヨークに行ったことあるの？」とパトリック。

行ったことがあると私は答えた。

「どうやって？」

「飛行機で」と私が言うと、パトリックは、なるほど、というふうにうなずいた。話題をつくるために、飛行機に乗ったことはあるかと私は訊いた。

「いや、ないです」

「アーカンソー以外の場所に行ったことはある？」

「メンフィスに一回」と言ってからパトリックはひと呼吸おいた。「ミシシッピにも。メンフィスに行くときに先生がそこを通ったから」

私はうつむき、口をつぐんだ。

「そうなんだ、これ、壊れてるし、サイズが合ってない」

私が彼のサンダルを見ているると思ったのだろう。オレンジ色のサンダルはパトリックの足には大きすぎて、ピエロの靴のようだった。取れかけたストラップが外側にはみ出ていた。

「まあ。それじゃ、履きづらいわね」

「いや、大丈夫」

私たちは黙ったまま座っていた。壊れたサンダルをじっと見ていた。パトリックは片手をだらりと下げ、ストラップとソールをかろうじてつなぎ止めている縫い目を指でいじった。

パトリックは首を振り、口を開き何か言いかけて、やめた。言いにくいことがあるように見えた。言ってごらんなさい、というふうに私はうなずいた。

「考えちゃうんです、おれの――」声が震えていた。「娘のことを」

パトリックの口から出てきたその言葉が外国語のように聞こえた。

仰天して私はその子の歳を尋ねた。

「いま一歳とちょっと」いったん言葉を切ってから、パトリックはつづけた。「おれは、なれないよな……お手本に」

そして、だれにともなくこう言った。「それが現実」

また沈黙。

それをまた私が破る。

「娘さん、なんて名前？」

「チェリッシュ〔cherish は「慈しむ」の意〕」そう言ったとき、パトリックの表情がかすかに明るくなった。「でも、おれはチェリーって呼んでる」

「だれが名前を考えたの？」

「チェリーのママが。トレジャー〔宝物〕って名前の姪っ子がいるから」

私はうなずいた。ほかに何を言えばいいのかわからない。これで面会は終わり？　まだ帰ってはいけない気がした。

「いつ生まれたの？」

「六月」

「じゃあ、娘さんとは三か月ほど一緒にいられたのね」

「そう」

「だれに似てる？」

「おれに似てるって言われるかな」

パトリックは口をぴくりと動かし、歯を見せて笑いそうになった。「あごがでかくて、肌の色が薄い」口元がまたゆるんでなかば笑いかけの顔になった。「まあとにかく、みんなはそう言ってる」

「すごく素敵」と私は言った。

パトリックはうなだれて、何か別のことを考えていた。声をひそめた。

「先生」ささやくような声がようやく聞こえた。「ここにいるやつが」彼は口ごもった。「ここにいるやつが言うんだ、おれは相手を十三回か十四回刺したって」

パトリックは注意深く探るような目で私の顔をのぞき込んだ。本当なのか、でまかせなのか、わからないのだ。

「だれに言われたの？」

「道をはさんでうちの向かいに住んでるっていうやつに。その場にいたって言うんだ。そいつはいま十六人部屋にいて、いろんなやつらに言いふらした」

「パトリック」と私は言った。「私の顔を見て」

パトリックがこちらを見た。

私は視線をそらさなかった。「この前、ここに来たとき、警察の捜査報告書を読んだの」私はゆっくりと話した。「あなたは相手の胸を二回、腕を一回刺したと書いてあった。つまり……十三回じゃない」声がとても小さくなった。「いい？　だから、ここにいる人たちの言うことは信じないこと」

パトリックは詰めていた息を吐いた。それから、うなだれて床に視線を落とした。うなじに何本か走るしわを私は見つめた。

「さあ」と私は声をかけた。「顔を上げて」

パトリックはいやいや顔を上げた。私の目を探ったが、合ったとたんに視線をそらした。

「ご家族はみんな、あなたのことをとても愛してるわ」と私は話しはじめた。若者を励ますのは久しぶりだった。手持ちの常套句で私は話をつづけた。「みんなあなたを愛してる」

宙に響く自分の言葉が虚しい。こんなことを言う私は、パトリックを慰める私はいったい何様？　しかし、パトリックはすでに身を乗り出し、初めて私の言葉に注意深く耳を傾けていた。私の言葉が何かとても基本的な糧（かて）なのだとでもいうように。そのとき唐突に、教え子のケイラを車で自宅に送り届けていたときのことを思い出した。私はあのときケイラに励ましの言葉をかけたのだ。励ましといってもさりげないひと言で、たしか彼女のことを知的な女の子だと言ったように思う。間違いなく知的だと思えたからだ。ケイラは感謝に顔を輝かせた。「先生、それ、今週初めて聞いたポジティブな言葉だ」

「私はあなたのこと、よく憶えてる」と私はパトリックに言った。「私の授業ではほんとに素晴らしい生徒だったし、いまも——」私は言葉を探す。「いまもきっとそうだと思う」

パトリックは真剣な面持ちでうなずき、笑顔を見せようとした。痛々しいまでに礼儀を示し、私の言葉が彼にとって価値あるものだという ことを、いやたぶん、励ましの言葉を言おうとする私の努力に価値があることを示そうとしていた。

そろそろ帰ろうと私は立ち上がった。パトリックも立ち上がった。

「手紙を書くから」と私。

「はい」とパトリック。

返事を書く、とは言わなかった。

じゃあまた、とも言わなかった。

私がドアに手を伸ばしかけると、パトリックが先にドアへ寄って開けてくれた。

「来てくださってありがとう、先生(ミズ・クオ)」

ミズ・クオ。ほかのだれが私のことをいまだに「ミズ・クオ」と、こんな口調で呼ぶだろう？　パトリックにとっては私は「先生」以外の何者でもない。

塵だらけの廊下に出て、左右を見回し看守の姿を探した。相変わらずチップスの大袋を手にしている看守を見つけたので、終わったという合図にうなずいてみせた。

並んで廊下を歩いている途中、「図書室」と表示されたドアを見つけた。思わず足が止まった。

「ここは？」私は興奮してそのドアを指差した。

看守は足を止めなかった。「そこにはプラスチックの食器しかねえよ」

屋外の、重く動かない熱気の中に私は足を踏み出した。その暑さに驚いた。建物の中はひんやりしていたからだ。

土曜の午前の町はしんと静まりかえっていた。通りにはシャッターが下りていた。商店は空き店舗で、その隣の路上に厚板やごみが乱雑に置いてあった。これがデルタだ。これをなんと表現すればいいのだろう——息づまるような人の不在、美しくもある静寂？

初めてここに来たのは二十二歳のときだった。南極大陸は、いまの環境に順応できずこの世の果てに美を見出す者をひきつける。私はそれとよく似た美をデルタのそこここに見出した。電柱に巻きついて這いあがる葛。水の溢れた平原にすっくと立つ糸杉。デルタで教師をするのはきつい、よほどの気力がなければもたないと言われたが、傷を負わない闘いなど闘いではない。私はあのとき傷を負う覚悟でデルタにやって来たのだ。

なのに、いまはこうしてデルタを去り、気持ちを切り替え、なんとか切り抜け、上のステップに進んでいる。戻ってきた私はあくまで訪問者であって、パトリックはひとりぼっちだ。ふたりのあいだの格差は以前にもまして開いている。私もパトリックも少し大人になり、過ぎ去った年月がふたりを分け隔てている。パトリックは私にお礼を言ったが、私が戻ってくるとは思っていない。私にも、だれにも、ほとんど期待をしていない。パトリックは、いろいろなことが悪い方向に向かうのではないかとうすうす感じていたのかもしれない。よりによって、こんなかたちで、それが自分に起きたということにショックを受けているのかもしれない。トラブルには近寄らず、他人とはずっと距離を置き、人と傷つけあったり自分で自分を傷つけたりする者たちを観察していた自分に起きてしまったことに。そんな境遇から逃げ出すつもりはなかっただろうが、まさか自分がこんなどん底に落ちるとは思っていなかったはずだ。

デルタにいたころ、私はよく考えたものだった。自らの意志で選択し、行動する姿勢があるかどうかが田舎の黒人の生活にどれほど重要かということを。ヘレナの子どもたちは、目に見えない影のような、ぼんやりと不気味な問いを抱えて悩みうろたえていた。自分はまわりの人間よりも高いところに浮かび上がれるのか――。どの子のアイデンティティも生まれるずっと前からほとんど決まっている。しかし、ロースクールに入ってクラスメートと過ごすうち、私はしだいに疑問を抱くようになった。特権を与えられた私たちにはこれほどの自由があるのに、少なくとも大多数の人間よりははるかに自由なのに、それを理解できず、ありがたいとも思えないのはいったいどうしたことだろうと。

ハーヴァードのクラスメイトの大半は法律事務所からのオファーを受けて就職する。学生ローンの返済というきわめて現実的な問題を抱えている学生もいたし、法律事務所で働くのが夢だという学生もいた。しかし、たいていの者はオファーを受ける理由がはっきりしていなかった。ある友人はアーノルド・アンド・ポーター法律事務所からオファーをもらったと教えてくれた。聞いたことのない名前だったけれど、その口調からして一流事務所だと推測できた。

「そこにするの？」と私は訊いた。

彼は唇をぴくりと動かし、「わからない」と答えた。幸運の罠にはまり込んだような顔をしていた。

私は他人を自分の鏡に見立てて考える傾向がある。私自身の秘密を映し出してくれる鏡だ。そのとき彼の表情を観察しながら私は思った。「私もこういう人間なの？　生半可な決意で人生を送って、自分の好みやら居心地よさやらを正当化してるわけ？」

拘置所の外に停めた車の脇に立ち、私はまたもイワン・イリイチのことを考えた。イワンは取るべき行動を取っている。裁判官席から請願者に向かって命令を下す。自分の権力を自覚しつつも、あまり威圧的にならないように請願者に話しかける。イワンはひとりごちる。私はあらゆる点で正しく、品良く、立派に生きてきた。「おおむね、イワン・イリイチの生活は、生活というものはこうあるべきだと彼が信じている通りに進み始めた。つまり気楽に、快適に、上品に進んでいったのである……そのすべてにおいて、しかるべき公務の流れを損なう恐れのあるような、生の、実人生にかかわる要素は、全部除外しなくてはならなかった」

東海岸から西海岸までやって来た自分は勇気ある人間だと思っていた。法律事務所のオファーを蹴り、NPOで働く選択をし、人生の新たなスタートを切ったのである。イワンは自分の生きかたが正しく、上品で、立派だと思っていた。この私もそんなふうに思いはじめていたのだろうか？　見たところ、イワンはあからさまに悪いことはしていなかった。が、自分が属する教養ある交友仲間の中では、他者に対してひとつの姿勢、方向性を築き上げていた。それは、自分の生活を不快ではなく快適にしたい、自分は良心を働かせずにすませたいという姿勢だった。

私は、自分の人生に血を通わせるあらゆるものごとに背を向けてしまったのだろうか？　拘置所にいるパトリックのことを考えると良心がかき乱されてきた。

「ひょっとしたら、世間で一番立派だと思われている人々が良いとみなしていることに逆らおうというかすかな衝動……こそがまっとうであって、他のことはすべて誤りかもしれない——そんな気がしたのだ。彼の仕事も、生活設計も、家族も、社会の利益や職務上の利益も——すべて偽物かもしれない。彼はそう思う自分に対して、それらすべてのことを弁護しようとしてみた。すると不意に、自分の弁護がいかにも根拠薄弱だと感じられてきた。そもそも弁護すべきものが何もないのだった」

私は路上にひとりたたずみ、ついさっき、もはや教師と生徒ではないパトリックと私のあいだに起きたことを理解しようとした。本当のところ、私たちは何を話したのだろう？　お互いもっとしゃべることがあるだろうと、どういうわけか私は思っていたのだ。「いったん教師になれば、いつでも教師」という教育に関する常套句があるけれど、その言葉は正しいと思った。生徒に対して責任を感じなくなることは決してない。この子は別の道を進めたかもしれない、この子がうまくいかなかったのは自分のせいだろうかと教師は思い悩むのだ。

心の声が聞こえてきた。あなたがデルタを去らなければ、パトリックは監獄に入っていなかったかもしれない。あなたはパトリックに対し果たす義務がある。その声はまだ話しつづける。ここに留まりなさい。すべてを投げうち、しばらく留まりなさい。

ばかなこと言わないで、と私は反論する。三週間後には仕事がはじまるのよ。未来のボスに電話して、「すみません、そちらに行けません」と言うつもり？　あなたと面接し、カリフォルニアで働くための奨励金を出してくれた人たちにはどう説明するの？　あの、私、アーカンソーに行かなくちゃならなくて……って何のために？　無責任だ。頭がどうかしてる。もう大人なんだから、それらしくふるまいなさい。ママとパパはあなたを認めてくれている。しっかりした子になったと思っている。あなたは司法試験を受けて、たぶん合格してる。あなたには仕事があるし、みんなカリフォルニアが好き。ママはあなたの引越を手伝ってくれたんだよ。服やら食器やら、ごちゃごちゃといろんなもの、この先どこに保管するつもり？　それにアパート。又貸しする相手を見つけなくちゃ、アディーナには嫌われるはず。たくさんアパートを見て回り、やっとあの部屋を見つけてくれたのに。

まともな思考ができてないのはね、と私は心の声に話しかける。あなたがふんぎりをつけて次に進んだのに、パトリックが監獄にいるのが申し訳ないからよ。パトリックが幼い娘のことを、びくびくしながら考えているのが気の毒だから。パトリックのことについて書いたエッセイが、あなたにはとても大切なのに、パトリックにはどうでもいいことだったのが居心地悪いから。もううまく読めないパトリックにエッセイを読ませたことを後悔してるから。じつは、あのエッセイはパトリックというよりも、どちらかといえば自分、それもかつての自分について書いていると思うと嫌な気持ちになるからよ。なんて甘ちゃんなの、パトリックに教室のビーズクッションで本を読ませたとき、パトリックの家のポーチに腰を下ろしたとき、この子の人生を変えるのは自分だと思ったなんて。あなたは今日パトリックに監獄で会ったのよ。ひとりぼっちで、あなたにも、だれにも、何も期待していないパトリックに。自分を責め、自分がどんな罪に問われているのかも知らず、人を何回刺したのかさえわかってなくて、命をひとつ奪ったことを知っているだけのパトリックに。これで嘘の自分が、偽っていた自分がわかったでしょう？

「いいえ」と心の声が答えた。それは皮肉な見かたよ。楽観することがなぜ罪なの？　あなたは信じる人のはずよ。毎朝目覚めるたび、現場に姿を見せて働くことが大切だと思っていた、たしかにそのとおりだった。子どもたちが本を読んでいたときの静寂を憶えている？　あなたが強制しなくてもあの子たちが本を読んだのは、ちゃんとわかっていたからよ。二十分ほどのあいだ、どこか新しいところに、自分だけの安全な場所に行けるということを。人間には静けさと慈しみの能力があると悟らされるのは、まさにああいうひとときよ。気づきにあふれた時間だった。デルタの外から見れば、感傷的でつまらない光景に映るかもしれない。デルタについて語るなら、諦念と野望をないまぜにした、ある種の教養ある口調でしゃべるほうがスマートだと部外者は思っている。『大がかりな富の再分配がなされ、歴史的になおざりにされてきた地域の復興に国が努力を払わない限り』と単調に、ずれた眼鏡を直しつつコメントする。『この地に希望はないも同然といえます』と締めくくる。でもデルタの中にいると、そんなにきっぱりと言い切れることは何ひとつない。デルタでは、たった一日、一時間のあいだに、本当にいろいろなことが起こりうるのだから。

そしてあなたは去った。去ることを正当化した。法律を学びたい、法は力ある言葉、強力な伝達手段だからと。たぶんいまのあなたは以前よりも大きな変化を起こせるはず。けれど、たぶん、デルタで学びはじめていた言葉を忘れている。異なる環境に生きる人たちとつながることのできる言葉を忘れている。それもまた力ある言葉だというのに、たぶんあなたは忘れている。大切な言葉とはおそらくただひとつ、その言葉だけ。そう、確かにあなたはもうすぐNPOで働きはじめる。でも、ニューヨークやベイエリアのNPOは善行好きのインテリをよりどりみどり。あなたの代わりはたくさんいるの。デルタに戻りたいと思うのは間違っていない。求められているという感覚を動機に行動するのは恥じゃない。生(なま)の、血の通ったものの一部になりたいと願う気持ちにふたをしないで。職務ではないことを大切にしたいなら、その思いを遮らないで。さあ、考えるのをやめて。

私の抗弁は軟化しはじめた。ヘレナに戻ると決めたとして、自分に何ができるのかを考えた。パトリックが言い分を主張できるように助ける？　でも、すでに自白している以上、この事件にはもう不明確な部分がない。ロースクールの先生がそう言ったのだ。もう一度、教師をするのもいいだろう。でも、どこで？　スターズは閉校したのよ。だったら、〈ボーイズ・アンド・ガールズ・クラブ〉がいいかもしれない。建設に力を貸した新しい施設をまだ見ていないのだし。もっと文章を書いてもいい、デルタについて私はまだ書ける。いや、書くのは無意味だ、「もう手遅れ」としか言えないのなら。

書いてはだめ。書くことも問題よ。書くためには扉を閉じなければならない。それは悲しい人のすること。あなたはずっと人に寄り添い、何かをする人間だった。生徒から携帯に電話がきたら応じるあなたはみんなに言われてきたでしょう？　あの人はいつもそこにいてくれる、と。

まずこの事実を受け容れなさい。あなたは永久にここを去った。そしてロースクールでまごついて、たまたまパトリックのことがあって、ここに現れた。あなたは両親に対して折れた。あなたは弱かった。教師は一流の仕事ではないと思った。デルタは人生を築く場所ではないと思った。

それにしても、ここにいて何ができるのだろう――留まることで自分の気分がよくなり、自分がしなかったことの埋めあわせができる、ただそれだけではないの？　私やパトリックにとって、あらゆる道が可能に思えていたころに戻れるというだけでは？

考えるのはやめなさい。ただ戻りなさい。いま戻らなければ、パトリックが手遅れになる。いま戻らなければ、あなたが手遅れになる。あなたは二度と戻らなくなる。

アーカンソーから両親の暮らすインディアナまでは車で八時間。ミズーリ州のどこかでガソリンスタンドに寄り、タイヤに空気を入れた。どきどきしているのがわかった。

まず研究奨励金の出資者に話さねばならない。お金を出してくれる団体の理事長は、厳密さを求める話しかたと、完璧な記憶力と、目のさめるように赤いスーツで有名な女性だった。

その人に電話をした。

「パトリックの訴訟を最後まで見届ける必要があるんです」むこうはすでにニューヨーク・タイムズ誌のエッセイを読んでいたので、パトリックと私との関係を説明する手間が省けた。「どういう選択肢があるのかを本人と検討するために時間が必要なんです。これまでデルタから逃げてきたような気がしてて、むこうにやり残した仕事があるというか」

「どのくらいの期間が必要ですか？」

わからなかった。「五月まで」とためしに言ってみた。あてずっぽうだ。五月まで時間をもらえればヘレナとのつながりを取り戻せそうな気がしたし、そんなに長期間ではないから理事長もノーと言わないだろうと思ったのだ。

むこうは期間を数えた。「七か月？　それで足りるんですね？」

「はい。七か月あれば」私はあらかじめ考えていたかのように返事をした。

次に、私が働くことになっているカリフォルニアのＮＰＯ〈セントロ〉の事務局長に電話をかけた。こんどはこう訊かれた。「本当にカリフォルニアに来る気があるの？　ないなら、こちらもいろいろと準備しないと」

一瞬、カリフォルニアを捨てて、ヘレナに永住することを想像してみた。ポーチでビールを飲み、子どもたちと一緒に庭をつくり、つば広の帽子をかぶって――トルストイの『アンナ・カレーニナ』に出てくる英雄リョーヴィンのように、道徳的で偽りがなく、強い肉体をもった人になり、農民に教わった歌を口ずさみながら手押し車を押す。しかし私はすぐに、友人夫婦がヴァカンスで不在のときにはメンフィスにひとりでドライブしていたことや、食料品店で年配の男にだしぬけに声をかけられたことを思い出した。その人は、第二次世界大戦でジャップと戦ったんだと私に言った。協調の表明なのか敵意の表明なのかはわからなかった。そういうことはどんなタイプのアジア人に出会ったかによるのだろう。

「いいえ、ずっといるつもりはありません」と私は答えた。「スペイン語、練習してきましたし」むこうがスペイン語で何か言いませんようにと思いつつ言い添えた。もしスペイン語で話しかけられたら、「もしもし、聞こえませんけど」と言って電話を切るつもりだった。が、むこうは英語で話しつづけた。「幸運を祈るわ。今後も連絡はしてちょうだい」

そのあとアディーナに電話し、サンフランシスコのアパートについて相談をした。私やママを手伝って食器や照明器具の荷ほどきをしてくれたばかりだった。私はアディーナに謝った。保証金は取っておいてちょうだい。荷物を取りに飛行機で帰るから。

さて、最後は両親だ。最後に回したのは一番恐れている相手だからだ。この二年は大雑把にすませてきた。うっかり両親にニューヨークの法律事務所のアソシエイトの初任給をしゃべるというミスを犯していた。弁護士がそんなにお金を稼いでいるとは父も母も知らなかった。その仕事を蹴るなんて頭がどうかしていると思うだろう。そのあとは親子喧嘩だ。期待させておきながら失望させるというパターンで、三年前のデルタでの喧嘩を繰り返す。だが今回は私も学んでいる。許可は求めない。譲歩もしない。兄は私の味方だから心強い。卒業の季節がめぐりくるころには、母も父も喧嘩のことなどすっかり忘れていた。「帰っておいで」と言ってくれた。司法試験の勉強をする場所が必要なのをわかっていたからだ。「ずっとおまえの望みをサポートしてきたんだから」両親は典型的な歴史修正主義者だ。

私の家はいつも勉強には最高の場所だった。勉強する者は王様のように甘やかされ、だれにも邪魔されない。キッチンテーブルは集落で、山積みの本やノートが城だった。契約や不法行為についての退屈な規則を私が暗誦しているると、それを聴いている父がときおり口をはさんだ。「そんなのは馬鹿げた法律だ。理由はこうだよ」母は果物と紅茶を運んできた。マンゴーを切って、果肉の一番美味しい部分を皿にのせて私に渡し、残った芯の部分を自分がしゃぶった。

司法試験の二日前に親友が結婚することになり、式に出るため荷造りしている私を両親は半信半疑の目で見つめた。スーツケースに山積みされた重い専門書がドレスを押しつぶしていた。「大事な試験の前に結婚式に出る人間なんて聞いたことがない」と父は言ったけれど、それ以上は何も言わなかった。

発つ日の前夜、母は私をそばに呼び寄せて、自分も台湾にいたころ、とても大事な試験を受けたことがあると教えてくれた。才能に恵まれていた母は、高校時代、医者になりたいと思っていた。だから最終学年の終わりごろには次から次へと試験を受けねばならなかった。つまり、医者になる夢が叶うか叶わないかは十代で受ける試験ひとつで決まったということだ。トラウマを生むシステムである。日本や韓国や中国でもそうだが、医師国家試験の直前直後は自殺者を出しかねない。物理の試験の日、母は気が動転して試験でしくじった。物理で取った点数を言うと、母は顔をそむけた。そむける直前に表情が目に入った。その瞬間、私は母のことをいつにもまして愛しく思った。

母はフルタイムで働きながら炊事も掃除もひとりでこなした。二十代後半のときの大きな夢は博士号を取ることで、ミシガン州立大学に入学した。しかし、子どもふたりを抱えて博士号を取るのはきつかった。子どもだけではない、年老いてゆく舅姑や父の妹も同居する、大人数がひしめく家庭だったのだ。母は大学をドロップアウトした。同世代の多くの女性、とくに移民の女性がそうであったように、母はほとんどだれからも励ましを受けることがなかった。ずいぶんあとになってから、この本のもとになった私のエッセイを読んだ母は手紙をくれた。「今朝、また読みました。涙が出ました。そしてまた読み返しました。ほんとうに感動的で、人間の感情を描いた、偽りのない物語です。書きつづけてね。毎日あなたの気持ちをすべて書き留めてください」

子どものころ、私はピアノを習っていた。先生の家でレッスンを受けているとき、父はいつも終わるまで外で待っていたが、ピアノの先生に心酔していた母はよく部屋に入ってきて、レッスンの最後あたりを見学しようとした。「どう弾けば音が長くつづくかな?」と、生徒を煽るような口調になっていることに気づかずに先生が私に質問をする。そして鍵盤をひとつ叩く。音が高らかに鳴り、やがて消えてゆく。先生も私も黙っている。先生がまた鍵盤を叩く。私たちは黙って待つ。音がつづく。「さあ、やってみて。手首に硬貨をのせているつもりで」と先生が言う。母が前のめりになって私の手に目を凝らす。娘を律したり、監視したりしていたのではない。貴重なその一瞬、母は私のことを忘れていた。自分で弾いてみたいけれど、そんなのは贅沢だと母は思っていた。言葉のあやでもなんでもなく、母は自分が望むものを娘に与えたのだ。私がピアノの練習をしていると、キッチンから母のハミングが聞こえてきた。野菜を刻む音にまじって、澄みきった明るい声が高く響いていた。

しつけの厳しい親のことを「タイガー・ママ」と最近呼ぶようになった。もっぱらアジア系の親のことだが、それはまるで違うと私自身は思っている。ひとりの人間のもろさと権力とを取り違えている。私の母が学ぶことに関して権威主義的だったのは、ほかにやりかたを知らなかったからだ。いくつか教えかたがある中からひとつを選んだのではない。母はただ必死だったのだ。子どもが成功しなければ自分はいったいなんなの、という思いがあったのだ。

家で司法試験の勉強をしていたとき、私はナボコフの小説『プニン』を読んだ。ニューヨーク州北部に住むロシア人亡命者の愉快な物語だ。話は、禿げ頭の大学教授プニンが列車に乗っているシーンからはじまる。彼は大学の講義に向かっているところだが、電車を乗り間違えていることに気づいていない。私はわくわくしながら『プニン』を読んだ。プニン！　これぞ私が夢に描いた移民の姿。悲観的な中国人の鉄道労働者でもなく、唾を吐きかけられる苦力（クーリー）でもなく、不当に強制収容される日本人でもない。プニンは、「はいはい（オーキー・ドーキー）」や「早い話が（トゥ・メイク・ロング・ストーリー・ショート）」といった英語のフレーズに熟達していた。アメリカ製の洗濯機に魅了されてショーツやハンカチを詰め込み、洗濯物がイルカのようにえんえんと回りつづけるのを眺めていた。耐えがたい歯の治療のあとには、勝ち誇ったように新しい宝物を見せびらかした——プニンがにっこりすると入れ歯が微笑みを返してくれた。プニンは入れ歯をひっきりなしにつけたり外したりして同僚に見せびらかした。プニンは陰で手ひどく馬鹿にされ、奇人と呼ばれていた。が、彼は何も知らなかった。哀れなプニン！　勇敢なプニン！

だからプニンは私の両親にまったく似ていなかった。父と母はみっともない人たちではなかったし、プーシキンの名前は知らなかったし、「difficulty（難しい）」という単語を「ディーフィークールツィー」と発音したりはしなかった。それでも、なんだかんだ言っても、父と母はプニンに似ていないだろうか？　父と母にはプニンのような瞬間がないだろうか？　母は「たくさんヨーグルトをなさい」と言った。「ヨガ」と「ヨーグルト」が同じ単語だと思っていた。アメリカにやって来た年、ハンバーガーを初めて見たときのことを話す母は、幸福感でため息を漏らした。腹をすかせた父はズルズルと大きな不快音をたてて麺をすすり込んだ。眼鏡が湯気で曇るとはずして、すすり込むスピードを上げた。

両親は気取りのない人たちだった。弁護士の知り合いがいなかったから弁護士の稼ぐ額を聞いてショックを受けた。大学に進学しようとする娘に、医者になれということとデートをするなということ以外助言をしなかったのは、彼らが人畜無害な人間であることの証しだった。つまるところ、素朴で無害な人たちだから助言が独断的になるのだ。自分が子どもにできる手助けは自分の経験の範囲内のこと、チャンスに満ちた子ども時代を与える以上のことはできないと父も母も思っていたのだろう。『プニン』を読んでいる私は、プニンが電車を乗り間違えていることを知っていた。それと同じように、私には父と母をこの世界の中で位置づけ、文章にできる力があった。私には父や母よりも大きな力があった。

頭の中が両親のことでいっぱいなまま、両親の家の私道に車を入れた。プニンに愛嬌があるのはトラウマが見えないから。あるのはプニンの喜びだけ。外人プニン、移民のプニン、歴史の重荷を負わされたプニンとはだれも言わないので、プニンが世界に見捨てられていることをこちらもついうっかりと忘れてしまう。自分たちの手に余るもろもろの力によってできあがった、まるでプニンのような父と母のことを私は思った。私の父は移民の子どもだった。父の両親は一九四九年に中国から台湾に移住し、当時の難民がたいがいそうであったように、二度と中国の家族に会うことはなかった。私の父と母は戒厳令下の台湾で育ち、民主化の前に台湾を離れた。父と母の台湾の記憶は祖国を去った一九七〇年代で止まったままだ。もはやふたりは、たぶん自分で認める以上に育った島、台湾のことをわかっていなかった。私たちはおまえより長くアメリカに住んでいるんだよとたびたび私に言うのはおそらくそのせいだろう。自分たちをアメリカ人とみなしてほしかったのだ。

ガレージに車を入れると、もう秋で空気が冷たいというのに、家の中から両親が走り出てきて私を迎えた。父は私の荷物に手を伸ばし、母は私の髪に触れた。夕食はまだだった。私を待っていたのだ。

デルタに戻るという決心を父と母はどう思うだろう？　振り返らず、私がこのまま前を向いて人生を歩むことを願っているのは承知していた。親のことを考えず自分勝手に決めていると思うに違いない。そのとおりだ。両親の意見を無視できるようになることが私の人生には不可欠だった。それでもふたりのことを思いやっていることはわかってほしい。

夕食のとき、私はいつもよりたくさん標準中国語でしゃべるようにした。機嫌を取りたいときにいつも使う手だ。英語をしゃべるときは、ゆっくりと短い文で辛抱強く話すようにと自分に言いきかせた。私の話す英語はいつも早口すぎて、父はだいたい理解できても母は聴き取ることができなかった。これまでいったいどうやってコミュニケーションを取ってきたのだろう？　私は父や母と何をしゃべっていたのだろう？　親子のあいだを取りもつためには成績や奨学金が必要だった。この子は世間にどう見られているのか。この子は先生に気に入られているのか。この子は頭がいいか。それらの疑問に答えてくれたのが成績だった。成績によって私は識別可能な子どもになった。

この先、私が成績表を受け取ることはもうない。成績に代わるものといえばただひとつ、ストーリーしかないように思えた。両親の心を動かし、両親に理解してもらえるストーリーを語ることがこの私にできるのか。それは差し迫った問題だった。

中国語と英語を切り替えながら、私はパトリックに会って来たことを両親に話して聞かせた。拘置所は私が教師をしていた学校にそっくりで、建物が老朽化し、入所者に対して責任を取る者がいないということ。パトリックは自分の弁護士の名前さえ知らないということ。これには父も嘆かわしそうに首を振った。そして、パトリックが学校で習ったことを何もかも忘れていたように見えたこと。音読させてみたら、読み間違えるのを恐れたこと。いろいろあったにもかかわらず、パトリックはやはり優しい子だったこと。訪ねたことに対してお礼を言ってくれたこと。まるで私がもう二度と来ないと思っているようだったこと。だれにも、何も期待していないように見えたこと。何もかも自分のせいにしていたことを。そして、たぶんこの先、私がデルタで暮らすことはないと思う、と言った。「パパとママの言うとおりよ」と言った。「私はあそこでは幸せじゃなかった。でも、このことと和解するために、しばらくのあいだ戻る必要があるの。あそこにしばらく留まる必要があると思うの」ついに私はその言葉を口にした。

母の表情から、わかってくれていることが見て取れた。母はひとこともしゃべらない。私の話をもっと聞きたいのだ。

「生活費はどうする?」と父が訊いてきた。

ヘレナで教えていた当時のことを思い出してもらった。ベッドルームが三つ、床はハードウッド、玄関先にイチジクの木がある借家の家賃は月一五〇ドルという驚くべき安さだった。あの家に払う一年分の家賃がサンフランシスコのひと月分の家賃とほぼ同額だった。

「なるほど」父は事務的に言った。「あそこに住みたいと思う人間はいないからな」

せっかくサンフランシスコに運び込んだ洋服をアーカンソーに送るのは大変ねえ、と母が嘆いた。

と、そのとき、何かを思いついた母の顔が明るくなった。うちにはだれも読んでいない本が山ほどあるわよね、あなたが子どものときに読んでいた古い本が。たぶん、パトリック、気に入るんじゃないかしら?

それならこの子が地下室の在庫を一掃してくれるな、と父はそのアイデアを気に入った。

第三部

「とんでもない！」と女王が言いました。「まずは刑の宣告。評決はそのあと」

――ルイス・キャロル『不思議の国のアリス』

第5章　罪と罰

いつもならヘレナの中華料理店で食べたりはしなかった。入るのはどうにも落ち込んで自虐的になったときだけ。なのに、アーロンが——スターズで皆勤だった教え子だ——そこで食べたいと言うものだから、私は承諾したのだった。

ドアを開けると、吊り下げられたベルが鳴った。白人の客がふたり、振り返って私のことをじろりと見た。アジア系の顔をした私がアジア系の顔をした店主にどう話しかけるのか、観察しているのだとすぐにわかった。

私は店主に英語で話しかけた。

「ハロー」

「ハロー」と店主も英語で答えた。

それを見た先客ふたりは自分の皿に向き直った。

アーロンと私はビュッフェのほうに向かった。アーロンはあらゆる料理を自分の皿に載せた。「チキンの炒麺（チャーメン）が大好物なんだ」と顔を輝かせた。

アーロンは順調な生活を送っていた。セントラル・ハイスクールを卒業し、いまはコミュニティ・カレッジで環境学の学位を取ろうとしていた。そのかたわら、幼い息子を養うべく〈マクドナルド〉でアルバイトもしていた。

「先生、タミールがどうなったか聞いてる?」麺を口いっぱいに頬ばりながらアーロンが言った。

その名に胸がどきりとした。

「いいえ、どうしてるの?」

「会ってもわかんねえだろうな」とアーロン。「だれだかわかんないよ。見る影もない。なじんじまったから」

「なじんでる?」

「道ばたのホームレスにだよ」唇についた油をぬぐうと、アーロンはまたチキンをむさぼり食った。「あいつ、リトルロックにいて、クラック漬けのホームレスになってる。金をめぐんでもらって」

最後にタミールの名を耳にしたのはデルタを去ってひと月後、いまから三年ほど前のことだ。九年生の英語教師から私宛てにボイスメッセージが入っていた。「あなたの人生を変えた人は?」という題で生徒たちに文章を書かせたところ、タミールが私について書いたということだった。

「どうすれば会えるかな?」と私はアーロンに訊いた。声が揺れていた。

その問いかけの虚しさにアーロンが肩をすくめた。いったん路上で暮らしはじめたら最後、その人はずっと路上で生きてゆく。電話番号もなければ、メールアドレスもない。

アーロンの態度には見覚えがあった。教師をしていたころから、この子にはそういうところがあった。なんと言えばいいのだろう、他人の不幸を喜ぶというか。いやたぶん、喜ぶというよりは安堵しているのだろう。「そうなっていたのは自分かもしれないのに、そうではない」という、ちょっぴり誇りの入りまじった安堵感。確固たるプライドがあるので口調は抑制されているけれど、それでも、自分でなくてよかったという響きがこもっていた。

「マイルズはどうしてる?」と私は尋ねた。

「マイルズ? 何もしてないよ。まあタミールみたいなもんかな。最近人を撃ったね」

「撃つって、銃で?」食べかけたものにあやうくむせそうになった。

「そう。でもあいつはおかまいなし。逮捕されてすぐに出てきた。あいつんとこ、いまは金あるから、即、保釈金払ったよ。百万ドルかそこら手に入れて使いまくってる」マイルズの兄、ブランドンを撃ち殺した花屋の主人に対しマイルズの母親が起こした訴訟のことを言っているのだ。きっと和解が成立し、お金が支払われたのだろう。「そう、新しい家買って、車が五台あって、原付やトラックや〈レクサス〉がある。まえは〈オールズモビール〉だけだったのにさ」

口の中のものを私はのみ込んだ。

「じゃあジャスミンは?」

「赤ん坊がひとりいる」

「ケイラは?」

「ケイラも赤ん坊がひとり」

「カサンドラは?」

「ふたりの子持ち。三人のはずだったけど流産したから」

アーロンは皿の料理をたいらげた。私は見ていないふりをして、さりげなくアーロンを観察した。なぜこの子はハイスクールを卒業し、ほかの子たちはしなかったのだろう？　男の子だということもあった。妊娠したら家族の助けでもない限り、ほぼ確実にドロップアウトだからだ。しかし、アーロンの家族はほかの家族よりも教育レベルが高くもあった。母親は介護施設の管理部門で働いており、たしか高卒だったことを私は思い出した。それから、祖母がダウンタウンで経営している生地と縫製の店は、景気悪化を生きのびた数少ないビジネスのひとつだった。スターズでは、高卒で安定した職に就いている親をもつ子はアーロン以外にほとんどいなかった。結局煎じつめれば、家族の教育レベルや家族のしている仕事の質という基本的な尺度で決まってしまうのだろうか？

「先生、なんも食ってないよ」アーロンがようやく自分の皿から顔を上げて言った。「先生のママとは違う味つけなんだろ」アーロンは私の皿に載ったチキンに手を伸ばした。

店を出ると、この辺をドライブしないかと私はアーロンを誘った。

「先生とドライブ？」アーロンは高らかに笑った。「おれ、気は確かだからね」そう言うとアーロンは助手席に乗り込んだ。

訊かれてもいないのにアーロンはべらべらしゃべり、流れゆく景色を指差しながら、地獄街を案内してあげようと申し出た。運転している私の横で、どの角を曲がり、どの道に入って、どこに行けばいいのかを教えてくれた。

「あそこはマイルズが金持ちになる前に住んでたとこ。保安官があそこに外出禁止令を出したんだ」どういうたぐいの外出禁止令かと私は訊いた。「封鎖だよ、ほら、捜査のための。真っ昼間に人が撃たれたから」

じつは私は、パトリックやほかの生徒たちを車で送り届けるために、この界隈に何度も来たことがあったのだが、たぶんアーロンはそれを忘れていたのだろう。まさにそのとき、パトリックの家もこの辺だとアーロンがなにげなく言った。

「パトリックのこと聞いてる、先生？」

また例の、人の不幸を喜ぶとまではいかないまでもゴシップ風の口調でアーロンが言った。が、さっきとは何かが違う――思いやりや無念さを忍ばせた、嘆くまいと無関心を装うような口ぶりだった。

車はセントラル・ハイスクールのそばにある草の茂った狭い一画の前を通り過ぎた。「この前さ、まだ十六歳の男の子がここで殺されたんだ。セントラルであったフットボールの試合帰りだった。ホームカミングでね」とアーロンが言った。「ぼこぼこに殴られたあげくに頭を撃たれた。だれにやられたかもわかってない」

やがて、郡の拘置所から百メートルほどのところにある警察署にさしかかった。「七月四日の建国記念日の次の日、いとこがここで殺された。拘置所のすぐそばで、保安官事務所のまん前でだよ。お供えの花がまだ二、三本残ってる」

アーロンが助手席側のウィンドウを下げたので私は車のスピードを落とした。みすぼらしい、色とりどりの物を寄せ集めた、まにあわせの追悼品を私たちは見つめた。ピンクや黄色の枯れた花びら、額入りの写真、ぬいぐるみ。

私が口にした悔やみの言葉をアーロンは肩をすくめて受け流した。「ＫＩＰＰに通う十六歳の女の子が死んだすぐあとだった」アーロンは亡くなった子が通っていた学校名を強調して言った。ＫＩＰＰ（Knowledge Is Power Program）とは、私がヘレナに赴任する数年前にできたチャータースクールだ〔保護者、教師、地域団体、市民活動家等が州や学区の認可を受けて設ける学校。公費で運営され、独自の方針に基づく教育を提供する」。「女の子のママのボーイフレンドをだれかが撃ってきた。そしたら、ボーイフレンドが女の子を自分の前に押し出したんだ。盾みたいに。その子は撃たれた。胸と腕と太ももを」

ヘレナには変化があった。ＫＩＰＰが小学校やハイスクールに広がり、しだいに評判が高まって、生徒がたるまない学校として知られるようになった。

「ＫＩＰＰに通ってたのにな」と、感じ入った口調でアーロンは繰り返した。いくら勉強家でも自分で自分の死にかたに責任は取れなかったといわんばかりに。

アーロンが郡の拘置所を指差した。わかっているとは言わないでおいた。屋根から飛び降りて逃亡した囚人のことを知っている、とアーロンが言った。

「けがはなかったの?」と私。

「うん、デブだったから。なんともなかった」

どうやらその脱獄者は、あたりをぶらついてから家族に会い、翌日拘置所に戻ったらしい。

懐かしい想い出の最終章に訪ねたのはスターズだ。スターズは打ち捨てられていた。有刺鉄線ごしにのぞくと、ゴミ箱が蹴り倒されて転がっていた。草刈りしていない敷地は雑草が伸び放題だった。

スターズをあとにした車の中でアーロンが携帯電話を取り出し、だれかの番号を押した。

「ジーナ、だれが来てると思う?　だれと一緒に車に乗ってるか当ててみろよ」アーロンは続けた。

「ミズ・クオだぞ」電話のむこう側で甲高い叫び声が弾けた。アーロンは耳元から携帯を引き離し、私と一緒に大笑いをした。

「昼飯、一緒に食ったぞ」とアーロンはつづけた。「ジーナ、これだけは言える。シートベルトさまさまだ」

私は声を上げて笑い、昔の気安いリズムに戻った。

「マジでさ、先生の運転、ひどくなってる。ヘレナの道は穴だらけだろ？　先生、穴に七十個ぐらいはまったぞ」

アーロンは私に携帯をよこした。

「ミズ・ジーナ・ゴードン！」電話に向かって笑みがこぼれた。「どう、元気にしてる？」

返事はこうだった。「舌にピアスして、鼻にピアスした。ちょっと変わったけど、そんなにたくさん変わってないよ」


私はダニーとルーシーの家に転がり込んだ。そのときルーシーはグラノーラをつくっていて、ダニーはスクラブルを完成したところだった。飼い猫だけが私との再会に不満げだった。

ふたりはヘレナのニュースをあれこれ聞かせてくれた。よいニュースがいろいろとあった。メキシコ料理店が開店し、マルガリータを置いているということ。新しくできたヘルス・センターに新型トレッドミルとヨガ教室があること。ダニーが資金集めを手伝った新しい図書館が年末にお目見えすること。そこには子ども向けのコーナーやコンピュータ室があること。私たちが立ち上げたブルース・フェスティバルがいまや毎年恒例の行事になり、その年もまた成功を収めたこと。ヘレナにいる黒人難民のための公共スペース〈フリーダム・パーク〉がまもなく着工になること。

デルタのＫＩＰＰが数学と読み書きの州統一テストで最高水準だったというニュースもあった。アーカンソー州の最貧地域に暮らす黒人の子どもたちが、アーカンソー州のとりわけ裕福な地域の私立学校に通う白人の子どもたちよりも高得点を取ったのである。十年前なら、ほとんどの政策立案者がありえないことと一笑に付したことだろう。いまやヘレナでは、ＫＩＰＰに入れずに不満をもらす白人家庭もあるほどだった。

翌朝、パトリックに会いに行くと、新顔の看守、ミスター・カズンズが出てきた。小柄でずんぐりして、薄気味悪いほど陽気な男だった。

今回もまた、だれも名前を書けとは言わなかったし、名前を訊こうともしなかった。バッグの中身をチェックされることも、携帯電話を没収されることもなかった。パトリック・ブラウニングに会いに来たと言っただけだった。

ミスター・カズンズは私のことを上から下まで眺め回した。そして、にやりと笑って言った。「ハグしてくれるまで、あいつには会わせねえよ」

私は咳払いをした。「なんておっしゃいました？」

「ハグだよ」とミスター・カズンズ。「ほれ、昔ながらのハグさ」

彼は上半身を倒して待っていた。

私は息を止めた。互いの体が触れ、私の背中が抱きしめられた。

ミスター・カズンズは薄ら笑いを浮かべて身を離した。私たちは並んで廊下を歩いていった。

カーンという金属音が、面会場所に近づくにつれてしだいに大きくなってきた。収容者が監房を叩いているのだ。

「自分のやらかしたことを考えてるんだろうよ」と言って、ミスター・カズンズは含み笑いをした。

制御室では看守たちがおしゃべりしながら、テレビで〈マトロック〉〔アメリカの弁護士ドラマ〕を観ていた。朝食の最中だった。油とカビの入りまじった奇妙な臭いがした。

「こんなクソみてえな仕事やめてやる」

「おめえはやめねえよ」

「まあ見てな」

「へっ、おめえなんか、どこ行ったってクビさ。そんな減らず口たたいてやがんだからな」

「絶対やめてやる」

私は極力目立たないようにしていた。しかし、だれも私がいることに気づいていないようだった。

窓のない部屋に通された私は、天井を見上げ、床にたまった水がどこから漏れているのかを探した。

とそのとき、パトリックが突然入口に現れた。私だとわかると顔をほころばせ、ぶかぶかの白黒縞のつなぎを引っぱり上げた。

「先生」パトリックは驚きのあまり、首を振り振り部屋に入ってきた。「戻ってきたんだ」

そしてつづけた。「ここで何してんですか?」

思っていたよりも長くヘレナにいることにした、ヘレナの暮らしが恋しかったと私は言った。

「ここが?」とパトリック。「どうかしてる」また首を振ったが、顔は笑っていた。

私とパトリックは近況を確かめあった。インディアナに住む両親に会ってきたばかりだと私は言った。

「お母さんとお父さんがいるんだ?」

そうよ、と言って私はスマートフォンを取り出し写真を見せた。

「これで写真が撮れるの?」

じっと見守るパトリックを前に、親指でスクリーンをスワイプすると次の写真が出てきた。

「ほらね?」と私。「あなたもやってみて」

パトリックは片手をつなぎの脇で拭い、指を一本スクリーンにのせた。そして用心深く私のしぐさをまねた。

「先生と似てる」と言った。

パトリックは写真に興味をもったらしく、ひとつひとつ丹念に眺めては次の写真に移った。「これは?」母が料理するところを撮った写真だった。まあ、ヌードルスープってとこかな、それと中国野菜。英語でなんて言うのか知らないのよ。パトリックが名前を挙げた食材もあった。「エビ」とパトリックは自分に向けてつぶやいた。

そしてこう訊いてきた。「先生は中国に行ったことある?」

「ええ」

「アフリカには?」

「あるわ」私はひと呼吸置いた。「どこかそういう場所に行ってみたい?」

私の写真に視線を落としたまま、パトリックは答えた。「中国もアフリカもどんなとこか全然知らない。ただここから出たい」

そう言うとスマートフォンを私に返した。

「あなたはどうしてた?」と私。

するとと様子が一変した。言ってはいけない話題を持ち出したようだった。パトリックは背をまるめて椅子の背にもたれ、両肩を落とした。

「ここじゃなんにも起きないよ」

「なんにも？」

「そう。まともじゃないことしか起きない」

パトリックは両手で顔を覆うと、また離した。

「いとこがひとりここにいて、別のやつからけんかを売られてる。そいつ、頭がどうかして、いとこの食事を壁にぶん投げたんだ。そのあとジュースのジャグをつかんで放り投げた」パトリックは言葉を切った。「で、ふたりでプラスチックを燃やしてた」

「え、何を？」聞き間違えたかもしれないと思い、私はそう尋ねた。

「プラスチック」とパトリックは声を大きくして繰り返した。

わけがわからなかった。

パトリックは我慢強く言葉をつづけた。「ほら、窓にはまってるやつ。それを燃やして穴を開けようっていう」

〈ショーシャンクの空に〉でティム・ロビンスが少しずつ壁を削りとっていたのが思い浮かんだ。

「なぜ？」答えはわかりきってるかな、馬鹿な質問かなと思いながら尋ねた。「逃げるため？」

「違う。窓からマリファナをもらうため。看守に売りつけるんだ。それかトラスティに」その言葉を口にしたとき、パトリックは顔をしかめた。

「だれに？」

パトリックが説明をしてくれた。「トラスティ trusty」とは別の区画に入っている、看守に雑役を任されている模範囚のことだ。「料理とか、このへんの掃除とかをするんだ。モップかけたりして仕事するけど給料はもらえない、っていう」

「トラスティ?」と私は繰り返した。聞いたことのない言葉だった。

「そう、トラスティ。信用する（trust）ことになってる人。信用できる（trustworthy）はずの人」パトリックは不機嫌そうに顔をゆがめた。それらの言葉が約束しているはずの意味をまだ期待しているということだ。

パトリックは何か言おうと口を開きかけてやめ、深くうなだれた。ここに来てすっかり見慣れてしまった姿だった。

「先生、おれ、わかんないんだ――いったい自分が何にはまり込んでるのか」

パトリックは両手で頭を抱えた。

「眠れない。あの煙を吸い込まないわけにはいかないし」

部屋はしんとしていた。私は途方に暮れた。

気づくとこんな言葉を口にしていた。「部屋――監房を変われるかしら?」

掌の下からパトリックのくぐもった声がした。「それは看守しだい」

そこから言葉が堰を切ったようにあふれてきた。「ここは何ひとつまともなものがない。インターホンはあるよ。でも壊れてる。気づいてほしかったり、だれかが喧嘩をはじめたりしたら窓を叩かなきゃならない。この前なんか発作を起こしたやつがいて。でも看守はここに来たいときしか来ない。窓を叩いても、真剣に叩いてるのかそうじゃないのか、むこうにはわかりゃしない。何もなくたって、みんな年がら年中叩いてるから」パトリックは両手でこめかみを揉んだ。「一日中あのニガーたちに囲まれて逃げられない」

私はぎこちなく手を伸ばしてパトリックの肩に触れ、ためらいがちに背中をそっと叩いた。が、パトリックは体を硬く丸めていたので触れられたことに気づいていないようだった。

「時間をさかのぼることはできない。起きたことにはなんでも原因と結果があるんだよね。ある一日が別の一日につながってく。で、おれはいまここにいる」

パトリックは顔を両手で覆った。

「さあ、パトリック」私は何かを言いたくて、ようやく慰めるように呼びかけた。「あなたは強い、負けていないわ。顔を上げてなさい」

私の言葉を文字どおりに受け取ったのか、パトリックは顔を上げた。

その日の午後、古い教師仲間のジョーダンがいきなり電話をかけてきた。ジョーダンは〈ティーチ・フォー・アメリカ〉でここにやって来て、そのまま留まる決心をした希少な教師だった。私が赴任する前年に来て、家を買い、同じく教師の女性と結婚し、二児の父となり、ヘレナに永住するつもりでいた。カトリック教徒で、体には宗教的な図柄のタトゥーを入れ、元ギャングから神父に転じたという強面（こわもて）イメージで通していた。

スターズの私の教え子はミラーにいたころジョーダンに教わっていて、みな恐れと敬意の入りまじった思いで彼のことを回想していた。自分は成功を期待されていると心の奥底で感じ、そのための手立てを与えられた授業を、子どもたちは決して忘れない。たとえ一週間、一日だけでも、自分は賢いと感じることができれば、その記憶は永遠に消えることがない。

カリフォルニアはどうだとジョーダンに訊かれた。

私は何気ないふうに答えた。「順調よ。法律支援をすることになってる。わくわくしてるわ」

ダニーとルーシーは別として、デルタに留まった数十人ほどの教師たちに対し、私は自分がうわついて見えそうな物言いを控えるようにしていた。たぶん、彼らといるとさらし者にされた気分になるからだろう。彼らは私にできないことをしていた。それも、見たところなんの苦もなくやってのけていた。

ジョーダンはKIPPの校長になっていた。非常勤のスペイン語教師がとにかく必要だと言った。常勤のミズ・アルバラードは授業を七コマ受けもっていて、負担がかかりすぎているらしかった。「スペイン語はほんとにだめなの」と私。「大学で二年間習っただけで」

ジョーダンが小さく笑った。デルタじゃそれで充分だよ。

「英語なら教えられるけど」と私は頑張る。いや、必要なのはスペイン語の先生だ。

私はうまくノーと言えたためしがない。それに、ジョーダンに気に入ってもらいたくもあった。

「二コマだけ」とジョーダン。「九年生のスペイン語だ。二コマだけならできるかな？　こんどの月曜から」

私はこのために戻ってきたのかもしれない。生徒が力を伸ばすことを期待されている、ちゃんと機能している学校で教えるために。町なかのバス停できちんと列をなして並んだKIPPの生徒たちを思い出すと温かな気持ちになった。ほぼ全員がフィリップ・プルマンの本とか、リチャード・ライトの『ブラック・ボーイ』なんかを抱えていたっけ。おまけに給与もいい。貯金と税金の還付金で暮らしている身なのだし。ミドルクラスの専門職が極度に不足している町だから、戻ってきて数日後に新しい仕事につけるわけだ。

「わかった、その話、乗る」と私は答えた。スペイン語で話しかけられないよう、ミズ・アルバラードはなんとしても避けなければと思いながら。

ＫＩＰＰの仕事がスタートするまであと数日しかなかったが、パトリックの国選弁護人に会わねばならなかった。公判の日を確かめると約束したからだ。パトリックが私に頼んだことはそれだけだった。拘置所に入ってから一年以上になるが、公判はまだ行なわれていなかった。

ヘレナのことだから、スウェットパンツをはいて噛みタバコをやっている人物だろうとなかば思っていたが、弁護人のロブはシャープなカナリア・イエローのタイにオーダーメイドのブラックスーツと、立派な身なりだった。黒人で、見たところ四十代。アーカンソー大学ロースクールの卒業生で、〈マクドナルド〉で働いて授業料を払ったという。国選弁護人になったのは、貧しい人たちが法的サービスを利用しやすくなる必要があると思ったから。しかしまもなく、経済的に自立するためには開業せざるをえないことがわかった。ヘレナの国選弁護人はロブのほかにひとりだけ、両者とも非常勤だ。アーカンソー州がそれ以上の報酬を支払わないからである。ふたりに与えられたのは、それぞれコピー機が一台と年間一七〇〇枚のコピー用紙だけ。郵便料金、長距離電話代、ガソリン代、交通費はすべて自腹だ。警察の違法行為の調査、精神科医や鑑識の専門家に払う代金など、民間への調査依頼にかかる費用を州は負担してくれなかった。調査にかかる費用はロブには出せなかった。

「もうパトリックと」私はいったん言葉を切り、慎重に言葉を選んで質問しようとした。「話をする機会はありましたか？」

「依頼人が百人以上いまして」とロブは答えた。

それから、一歩譲って浮かない顔でつけ加えた。「業務過失の合法化ですね」

ロブの話によると、ヘレナの裁判所は年に四回しか開廷しないらしかった（対照的に、マサチューセッツ州ではすべての平日に刑事裁判所が開廷する）。開廷期間はいずれもせいぜい三週間。公判がひとつ入ると、ほかの事件はすべて次の開廷期間まで持ち越され、未決訴訟事件表に挙がっている事件はたいてい百件以上ある。パトリックの事件のような場合は「優先順位」が低いため、何度も後回しにされていた。

「誤想防衛」がおそらくパトリックにとってベストの主張でしょう、とロブが言った。聞いたままの意味だ。マーカスが武器をもっていると思ったから自分を守った、というパトリックの確信は事実の錯誤。この主張なら殺人罪から傷害致死罪への引き下げもありうる。

暴力沙汰が多発し人がたくさん死ぬ貧困地域では、住民の大半が他人を危険視していると想定するのが無難ではないか、と私は言った。危害を加えられる可能性があると確信することこそまさに恐怖の核心でないのか、その確信は現実に基づく可能性もあれば思い違いの可能性もあるのではないか。たとえマーカスが武器をもっていなかったことが判明したとしても、パトリックが恐れを感じること、危険に直面しているかもしれないと思うことは、本当に事実の錯誤だと——「誤想」だと——言えるのだろうか？

ロブは面白がっているふうだった。だてにハーヴァードを出てないなと笑顔が語っているように見えた。

「いい指摘だ」とロブは口を開いた。「しかし、それを検察側には言えない。法律は法律だ」

「ただの正当防衛にはなりませんか？」私は自分の主張を展開した。「あなたは十八歳、ほんの子どもで、酔っ払いがあなたの家のポーチにずかずか上がってきた。相手はあなたより体が大きく、年上で攻撃的。しかもあなたの妹を連れている。妹はまだ十六歳で、特別支援教育を受けている少しスローな子。あなたは相手にポーチから降りろと言うけれど、むこうは降りようとしない。相手はかなり酔っていて——」

「陪審員しだいだな」とロブが口を挟んだ。「だが、そんなことを陪審員に訴えるのはリスキーだ」

「もし、パトリックが白人なら……」私はついにその言葉を口に出した。だれもが見て見ぬふりをしている問題を。自分の家の敷地内に侵入してきた酔っぱらいの黒人に白人が立ち向かっても殺人罪に問われないのは、どう見ても明らかだと思うのだが。

ロブの目が戸惑ってキラリと光った。なんて愚かな子だと思われているだろうか。「そうだね、おっしゃるとおり」とロブが言った。「でもそれはわれわれにはどうにもできない」

その週はさらに二度、パトリックを訪ねた。短期間のうちに、私たちの会話はしっくりとなじみはじめていた。最初はいつもの私の話題だ。「こんちは、先生」とパトリックが言う（「お元気ですか？」とよそいきの挨拶を試みるときもある）。映画、食事、天気と、どんなに些細なことだろうがパトリックは興味を示した。ともすれば会話は平凡になりがちだった。「雨は降った？」「何食べてきたの？」「どんな車に乗ってる？」パトリックは身を乗り出し、ひと言も聞き漏らすまいと耳を傾けた。私のスマートフォンの写真という写真に——中身はどうあれ——魅了された。まるでそこに世界からの暗号メッセージが隠れているかのように、画像をまじまじと眺めた。質問に対する私の答えは流れ作業のようになることが多かった。これはどの街にあるの？　そこにはどうやって行くの？

しかし、いざパ、ト、リ、ッ、ク、の話となると、話題はたいてい拘置所のこと、拘置所がどんなに不潔なところかということになってしまう感じだった。シャワー室が最悪なこと。トラスティが残りもののいろんな液体を排水口に捨てるのでゴキブリが這い出てくること。それは粉末ジュースの〈クールエイド〉が元凶だとパトリックは考えていた。「おれは〈クールエイド〉をトイレに捨てるけど、みんなはどこにでも捨てるんだよ」シャワーを浴びるとき、パトリックは壁にはえている色とりどりのカビに触れないよう両腕を体に近づけて浴びた。

トイレは壊れても修理されないので、所内ではトイレからどんなに遠くても、ひどい悪臭が漂っていた。修理できない便器にはトラスティが黒いごみ袋をかぶせていた。「だから使うトイレは結局いつも同じ。ほかの部屋じゃ、みんな床じゅうに小便してるし。そいつらがこっちの部屋に来たら、どんな病気がうつるかわかったもんじゃない」

監房にはドアがないので、いろんな人間がパトリックの部屋に出入りしていた。ある男は静かにパトリックの部屋に入ってきて、床につばを吐いたかと思うと、また静かに出ていった。また、年配の男が、自分はマーティン・ルーサー・キング・ジュニアだとぶつぶつつぶやきながら歩き回ったりした。統合失調症を患っているパトリックのいとこは、二週間、間違った薬――別の在監者の心臓の薬――を処方された。だれがだれをとっちめるつもりだとか、だれが何をしてここに入ったとかのおしゃべりは日常茶飯事で、喧嘩や叫び声や壁を叩く音が絶え間なく聞こえていた。

こまごました話がえんえんと繰り返され、退屈だった。浴室の壁にカビが生えている。ゴキブリが排水口から出てくる。パトリックはすでに話したことを忘れ、また同じ話を繰り返すときもあった。「おれの部屋が一番いいんだ。ほかの部屋はどこもトイレが壊れてるから」

興味をそそるだろうかと、弁護士に会って話したことを伝えたが、パトリックはただ公判日がいつかと質問しただけだった。彼の望みは公判を片づけることだった。私はロブに言われたこと、公判がまた延期になったことを繰り返し伝えた。たぶん十二月まではないだろう、もしかしたら二月までないかもしれない、と。それを聞くとパトリックは、法律的な手続きにすっかり関心をなくしてしまった。自分の抗弁について話したがらなくなった。私がぶっきらぼうに「殺人」という言葉を使うと顔をしかめた。

　パトリックは話題を過去に移した。たぶんほかに話すことも、向かうべき方向もなかったからだろう。過去を振り返ると、あらゆる出来事がつながっているようにパトリックには思えるらしかった。十二歳かそこいらのとき自転車に乗って、ものを盗みに行ったとパトリックは言った。友だちのアイデアだよ。それまでものを盗んだことなんかなかった。途中でトラックにはねられ、自転車から弾き飛ばされた。「あれがお告げだったんだよ、先生」

「お告げ？」。ほかの多くの子たちと同様、パトリックが信心深いことは知っていたが、これほどとは。

　そうだよ、お告げ。神様はあのときあの場所でおれに話しかけてたんだ。おまえはしてはいけないことをしているって。神様と同じくらい、おれのことをわかってる人間はいない。

　これまでの人生に起きた重要な出来事の数々は予兆であり、自分はずっとそれを無視していたとパトリックはとらえ直していた。十一歳のとき、裏庭でガソリンで遊んでいた。結局入院して学校を数週間休み、授業についていけなくなった。ちょうどツインタワーが崩れたころのことだった。そう言うと、パトリックは両足首に残る黒っぽい火傷の跡を私に見せた。

「そうね」と私。「ちょうどそのころだったね」

「因果応報だ」だから自分はいまここにいるんだと言いたげに、パトリックはありがちな言葉を神学的な重々しさでつぶやいた。フィードバック・ループにからめ取られているような感じだった。まず自分を責め、次に忘れたいと願い、忘れたいがためにまた自分を責めるという悪循環。

どの会話にもパターンがあった。話したかと思うと急に黙り込む。何かをしゃべるとそれに落ち込み、がっくりとうなだれる。すると背中と首筋がテーブルのように水平になった。パトリックも私も口をつぐみ、長い沈黙がつづいた。私はおしゃべりや根拠のない慰めで沈黙を埋めたくはなかった。たぶん、しゃべらないことによって偽りのない素のままの自分になっていた。私は熱い言葉で檄を飛ばすような人間ではなかった。「あなたならできる、あなたを信じている」と言うようなタイプではなかった。しゃべらないことによって、むしろこう言おうとしていた。「これが本当の私、何を言えばいいのかわからず、あなたと同じように途方に暮れている人間よ」

しかし、最後にはいつもその沈黙を受け止めきれなくなった。パトリックはよい知らせを聞く必要があった。パトリックにはその知らせを運ぶ人が必要だった。「さあ、私を見て」と私が言う。するとパトリックは心もち頭を上げて目を合わせる。私は力をふりしぼり激励の言葉をかける。「人生のある夜に起きたことが、本当のあなたを表しているわけではない、パトリック、わかる?」あるいはこんな言葉。「ご家族にとって、あなたは優しくていい子以外の何ものでもないのよ、わかる? あなたのことをただただいい子だと言ってくださるわ」あるいは「ご家族はあなたを愛してる、あなたがいなくて淋しがってるのよ」あるいはただこう言うだけ。「こんなことになって残念よ」内容もなければオリジナリティもない言葉だけれど、それを発する私の声の潰れた調子から、偽りのない悲しみが伝わったと思う。

パトリックが何か言葉を返してくるときはいつも同意の返事だった。「そのとおりです」「はい、先生」「ありがとう」

以前の私たちは学校という世界を共有していた。ヘレナにいなかった三年は、連絡を取りあわなかっただけでなく、共有するものが何もなくなってしまった三年でもあった。一緒にいればそれで充分だと思っていた。が、パトリックと私は明らかに異なるふたつの世界に生きていた。パトリックの生きる現実は五感に襲いかかる不快。私の現実はスマートフォンの明るいスクリーンの中に存在し、パトリックはそれを汚さないようにと指先でそっと触れる。元教師と元生徒という結びつきはあっても、いまやそれはとても弱い絆にすぎないことがあらわになっていた。

パトリックにとって、私たちの会話はさほどひどいものではなかったかもしれない。話し相手がいるのは、だれもいないよりはましだから。しかし私はパトリックとの会話にうんざりしていた。拘置所の粗悪な環境はみごとにその目的を果たしてきたようだった。これは罰であって、パトリックは自らに終わることなき懺悔の日々を課していた。パトリックは罪を感じたがっていた。苦しみたがっていた。そして私は私で、当たり前のように神父の役割を果たすには不適格な人間だった。

それにしても、マーカスの死に対してパトリックが罪悪感しか抱かないというのは、ナンセンスではないだろうか。殺人の罪に問われているとはいえ、パトリックは典型的な殺人者とは正反対の行動を取っている。証拠の隠滅もしていないし、アリバイのねつ造もしていない。武器の血を洗い流してどこかに隠したりもしていない。傷つけた人間が歩き去るのを見つめていただけだ。その男が死ぬとは思っていなかった。ポーチに座り、警察が来るのを待っていた。泣きながら待っていた。おとなしくパトカーに乗り、弁護士を求めず、拘置所にいるいまは抗弁の相談をしようとしなかった。社会や貧困のせいにするでもなく、ただ自分を責めていた。問題は彼が自白しようとしないことではなく、自白しすぎたことだった。残りの人生を自白に費やしかねなかった。

しかし、たぶんパトリックには罪の意識が必要だったのだろう。そうでなくては理由もなく人が死んだことになる。無意味な衝突のせいで、いろいろな心理状態のせいで、衝動的に体が動いたせいで、偶然が重なったせいで。パトリックは、マーカスの死に自分なりの意味を与えるため、自分の犯した失敗を物語に編みあげる必要があった。パトリックはそれを「因果応報」と表現した。自分が神を無視したせいでしくじったというのが話の筋だった。

しかし、パトリックが自分に言いきかせる物語を私は信じなかった。私はその物語を壊したかった。そのためにはふたりのあいだにつながりをつくる必要があった。しかし、この私に彼と共有できる何があるというのだろう?

思いつくのは本だけだった。パトリックには、ほかにもいくつか好きなものがあって、たとえばゴーカートを大切そうにいじり整備工になりたいと言ったことがあった。車の修理よりも読書のほうが本質的に優れているとか、本を読めばよりよい人間になれるとか思っていたわけではない。ただ、私は本が大好きで、自分がどんな本を好きなのか、まだパトリックに話したことがなかったのだ。もし歌をうたえるなら一緒にうたっていただろう。

こうして、ヘレナに戻ってから二週間ほどたった十月下旬、ふと気づくとこんな言葉を口にしていた。「パトリック、あなたにしてほしいことがあるの」

パトリックは待ち受けるように私をじっと見た。

私はつづけた。「毎日宿題をやってちょうだい」

パトリックは幼い子どものようにかん高い声を上げ、その日初めての笑顔を見せた。「先生！」パトリックはけらけらと笑い、開いた口元を手で覆った。「それはもう終わったはずだよ」

「ほかに何するの？　食べる？　ただ座ってる？」

パトリックはまだ笑っていた。「宿題って、何それ？」久しぶりに聞いた「宿題」という言葉がパトリックには面白かったようだ。が、やがて静かになった。「もう終わったことだよ」と同じ台詞を繰り返した。

「さあ」と私は軽い口調で言った。さりげなさすぎる声になった。

「もう遅いよ、先生」パトリックは爪で木のテーブルを引っ掻いている。「遅すぎる」

「遅すぎるって、どういう意味？　あなたね、ハイスクールを卒業してないのよ」宙に響いた自分の言葉に私はすくんだ。まだ共有できていない気安さをよそおってはいたけれど。私はもう知っていた。私が求めることならパトリックは何でもする。アーロンやジーナやケイラもそうだったけれど、パトリックはいつも大人の導きを、とくに私の導きを受け容れる子だった。

私は口調を少し和らげた。「娘さんが会いに来て、言葉が話せるようになってたら、本を読んであげるといいと思わない？」

「はい」

「私の言うとおりでしょ」

「はい」

「じゃあ決まり。毎日宿題を出すね」

どんな宿題になるのか見当もつかなかった。何を教える？　週に一回しか面会に来ないのに、どうやって宿題をチェックする?　しかも、教師の権威をふりかざしてパトリックと関わることしかできないとしたらどうなってしまうだろう?

第6章　ライオンと魔女と衣装だんす

月曜の朝、パトリックの最初の宿題を読めるとわくわくしながら、私は拘置所のロビーで待っていた。

その日は受付にだれもいなかった。私のほかにもうひとり待っていた女性が、こちらを見て肩をすくめたので、私も同じように肩をすくめた。

自分の出した宿題——あなたの娘さんに手紙を書いてください——に私は満足していた。「娘さんのこと思い浮かべるのって素敵だと思わない？」と私は言った。子どものことを考えると慰めになるだろうし、書くことは他者にじかに語りかける行為なのだと、パトリックにわかってもらうこともできるだろう。

パトリックはおじけづいた表情になったが、私は気づかないふりをした。

「おれが、チェリーに……手紙書くの？」

「そう、そのとおり」

パトリックは口を開いて何かを言おうとしてやめたのだった。

ゆうに十分はロビーで待ったすえ、女は私のほうに振り返った。「看守にはこっちが見えてないね」女はカメラを指差した。「電気が切れてんだよ。ビデオが映ってない」女は受付デスクを乗り越えてスイッチに触れた。けたたましくブザーが鳴り、防犯ドアの掛け金のはずれる音がしたかと思うと、監房につづくドアがぱっと開いた。

女はドアを通り抜けて、拘置所の中にずかずか入っていった。

「こんちはあ!」女は大声で看守を呼んだ。

その声にショーンが姿を見せた。よそなら重大なセキュリティ侵害になっただろうに、ショーンは平然と、ついて来いと私たちを手招きした。

ここから在監者がひとり脱走したとヘレナの新聞が報じていたのがほんの数日前のこと。なるほどこれなら簡単に脱走できるはずだ。逃げ出そうとする人間がほかにも出てこないのが意外なくらいだ。

中に入れ、とショーンが身ぶりで示した。

パトリックが現れた。

「元気?」私は声をかけた。

「ぐったり」前の晩、知り合いの男が入ってきたという。家庭内暴力だった。「そいつ、彼女を愛してるってずっと言ってたくせに殴ったんだよ。愛してる人に暴力ふるっちゃだめだっておれは言ってる。そいつを励まそうとしてる。でもほんとはストレスたまりまくってる」パトリックはため息をついた。そしてこうつづけた。「ねえ先生、ひとつお願いがあるんですけど」

「何?」と私は嬉しくなって訊き返した。公判日を把握する以外のことを、パトリックに頼まれたことがなかったからだ。

「タバコ、差し入れてもらえないかな——ほら、紙巻きタバコ」

「ああ」と私。「それは私にはできないんじゃないのかな?」

「そう、禁止にはなってる。けど、タバコを少し、どうしても吸いたい」

「それは無理よ。見つかりでもしたら——」

「わかった、いいです」

「できればいいんだけど——」

「いいです」

ノーと言うことに罪の意識を感じた。

「じゃあ宿題を見ましょうか」話題を変えたくて、そしてたぶんパトリックと自分の両方を元気づけたくて私はそう言った。

するとパトリックがくっくっと笑った。「先生、おれ、やってませんよ」

がっかりだ。頭に血がのぼった。なぜ笑ってるの? 宿題をしないことが面白いの? しかし私はそこで思いとどまった。パトリックはただ現実的になっているだけだ。宿題をしたからといって塀の外には出られないのだから。

それでも、返した私の声は厳しかった。「真面目に考えてくれてないのね」

パトリックはまるで頬をぶたれたように顔をそむけた。

パトリックを訪ねたあとKIPPに行った。着くなり、スペイン語教師を引き受けたのは間違いだったと悟った。

ある生徒が私にこんな質問をした。「先生、『ボート』はスペイン語でなんて言うんですか?」ボートが好きなんです、とその子は言った。

「あなたの課題が終わったら教えましょう」ボートはなんて言ったっけ、と思いながら私は答えた。

その子は礼儀をわきまえていた。生徒たちはみな教師に敬意を示してくれた。勤勉で、勉強熱心だった。この学校には驚くばかりの安心感があった。でたらめな暴力は起きない。脅しもなければ、いじめもない。悪ふざけで人を侮辱することもない。授業の合間の休み時間にだれかに襲いかかられる心配もない。安心感が集中できる状態を生みだしていた。スターズにいた二年のあいだ、ずっと感じたいと思っていたことを感じるまでに十分とかからなかった。この子たちは何でもできる。どこへでもゆける。隣の教室では年配の黒人教師が数学を教えていた。デルタ育ちの彼女はＫＩＰＰの規律正しさを好んでいた。「黒人教師のほうが生徒に厳しいのよ」と彼女は私に言った。「私たちのほうが大変な人生を送るのをわかってますからね」

壁は教師たちの通っていた大学名を書いたペナントで飾られていた。ノートルダム、コルビー、アーカンソー、ミシガン、ヘンドリクス、ローズといった大学名がえんえんとつづく。色とりどりの三角形のフェルトが、そろってひとつの方向を指していた。壁の装飾は形だけのものではなかった。九年生の女子ふたりが装飾を見上げながら、ヘンドリクスは「少人数クラス」で「家からそう遠くないから」進学するメリットがあると語りあっているのを小耳にはさんだのだから。

私はスマートフォンでこっそりと「ボート」のスペイン語訳を検索した。

翌日、挨拶もかわさないうちからパトリックは私に宿題を手わたした。先手を打ってこちらの敵意や失望を阻止するように。

「ちゃんとやったのね」と私。口調は前日よりも優しかった。なぜパトリックは宿題を気にすべきなのか。私にとって宿題は大切なものだった。子ども時代は宿題を中心に回っていた。それが両親から求められる唯一のつとめだったからだ。パトリックはスターズの教師から宿題を出されたりはしなかった。生徒たちはそんなことを期待されていなかった。考えてみれば、私もそれほど多くの宿題を出さなかった。うつむいて文章に目を走らせながら、「どう、元気？」と私は上の空で言った。

ショックだった。精神が錯乱したかのような筆跡だ。ぼってり落ちたブルーのインクがこすれて紙が汚れていた。私の渡した安物ボールペンではだめだ。パトリックの筆圧が強すぎて、あちらこちらでインクが漏れ、しみだらけになっている。紙の上になぐり書きされた文字はまるで、ぎざぎざマークがまたま交差しているかのよう。文字の大きさは不揃いで、書きかたもたどたどしい。かつての筆跡はあとかたもなかった。


チェリーぼくがきみといられないのはぼくのせいだ。きみといしょにいられなくてつらい。ここじゃみんなつまんないことでけんかしてぼくのガマンをためす。ここにすわってなんもしないでぼくがぶちこわしたとおもってきみのことをかんがえてる。

きみのパパより

私は無表情を保ちつづける努力をした。これはそんなにひどい文章か？　ひどい。大文字にしていない、アポストロフィをつけていない、つづりを間違えている……私が教えていたころ、パトリックの文章はこんなにひどくなかった。それに書きかたの間違いを抜きにしても、内容そのものが子どもによくない。パトリックの不在、つまり父親の不在を子どもに思い出させる内容だ。そばにいないのは自分のせいだと書いているため、手紙を受け取った子どもが、父親がいったい何をしたのかと不審がるだろう。あけすけではないにしても、辛い思いをほのめかしている。とても子どもが安心するような手紙ではなかった。

だが、父親が娘に謝りたいという気持ちは自然なものだといえないだろうか。少なくともパトリックは正直に書いているし、娘のことを愛してもいる。たぶん問題は手紙そのものではなく、手紙だと繰言のように同じことを書いてしまいがちな点かもしれなかった。ごめんなさい。いっしょにいられたらいいのに。いっしょにいるべきなのに自分はそこにいない。宿題を出せば間違いを犯したという思いから逃れられるのではと思ったが、それだけでは不充分だった。パトリックが自分の殻から踏み出せるような、何かが必要だった。

「間違いばっかだってわかってる」とパトリックは言った。「頭ん中がごちゃごちゃなんです」

さりげない口調で私はこう返した。「鉛筆をもたなくなってどのくらいになる？」

「わかんない。二年くらいかな」

何からはじめればいいのだろう？　見当もつかない。

私は持ち込んだノートを最後のページまで繰っていった。これから書こうとすることがわかっているふりをして。

私はページの真ん中に「文法」と書いた。

そして下に

I'm　im

「見て」私は「im」を指差した。「あなたはこう書いてる」

パトリックはそれを見つめた。顔の筋肉を緊張させて何ごとかを考えていた。

「どこが間違っているかわかる?」

パトリックは押し黙っている。

「ちっちゃなこと、ふたつよ。わかるかな?」私は大文字のIとアポストロフィを丸で囲んだ。

パトリックがうなずいた。

「あなたのIと私のIでは何が違ってる?」

「先生のは大文字だ」

「自分がどう書いたかわかる?」

「はい」

「書き直せる?」

「はい」

パトリックは前かがみになった。ペンを握り慣れていないので手に力が入りすぎていた。

パトリックはこう書いた。

I'm Patrick.

「オーケー」と私は言った。「よく書けた」

私たちは午後いっぱい書きかたを練習した。帰りぎわ、コートとマフラーをつけながら私は陽気にこう言った。「明日の宿題はできそうかな？」

「はい」とパトリックは早口で返事をした。

その従順さに悲しくなり、何か悪いことでもしたような気分になった。私はいったい何様なの――パトリックが恥じることをさらに増やすのが役目の人間？

「ねえ」と私は言った。「取引しましょうよ。あなたは宿題をつづける。私はあなたの吸いたいタバコをもってくる」

パトリックの顔が驚きでぱっと明るくなった。

「ほんとに、先生？」

私は声を上げて笑った。「ほんと」

「おれにタバコもってきてくれるの？」そして、私の気が変わってはいけないと思ったのか、すぐ言った。「じゃあ〈バグラー〉がいいな」

「何？　どこで買えるの？」

こんどはパトリックが笑う番だった。「先生、タバコ全然吸わないんだな」

「そうねえ吸わないな」

「刻んだタバコの葉っぱだよ、ほら、自分で紙を巻くやつ。〈ダラー・ジェネラル〉の隣で売ってる。おれんちのそばの〈ウォルマート〉の手前。〈ウォルマート〉を通りすぎちゃったら行きすぎ」

「わかった。買いに行く。で、あなたにあげる。宿題をちゃんとやったらね」私たちはお互い笑顔になった。

セントラル・ハイスクールでのパトリックの成績証明書を見ると、空欄の中にたった一列、縦にアルファベット――F、F、F、D、D、F――が並んでいるだけだった。要するに、ハイスクールの一学期分だけなのだ。

パトリックが成績を言おうとしないので、私は自分で確認しようと思った。スクール・セクレタリのオフィスまで歩いてゆく道すがら、たぶんパトリックは大げさに言っているだけだ、英語の成績はBだろうと勝手に考えていた。そういえば、とほかの教え子たちのことが思い浮かんだ。あの子たち、どうなったのかな? 「中途退学者のリスト、ありますか?」背のちぢこまったセクレタリ、ミズ・スミスに私は尋ねた。「二〇〇六年のリストなんですが」私がデルタを去った年だ。

オフィスのプリンタは騒々しい音をたてる古めかしいドット・マトリクス式のもので、レーザープリンタではなかった。紙の両端に縦方向のミシン目が入っていた。一九八〇年代に子ども時代を送った私は、その両端を切り取りブレスレットをつくっていた。

文書には「中途退学者報告書（レポート）」というタイトルがついていた。しかしくわしい報告（レポート）などなく、生徒の名前が載っているだけだった。各ページがつながっているため、床まで届いたリストがアコーディオンのようだった。信じがたいことに、それがたった一年分の中退者リストなのだった。

見憶えのある名前が次から次へと出てきた。タミール、マイルズ、ケイラ、ウィリアム、ステファニー。気分が落ち込み、腰を下ろしたくなった。ショックだった。最後までつづいたのはだれ? リストに出てきた名前は数年前、私の、手書きの成績簿に載っていた名前なのに。それらはいま、ちゃちな印字でプリントされていた。

あなたの人生を変えた人はだれですか?

私はこの子たちを変えたのだろうか? 両手の中にある紙がノーと答えた。

恥ずかしさで顔が熱くなった。

名前の横には中退の理由を示す数字が記されていた。「引越」を示す数字もあれば、「出席日数不足」を示す数字もあった。が、それが本当の理由ではない。リストでは妊娠した女の子も含めて多くの生徒が「州外に引越」となっていた。パトリックは二度、リストに出てきた。「出席日数不足」と(これは正しい)、「州外に引越」だ(これは正しくない)。

「年々ひどくなってます」ミズ・スミスの声には苛立ちがにじんでいた。「私の記憶では、三十五年前は中退者なんてまったくいなかったと思います。だれひとり、ドロップアウトしなかったですよ。校長室送りになろうものなら、みんな身震いしたもんです」

欠席に対して学校がどのような手続きを取るのかミズ・スミスは説明してくれた。毎朝、教師たちは生徒の出欠状況を把握し、用紙にP、T、Aで記入して提出する。出席(present)、遅刻(tardy)、欠席(absent)の略だ。州法では、学校を連続十日欠席すると生徒の扱いが完全に変わる。公的にドロップアウトしたものと見なされるのだ。そして、ミズ・スミスのオフィスから、教師がその生徒の名前を成績簿から削除できる旨を知らせる通知が送られることになる。

「この報告書、だれが見るんです?」私は訊いてみた。

「いま、あなたが見てる」

ぞっとする話だ。ドロップアウトしました、以上、終了である。自分を探してくれる人も、止めてくれる人もいない。ドロップアウトした理由を正しく書いてくれる人も、どうやらいなさそうだった。欠席が公けに許されるのはどういう場合かミズ・スミスは教えてくれた。

医師の診断書がある場合
家族が亡くなり、新聞に死亡記事が出るか、告別式の式次第がある場合
裁判所から通達があった場合
収監証明書がある場合
出席停止になった場合
学校の活動に参加する場合
親による欠席届出書を校長が承認した場合

ミズ・スミスによれば、正式に認められていない理由による欠席は十四日まで許されるという。その中には無断欠席だけでなく、欠席しますと親が一筆書いた日も含まれる。

「冗談じゃない。親が十四日分何かを書けば、どんな理由だろうと、どんな言い訳をしようと許されるってこと？　本当は何をしてるか、だれにもわからないのに。学校に来ない子はただ来たくないってだけだと思うわ」

そのとき申しあわせたかのように、母親と十代の娘が一組オフィスに入ってきた。母親のほうは眠そうで、まだパジャマ姿だった。「寝坊しちゃった」とだけ母親は言った。

「届け出を書いてもらわないと」ミズ・スミスは母親を無視して、娘のほうに声をかけた。

娘はやれやれというふうに目玉を上にあげた。

紙をくれと母親が言った。

ミズ・スミスが紙を渡した。

ペンも、と母親が言った。

ミズ・スミスがペンを渡した。

母親は何ごとかを走り書きして去った。娘は教室に向かった。

ミズ・スミスは意味ありげに掛け時計を指差した。その日の授業はもう半分近く終わっていた。

「じゃあ親が十四日分の欠席に対して届け出を書けば、パトリックは学校に戻れたってことですか?」

「そういうこと」

私の打ちひしがれた顔にミズ・スミスは満足げだった。

しかし私と彼女は違ったことを考えていた。ミズ・スミスは、パトリックが学校に戻れるという発想を愚かしく思ったのだろうが、私は、パトリックの両親が息子を学校に戻すために一筆書かなかったことを愚かだと思っていた。

生徒が無断欠席していることを家族に連絡するのが仕事という人物をヘレナは一名雇っていたわけだ。しかし、パトリックにとってさしたる違いにはならなかったのだろう。パトリックの家族はみな、彼が学校に行かなくなったことを承知していたのだから。

「神様、これはなんと、ミズ・クオじゃないの!」そう言いながら、ミズ・ライリーは私をハグした。

スターズが閉鎖されたいま、ミズ・ライリーはセントラル・ハイスクールでＩＳＳ――校内謹慎処分――の担当者になっていた。要するに日中、生徒の身柄を校内で拘束しておく係である。彼女を見つけるのはひと苦労だった。ＩＳＳルームは丘の反対側に、隠者の住みかのように隔離されていたからだ。ミズ・ライリーは自分のデスクでコンピュータ・ゲームをしていた。ちょうど終業のベルが鳴り、生徒たちが部屋を出ていったところだった。

ミズ・ライリーが外に行こうと誘うしぐさをするので、私はあとにつづいた。車でタバコを吸うためだ。

「ミズ・クオ」紙巻きタバコに火をつけて、ミズ・ライリーはいきなり本題に入った。「スターズは廃墟も同然だよ。何もかも道端に投げ捨てて、あんたが取り寄せた新しい、いい本もみんな捨てられちゃった。何の価値もないもののように放っぽって。もったいない話」

表紙の内側に生徒たちが書き込んだ言葉が思い浮かんだ。自分はその本を読んだと、あの子たちはみんなに知ってもらいたがっていたのに。

「あの子たちが恋しいねえ」ミズ・ライリーが言った。

「何があったの？　ここに来たとたんほとんどドロップアウトしたようなんだけど」

「セントラルは笑わせるわ。お話になんない。教師は生徒に怯えて、なあんにも教えられない。生徒はわめくわどなるわ。ズボンをお尻までずらした子たちを見てると、ただただ泣けてくる。生徒が外に出ても」そこでミズ・ライリーは校庭を指差した。「だれも引きとめないし、だれも見守らない。教師もだれも」

ミズ・ライリーの口調には以前にはなかった殺伐とした響きがあり、それが私を戸惑わせた。スターズにいたころ、ミズ・ライリーは毎日私に「神のみ恵み」と挨拶をしたものだ。ミズ・ライリーはスターズの真の実力者だった。私のような外からやって来た教師たちは彼女を尊敬していたし、彼女に対しては生徒たちもお行儀がよかった。教員免許はなかったが、そのぶん善悪をきちんと教える威厳があった。いまやミズ・ライリーは生徒とともに追いやられ、流砂の上に砦を築くような虚しい努力をしていた。

「子どもたちにはね、『バカなことしてここに来るんじゃないの』って言ってんの。知ってのとおり、私にはゴスペル・ミュージックがあった。机の上には聖書があった。子どもたちには『口を閉じて静かにしたほうが身のためだ』って言ってるんだ。でも、昔みたいな地域社会はもうなくなった。落ちたもんよ。あいつらがダメにしたんだ。子どものころを思い出すよ。ミズ・クオ、あのころは窓を開けっぱなしで眠っていられたんだよ。どんなに低いところにある窓でも気にならなかった。料理をコンロにかけたまま出かけられた。ちょっと、お隣さん、ねえメアリー、ねえジョアン、ネックボーン〔豚の首の骨を煮込んだスープは米南部の料理〕がコンロにかかってるけど、あたしちょっとお店でジャガイモ買って来る、なんて声かけて。そしたらむこうは、オーケー、わかったよって返事すんの。それでよ、料理が焦げついたりしなかった。ぜったいに焦げつかなかったもんよ。人と人とがどれだけ近しかったかってことだね」

パトリックに会いに行ったと私は言った。

「あの子は悪魔につかまっちゃったんだね」とミズ・ライリーは言った。「いったんつかまったら離してもらえない」

ミズ・ライリーはタバコを投げ捨てた。「この町の人たちに起きてることを見てると、悪魔にすっかり支配されてしまった気がする」

タバコ屋はドライブイン式だった。こういう店に来るのは初めてだった。「〈バグラー〉ありますか?」その名前でよかっただろうかと思いつつ尋ねた。窓口の女がにやりと笑うと金歯がのぞいた。女がタバコを取ろうと背中を向けると、サイコロ型のイヤリングが音をたてた。薄水色のパッケージにはトランペットを吹く男のしゃれたロゴが入っていた。

翌朝、パトリックは会うなり興奮気味にこう言った。「宿題やった」

「二日連続!」と私。「すごい」それでこちらもバッグの中を探しはじめた。タバコをもって来た、この取引で私に課されている義務を果たしたという合図だ。パトリックは廊下に頭を突き出して看守がいないか確かめた。そして私に向かってうなずいた。

タバコを渡すと、パトリックは手際よくそれを隠した。こそこそと物をやり取りしたり、つなぎの折りたたんだ部分にタバコの箱をしまい込んだりするパトリックに、一瞬私は不信感を抱いた。

私はバッグから本を一冊取り出した。『ライオンと魔女と衣装だんす』だ。「この週末に読み返したの」と私は言った。「そしたらほんとにいい話なんで、最後のところで泣きだしそうになっちゃった」

「先生が?　泣くの?」首を振るパトリックの顔が笑っている。

私は本を渡した。

軽いペーパーバックだが、パトリックは重くて壊れやすいものでも受け取るように両手を伸ばした。そして前かがみになり、表紙のカラフルな絵をじっくりと眺めた。子どもの本を渡されて腹を立てないか気になったが、興味をもった様子だった。たぶん娘のことか、自分が子どもだったころのことを考えているのかもしれない。何を考えているのかわからなかったが、指先で絵の輪郭をたどっていた。

「何が描かれてる？」

パトリックは長いあいだ絵を見つめていた。「小さな女の子がふたり。ライオンと踊ってるのかな」

「ライオンはどんなふうに見える？」

パトリックはためらって答えようとしなかった。

「これが正しい答え、なんていうのはないのよ」と私。

「獣って感じだけど、野原で楽しそうにしてる。日暮れなのかな」

私はうなずいて最初のページを指し示し、読むように促した。

パトリックが読んだ。

「ルーシー・バーフィールドへ」

「ルーシーってだれだと思う？」

パトリックはその言葉に目を凝らしていた。見つめていれば答えが出てくるとでもいうように。「先生、おれ、わかんない。この本のこと、なんにも知らないから」パトリックは動揺していた。

「違うの」と私。「私が悪かった、説明しなかったものね。あなたは何も知らなくていいの。当ててみましょう」

動揺のあまり、パトリックは私の言葉が耳に入っていないようだった。

「親愛なるルーシー」パトリックを無視して私は読みはじめた。「さあ、あなたが読んでみて」

胸がどきどきした。読むのを拒まれたらどうしよう。

パトリックは咳払いをした。

「私はこの物語をきみのために書いた。けれど、書きはじめたときには、女の子のほうが本よりもはやく成長することをわかっていなかった」パトリックは作者の名前のところまで読みつづけた。「きみの名づけ親、C・S・ルイスより愛を込めて」

パトリックの読みかたはたどたどしかった。言葉が正しい切れ目をほとんど無視して勢いよく口から流れ出てきた。

「さあ、ルーシーってだれだと思う?」と私は訊いた。

パトリックはもう一度表紙を見て名前を確認した。「この人の名づけ子かな」

「そう」と私は大げさにうなずいた。「そのとおりよ」

「じゃあこの人がこの子のために書いた本?」とパトリック。「贈りものみたいに?」

「そうよ。贈りものみたいに」

そうして私たちは物語を読みはじめた。

「むかし、四人の子どもたちがいました。なまえはピーター、スーザン、エドマンド、ルーシー」とまず私からだ。「このお話は……」

部屋にはテーブルがひとつと椅子がふたつ、ふたりで本を読むのにちょうどの広さだった。パトリックと私はそれぞれの本を手に向きあって座り、交代しながら音読していった(「ここを見て」と私は注意を促した。「ここから段落がはじまるのよ。そして単語の塊の終わりに、ほら、空きがあるでしょ?ここでこの段落が終わり」)。私の番になるとパトリックはリラックスし、私の読む言葉を指でなぞった。ひとつひとつの言葉がちゃんと手入れされているかどうかを確かめるように。そして、私が段落最後の文に近づくと、そろそろ自分の番だと思って肩に力を入れた。

「『きっとすごく大きなたんすなのね！』と思いながら、ルーシーは奥へ奥へと柔らかなコートをかき分けて進んでゆきました……しかし手に触れたのは、衣装だんすの硬くなめらかな床板ではなく、なにかふわりと柔らかい、粉のような、とてもとても冷たいものでした」

「雪、見たことある？」と私は尋ねた。ない、とパトリックは答えた。

「じゃあ、もうすぐ見られるよ」と私は明るく言った。パトリックは戸惑いつつも元気づけられたような顔になった。

看守は予告もなくパトリックを監房から監房へと移していった。宿題の紙がどこかへ行ってしまわないよう、私は英作文用のノートを一冊用意して、出した宿題をすべてそこに書かせることにした。語彙や文の練習、その日に習ったこと（たとえばアポストロフィのつけかたとか）、日記、読んだものについての自分の考えなどが宿題になった。読書に関する問いでは、具体的なことを問う場合もあれば（なぜ化け物たちはアスランを拷問したのでしょう？）、自由に書かせる場合もあった（エドマンドからルーシーに宛てた手紙を書きなさい）。日記はたいてい自由に、たとえば拘置所を観察して思うことを書かせたりした（拘置所について気づいたことをひとつ書きなさい）。

パトリックの宿題のおかげで私は楽しく充実した日々を送った。ひとつにはもちろん、教師としての満足感が得られたからだった。パトリックはよくできていた。ぐんぐん力をつけていた。生徒が皮肉の意味をたちどころに理解して喜ばない教師がどこにいよう？「一週間前に出所したカルヴィンがまた拘置所に戻ってきたとは皮肉な話だ」頭を使うには鍛錬と忍耐がいる。パトリックの答えの中にはその両方がはっきりと見て取れた。私はまた、物書き特有のサディスティックな喜びを感じてもいた。自分に文章を書いてよこす人を私はいつも残酷に苦しめてきた。書いたものを容赦なく直すのは心から気にかけているしるし。それが私の考えだった。だからパトリックの言葉をとことんチェックし、間違いを丸で囲み、こうしなさいと命令を下した。私がくまなく痛めつけたので、もともと何が書いてあったのか判読しづらくなったページもあった。大声を出すときもあった（アポストロフィ！）。カンマのつけ忘れは必ず指摘した（つけるべき部分の空白に丸をつけ、「足りないものは？」と書く）。また、えんえんと文がつづいているときには必ず注意をした（「この文はどこで終わるべき？」）。crying を cring と書いたり、trying を tring と書いたりと、間違いにパターンがあるときには、今後同じ間違いをしないように宿題を追加した。いっぽうで、正しく書けている部分は極力見逃さないようにした。「彼らの」という単語を there や they're ではなく their と正しく書いていたら、「よく書けました。これが正しいつづり！」と書き込んだ。

　添削作業のおかげで、私はパトリックと、奇妙だけれどなくてはならない距離を保つことができた。ろくにコントロールできない状況を、コントロールしているように見せかけられた。たとえばパトリックは sunder（切り離す）という単語を使ってこんな文をつくった。「ぼくと家族を切り離すのは、ぼくのいのちを縮めるようなものだ」私はこの文の横にニコニコマーク（スマイリーフェイス）を描き、ロボットのように無味乾燥なコメントを入れた。「sunder を完璧に使えています。そう、拘置所はあなたと家族とを切り離していますね」また、profane（冒瀆する）という単語を使い彼はこう作文した。「拘置所の人間はむちゃくちゃなことを言い、おたがいに、年をとった人たちでさえ冒瀆しあっている」語彙の使いかたを繰り返し教えるために、私も同じ単語を使って間の抜けたコメントを入れた。「そう、人を冒瀆するのは残念なことですね」パトリックはこんな文も書いた。「ぼくは獄中で死んでいる、と言うと、比喩的な表現になるだろう」それに対する私のコメントはこうだ。「『比喩的』をとても上手に使えています」

書くことのはじまりはみんな、こうしたものなのかもしれない。テクニックに集中し、距離を演じるのだ。しかし私の添削には無情なまでの率直さもあった。パトリックがあっという間に同じ間違いをしなくなるので、この子は無情な添削を切望しているのだと私は自分に言いきかせた。だれかに導いてほしいとき、容赦ない指導だけを信用し求めてくる人がいるものだが、パトリックもそうなのだと。私にとっても、そしてたぶんパトリックにとっても、ひとつの文を完璧につくるという作業には封じ込めの効果があったのだろう。そうしていれば、耐えがたい感情を寄せつけずにすんだのだ。

当初はそんなではなかったと記憶しているが、じっさいパトリックはがむしゃらに学んでいった。そのペースについてゆくために、私の面会は週一回から二回に増えた。金曜を語彙の小テストの日と決め、私はパトリックにインデックス・カードを一パック買い与えた。カードはやがてひと月とたたないうちに使い切られた。パトリックは輪ゴムをもっていなかったから、いつもカードをノートのあいだからばらばらと落としたり、片手でわしづかみにしていたりした。

タバコの差し入れによってパトリックは新たな声望を得ていた。どうやらキャンディやポテトチップスと交換しているらしく、何かしらのジャンクフードをよく私にくれた。「はいこれ」とパトリックがさりげなく言うと、つなぎの中からいきなりジャンボサイズの〈スニッカーズ〉が掌にのって出てきたものだった。

「どうしてた？」ある月曜の朝、私は尋ねた。

「ここじゃなんにもない」とパトリック。「あるのは大騒ぎだけ。それより先生は週末何してました？」

「ダニーやルーシーと豆のスープをつくった」私はなにげなく言った。「それから映画を観た」

パトリックは片手をあごに当てて黙っていた。とても哲学的なことを私から聞いたみたいに。

「どうかした？」私は明るい声で訊いた。

「素敵だな」とパトリック。

そしてこうつづけた。「その人たち、結婚してる？」

「ええ」

「ねえ先生」とパトリックが言った。「ボーイフレンドいるんですか？」

私はいきなり不快になった。男子生徒の注意をひくということは、中等教育の若い女性教師があまねく感じる恐怖だ。しかし別の見かたをすれば、この私だってパトリックに私的な生活についてあれこれ訊いている。パトリックが私にプライベートなことを訊けない理由がどこにあるだろう。

「ええ」と答えた。

嘘だった。

「何してる人？」

私はその質問を無視した。「さあ、私があなたの宿題をチェックしてるあいだに黙読しましょう」

パトリックが自分の本に向き直った。私は自分の窮地を隠そうとした。私はただ誇大妄想をしてるだけよ。

パトリックの宿題に目を移した。私はこう書いていた。「あなたの一日で最良のものは何ですか？」

パトリックはこう書いていた。「ぼくの一日で最良のものは何かときかれたので考えてみました。それは先生の顔を見るときだと認めざるをえません。この拘置所では否定的なこと以外に何も起こりません。先生が『ええ』と言うと、ぼくにはとてもセクシーに聞こえます」

私は不安になった。なぜパトリックはこんなふうに練習問題をぶち壊さなくてはならないの？　女子生徒がとてつもなく懐かしくなった。女の子の書くことといえば、男の子のこと、男の子と別れたこと、自分が可愛くないと思うこと、報われない愛のこと、シングル・マザーのこと、希望や花やキャンドルのことだった。女の子となら、ブラウスは地味か、スカート丈は充分な長さかなどと、恐る恐る自分を点検する必要はまったくなかった。本能的に私は自分の服装を見た。バギーパンツにぶかぶかセーター、泥で汚れたスニーカーをはき、髪はうしろでひっつめて――大丈夫、いつもどおりの粗野で中性的な私、哀れな母が絶望するようないでたちだ。パトリックを助長するような格好はしていない。

しかし、ハイスクールをドロップアウトして三年、パトリックはどんな組織や制度とも接触せずにヘレナの町をさまよって生きてきたから、あらゆるルールを忘れていた。私は若く見えるし、女だし、パトリックのまわりには男しかいない。そこへ私が訪ねていった。そして同情を示した。

ではなぜ私はこんなに頭にきているのか？　いますべきことがその理由。境界を明確にすること。

「パトリック」

パトリックが本から顔を上げた。

「こういうのはだめ。不適切よ」私は彼が書いた最後の一行を指し示した。

自分の口調に驚いた。教師の声音がまだそのまま残っている。不真面目さを許さない苛立ちがこもっている。

パトリックは顔を伏せた。ずばりと指摘されたので恥ずかしくなったのだ。私には、薄気味悪いミスター・カズンズや慎みのないショーンや下劣なムショ仲間と同類扱いされたくなかったのだろう。獄中でいろいろなものを見ると、自分はまわりの人間とは違うとはっきり自覚するのだろう。

「すみません。失礼なこと言うつもりはなかったんです。ほんと、ここにいると頭がちゃんと働かなくて。ひどいことばっかで、みんなが――」そこでパトリックは言葉を切った。

こういうところにも私は腹が立った。パトリックは自分のことを、その程度の頭しかない人間と貶めている。そしてその原因は、私が彼の人生に姿を現したからなのだ。

「私はあなたの先生なのよ」と私は言った。

権威をふりかざすようにして私はパトリックの本を指差した。パトリックは本分を守って読んでいたというのに。それを私が妨害したというのに。

以後、パトリックは境界を越えるようなことを二度としなかった。


パトリックの家は角地にあり、ポーチがついていた。三年前の記憶はそれだけだった。車の窓から外をのぞき、記憶に引っかかりそうなものを明るい陽光の中に探した。葉の生い茂ったポプラ並木まで来たとき、以前もこんなことがあったという奇妙な感覚にとらわれて、来た道を引き返した。

家族からタバコをもらってきてほしいとパトリックに頼まれていた。そのほうが先生もお金を使わずにすむから、と。パトリックの家族と話せるよい機会だとも思った。教師がひとり、勾留されている息子を訪ねるようになったのを家族も知っておくべきだろう。何か助けになれるかもしれないと思った。あのそれと、パトリックの家族があの夜に起きた事件のことをどう理解しているのかも知りたかった。あの夜の家族についてパトリックが話したことといえば、ポーチで母親が泣いているのをパトカーの中から見たということだけだったのだ。

たぶんここではないかと思った家は小さく四角い平屋だった。呼び鈴を探した。見つからなかったので、網扉を開けて軽くノックした。そして待った。見上げると、ポーチの天井はとても低く、クモの巣に手が届きそうだった。小型のマグノリアが庭中に莢と葉を散らしていた。

きしんだ音をたてて扉が開いた。最初は幽霊が開けたのかと思った。暗闇しか目に入らなかったからだ。うつむくと、縮れ毛の幼い男の子がいることに気づいた。その子と目が合った。男の子は私に興味をなくし、音も立てずに暗い屋内によちよち歩いていった。

ようやく暗い部屋が見えてきた。そうだ、この家で合っている。

ひとまず一歩、足を踏み入れた。中がもっとはっきりと見えるように片手を目の上に当てた。男の子は長椅子まで戻って何かを指差した。男性がいた。パトリックの父親だ、たぶん。仰向けに寝転がっていたけれど眠ってはいなかった。

体も顔もやせこけた人だった。右脚が不自然に曲がり、小枝のように細かった。

私は立ったままで自己紹介をした。スターズでパトリックを教えていた者で、いまは拘置所に彼を訪ね、ともに本を読んでいると伝えた。

「ああ、そうだった。あんたが訪ねてくれてるんだってパットが言ってたなあ。ありがたいね、ほんとに」

「宿題を出してるんです。意欲を失わずにいられるようにと思って」と私は言った。

「そうかそうか」父親は、観ていたテレビ番組のほうにちらちらと目を向けた。

私は咳払いをした。「パトリック――パットが、あなたからタバコをもらってきてほしいと」

それを聞いた父親は、いま初めて会ったかのように私の顔を見上げ、それから長椅子のうしろをくまなく探しはじめた。そして何も言わずに、私がいつもパトリックに買っていたのと同じ〈バグラー〉を差し出した。

「彼はこれが好きですね」私はなんとか会話をつづけようとした。「ロブに会ってきました」勧められてもいないのに腰を下ろすのは無礼かなと思った。たぶん無礼なのだろう。そう思って、ずっと立っていた。

「だれに？」

「パトリックの――パットの弁護士です」

「ああ、そうかそうか」と父親はうなずいた。「で、裁判はいつなんだい？」

この家にいたいならロブの話を出せばいいのだ。パトリックを教えていることに関心をもってもらえないようなので、私は自分をパトリックの家族と国選弁護人とをつなぐ仲介役として提示した。家族はロブと一度も会ったことがなかった。

「公判は十二月のはずでしたけど、二月に延期されました」と私は答えた。

父親はため息もつかず、顔をしかめもせず、公判日がころころ変わるのには慣れているような感じだった。

私は少しずつ彼に近づき、片手を差し出した。

「クオです。ミシェルと呼んでください」

「ジェイムズだ」と父親は名乗った。「こいつはジャマール、孫だよ」ジェイムズは小さな男の子を指し示した。パトリックの姉の息子だ。そこでジェイムズはようやく私に座るようにという身ぶりをした。

「お生まれはこの町ですか?」と私。

「生まれも育ちもここさ。メアリーもな」メアリーとはきっとパトリックの母親のことだろう。

「ご両親もヘレナのかたですか?」

そうだということだった。まだ生きているのかと私は尋ねた。

「いいや」

「お亡くなりに——この町で?」

「ああ」

ジェイムズは紙巻きタバコを取り出した。

母親が死んだあと、この町の反対側にある父親の家にやられたと、タバコに火をつけながらジェイムズは言った。しかし父親に疎まれ、町でぶらぶらしていた。八年生で学校から追い出された。八年生までつづいたのが奇跡だ、と彼は言った。「障害があるから、学校もめいっぱい我慢してくれたんだろうな」ポリオだ、とジェイムズは不自由なほうの脚を指さした(そのとき私はきっと哀れみの表情を浮かべていたのだろう。なぜならジェイムズがこうつづけたからだ。「引き金を引く指は大丈夫だったがな」彼は片手でひざを叩くと、自分の冗談に笑った。「言ってみただけさ」)

「もしよければ……」私はためらいがちに切り出した。「あの夜に……マーカスが死んだ夜にあったことをお聞かせ願えませんか」

ジェイムズは長椅子の上できちんと座り直した。

「ああいいよ。聞こえたんだ、言い争ってる声が」とジェイムズは話しはじめた。「パットの声がした。『うちの庭から出てけ、庭から出てけ』って。おれは立ち上がってドアのところまで歩いていった。マーカスってやつがポケットに手を伸ばしてたな」ジェイムズは自分のポケットに手を入れるしぐさをした。「何かを探しつづけてた。おれがドアから出ようとしたらパットが入ってきた。あいつはこう言った。『父さん、やるしかなかったんだ。あいつがおれにかかってこようとしたから』おれは言ったよ。『何した？　おまえ、何をやった？』おれはもう一度外を見た。あの男は庭から出ていこうとして、生け垣の脇で倒れちまった」そのあとパトリックの姉妹のひとりが救急車を呼んだ。「救急車が着くころには死んでたよ」

妹のパムはどこに行っていたのかと私は尋ねた。「マーカスの来てるパーティに行ってた。むこうのアパートで集まってたんだ。そのときは知らんかったがな。が、そこにいた女はパムが家に戻ってなきゃならんことを知ってた」火曜の夜で、次の日も学校があるのだからとジェイムズはつづけた。

そのとき家の中にはジャマールしかいなかったというのに、ジェイムズは声をひそめた。「うちの娘はな、ちと、おつむがトロいんだ。生まれつきさ。ちっちゃい子どもが好きでな。上の娘は——双子の姉貴ってことだが——チビらと遊ぶのをやめちまった。だがパムはまだ遊んどる。小さい子どもら大勢と一緒になって。おれの言ってること、わかるだろ。パムになら子どもを預けられた。あいつは一日中子どもの守りができる。だれにでも話しかけるしな。十八だが、ちっちゃい子どもみたいなもんなんだ」

ジェイムズはまたタバコに火をつけた。しかし、パトリックが「ああいうことになって、パムは遊ばなくなっちまった。学校から帰ったあと出かけようとしなくなった。子どもと遊びたがらなくなった。

あいつらしくないねえ」ジェイムズは息を深く吸い込んだ。「パットには何度も会いに行った。パットはパムに言ってたよ。おまえのせいじゃないんだから学校に行けとかなんとか。あいつはほんとに妹思いで、とくにパムのことは、ほかの姉妹よりもずっと心配してるよ」

ジェイムズはタバコをとんとんと叩いて灰を落とした。「ごく普通の日だった、パットがあんなことになるとはとても思えないようなね。あいつは喧嘩してるやつらには近づかなかった。あんなトラブルを起こしたことはなかった」ジェイムズはまた息を吸って考え込んだ。

父親と話せばパトリックがああいうことをした理由がわかるのではないかと期待していたが、当の父親も何がなんだかわからないという感じだった。

「たぶん、パットとあの男は以前にやりあったことがあったんだろうな。聞いた話なんだが、そのときパットは引き下がったらしい。あの男は靴でパットの顔を殴って喧嘩を売ったって話さ。たぶん、パムがパットのお気に入りの妹で、いちばん面倒をみてる妹だったもんだから……」ジェイムズの声はしだいに小さくなっていった。「あの晩、あいつとパムが一緒にいるのを見て、パットは思ったのかもしれんな。あの男がそういうやりかたで妹とよろしくやって自分に一杯食わせようとしてるんだって」

マーカスとパトリックが以前から知りあいだったのかどうかはわからない。もし父親の憶測が正しいとすれば、たぶんパトリックはマーカスと自分の妹が一緒に遊び歩いているのを見てキレてしまい、責任を感じて過剰反応をしたのではないだろうか。そしてたぶん、譲ることはできないと示す必要があると思ったのではないだろうか。

「お母さんはどうされてます?」と私は訊いた。「パトリックはお母さんのこと、すごく好きでしょう」

「あいつはマザコンだからな」

「お母さんには電話したくないって言うんです、苦しめるからって」

「息子としゃべると、ちっとばかし動揺するからな。カミさんが週末に仕事しててよかったよ。ムショに会いに行かずにすむから。仕事が休みの週末にみんなで会いに行ったことがあったが、大泣きでね。電話でパットとしゃべるときでさえ泣き出しちまう」ジェイムズはまたタバコの灰を落とした。「たぶん落ち込むんだろう。自分が妹の面倒を見ろと言ったからって。そんなこと言うんじゃなかったって思ってるんだろうな。それがこたえてるんだ」

私たちが話しているあいだにジャマールが玄関先まで歩いてゆき、外に出そうになっていた。「だめだ、Jボール！」ジェイムズが叫んだ。ジャマールはこちらを振り返ると戻ってきた。ジェイムズが両手を広げて孫を抱き上げ、膝の上にぽんとのせた。

「おれは」とジェイムズが話をつづけた。「一年目は毎週会いに行ってたんだ。あいつがムショに入った年にはね。だがそのうち、来なくていいとあいつに言われて。じつは、おれにしょっちゅう来てほしくないいんじゃないかね」

「なぜです？」

「わからん。たぶんムショに入ってるとこを見られたくないんだろう。電話してきたら、ほしいものをあれこれ送ってやってる。石鹸とか、そういうのがいるだろ？」

ジェイムズは孫のジャマールを膝の上から解放した。

「あいつが子どものころ、おれはいい父親じゃなかった。息子が何を見てたかは知らんよ――まあ、よく連れ歩いてたからな。ふたりでいろんなとこに行った。あいつがそれを憶えてるかどうかは知らんが。三つか四つくらいだったな。おれのしてることを見てたかもしれん。あいつに見られたくないようなことを。憶えてないと大人が思ってても、子どもは憶えてるもんさ」

「どんなことをです?」と私。

ジェイムズは真正面から私のことをまじまじと眺めた。何をバカなことを、といわんばかりの顔で。だが本当に私には、彼が何の話をしているのか、まるでわからなかったのだ。

「その話はしたくないね」ジェイムズはきっぱりと答えた。そしてうつむき、次のタバコに火をつけようしてやめた。「若いころ、ムショに入ってた時期があってな。ドラッグさ。数年間家にいなかった。ムショにいたころのおれは、いかにもって感じのやつでね。いるだろ、全然気にしないやつが。ムショに入ろうが入るまいがおかまいなしさ。入りたくはなかったが、おれにしてみりゃ、そんなのはたいしたことじゃなかった」

「こんなことになっちまって……」ジェイムズは言葉にならない声を上げた。「代わってやれたらなあ。あいつ、こんなことは初めてなんだ。パットみたいに人の気持ちのわかるやつが、家族と離れてあんなふうに閉じ込められてるってのはキツいよなあ。おれはあんまし情にもろい男じゃない。情なんてのはとっくの昔になくしちまったと思ってるから」

火のついていないタバコを手に、ライターをともしたまま、ジェイムズは何かを考えていた。「息子にはただ、おれのことを……昔のおれほど悪いやつだとは思わないでほしい。いろんな意味で、おれがもっといい人間だったらよかったのにと思うよ。そうだな、学校に行ってたら仕事につけてたろう、ハンディがあっても。まあわからんが」そこで彼は深く息を吸い込んだ。「さっきも言ったが、あいつはいい子だったよ。おれよりもずっといい子だった」ジェイムズは同じ言葉を繰り返した。「おれよりもずっと」

私は毎日拘置所に通いはじめた。

「『嘆かわしい』は？」

「ひどい、ってこと？」

「そう。例文つくってみて」

「拘置所は『嘆かわしい』ところだ」

「完璧」私はそっけなくうなずき、次の単語に移った。「『詮索好き』は？」

「ルーシー」とパトリックは間を置かずに答えた。「知りたがりやで、たんすの中をのぞいてるから」

「あとひとつ挙げてみて」

「チェリッシュ。なんでも見ようとするし、触ろうとする。これはなんだろうって知りたがってる感じ」

「『皮肉な』は？」

「先生に、昨日はどうだったって訊かれたら、『最高だった』って答えること」パトリックはいきなりオーバーな口調になり、日々の辛さを茶化してみせた。

「すばらしい例文」と私。「これで終わりよ。じゃあ、どのくらいできたか見てみましょうか。あなたの感触は？」

「たぶん、ふたつできてないと思う」パトリックはさらっと言った。

「もっとできてるわ。これならミズ・クオの個人授業ではAね」

そのあと私たちは『ライオンと魔女と衣装だんす』を開き、音読しはじめた。

衣装だんすをくぐり抜けたルーシーが目にしたのは一面の雪景色、そこで出会ったのが上半身が人間、下半身が山羊のフォーンだった。小さな女の子を目にしたフォーンは驚き、運んでいた荷物を落としてしまう。そのあとの場面がこうだ。

「『うれしいです、とても』とフォーンは言葉をつづけました。『名前をなのらせてください。わたしはタムナスといいます』」

「『はじめまして、タムナスさん』とルーシーは言いました」

パトリックは声をたてて笑った。「山羊なのに、さんづけか」その言葉に私も笑った。

外は寒いので、タムナスはルーシーをお茶に招いた。そして、いまルーシーがいるのはナルニアの国だと教えた。「こんなにすてきなところには来たのは初めて、とルーシーは思いました」とパトリックが読んだ。不思議な、うたうような声音（こわね）で、特定の言葉を強調する、以前聴いただれかの音読をまねているような読みかただ。たぶん私の。

パトリックが読み進むと、ルーシーがフォーンにお茶のもてなしを受ける場面になった。「バターをぬったトースト、ハチミツをぬったトースト、それから砂糖がけのお菓子」

「お菓子」のところで声が止まったので、私はパトリックのほうに目をやった。ふたりともお腹がすいていた。

やがてフォーンの茶色い目が涙でうるんだ。涙は頬をつたい、鼻先からしたたり落ちた。

「『タムナスさん！　タムナスさん！』ルーシーは困りはてました。『泣かないで！　泣かないでよ！

どうしたの？　ぐあいでも悪いの？　ねえタムナスさん、いったいどうしたのか話してちょうだい』けれどもフォーンは、胸もはりさけんばかりにむせびつづけました。ルーシーがそばに寄り、肩を抱いて、ハンカチーフをかしてあげても、泣きやみませんでした」

『むせぶ』って、泣くことですよね？」読むのを中断してパトリックが訊いてきた。そのとおりだと私は答えた。

パトリックは顔を本に近づけている。フォーンの挿絵に目を凝らしている。両手で顔を覆い、椅子にくずおれるフォーン。床の上に垂れたしっぽが輪をつくっている。

「泣いてるんだよね？」とパトリック。「フォーンが」

そうよ、と私は答えた。

パトリックはまた音読をはじめた。

フォーンはルーシーに白状した。自分は白い魔女のために人さらいをしている、ナルニアがいつも冬なのはその魔女のせいだ、と。

「『いつだって冬なのに、クリスマスはぜったいに来ない！』」自己嫌悪に陥っているフォーンのような絶望的な声色でパトリックが読んだ。

フォーンは白い魔女に脅されていた。従わなければしっぽをちょん切られ、角をのこぎりで切り落とされ、あごひげをむしられる。

パトリックはさらに読み進んだ。「『魔女の怒りがとりわけひどければ、わたしは石に変えられてしまいます。そして魔女のおそろしい館に並ぶ石像にされるのです』」

なんと不吉な、というふうにパトリックは首を振った。

う？」

「ひどいよね？」と私。パトリックと私は同時に顔をゆがめた。「フォーンはルーシーをどうすると思

「たぶん……」パトリックは指先をあごに当てた。「逃がすんじゃないかな」

「なぜ？」

「いいひとだから。いい山羊、かな。まあとにかく、いいやつだから。それに泣いてるし。正しいことをしたいんだよ」

パトリックが読み進むと、たしかにフォーンはルーシーを逃がした。「『じゃあ、できるだけ急いでお帰りなさい』とフォーンが言いました。『それと、あの……わたしがしようとしたこと、ゆるしてくださいますか？』」

「『もちろん』ルーシーはフォーンの手をとり、心をこめて握手しました」

パトリックは物語の世界に深く入り込み、どんどん先へと進んでいった。

涙をふくようにと手わたしたハンカチーフを、もらっていいかとフォーンに訊かれ、ルーシーはもちろんだと答えた。そして、その章が終わった。

「あなたの予想が当たったね」と私は言った。

パトリックは顔を輝かせたが、すぐに目をそらした。

「どうしてフォーンはハンカチをほしがったんだと思う？」

「この女の子は特別だと思ってるから」とパトリックは答えた。「だから忘れたくないんだ」パトリックは手であごをとんとんと叩きながら、何かを考えていた。「それとたぶん……こうやってルーシーを逃がした自分は、正しいことをしたとわかってるからじゃないかな。だからハンカチーフは」パトリッ

クは「ハンカチーフ」という単語をゆっくりと、つっかえないように発音した。「いい思い出のしるし、みたいな」

私は夢心地で帰途についた。運転中、雨が降っていることにも気づかなかった。もちろん、まず最初に本ありき、だ。どんな本でもいいわけではなく、とびきり魅力的な本、子どもがヒーローで、子どもが善の側にいる物語でなくては。冷たくじめじめした拘置所では、一冊の本が夢の世界になり、逃げ場になり、まわりから切り離された場所になる。

はずみのついたパトリックは勢いを維持しつづけた。私は『ライオンと魔女と衣装だんす』の中で、共感できる登場人物をひとり選ぶよう宿題を出した。パトリックが、きょうだいを裏切り魔女にそそのかされた男の子、エドマンドに自分との共通点を見出したのは予想外だった。旅に出るルーシーか、最年長できょうだいを守るピーターのほうが似ていると思っていたのだ。

「エドマンドは、えたいの知れない恐怖をおぼえました」とルイスはこの物語の中で書いた。パトリックは宿題でこんな文章を書いた。

あの恐ろしいジ件があってからずっと。こうち所の中にいるのがいやだなと目ざめる日がある。そもそも夢だったらいいのにと。でもこれは夢じゃないと、忘れようとしたりあたりを見まわしてすぐにわかった。母さんが病気になったり死んだりした夢を見たことがあった。目ざめたらひどい気分だった。すぐ家にでんわしてきいてみようとどうしても思えなかった。そういう理由でぼくはエドマンドをえらびました。

パトリックが一文字一文字、骨を折って書いているのが明らかにわかった。ピリオドはどれも慎重に書かれた丸形だった。awaken（目ざめる）、devastating（ひどい）、reasons（理由）など、つづりの難しい単語は正しく書かれていた。私が渡した辞書をわざわざ引いたに違いない。

私が宿題を読むのをパトリックは見守っていた。「たぶんすごく下手な文章だと思う。頭が痛かったから」

「下手じゃないよ。よく書けてる」私は言った。

アポストロフィの位置を直すのはあとにしようと思った。

「昨日の午後、お姉さんや妹さんたちに会ったのよ」私は話題をもっと楽しいほうへもっていった。

パトリックが興奮して勢いよく体を起こした。

タバコは買わずに自宅から定期的にことづかってくるようになっていた。今回は姉妹三人がそろっている楽しい家族の図を見ることができた。一番上のウィラ――ジャマールのママだ――は、ジャマールに髪をつかまれながら、何かの教科書を読もうとしていた。ウィラはコミュニティ・カレッジの授業を受けていた。父親と末妹のパムはジャマールを競ってあやしながら、体をつかんで引き戻そうとしていた。もみあう彼らの体重で古ぼけた長椅子が沈んでいた。上の妹、キーラは、長い夜勤後のうたた寝から起きたばかりだった。キーラは母親と一緒に老人ホームで働いていた。

「パムは大丈夫?」パトリックはまずパムのことを訊いてきた。

「とても気だてがよさそうな子ね」

私がそう言うとパトリックが低くうなった。「パムは人がよすぎるんだよ。いつも他人に子どもを押しつけられて、そのくせだれにもお金を払ってもらえなくて。もう子持ちの大人だっていうのに自分の赤ん坊をパムに押しつけやがって。パムが優しいのを知ってるから、つけ込んでるんだ。いつも言ってはいるんだよ。おまえは利用されてる、あいつらはほんとの友だちじゃないって。パムはわかってるのか、わかってても気にしてないのか、おれにはわからない。そういう子だから」

「パムは人を信じて疑わない子ね」と私。「もうすぐ会いに行きたいと思ってるって伝えといて、ってパムとキーラに言われたわ」

言ってはいけないことを言ってしまった。パトリックはたじろぎ、片手を宙でぞんざいに振った。辛すぎるから家族が面会を先延ばしにしているのをパトリックは知っているのだろうか。それとも、手をひらひらと振ったのは、すでにそれを了解して家族を許しているということなのか。

パトリックは本の表紙を指でなぞった。

「ナルニアって」と彼は言った。「ほんとにある場所？」

「ああ」私は驚いて声を上げた。「あるといいんだけど」

残念ながらナルニアは実在しないという意味で私は首を振った。

「でも先生」パトリックは気になるらしく、あくまでも言い張った。両眉が山型になっていた。「ここにほら、地図がある」

パトリックは慣れた手つきで背に折り目をつけて本を開いた。そして私の目の前にナルニア国の地図を差し出した。手描きの線で国境を引いた地図だ。「で、これがコンパス」パトリックは隅っこに描かれた星形のコンパスを指差した。地図を一生懸命に見たことがはっきりとわかった。

「作者がこの地図も描いたんだと思うわ」

パトリックは落胆したというより、まごついた顔になった。「じゃあ、作者が全部これをつくったってこと?」と頭の中で考えていることを口に出した。答えは求めていないようだった。が、やがてその顔が明るくなった。「たぶんナルニアはこの人の生まれた国に似てるのかも——どこの国の人って言いましたっけ?」

「イギリス」

「そう、イギリス。たぶんナルニアはそこみたいなのかも」

「その可能性はあるわ」と私。「半人半獣はいないと思うけどね」

その言葉にパトリックがくすりと笑った。

「先生」何かに気をとられているパトリックが、あごに手を当てていた。「ある男にこんなこと言われたんだ。何かひとつのことをしたために、その後の人生ががらりと変わってしまうこともあるって。となりの房に入ってるやつなんだけど。そいつにそのセリフを、おれんちの真ん前で言われたことがあったんだ」

パトリックは、その男と監房も自宅もたまたますぐそばだということに驚き、男の言葉が予言でもあるかのようにとらえていた。

「ある一日が自分の残りの人生を変えると思ってるの?」

「もうそうなってる」

「どう?」ようやく私は口を開いた。パトリックの邪魔をしそうで、ためらっていたのだ。

「すごく面白い」

私はパトリックにただ本を読ませる時間を設けるようになっていた。「黙読のようにね」と、かつての読書を思い出してくれることを願いながら。パトリックが読んでいるあいだ私は宿題を直したが、たいてい私のほうが先に終わった。

「いまどこを読んでる？」

「石舞台が割れる場面」

「そこが好きなの？」

「うん、エドマンドとピーターが一緒に戦ってるシーン。最初はふたりで魔女と戦うんだけど、エドマンドのおかげでもちこたえるよね」

「その本のどういうところが好き？」

「エドマンドがいい」ためらうことなくパトリックは答えた。「すごく頭がいいんだ。まだ子どもなのに。魔女に石にされそうになったとき、魔女の杖をたたき落とすことを思いついた。ほかのみんながそんなことを思いつかずに戦っているときに。エドマンドは最初、魔女の側についてたのに」

「なぜ魔女の側についたと思う？」

「魔女にだまされたんだよ。ひとりぼっちだからついて行ったんだ。それと、あの〈ターキッシュ・デライト〉ってお菓子をもらったから。王にもなりたかったから。きょうだいに冷たくされて腹立てて、みんなの言うことをきこうとしなかった」

「彼はどんなふうに変わったと思う？」

「エドマンドは」と言いかけて、思いをぴたりと言い表す言葉はないかとパトリックは懸命に考えた。「それまでよりもずっと強く、賢くなった」

パトリックが物語を読み終えるとき私は目の前にいた。小指で言葉をなぞりながら最後の段落にたどりつくのを目の端から見ていた。最後まできたとき、パトリックは不審そうにページをめくった。空白しかなかった。そこでこんどは裏表紙をひっくり返した。本にだまされているのではないか、本に終わりなどないのにと思っているようなしぐさだった。それから、前のほうへとページを繰り、もう一度読みたい章を探した。しばらくのあいだ、パトリックは読みつづけた。

そのあと、私はのぼり坂のような線をノートに描く。「物語はこんなつくりになっています」と言う。「盛り上がっていく場面はどこでしょう?」と問う。

それに対してパトリックは、「エドマンドがきょうだいとビーバー夫妻を捨て、裏切って魔女の側につくところ」と書いた。

「てっぺんにあたるのはどこでしょう?」

「エドマンドが許され、剣を与えられるところ」がパトリックの書いた答えだった。

逃げ場になればとファンタジーを選んだつもりが、パトリックにしてみればナルニアはリアルな世界だった。パトリックにとってこの物語の何がファンタジーだったかといえば、エドマンドが変われたことだったのだ。

第7章　天の衣を求める

秋深き
隣は何を
する人ぞ
芭蕉

目出度さも
ちう位也
おらが春
一茶

俳句。私が大学で詩を教わった詩人のジョリー・グレアムは、学期の最初に俳句をもってきた。詩の神髄は三行詩にあると主張して、彼女はある俳句の英語訳を板書した――Sick on a journey / my dreams

wander / the withered fields.（旅に病で　夢は枯野を　かけ廻る）それからこんな英語訳も——**Sick on a journey / over parched fields / dreams wander on.**（旅に病で　枯野に夢が　かけ廻る）

この二句はどう違うのか。そう問われても私には皆目わからなかった。

そのあと彼女はなんの説明もせず、ただ嫌いだと言って二番目の訳を消すと、背中をこちらに向けてさらに書いた。**Another year gone / hat in hand / sandals on our feet.**（年暮ぬ　笠きて草鞋　はきながら）それからさらにもう一句。三行詩が細胞分裂し、黒板の上で増殖し、小さな永遠のときが流れた。この中から数句を選び、それぞれ言葉を十回配置し直すこと。これが宿題だとグレアム教授は言った。いつもあまり細かい指示をしないのが彼女流だ。

寮に戻った私は言葉をあれこれ並べ替えてみた。並べ替えるたびに、ひどくなっていった。たとえば、**I wonder how he lives / My neighbor / In deep autumn.**（何をする　人ぞ隣は　秋深し）そして、**In deep autumn / I do not know how / My neighbor lives.**（秋深き　何をするのか　隣の人）これの何が違うの？　変えてよくなってる？　悪くなってる？　たぶん改悪だろう。私は生まれながらの詩人ではない。しかし、呻吟してひどい句に嫌気がさすうち、私に何かが起こった。落ち着いて、ひと握りの言葉に目を凝らすと、最初はまるで自作のように思えていたオリジナルのテキストが、いまや手をつけてはならない、どうしても変えることのできないもののように見えてきたのだ。

パトリックはこの世にこんな詩が存在することを知っているだろうか？　ちょうど『ライオンと魔女と衣装だんす』を読み終えたばかりで、次は何を教えたものかと考えていたところだった。この短い詩がぴったりのように思えた。俳句なら短いので怖じ気づくこともない。ピリオドだのカンマだのを気にしなくてもよさそうだし、イメージはひとつかふたつ、意味もひとつかふたつだけ。そして、はっとするような驚きがひとつ。無数に書き替えることができるかもしれないし、私が学んだように書き替えを拒まれることもある。俳句を読むと、自分の答えが誤りだと思うことがおそらく減り、ただ素直に反応することが多くなる。

翌日、俳句を黙読していたパトリックが笑い声をあげた。

「何がおかしいの？」と私は尋ねた。

隅の蜘（くも）
案じな煤（すす）は
とらぬぞよ

「クモは、だれの邪魔もせずにせっせと働いてるよね」とパトリック。「これ、わかるよ」

私は俳句の本を一冊パトリックに渡し、ゆっくりと自分で目を通してみるようにと言ったのだった。

「好きな句に印をつけておいて。百首以上あるから、ゆっくり読んでいいわ」

数分が過ぎたが、私はパトリックに声をかけなかった。詩の選集を精読し、ふたりで読みたい作品に印をつけていた。

「どの句が好き？」ようやく私はそう尋ねた。

パトリックは俳句をじっくりと見くらべ、ひとつを指差した。

夜桜や
天の音楽
聞し人

「たぶんこれかな」

その言葉のひとかたまりが、紛れもなく、ほかの言葉たちよりもパトリックの心を動かした――そのことがとても重要に思えた。しかしなぜ、パトリックはその句を選んだのだろう?

「リアルだから」パトリックはそう答えて肩をすくめ、それ以上言うことはないと身ぶりで示した。

「オーケー、ほかには?」

次に選んだのはこの句だ。

今迄は
罰もあたらず
昼寝蚊屋

「これはなぜ気に入ったの?」

「ほんとのことだから。おれが一日中寝てても、何も言われない。いいい、なんにもしなくても、だれにも怒られない」

それは家にいたときのことなのか、ここでの話なのかと訊いたら、両方だとパトリックは答えた。

そのあと別の句を指して、それも好きだと言った。

露の世は
露の世ながら
さりながら

「いい句よね。これはね、息子を亡くしたあとに詠んだものなのよ」と私〔正しくは息子ではなく娘〕。

パトリックは、ああそれで、と合点がいったようにうなずいた。

「それを詠むとどんな気持ちになる?」

パトリックはそのページを食い入るように見つめて答えた。「受け容れる気持ち。それが現実なんだと」

そう言うと、パトリックは身を乗り出して唐突に訊いてきた。「いま外は雨なの、先生?」

「露」という言葉に雨を思い出したのだろうか。

ここに来たときには降っていたと私は答えた。パトリックは真顔でうなずいた。神様なり政治なりについて何か深刻なことを私が口にしたかのような表情だった。

「ああ、雨が恋しい。ここじゃ降っててもわかんないよ。たぶん今日は雨かなと思ってた。ほんとに降ってるのか、別の房のシャワーの音なのか、先生に訊こうと思って」

「わからないの?」

「うん」

雨と聞いて、パトリックに見せようと思っていたものがあったのを思い出した。「そうそう、ダグラスっていう親切な白人おやじ（オールド・ホワイト・デュード）に会って」

それを聞いたパトリックは笑い転げ、顔を手で覆った。「先生が、先生が『白人おやじ』とか言ってる」と独りごとのように言った。

私も笑い出した。「何がそんなに面白いのよ？」

数週間前、ダグラスという男性に会った、と私は話しはじめた。ダグラスはヘレナの木なら何でも知っている。それを聞いたパトリックの肩から力がふっと抜けた。「先生は木が好き？」

それほど木には詳しくないが、私は銀杏（いちょう）が大好きだった。そうダグラスに言ったら、嬉しそうに顔を輝かせた。銀杏だって！　ぼくも好きなんだよ。古い木があってね、アダムとイヴの時代からあるやつさ。開花期間がとても短くて、たったの一週間なんだ。そんな話をした数日後、ふと見ると、私の車のフロントガラスの上にトマトがひと袋置いてあった。その下には紙きれが一枚。ヘレナの地図だった。花が咲いている最後の銀杏がある場所に×印がつけてあった。

「その木を見たとき」と私は言った。「あなたにも見せてあげられたらなあって思った」

詩には「イメージ」がある、と私は言った。気取った言葉だけど、もうあなたがよく知っているものをそう呼ぶだけのこと。イメージとは見たり聞いたり感じたり触ったりできるものを画（え）にしたものだ、と。

パトリックはたちまちその意味をのみ込んだ。「この中のイメージは何？」私はさっきの俳句を指差して質問した。

「桜。見えるから。あとは音楽。聞こえるから」

「じゃあこっちは?」

「露。触ったり匂いをかいだりできる」一瞬間を置いてから、パトリックはつけ加えた。「見えるときもある」

私たちはつぎつぎに俳句を読んでいった。私にとってはあたりまえの言葉が、パトリックにとっては一生懸命想像したすえにようやく画になる、一度も目にしたことのないものだったりする。「山」とパトリックが読んだ。「じつは見たことないんだ」

「海は?」と私。

パトリックが眉根を寄せた。深い溝が一本、額を二分した。「たぶん見たことない」しばらくして、正直にパトリックは答えた。

「今日最後の俳句よ。fleetingという単語を使ってるやつ。この単語がどう使われているのか説明するから、あなたはその意味を推測して。じゃあいい? いくわよ。たとえば鳥のさえずりがしたかと思うと、すぐに聞こえなくなったとき。それから、夜中にチェリッシュの夢を見たけど、見たとたんに消えてしまったとき。そんなとき、さえずりがfleeting、夢がfleetingと言うの。この単語、どういう意味だと思う?」

パトリックは考えた。「短いってこと?」と言った。「過ぎてくこと?」

私はうなずき、片手をポケットに入れた。「手の中に何があるでしょうか? 当ててみて」

「キャンディ?」とパトリック。

私は黄金色(こがね)をした銀杏の葉をパトリックに手わたした。パトリックは葉脈を指先でなぞってから、つまんで両手の中でくるくると回した。風車のようだった。

「そんなに明るい黄色の期間はそう長くないのよ。黄金色になったと思ったら、一、二週間で落ちてしまうの。だから、そうね、その色は『はかない』とか、『つかのま』見られるだけ、なんて言えるかな」パトリックはまだその葉をまじまじと眺めており、私の説明に耳を傾けていなかった。

「どう思う?」と私は声をかけた。

「ここに太陽がある」

言いたいことが私にはよくわからなかった。太陽の光の筋や粒のような黄金色だと言いたいのか、文字どおり、葉の上に太陽が照りつけていたという意味なのか。だから、「とても詩的ね」と返した。パトリックの顔に笑みが広がった。

「さてと、じゃあ今日最後の句よ。声に出して読んでみましょう」

稲妻に
さとらぬ人の
貴(たふと)さよ

「稲妻」パトリックはその言葉に不意をつかれたようだった。「稲妻なんて忘れちゃったな」

「ほかにどんなイメージを芭蕉は使えたかしらね?」と私は訊いた。

パトリックが考える。そして「日暮れ」と答える。この前彼の口からその言葉が出たのは、『ライオンと魔女と衣装だんす』の表紙を見たときだった。「日はすぐに暮れるから。あ、日暮れだと思ったら、もう暗くなってる。でも、それは稲妻とは違うな。だってさ、稲妻がいつ来るかなんてわからないもんね。でも日暮れはいつもやって来る。一日が終わってくのはわかる」

「どちらのほうが寂しいかしらね」

「日暮れ」パトリックはきっぱりと答えた。

あれから何年もたつけれど、いまでも私は銀杏の葉を見ると日暮れを思い出す。


その日曜日は食料の買い出しを〈フード・ジャイアント〉ですることにした。〈ウォルマート〉のほうが大きかったが、ランニングを終えたばかりの私は汗だくで、しかもショートパンツにスニーカーというでたちだった。知りあい、とくに花柄ワンピースに洒落た帽子をかぶった教会帰りの人たちには会いたくなかった。

黄色くなりかけたほうれん草やカビのはえかけたブルーベリーを手に取っていたとき、私はある男の視線を感じた。白人で身なりのいい中年男性だ。知りあいではない。デルタのアジア人はじろじろ見られるもの、だからその男を無視した。

するとその見知らぬ男が、女性と男性をひとりずつ引きつれて近寄ってきた。私は取り囲まれてトマトに手を伸ばせなくなった。

「あなた、あのヘレナの映画に出てた人ではないですか?」見知らぬ男性がそう言った。リチャード・ワームザーのドキュメンタリー映画のことを言っているのだ。「あの映画をワークショップで使ったんですよ」と彼。「で、ひどい目にあった」

「でも胸を打つ映画だった」とその人はつづけた。「あの映画の中心人物はあなただった」その人は映画を思い出しながら自分自身にうなずいた。教師向けのワークショップの講師をしたコンサルタントだと言った。それならヘレナの人ではない。どんなワークショップであれ、その講師を務めたということは、たぶんアーカンソーの中でも、もっと都会のリトルロックかフェイエットヴィルあたりの人だろう。

「あなたには子どもをうまく導ける、ほんとうの才能がある。子どもと一緒に話したり、子どもについて語ったりというのに秀でておられる」

彼はそこで言葉を切り、私が何か言うのを待った。私はお礼を言ったが、内心、ヘレナにいるほかの教師、とくに私が去ったことを知っている教師がこのやり取りを見ていないことを願っていた。

「ワークショップに参加した先生たちに見せて、とりわけ重要なのは気づかいだと言いました。映画に出ていた生徒ね、あの子があなたのことを話したとき、『気にかける』という言葉を使ったでしょう、あなたのおかげで学校に行く気になった理由を説明しようとして。私は受講者に言ったんです。教師に気にかけてもらったら変わる生徒もいるとね」

その言葉に彼の友人たちは厳かにうなずいた。もともとそう考えていたかのようなそぶりだった。さあ次に来るのは何だ、と私は構えた。教師に映画を見せて気にかけろとアドバイスするなんて、どういうたぐいのコンサルティング・セッションなのだろう？　自分よりもほかの教師のほうが生徒を気にかけていると言われたい教師なんかいない。それにこの私はそこまで気にかけたりはしなかった。なにしろヘレナを去ったのだから。

「すると、ある女の先生が怒っちゃいましてね。自分のことを言われていると思ったようなんです」

受講者と対立した記憶がしだいによみがえり、男性はしだいに興奮してきた。「その人は言ったんです、あの子はちっとも変わってない、って。映画に出てたその子は人を殺して、いまは拘置所にいるって。そして席を立って部屋を出て行った」

返事を期待して、三つの顔が私を見つめていた。不満をあらわにした教師の言い分を認めるのか否定するのか、待っているのだ。本当か嘘か――結局、最後はそういう話になる。パトリックは人を殺したのか殺さなかったのか。気にかけて人を変えられたのか、変えられなかったのか。単純な人たちだと思ったが、たぶん私も彼らとなんら変わらないのかもしれなかった。

もともとその朝は、自分にとって重大なことを話すどころか考えるつもりもなかったのだ。それがジム・ショーツに馬鹿げたスウェットバンドという格好で、蛍光灯がこうこうと光る〈フード・ジャイアント〉の店内で、何が起きたかを知りたがっている見知らぬ人に不意打ちされている。起きたことは単なる事実でしかない。個人の内面とはまったく無関係だ。ひとりの人間が抱える後悔や意図などの複雑な思いはまるで考慮に入っていない。しかし彼らにとっては、何が起きたかこそがその人自身を理解する手っ取り早い方法なのだった。

ある人をX――人を殺せない人間――だと思っていた矢先、いや、その人はY――殺人者――だと言われると混乱をきたす。

だがこれは人に対する見立てが正しいとか正しくないとかの問題ではなかった。暴力が人間の内面の邪悪さを象徴し、人格の核心を表す物語の最後に暴かれる真実のようなものでもなかった。これはただの人生でしかなかった。喧嘩の経験者ならわかるだろうが、程度の問題なのだ。パトリックの場合はベルトではなくナイフ、浅い傷ではなく致命的な傷だったのである。

私は男性を真正面から見て、その話は本当だと言った。たしかにドキュメンタリーに出ていた生徒は人を殺し、いまは拘置所に入っていると。男性の顔が曇った。ほかのふたりの顔も曇った。やはりそうだ。この人たちはデルタの人間ではない。このあたりの人たちなら、たとえ長老派教会で私にパイを食べさせてくれるような穏やかで親切なお年寄りでも、ここまでショックを受けたりはしない。哀れみ一色になったりはしない。

「ご存じのとおり深夜の喧嘩だったんです」と私は言った。「その」――そこでひと呼吸置き、私は慎重に言葉を選んだ――「亡くなった男性はパトリックよりも年上で、酔っぱらってパトリックの家のポーチに上がりました。パトリックの妹と一緒に。だからパトリックは怖くなったんです」

三人はまったく同じ顔をした。喧嘩が昂じてそんなひどいことになるなんて初耳だとでもいうような、驚きと好奇心に満ちた表情だった。

パトリックがいまどうしているのか、どんなに心を痛め、自分のしたことに苦悶しているのかを私は彼らに話したかった。パトリックが『ライオンと魔女と衣装だんす』を読み終えたことを話したかった。ルーシーがお気に入りで、エドマンドに寛大さを示したことを話したかった。それらはパトリックが手に入れた、かたちのない貴いものなのだから。

しかし、そんなことが彼らにとってさして重要でないのは明らかだった。むこうはパトリックがだれも殺していないと聞かされたがっていたのだから。私はそんなことをほとんど忘れていた。いや、忘れることができて嬉しかった。そもそも、一緒に本を読むことにしたのは忘れるためではなかっただろうか。起きてしまったことと距離を置く方法が忘却ではなかったのだろうか。

私はパニックに陥りはじめた。この先の人生で何をしようが、パトリックは「何が起きたか」という問いから逃れられないだろう。心の中で問いかけるときにはいつも事実が暗い影を落とすだろう。パトリックがあごのあたりにたくさん皺を寄せて書く姿を、両目を細めて言葉を探す姿を私は思い浮かべた。静寂や人目につかない努力や感情や思考の証しが、そういうかたちで彼の顔に表れることを思った。

「お話できてよかったです」そう言うと、私は気が滅入りそうな食料品の入ったカートを押して三人の前から立ち去った。

「あの試験、受かりました?」がパトリックの挨拶だった。

「試験?」と私。「ああ、司法試験ね! 受かった!」

その週末に結果が出ていることをパトリックは憶えていた。

「ダニーやルーシーとメンフィスに行ってるときにわかったの。お祝いに食べに連れてってくれた」パトリックがにんまりと笑ったのが私には嬉しかった。「すげえな、先生。でも、ほんとはびっくりしてない。先生はすごく頭いいから。どこに食べに行ったの?」メキシコ料理屋よ、と私は答えた。パトリックはメキシコ料理についてあれこれ知りたがった。というか、授業を先延ばしにしようとした。ご希望にこたえて、私はトルティーヤやエンチラーダについて説明した。

説明がすんだところで本題の詩に話を戻した。私が持ってきた『ノートン詩選集』にパトリックは目をむいた。「それ、聖書より分厚いね」

私は、その日取り上げたいと思っていたテニスンの詩「鷲」を探しだした。He clasps the crag with crooked hands; / Close to the sun in lonely lands, / Ringed with the azure world, he stands.〔鷲は鉤型の足で岩山をとらえ、/人気ない地で、太陽のかたわら/蒼天に囲まれて佇む〕

「どの言葉の音が似てる? 意味は気にしなくていいから」

パトリックはその詩をつぶやき、音を確かめた。

「たぶん、crooked と crag」

「正解。この授業の大事なポイントをもうわかってるね、まだはじめてもいないのに。そのほかに似てる音はあるかな?」

「clasps と crag」少し考えて詩をつぶやいたあと、パトリックは答えた。

「そのとおり。母音って何だか憶えてる?」言ったと同時に、その言いまわしに嫌気がさした。「憶えてる?」だなんて、まずい教えかたの典型だ。学習というものを、何を記憶できていないかを基準に考えている。

「a」焦った私はすぐにそう言った。

「e、i、o、u」残りの母音をつぎつぎにパトリックが挙げていった。

パトリックは母音韻をあっというまに理解した。「close と lonely じゃないのかな」それから子音韻も。「lonely lands」

さらに格調も。

「つぎは音節。あなたの名前には音節が何個ある?　パトリック」

パトリックは、もの問いたげに私のことを見つめ、いまにも謝りそうになった。

「パト・リック」私はそれをさえぎった。「ふたつよ。パト」――私は親指を立て、それが最初の音節であることを示した――「リック」親指と人差し指の二本を宙に立てた。「ほら、二音節」

私とパトリックは、強弱格と弱強格について一時間練習をした。強弱格は、アクセントが強い音節のあとにアクセントの弱い音節がくるもの。弱強格は、アクセントが弱い音節のあとに強い音節がつづくもの。そして思いつくままに、単語や名前をひとしきり挙げていった。Patrick, Pam, tiger, belong.「弱強格？　強弱格？」パトリックはときとして、でたらめな、完全に当てずっぽうの答えを返してきた。「自分で言ってみてごらん」と私はアドバイスした。「tiger, tiger」パトリックが単語を繰り返した。そして、ようやくのみ込んだ。「これは強弱格だよね？」

そこで私は『ノートン詩選集』をぱらぱらとめくり、イェイツの詩を探しだした。「エーが天の衣を求める」だ。

Had I the heavens' embroidered cloths,
Enwrought with golden and silver light,
The blue and the dim and the dark cloths
Of night and light and the half-light,
I would spread the cloths under your feet:
But I, being poor, have only my dreams;
I have spread my dreams under your feet;
Tread softly because you tread on my dreams.

天の衣があったらいいのに
金と銀の光で刺繍した
夜と、光と、薄明かりを織り込んだ

空色と、灰色と、漆黒の衣があったら
さっと広げて、君にその上を歩いてもらえるのに
でも僕は貧しくて、持っているのは夢ばかり
君の足元に僕の夢を広げたから
そっと歩いておくれ、夢が破れないように

「天の衣があったらいいのに」とパトリックが読みはじめた。次行の「刺繡した（enwrought）」という単語を、そこでつっかえるとは思わずに教えていなかったので、パトリックの額に戸惑ったような皺が何本か寄った。が、「金と銀」という、すらすら読めるほっとする単語を見て、その皺が消えた。パトリックの声はもうリラックスしていた。「夜と、光と、薄明かりを織り込んだ」

「どの行が好き？」と私は訊いた。テーマや意味を質問してパトリックをやり込めたくなかった。パトリックは両手を握りしめ、じっくりと考えた。

「これが正解というのはないわ」と私。

目が詩の行を追っている。ようやく答えが出た。「空色と、灰色と、漆黒の衣があったら」

意外だった。「でも僕は貧しくて、持っているのは夢ばかり」を選ぶだろうと思っていたことに、私はそのとき初めて気がついた。なんて愚かな。パトリックがどの行を好きなのか――何に心を動かされるのか――私にはわかるはずもないというのに。

そこで尋ねた。「なぜその行が好きなの？」

「わかんないな」

私は待った。

「空を思い出させてくれるから。夜の空がどんなふうに見えるのかを」

「素敵だわ」

パトリックは目を細めている。

「そう。暗くなる前の」

「各行の最後の言葉、どうなってる？」

「feet」とパトリックがつぶやく。「dreams」「feet」とつづける。突然そのパターンを理解したパトリックは、ひとり笑いをした。

「作者はなぜそういう言葉を繰り返してると思う？」

「持っているのはそれだけ、だから」

素晴らしい答えだ。私はうなずくばかりだった。

「よし」私はパトリックに告げた。「準備ができたようね」

パトリックは期待の目で私を見上げた。

「これを暗記しましょう」

「いますぐ？」

「そう、いま」

「先生、無茶だよ」

その後の一時間、私たちは詩をそらんじる練習をした。「Of night and light and half-light,」パトリックは本を見ないで復誦してみた。「短い単語、短い音節がひとつだけ抜けてる」と私が言うと、パトリックは指で音節の数を数えた。そう、「half-light」の前に「the」が抜けている。次に、パトリックが「I would spread the cloth」と言ったので、私は「衣は一枚だけ?」と訊いた。パトリックはすぐさま言い直した。「cloths」

午前中を拘置所で過ごしたあと、車でKIPPに直行し、スペイン語を教えた。ダニーとルーシーの家に着くころにはへとへとになっていた。長椅子に座り、パトリックの宿題を読んだ。拘置所では時間がなくて読めなかったのだ(「家に持ち帰ってもいい?」と訊いたら、パトリックにこう返された。「じゃあ今日は宿題がないってこと?」)

ぼくのかわいいチェリッシュへ。きみは生まれたときにたったの一九〇〇グラムしかなかったのをおぼえている。とても小さかったのでだっこするのがこわかった。なんてきゃしゃな子だろうってダニエルがぼくに言ったよ。それから、ずっとぼくのことを見つめる目。起きてるときはいっつだって見つめていた。ぼくがきみを見ておぼえたのと同じ、みりょうされたかんかくだった。きみはさいしょ、少しにっこりした。電話できみの声をきくときはいつも、声をあげて笑ってるところを想像してる。もう一さいと5か月だね。ハイハイとか、さいしょに歩いたとこを見ていない。きみもぼくもがっかりだったね……元気でね。また話をしよう。きみのパパより

よくなった、よね? 「とても小さかったのでだっこするのがこわかった」というくだり。「きゃしゃ」という言葉。「みりょうされたかんかく」を「おぼえた」という表現。「おぼえた」という言葉は

たぶん、あの部分――エドマンドは、えたいの知れない恐怖をおぼえました――から取ったのだ。しかしそれよりも、パトリックは脈絡のある文章を書けるようになっていた。私がとても気に入ったのは、娘が声を上げて笑うところを思い描いている点だ。人や山や海を頭の中に思い浮かべることについて私たちは語りあったあとだった。「がっかりしたこと（disappointment）」に触れてはいるけれど、少なくともその単語のつづりは正しかった。

もう寝る時間だったが、私にはまだ採点せねばならないスペイン語のテストが山のようにあった。動詞 estudiar（勉強する）と hablar（話す）の活用に関する答案が六十人分。まったくもって、なんで私は知らない言語を教えることなんかに同意したのだろう？　パトリックの書いた文章について、拘置所でもっと話す時間があれば。デルタで本当にやりたいことが明確になってきた。パトリックを教えることだ。が、これは功利主義者にとっての悪夢だった――パトリックはひとり、ＫＩＰＰの生徒は大勢。可能性という点から見れば、生徒を大学に入れることに熱心な学校で、歳がより若く、やる気があり、表情が生き生きした生徒たちの進学率を上げることのほうが、獄中にいるたったひとりの大人の運命を好転させることよりも、はるかに実現の可能性が高かった。

私はパトリックの手紙に目を戻して添削をした。「an」を丸で囲み、「and」と直した。そしてこう書き込んだ。「細部の描写が優しく、愛情にあふれています！」

「あなたに話さなくてはならないことがあります」ジョーダンへのｅメールは、まるで恋人への別れの手紙のようだった。

最近、そんなメッセージばかり書いているような気がした。私は正真正銘の変人になりかけていた。

ジョーダンは理解を示してくれた。彼の本心などわかるはずもないが。

まもなく、私の生徒はパトリックただひとりとなった。


十二月も半ばになると、パトリックと私のあいだにはある儀式ができ上がっていた。毎朝、ある詩の暗誦からはじめるのだ。

「先生からどうぞ」パトリックはいつも、からかうようにそう言った。両手で、お先にどうぞとドアの前で相手に譲るときのようなしぐさをしながら。これもおきまりのやりとりの一部、私もパトリックも自分から先に暗誦したくなかったのだ。

「天の衣があったらいいのに」と私が声に出す。

するとパトリックは真面目になる。厳粛な態度で、小さな子ども相手のように私を励ましながらうなずく。パトリックはこの詩をほぼ暗記していて、私の口から正しい言葉が出てくるかどうか、ひとつひとつ心配そうに見守った。

「銀と金の光で刺繡した――間違えた」私は眉間にしわを寄せて口をつぐみ、言葉を探す……「金と」とためしに言ってみる。その一行がだいなしになる。「金と銀の光?」

私はパトリックの表情をうかがい、合っているかどうかを確認する。眉根を寄せている。私に間違えてほしくないのだ。

私は暗誦をつづける。「夜と、光と、薄明かりを織り込んだ」「君の足元に僕の夢を広げたから」

パトリックが首を振り、穏やかな声で私をさえぎる。「先生、一行飛ばしてる」

「ほんとに?」私は時間を稼いでいる。

パトリックが待つ。

「ヒントをちょうだい」困りきった私は、お願い助けて、というような表情をしてみせる。

ほかの生徒なら、大声で正解を言って自分が知っていることをひけらかすだろう。たぶん私はそういうタイプだ。パトリックは黙っていた。

「あ！」私は思い出した。たしかにパトリックの言うとおり、一行飛ばしていた。

「灰色と空色と漆黒の衣があったら」

「近いけど」とパトリック。小さなミスを大目に見たくないのだ。

私は、ぼんやりと彼の顔を見る。

とうとうパトリックが折れる。「空色のあとに灰色が来るんだよ」と言う。「人生とおんなじで」

第8章　フレデリック・ダグラス自叙伝

brook は何？

小川。

乾ききった牧場――「乾く」とは「からからになる」じゃあ牧場はどうなるの？

小川がなくなる。

するとどうなるの？

心のやすらぎがなくなる。

彼が好きなユセフ・Kの一節（私もお気に入り！）。この男が／バラとヒアシンスを自分の庭のために／盗んだ男がそこに立つ／目を閉じて、こぶしを握りしめて
母音韻の宿題は上出来。

long, strong, bone
bee, tree, leaf
彼はいつもこの行を正しく暗記する——そして鷲は稲妻のように降下する

——パトリックについてのメモ、二〇〇九年の日記より

デルタに戻る決心をしたとき、自分の目から見て、ニューヨーク・タイムズ・マガジン誌にエッセイを書いて出版するのとは倫理的に正反対の行動を取りたいと私は思った。自室にこもり、はるか遠くのデルタの思い出にひたるのではなく、いろいろな人たちと話をする。パトリックを紙の上の存在にして、パトリックの人生が終わったかのように嘆くのではなく、彼が人生を再スタートできるよう手助けする。本気で書きつづけるつもりなら、いくつかの条件を自分に課す。「私的なエッセイ」ではなく——私的とは甘ったるいという意味だ——歴史や社会を包括的にとらえた、視野の広い野心的なものを書く。大学のときに読んだのはそうした本だった。私に人種や貧困問題への知識を与え、そもそもデルタに行こうと思わせた本だ。

しかし、ノートの中には期せずして私の本音が出ていた。本当に気にかけていることが表れていた。パトリック、とにかくパトリックのことだけだ。彼の書く文字、最初のころのひどい筆跡、フォーンが泣いている挿絵を見つめるときのまなざし、詩の暗誦とそれがとても重要に思える理由、教えることの

難しさと退行することのたやすさ、学ぶとはどういうことなのか。私とパトリックとの関係、それこそがすべての核だった。拘置所でパトリックに会うまでは、生徒の能力が退行しうるとか、果たせずに終わった教師と生徒という役割をよみがえらせることができるとか思いもしなかった。

「小さな子どもだと思えばいいのよ」と私は言った。

アポストロフィの話だ。「チビだからって忘れるのは良くないな。いじめっ子にならないで」

パトリックが笑い声を上げた。

「先生、きっと友だち多いよね」

「親友は何人かいるかな」私は答えかたに気をつけた。「それだけで充分よ」嘘だ。私にはたくさん友だちがいた。

「ダニーとルーシーは大学のときからの友だち？」

「違うわ、教師になってからの友だち。ダニーはデルタで最初にできた友人」

「いい先生なの？」

「最高よ」そして私はパトリックに尋ねた。「あなたの友だちは？」

すると、それまで上機嫌だったパトリックの様子が変わった。「友だちね」パトリックは皮肉っぽい調子で語気を強めた。「おれをクスリでヘロヘロにしても、そいつらは友だちなのかな？」

私もパトリックも押し黙った。

「おれには先生がいる」とパトリック。「それから、母さんと姉ちゃんと妹たちも。それだけでいいよ」

「ねえ先生」と突然、パトリックが言った。何か別のことを思いついたようだった。「お願いがあるんだけど、今日親父んとこに行って、タバコをもう少しもらってきてもらえないかな？」

パトリックのためにもらって来てあげたかったけれど、そのとき私は時間に追われていた。ジョーダンには学期の最後までは勤め上げると約束していたから、相変わらずやることが満載の日々だったのだ。「仕事があるのよ」

「何時に終わります？」とパトリック。

「六時」本当は五時だったが、そう答えた。


その日の夜、パトリックの家にタバコをもらいに行った。戸口に出てきたのはパトリックの母親で、こちらを見るなり私が何者かわかったようだった。中に入れと手招きをされた。家にいたらいいなと思っていたところだった。パトリックはだれよりも母親を愛していたから、いったいどんな人なのか興味があった。母親宛の手紙にパトリックは書いていた。「ママのことが恋しすぎてこれ以上手紙を書けないよ」

彼女は小さな子どもを抱っこしていた。パトリックの娘だ。チェリッシュに違いない。大きなほっぺ、大きなあごがパトリック似だ。ゆらゆらと可愛く揺れる三つ編みが顔をふちどっている。三つ編みの先端をピンクと青のビーズで留めている。

「メアリー、ですよね？」と私。「それにチェリッシュ」

パトリックの母はうなずき、いまにも泣きだしそうな顔で微笑んだ。

「パットの裁判の日がいつか知ってます？」とメアリーは訊いてきた。

パトリックは逮捕され、罪に問われ、拘置所にいるのに公判日が決まっていないという、相変わらず法律的に身動きのとれない状態にあった。こんなに遅れるなんてひどい、大都市ならとても許されないと私は言った。「先月、十一月が公判のはずでしたよね。でも、二月になりそうだって言われてます」

パトリックの父親がしたようにメアリーもうなずいた。こういう法律システムには慣れっこなのだ。

「パトリックは元気にしてますよ」と私は言った。

それを聞くなりメアリーは体の力を抜いた。

「あなたはずっと見守ってくれてる天使みたいな人だって、パトリックが言ってました」とメアリー。「きっと神様がお助けくださってるに違いない、きっとね」

「パトリックに宿題を出してるんですよ。息子さんは毎日本を読んで、考えることに集中してます。そのほうがいいでしょう」と私。

メアリーは話の流れがわからないようだった。私はパトリックの書いた宿題を取りだして彼女に見せた。

メアリーはぼんやりとノートを眺めた。そこにある言葉を読んでもらいたいというこちらの意図を理解していないようだった。

そのとき、いきなり家の奥からパムが姿を見せ、こちらに向かってきた。パムはメアリーの手からチェリッシュをさっとすくい上げると、鼻と鼻をくっつけた。

「この子、言葉をいっぱい知ってんだよ、先生」パムは得意げに言った。「やめて。だめ。椅子」

ふたりはその場を立ち去り、どこかへ遊びに行ってしまった。

「老人ホームで調理をなさってるそうですね」と私はメアリーに言った。

「たくさんフライを揚げてんですよ、チキンとか、魚とか。みんなそういうのが大好物。年寄りはフライドチキンやフライドフィッシュが大好き」

メアリーは開けっぴろげな人だった。いわゆる社交好きで話し上手のデルタ人というのではなく、どちらかと言えば無防備で秘密をもたない人、いろんなことを簡単に訊き出せるタイプだった。ホームで働くのは好きかと私は尋ねた。

「ボスがほんとに優しいの。物静かでね。うつむいて歩き回るんだけど、にこにこしてる。ヘレナの出だけども、テネシーに行って、また戻ってきたのよね。お給金を二ドル上げてくれたんですよ」

「いい人そうですね」と私。

「職場の女の人たち、六十とか七十とかの人たちだけども、みんな二、三十年下っ働きしてきて、最低賃金より四十セント多いかどうかってくらいしかもらってなくってね。で、その男のボスがやって来て、二ドル賃上げしてくれたわけ。そしたらば、おばさんたち、ボスをまるで――」メアリーはそこで言葉を切り、首を振った。「変な話だわねえ。それまでみたいにひどい扱いをされなくなると、みんなそのボスを信用しないんだから」

「みなさん、ボスにはどんな態度を?」たぶん、そのボスというのは白人なのだろう。

「もうひとりボスがいるんだけども、その女(ひと)はあたしらのこと、Nではじまる言葉〔ニガー nigger という差別用語〕で呼ぶんですよ。そしたら、みんなシャキッと背筋のばして言うんだわ。イエス・マーム、イエス・マームって。ここいらの人たちはひどい言いかたする人間を尊敬するんだわね。犬ころみたいに扱ってもらいたがってる。犬をちゃんと吠えさせる方法ってのはそれしかないもんねえ」

「そのボスは……Nではじまる言葉を、おおっぴらに言うんですか?」

「あそこで働きだしたころ、クリスマス・パーティを企画してたボスがね、音楽は何がいいだろってみんなに訊いてきたわけ。そしたら六十五くらいのおばさんがね、『こういうのどうでしょう』って言ったのよ。そしたらそのボスに『ニガーの音楽はいらない』って言われて。で、そのおばさんは、『イエス、マーム』で終わっちゃった」

メアリーは気持ちを抑えきれずに笑いだした。面白くもないのに笑っているような奇妙な笑いかただった。

「やだ、どうしよ」しゃっくりをしはじめたメアリーの口から、やっとのことで言葉が出てきた。「Nではじまる言葉がときどきそのボスの口から出てきたら、みんなシャキッとすんの。名前はミズ・ロリンズ。そう、ミズ・ロリンズよ」

夫のジェイムズ同様、メアリーもヘレナで生まれ育った。生まれは一九六九年、人種融合教育を回避するために私立のデソト・スクールが設立された年だ。母親はヘレナの病院で働き、父親はハイウェイ二十号線沿いの電気会社で働いていたという。モホーク・ラバー・アンド・タイヤ・カンパニーが一九七九年に操業停止となってまもなく、その会社も閉鎖された。その後、メアリーの父親は酒量が増え、暴飲がたたって亡くなった。

メアリーがパトリックの父、ジェイムズと出会ったのはイライザ・ミラーにいたころだ。パトリックをはじめとする私の教え子がスターズに来る前に通っていたミドルスクールである。メアリーがジェイムズを好きになったのは、怖いもの知らずだったから。当時の体育教師は白人の人種差別主義者で、生徒を「ニガー」呼ばわりするような男だった。ジェイムズはその教師を恐れなかった。言い返すことができた。「ジェイムズはその先生に毒づいたもんよ。なあんにも怖がってなかった」とメアリーは首を振った。長年連れ添い、いろんなことがあったけれど、やはり夫はたいした男だと思っていた。メアリーはセントラル・ハイスクールに進んだが、妊娠し、ドロップアウトした。「ほんとにもう困っちゃって。セックスのことなんてだれも口にしない時代に育ったでしょ。結婚前の女の子が男の子とそんなことするもんじゃないって時代だったから」メアリーは両親に勘当されて家を出た。やがて母親が腎臓を病んで亡くなった。ソーダの飲みすぎだわね、とメアリーは言った。

メアリーはカジノや〈ピザハット〉で働きつづけた。「夜のシフトのほうが好きだわね。昼間に子どもの世話ができるでしょ。夜はパパに子どもを預けてったのよ、週に三、四日。うまくいってた。で、あの人が刑務所に入ったら、三年かそこいら出てこれなくて。だからずっと働いたってわけですよ」

「ご主人に誠実だったんですね」と私は言った。

「そう努力したの」

「どうしてです?」

「わかんないわ。自分にしてほしいことを人にもしなさいって、いつも言われてたからかもね。あたしが刑務所に入ったら、たぶんあの人に待っててほしいって思うだろうし」メアリーは両手を握りしめてから開き、頭を引っかいた。「あの人を愛してたから、ほんとに。いまも愛してるわよ」

三十四歳のとき、メアリーは糖尿病であることがわかった。血糖値が二百を超えていた。メアリーはそれまでよりもたくさん歩くように努め、炭酸飲料は無糖に切り替えた。「ときどき言葉をはっきりしゃべれないときがあるの、ものをあんまり思い出せなかったりね」とメアリーはつづけた。「糖尿のせいだわね。ストレスがあって、発作がある。たぶん発作はストレスがいろいろあるせいだと思うの。一日じゅう神様に話しかけてんですよ。なぜなんですって、神様にいっぱい質問してる」

メアリーは、あたかも神に話しかけるかのように黙って天井を見上げた。私はしばらく待っていた。長い時間が流れたように思えた。

「あの……」ようやく口を開いたのは私だ。「パトリックにあんなことが起きて、どういうお気持ちでした?」

「眠れませんでしたよ。何週間も。相手の男のひとのこと考えたり、お母さんはだれなんだろうってずっと思って。ふたりのこと、考えてたわねえ。で、神様に、相手のお母さんに会わせてくださいってお願いしたら」そこでメアリーは消え入りそうな笑みを浮かべた。「会わせてくだすった」

マーカスの母親をだれか知らないか、メアリーは職場で訊いて回った。「ある人が名前を教えてくれたの。ミズ・カーリーよって。あたし、電話帳で名前を探してね、電話したの。そしたらその人が、その人がよ、電話取ってくれてね、うちにいらっしゃいって言ってくれたの。うちから二ブロックか四ブロック先に住んでる人だった」

相手の家に行くまでメアリーは緊張していた。罠ではないかと思ったのだ。「その人に会ったらよくないことが起きそうな気がしてた。絶対に起きるだろうって。いとことか兄弟とか、だれかがあたしになんかするに決まってるって思ってた」

しかし、戸口に出てきたのは母親本人で、しかも家には彼女ひとりだけだった。

「あたしのおばさんに似た人だったねえ。背が低くて肌の色が濃くて。少しだけにっこりして――それでぜんぶわかった。あたしに対してものすごく怒るんだろうなって思ってたけど、こんなことになってちっとも驚いてないって言うのよ。マーカスはお酒を飲むとよくあの人に暴力振るってたらしくて。母親に、よ。泣いたり抱きあったり、あたしたち、どうにかなっちゃってたわねえ。あたしよりもあの人のほうが気の毒がってくれて、あたしのほうがあの人よりもたくさん泣いたわね」

メアリーはそのときのことを思い出すように顔に手を触れた。「お祈りするときには、神様あたしをお許しください、新しい一日をはじめさせてくださいってお願いするの。いつもお祈りしてる。朝目が覚めたら、神様これはなぜでしょう、あれはなぜでしょうって訊いて。一日中神様に話しかけてるの」

「神様は答えてくださるように思います？」

「そりゃあもう」

そう言うとメアリーは口をつぐんだ。結局、私が口を開いた。「驚きましたか、あの夜の出来事には？」

「パットが、あの子がしたことには……みんなが驚いたわ。ぜったいに体を張った喧嘩はしない子なんですよ、ほんとに。きっと……」そこで彼女はひと息入れた。「きっと父親を感心させようとしたんだわね」

父親を感心させる？　そのとき私はきっと困惑した顔になっていたに違いない。メアリーがつづけて説明したからだ。「あの子の父親はそういうことを見たがるんですよ。ほら、あの人、怖いもの知らずだから。きっとね、パットはどうしていいんだかわからなくって、でも引き下がりたくなかったんだわね。あたしはあの子にこう言うようにしてるんですよ。『あんたは妹を助けようとしてた。人を殺そうとしてたんじゃない』って」

パトリックと父親がかなり違ったタイプであることがわかってきた。父親の脚が不自由なせいで、私は思い違いをしていた。パトリックの父には息子よりもはるかに強いストリート・メンタリティがあった。殴られたら殴り返す。自分の面目を保つ――父親のジェイムズは、生きのびるための基本的な男の規範を体現した人物だった。そういえば、スターズのある生徒からこんな話を聞いたことがある。「親父に言われたんだ。だれかがおまえに手を出したら、一度目は相手にするな。でも、二度目は殴り返せって」

いつも喧嘩を避けていたからといって、パトリックがそういう規範にしばられていなかったわけではない。ジェイムズは息子に、もっと強い、やり返せる男になってもらいたかった。おそらくパトリックは喧嘩に不慣れで、どのレベルを超えたらやりすぎなのかがよくわかっていなかったのだろう。拳で殴りあうのが下手だからナイフをつかんだのだろうか？　ナイフをどこからもち出したかについては、本人と警察とで話に食い違いがあった。警察の報告書には、パトリックが家の中からナイフをもち出したと書いてあったが、本人はポーチに置いてあったと言った。そのことで私はパトリックと対立したくなかった。何を信じていいのかわからなかったが、パトリックが脅えていたことは確かだと思った。

「ものごとは理由があるから起きるんだって、あたしはあの子に言うようにしてるんですよ。相手の子が死んだのは……たぶんパトリックが離れるためにはそれが必要だったんじゃないかと思って。息子はね、あのハリソンって子とつるんでたんですよ。その子の家族っていうのが、みんなヘロインをやっててね。だから……」メアリーは両手を握りしめてうつむいた。

メアリーはいま頭がおかしくなっているのではないか。私は心の中でそう思おうとした。自分の息子がドラッグ中毒にならないよう、だれかが死ななくてはならないと思っているなんて。しかし、たしかパトリックの伯父はドラッグでハイになっているときに大伯母を殺したと、パトリック自身の口から聞いたことがある。そういう事情を考えれば、メアリーはただ実利的に考えているだけなのだ。中毒よりは服役のほうがましというわけである。

みはからったかのようにメアリーは、兄が終身刑を受けて厳重警備の刑務所にいるのだと口にした。伯父が刑務所に入ったときパトリックは九歳だった。

「過ぎたことはしかたがないと思ってね」とメアリー。「昨日は変えられない。あたしはね、その日その日を精いっぱい生きるようにしてるんですよ。次に何が起こるかわかればいいのにって思いながら」

メアリーが宗教的な話をしているのか〔おそらく、新約聖書マタイ六章三十四節「だから、明日のことまで思い悩むな。明日のことは明日自らが思い悩む。その日の苦労は、その日だけで十分である」のことか〕、パトリックの公判日について話しているのかは、わからなかった。

「ロブに会いに行きますね」と私は言った。

「だれです?」

「パトリックの弁護士です」

メアリーは相変わらず両手をもてあそびながらうなずいた。

そろそろ失礼する時間かもしれない、と私は言った。

「グッド・ニュースだ。マーカスは酔っ払っていた」とロブが言った。「泥酔だ」血中アルコール濃度は〇・二六、法律で許容されている濃度の三倍を超えていたという。

リトルロックの検視官のラボから検死結果が送られてくるのに一年以上かかっていた(「ヘレナには検死する人がいないの?」という私の質問をロブは一笑に付した)。

「私にできることは?」

「警察に行ってマーカスの記録をもらってきてくれるといい。人格を毀損する資料を」とロブが言った。「被害者が好ましくない人物なら、この事件は有利になる」

好ましくない人物？

「事件の調査をさせてあげられるかもしれないな」そうつけ足して、ロブはウィンクをした。田舎の国選弁護人は事件の調査をしない、と言いたいのだ。

警察署には、〈ジーザス〉と題した手づくりDVDが御自由におもちくださいと盛られたカゴが置いてあった。私はマーカスの報告書を手に入れ、早く読みたい気持ちをどうにか抑えながら車に乗り込んだ。マーカスは社会病質者だろうか？　強姦を犯しているだろうか？　暴力的な重罪の記録は？　悪い記録があることを願いながら私は読みはじめた。警察官の書いた拙い文面を理解するのはひと苦労だった。前年、二〇〇七年の五月、マーカスは未成年者の非行に手を貸したために訴えられた。少女がひとり、学校をさぼってマーカスの家に隠れていたのだ。「ミズ・ローアンは学校に電話していて、娘が学校にいないことを知った。ミスター・ローアン宅の隣に住む隣人は、ミズ・ローアンに、マーカスが青少年二名と家の中にいるのだと知らせた。ミズ・ローアンは警察に電話をし……」

パトリックの家のポーチで命を落とす四か月前の二〇〇八年五月、マーカスが泥酔したために警察が派遣された。「二〇〇八年五月六日、公序妨害が起きたためシカゴ通り八七一番地にユニットを派遣され、本官が到着すると、ロンダ・サンプソンに事情を聴取、サンプソンは男友達の「マーカス」ウィリアムソンが酒に酔い問題を起こしていると述べた。ミスター・ウィリアムソンはすでに未確認の人物数名と喧嘩をしていた。右手にバットを一本もち、罵りながら家から歩き出た。彼はバッドを落とせと二回言われた。彼はそうしなかった」報告書はそこで終わっていた。「ミスター・ウィリアムソンの吐く息はアルコール飲料の強い匂いがした」

同じく五月の別の日、午前五時二分に、「ある好ましくない男性容疑者に関して」警察が派遣された。治安紊乱行為がまた起きたからだ。マーカスはパトカーの窓を蹴って外に出ようとしたので催涙スプレーをかけられた。そして一週間、郡拘置所に拘留された。

マーカスが初めて罪に問われたのは八年前、十七歳のときだった。ある人家に押し入り、靴を一足、カセットテープを一箱盗んだのだった。

要約すれば、彼が問われたことのある罪は、第二級の、思慮分別を欠いた財産の破壊、治安紊乱行為、公けの場での酩酊、逮捕への抵抗などだった。州刑務所に送り込めるほど深刻な法律違反はなかった。

マーカスは最悪でも、攻撃的になる可能性のあるアルコール依存症者どまりなのは、はっきりしているように思えた。この感じからすれば、危険人物というよりも不運な人と言えた。酒に酔った夜や、現れたポーチが間違っていたのだ。

「どう思います？」翌日、ロブのところに報告書を持っていった私は訊いた。私が気づいていない極悪なものごとを、彼なら見つけるのではないかという期待があった。

ロブはとくに感銘を受けた様子もなく、手早くページをめくった。「この名前、知ってるな。ウィリアムソン、ウィリアムソン……」ロブは記憶をたどった。「そうだ、彼女を、母親のほうを弁護したことがある。間違いない。息子のひとりとある家に盗みに入ったんだ。で、茂みの中に隠れてるところを警察に見つかった」マーカスの母親と、マーカスではない別の息子はＤＶＤプレーヤーを一台盗んだのだという。

ロブは手を叩き、自分の記憶の確かさに得意満面になった。

立件は、深く悲しむこととは根本的に逆の行為だった。亡くなった者に敬意は示されなかった。人格的な欠点の証拠をそろえ、それが原因で本人が死んだとほのめかすことだった。私は、マーカスの側に罪があるという観点からパトリックの無実を主張しようとしている自分に気がついた。

「グッド・ニュースよ」翌日の月曜日、ロブの安堵を伝えようと、私はパトリックにそう言った。「マーカスは酔ってたわ」

口にする言葉を間違えたと思った。パトリックがたじろいだからだ。

「マーカスの検死結果が出たの」私はあせって言葉をついだ。

「検死」という言葉にパトリックがうつむいた。

「どんな……どんな感じだった?」

パトリックはノートの隅っこをいじった。

それから出し抜けにこう言った。「先生、あいつがおれのほうに近づいてきたんだ。変なこと言いながら。おれはあいつに言いつづけた。『出てけ、うちの庭から出てけ』って」

「あなたは……」私はためらいがちに口を開いた。「警察に電話しようと思ったりした?」

明らかにばかげた質問だった。「しないよ、だれも警察になんか電話しない。ここいらの警察は警察なんかじゃない。あいつらはそこらで葉っぱ吸って、ドラッグを売り買いしてるだけだよ。家になんか来るわけがない」そこでひと呼吸置いてパトリックはこうつづけた。「それにあいつら、おれの親父のこと知ってるし——おれがなんかはじめたって思うに決まってんだ」

ＫＩＰＰが冬休みに入ったので、両親が暮らすインディアナの家を訪ねた。私は二十八になった。誕生日には兄がイチゴのショートケーキをつくってくれた。両親もあれこれプレゼントをくれたけれど、なかでも印象的だったのはカードで、妙に激励口調の手書きメッセージがでかでかと入っていた。「どう、これ？」とふたりは何度も私に訊いてきた。自分たちの言いたいことにぴったり合うものを見つけるため、〈ホールマーク〉のカードがずらりと並んだ通路で数時間を費やしたのが一目瞭然だった。しかし、メッセージがいいと思って両親が選んだカードは絵が美しくなかった。だから、いらない紙にメッセージをコピーして、きれいな絵のカードに貼りつけていた。

「すごくいい」私は突然、両親がたまらなく愛おしくなった。

その言葉に満足した父と母はいつもの話題――なぜ私が結婚しないか――に戻った。

「この子はミステリアスじゃないのよ」と母。

「思ってることを洗いざらい、だれにでもしゃべってしまうからな」と父。

「娘が目の前にいるんですけど」と私は言った。

年が明けて郡拘置所を訪ねると、雨漏り受けのバケツが一杯になっていた。中の水を捨てる必要があった。

「まだ降ってるんだよね？」とパトリックが訊いた。

「ええ」

「ああ。雨が恋しい」

「何してた？」

「なんにも。クリスマスの食事はいつもよりよかったけど」

「きのうヘレナで、MLKデーのパレードがあったよ」私は言った。ヘレナは小雨の降る寒い一日だった。ある店先にこんな貼り紙がしてあった。「マーティン・ルーサー・キングおよびロバート・E・リーの誕生日のため休業」二十五年前、アーカンソー州議会はふたりの誕生日をまとめて記念し、州の祝日とする法案を通したのだった。

「何、それ?」

「MLK。マーティン・ルーサー・キング」

「ああ」

「何をした人か知ってる?」と私は訊いた。

「死んじゃった人」

パトリックは、ためらいもこれといった感情も見せずに事務的に答えた。私が出した易しいパスに対して満足な答えを返してきた。

「ほかには?」

パトリックはしばらく考えて答えた。「なんていうかイエス様みたいな人」

言わんとしていることがわからなかった。「死んでしまったから?」

パトリックがうなずく。「だからおれたちが生きてられる」

私は少し嫌な気分になった。パトリックにとってキング牧師はキリスト教の殉教者で、その他大勢にはない勇気をもっていた唯一の人で、歴史を超越し、歴史から乖離した人物なのだった。パトリックのそのコメントには、黒人であることによって共有される精神的なパワーが、命を賭けてリ、、、ーダーを助け導く市井の人びとが一丸となってもつ倫理的パワーが、まったく欠けていた。

翌日、私は『フレデリック・ダグラス自叙伝』をパトリックのところにもち込んだ。歴史の豊かな所産と思いつづけてきた本だ。高校生のときに読んだあと、とくに読み返そうと思ったことはなかったが、パトリックに与えるべき大切なものだという気がした。アメリカ史における奴隷制の位置づけと、奴隷制と闘うべく立ち上がった人びとの中にダグラスという非凡な才能がひとつ存在していたことを教えてくれる本だった。「フレデリック・ダグラスがだれだか知ってる？」

「何かをつくった人、発明した人かな」

「近いわね、そんな感じよ」と私。そしてパトリックに本の表紙を見せた。

フレデリック・ダグラス自叙伝――近代の奴隷
フレデリック・ダグラス著
ボストン、一八四五年

パトリックは本の題名と刊行年を声に出して読み上げた。

「南北戦争がいつはじまったか憶えて――習ったかな？」

「一九四〇年？」

パトリックは私の顔を見て、すぐに言い直した。「一九〇〇年？」

私は答えを言った。

「南北戦争は奴隷のために闘った戦争ですよね？」

「そのとおり」と私。「そもそもなぜ奴隷制があったんだと思う？」

「金のせいだ。奴隷を使えば安上がり。なんでも仕事するから、雇うほうは儲かる」

「そうね、お金は大きな理由のひとつだった。賢い解答だわ」

「で、この人、自由になる前にこの本書いたの？」

「そうよ。まさにそのとおり」

序文を書いたのはウィリアム・ロイド・ガリソンだ。ガリソンとダグラスは奴隷制度廃止論者だと私は教えた。パトリックが「奴隷制度廃止論者 abolitionist」という単語を知らなかったので、書き留めてもらおうと私はゆっくりそのつづりを言った。そしてガリソンとダグラスについての話をした。パトリックは私の話をメモし、ノートにこう書いた。

奴隷制度廃止論者――奴隷制をヤメさせる人
ウィリアム・ガリソン――白人

パトリックは小さな弧を描いてその二行をつなぎ、ガリソンが奴隷制度廃止論者であることを示した。

序文をほとんど飛ばして、私たちはこの文を読んだ。

奴隷所有者が行なうキリスト教の告白は明らかなかたりである。

「ヒントをあげるね。これは」――私は「かたりimposture」という単語を指差した――「ペテン師（impostor）と関連のある言葉よ。ペテン師は、嘘をついて何かになりすましてる人のことよね」パトリックがうなずく。「つまりガリソンに言わせれば」と私はつづける。「奴隷所有者は何ではないということ？」

「神の僕（しもべ）」

私がうなずくと、パトリックは本を読みはじめた。

奴隷所有者は最も重い罪を犯している者だ。人間泥棒だ。ほかの基準で見ても意味はない。

「あなた自身の言葉で言うなら、ここはなんて言う？」と私は訊いた。

パトリックはためらうことなくこう答えた。「奴隷所有者は最悪のいかさま野郎」

それからパトリックは、ページの一番下に書かれてあるウィリアム・ロイド・ガリソンという名前を指差し、不安すれすれの不信感を込めて言った。「先生、この人、白人？」

私は思わず笑った。

「やべえな」とパトリックが口走った。「いまのは、驚いたって意味だからね」

そして私たちは『フレデリック・ダグラス自叙伝』を読みはじめた。

奴隷の大部分は、馬が自分の年齢を知らないように、自分が何歳なのかを知らない。そして私の知る限り、主人の大部分は自分の奴隷をそのように無知にしておくことを望んでいる。

パトリックの声がしだいに力強くなり、「無知」という言葉のところでしばらく止まった。

「なんだよ、自分の歳も知らないのか」パトリックが黙る。「白人の子どもは自分の歳を知ってるのに、おれらは知らないんだ」

そしてさらに読み進む。

私が自分の母、母と思っている人に会ったのは生涯でせいぜい四、五回で、しかも会うときの時間は毎回とても短く、夜であった。

パトリックは「時間duration」という言葉でつっかえたが、私の訂正を待たずに先に進んだ。

母親の主人はミスター・スチュワートという、私の家から約二十キロ離れたところに住む人だった。

パトリックはそこでいったん止まって「二十キロ」と繰り返し、その遠さをかみしめた。不安で眉間に皺が寄っていた。

「母親を子どもから引き離すことが、なぜ奴隷の所有者にとって有益なのかしらね?」と私は質問した。

「え？」

「なぜ、そうするのが好都合なのかな？」

「子どもが母さんを助けられないから」パトリックの口から怒濤のように言葉があふれ出てきた。「母さんを助けようとしても子どもにはできない。それに、母さんは子どもが正しいことをするように教えようとする。母親は子どもよりも少しはものを知ってるからね。だから、たぶん子どもが逃げられるように手助けしてやる。子どもには奴隷でいてほしくないだろうから。それに子どものほうも、自分の母さんが奴隷として働いてるのを見たら黙ってられないよ。主人のしてることを知ってるんだから」

そこでひと息つくとパトリックはまた話しつづけた。

「どの母親も子どもを愛してる。おれの母さんみたいに、子どものためならなんだってするよ。おれが正しくても間違ってても、なんでもしてくれる。いまのおれみたいに、母さんはいつもそこにいてくれるんだ。だから、自分の母親は知っておくほうがいい。母さんはとにかく何があっても愛情をくれる。でも小さい子どもにはそんなことわからないよね。そばに母親がいないと自分は嫌われてるって思うだろうな。愛情がわからないんだ。そういう子はたぶん母親のことを絶対に理解できるようにはならないよ」そこでパトリックは身震いをした。

そしてまた本を読みはじめた。

腕時計を確認したときには分厚い本の第一章をふたりで音読し終わっていた。もう夕方六時になっていた。「ごめん」私は思わず椅子から跳び上がった。ダニーやルーシーと晩ご飯を食べる約束に遅刻していた。

私の声を聞いたパトリックもはっとした。すっかり本にのめり込んでいたのだ。

ダグラスの自伝は言葉が古風で面白くないし、パトリックには退屈なのではと案じていたけれど、とんでもなかった。彼にとってこの本は生き生きと血の通ったものだった。

「私が帰るからってやめることないのよ。そのまま読んでてちょうだい」

パトリックは驚いた顔で訊き返した。「もっていいの?」

そして、その質問に自分で答えた。「いやだめだ、先生。おれがもってるわけにはいかない」

いいからもってなさい、というふうに私はうなずいた。「ほら、私にもあるでしょ?」と私は自分用の本をもち上げた。

パトリックは自分の読んでいる本に視線を戻し、どうしたものかという顔で見つめた。

「じゃあ今度返します」彼は私の申し出を受けてくれた。

一週間もしないうちに、パトリックはひとりでダグラスの自伝を半分読んでしまった。照明のないコンクリート階段の三段目が読書の場所だった。房にいると集中できないから階段に行った、とパトリックは言った。「みんな、おれが本を読んでるときにかぎって邪魔してくる。おれを怒らせたいんだよ。ここじゃ全然落ち着けない」

パトリックは私よりも数章先まで読んでいた。

私は宿題をチェックした。「フレデリック・ダグラスを読んで驚くことを書きなさい」という問いを出していた。

パトリックの答えはこうだ。「ぼくの知らない難しい言葉をミスター・ダグラスがこんなにもたくさん知っていることに驚く」

「あなたなら自分の何を変えようと思いますか?」が次の問いだった。

それにはこう答えていた。「もしぼくが何かを変えられるなら、学校を中退しない自分になりたい」

驚いたことに、パトリックは最後にこんなリストをつくっていた。

ぼくが奴隷とにてるとこ

無知だ
拘置所にいあるのでいろんなものをうばわれている
主人つまり看守がいる
黒人だから白人にとって都合がいい
白人のために働かなきゃならない
黒人が殺されても大さわぎされない
ニガーがアメリカで成功することはほどんどなさそう
おまえは死ぬかろう屋に入るかだと言われるのがふつう

こんな比較を促すような設問はしなかった。パトリックは自分自身でこのリストを書いたのだ。「無知 ignorant」という単語はきっと辞書で引いたか、ダグラスの文章を参照したのだろう。つづりが完璧だった。

まもなく私たちは、ダグラスが初めてアルファベットを教えてもらう有名な一節を読みはじめた。

オールド夫妻と暮らすようになってすぐのこと、夫人は親切にも私にＡＢＣを教えてくれるようになった。私がアルファベットを覚えると、夫人は三、四文字の単語のつづりかたを教えてくれた。

パトリックがいたずらっぽい視線を送ってきた。「こういう人、知ってるよ」私と一緒に笑うと、パトリックはさらに読みつづけた。フレデリックが文字を学んでいることを知ったミスター・オールドは、妻に教えるのをやめるよう言いわたした。「奴隷に文字を教えるのは危険なだけではなく違法だ……『いいか』とミスター・オールドは言った。『おまえがあのニガー（私のこと）に読みかたを教えるなら、あの子をここに置いてはおけない。そんなことをしたら永遠に奴隷に不向きになってしまう。扱いにくくなり、主人にとって価値のない奴隷になる。あの子自身にとってもいいことはなく、害が大きくなるばかりだ。不満をもち、不幸になるだろう』」

「この部分をあなたの言葉で言い換えるとどうなる？」私はパトリックに尋ねた。

「身のまわりで起きていることを理解すると、もう彼は奴隷じゃなくなる。奴隷でいいんだって思わなくなる」

夫にたしなめられたミセス・オールドの態度は変わった。「柔らかい心が石になった」とパトリックが読む。そして顔を上げ、促されてもいないのにこんなことを言った。「奥さんが教えなくなると、ダグラスは自分で学ばなくちゃならない」パトリックの言うとおり、まもなくダグラスは新聞を読んでいるところを見つかった。ミセス・オールドは怒りのあまりダグラスに駆け寄り、新聞を奪い取った。ミセス・オールドは教えるのをやめたが、あとの祭りだった。ダグラスは造船所の船大工たちがチョークで文字を書くのを見守った。船の左舷に使われる材木には「L」の文字が、右舷用の材木には「S」の文字がしるされた。左舷の船尾に使うものには「LA」としるされた。ダグラスはそれをまねて文字を練習した。

その後、文字を書けるとわかっている少年に会うたび、自分も同じように字が書けると私は言った。すると相手はこう返してきた。「おまえの言うことなんか信じるもんか。書いて見せてみろ」……板塀や煉瓦の壁や舗道が私の練習帳だった。一本のチョークが私のペンとインクだった。私はおもにそういうもので文字の書きかたを学んだ。

と突然、パトリックは本の表紙に戻り、紛うことなきダグラスの姿をまじまじと眺めた。黒い肌とたてがみのようにふさふさした白髪のコントラストが印象的な立派な黒人だ。その写真を、フォーンの絵を眺めていたときのように、パトリックはじつに注意深く厳かに見つめた。しかめたような顔になっていた。

「ほらこれ」荷物をまとめてその場を去ろうというときに私は言った。「お店でタバコを買ってきたわよ。とても頑張って勉強してるから」私は紙巻きタバコの箱をパトリックに渡した。

「ありがとう、先生」とパトリックは言った。「でも、家にタバコがあるんだ。それをもらってきてもらえないかな?」

パトリックの口調は何か不自然だった。切迫感と落ち着きのなさが感じられた。

「これがあるじゃない。なのにどうして――」

「いや、親父がおれのために取っといてくれてるやつがあって」パトリックは目をそらした。

胡散臭いなと私は思った。

「何か私に言いたいこと、ある?」

「はい?」

「お父さんのタバコと私の買ってきたやつと何が違うの?」

「いや、母さんがおれのために取っといてくれてるから」私は一瞬口ごもった。ついさっき、父親が取っておいてくれてるって言わなかった? 「母さんが気を悪くするといけないから」とパトリックはつづけた。「あの人はほら、おれにものを届けるのが嬉しいから」

私はパトリックの目を見た。パトリックは私と目を合わせられなかった。

「オーケー」私は食い下がるのをやめた。

パトリックの家の前に車を停めた私は不安だった。ヘロイン? コカイン? それともマリファナ? 父親のジェイムズが箱の中に何かを詰めていたに違いない。でも、パトリックは自分ではやっていないのでは? 吸っていないはずだ、宿題の出来はとてもいいのだから。

雨の多い一月で庭は水浸し、足場が悪かった。大きな排水溝に葉っぱや松ぼっくりが浮かんでいた。どうにか戸口まで歩いてゆくと、すぐにジェイムズの姿が目に入った。私がやって来た理由を知っているのだ。私がスニーカーの泥をこすり取っていると、ジェイムズが頭を長椅子の下に突っ込んだ。

何かが変だとそのときに確信した。なぜタバコを隠しているのだろう? 「またあとで来ます」と嘘をついて私は引き返しかけた。

「いや、あんたに手ぶらで帰ってほしくないんだ」

一見よくあるタバコの葉が入ったパックに見えるものを私は渡された。しかし、そのとき初めて前面にスコッチテープが貼ってあるのに気がついた。一度開封し、また閉じたのだ。いったいほかにいくつ開封ずみの箱があったのだろう。そう思うと恐ろしくなった。こういう箱をこの家からパトリックの元に私は何個運んだのだろう？　三つ、四つ、それとも五つ？　数なんてもう忘れてしまった。

ダニーとルーシーの家に戻ってきた私は私道に車を停めた。夜の雨にさえぎられ、ウィンドウから車の中が見えにくくなっていることに安堵した。箱に貼られたテープを剝がした。葉っぱが数枚、紙吹雪のようにひらひらと舞い出てきた。やはり――マリファナだ。

私はなんてばかなんだろう。パトリックに嘘をつかれた。パトリックの父親にも。

夕食のときにダニーはいきり立った。「いいか、親父が息子にこんなものを渡してるなんて、こんな最低なことあるか？　息子の刑が重くなるかもしれないのに。おまけにきみを、先生を、弁護士をだよ、そんな立場に追い込んで」

私は押し黙っていた。

「マリファナよりひどいものだったらどうなってた？　ヘロインとか、コカインとか？」

「でもそうじゃなかった」

本当は何を案じているのかを私はダニーに言わなかった。折しも私は弁護士の資格をもらうために、「道徳的人格を証明する申請書類」を記入している最中だったのだ。カリフォルニア州弁護士協会がこの事態を察知すれば、資格をもらいにくくなるかもしれなかった。

「どうしてパトリックにタバコをあげたりしたんだよ?」

「わからない」

「努力に報いるためだろ」ダニーが代わりに答えを言ってくれた。「でも、きみはそこにいることで、教えることで、姿を見せることで報いてるんだぞ」

私はうなだれた。

ダニーは言った。「父親には近づくな。箱は破って捨てろ」


翌日、拘置所を訪れた私にノートを渡そうとパトリックは片手を伸ばした。

私は手を差し出さなかった。当惑したパトリックはノートを自分の胸元に戻した。

「タバコのこと、知ってるのよ」私は無表情で言った。

パトリックが凍りついた。

「これが初めてじゃないよね?」

パトリックは頭を振った。

「なんで?」と私。パトリックが母親をもち出して嘘をついたのを思い出し、怒りが膨らんだ。「なんで? なんでそんな危ないまねするの?」

パトリックはとっさにこう訊き返した。「それ、どうしたの?」

最初に出てきた言葉がそれなのかと、私の怒りがさらに増幅した。

「捨てたわ」

パトリックはたじろぎ、「ちょっと先生」と抗議した。

「これがどれだけ最低なことかわかってんの？」

パトリックがひるんだ。目の前で私が罵ることなどめったになかったからだ。「自分の先生にマリファナをこっそりもち込ませたのよ？　これから弁護士の誓いを立てようとしているあなたの先生に？　あなたを助けようとしてる人間に？　父親がその人にドラッグをことづけてくれるよう取り計らってるわけ？　あなたのお父さんはいったい何考えてるの？」

「そういうんじゃないんだ。おれの責任なんだ。おれが決めてることだから」

「もし私があなたの親なら」危険な台詞が口をついて出た。「もし私が親で、子どもが拘置所に入ってたら――」

「おれは子どもじゃない」パトリックがいきなり声を張り上げた。

「やってることがそうでしょ」と私は言い返した。

パトリックは頬をぶたれたときのように後ろに跳びのいた。そして両手で顔を覆った。

「その手をどけなさい」と私。

パトリックは手をどけようとしなかった。

「私の言ったこと、聞こえたはずよ。こっちを見て。私は完璧じゃないし、あなたも完璧じゃない。でも私たちの信頼関係は完璧にしましょう」

その言葉にパトリックが小さな声を漏らした。

「あれをどうしてたの？　売ってたの？　吸ってたの？」

パトリックははっきり答えなかった。

「どうでもいいよ――どっちでもおんなじだ」

「パトリック」こんどは少し落ち着いた口調で私は言った。「あなた、いったい何考えてるの?」

それには答えず、パトリックはただ言った。「ここに入ってなきゃ、こんなこと起きなかったんだ。わかんない。どうすればよくなれるのか、わかんないよ」

私は席を立ち、その場をあとにした。テーブルに宿題のノートを残したままで。


私はいったい、何に激怒したのだろう? だれだって利用されるのは嫌だ。利用されることへの嫌悪感ほど万人に共通する感情はない。結局のところパトリックは、マリファナを手に入れようとする子どもにすぎなかったのだ。

翌朝、パトリックはノートと本を手に部屋に入ってきた。そして、おずおずとノートを差し出した。

私はノートに手を伸ばした。和解のしぐさだ。

「何を考えてた?」と私は訊いた。

「間違ったこと。くだらないこと」

パトリックは目を合わせなかった。まだ私のことを恐れていた。たぶんまた罵ったり、声を張り上げたりすると思っているのだろう。

ノートには宿題に出してなかったものも書いてあった。とくにこの一節は私に宛てて書いたものだった。

ぼくの家族はだんだんとしを取っていて、ぼくはここに座って時間をむだにしています。母さんはぼくが家に帰ってくるのを待っています。この場所は、もうこわれてるぼくをさらにこわしています。助けが必要みたいだけど、ぼくは勝手に悪いことをしてしまう。いけないことをしてすみません。ぼくを助けようとしてくださって感謝しています。

「きのうは怒ってしまってごめんなさい。ここがどんなにストレスの多い場所か私にはわからないの、ほんとに。あなたにしかわからないわ」私は、抑えた優しいといってもいいほどの声になっていた。

パトリックは何も言わない。私をじっと見守り、私の誠意を試している。

「それと、あなたのお父さんのこと、あんなふうに言ってごめんなさい。たぶん私は……わかってないのね。わかってるつもりだったけど、たぶん私にはわからないのよ。子どものころ、私の父は毎晩算数を教えてくれた。父は私に――」

「おれの親父はそういう人じゃない」パトリックが突然口をはさんだ。「ほんとのこと言うと、おれは親父の商売を手伝うようになってたんだ」

パトリックは咳払いをしてひと息つき、慎重に言葉を選んだ。

「ちっちゃいころは家族みんなでヘレナに住んでた。でも親父はもう一軒家をもってて、そこでクスリを売ってたんだ。おれもそこで暮らしながら、五歳だったけど内心思ってた。ここは〝クスリの家〟だって。親父はまるでプロの売人みたいだった。商売のしかたが厳しくて。信用してないやつには売らないんだ。おれによく売りかたを教えてくれたよ。たとえば、買い手のことを絶対にヤク中と呼ぶなとか。配管工みたいにちゃんと働いてるやつ、ちゃんと職をもってるやつらと取引したほうがいいとかね。それから、夜の取引は値段が変わる、値段を上げなきゃだめだとか」数年後に父親は逮捕された。

「保釈金を払って出てきたよ。ムショに入る前の晩、ふたりで車を乗り回した。親父はおれにものを買ってくれた。なんでもかんでも、おもちゃを買ってくれた。ただそうやって時間を過ごした。翌朝、外を見たら保安官の車が停まってた」

パトリックの父親は二年間刑務所にいて、家に戻り、やがてまた捕まった。パトリックがスターズに送り込まれる少し前のことだ。

パトリックはいったん言葉を切り、またつづけた。「親父はいい人だった、ほんとに、おれにはいい人だったよ。あの人がいてよかった。一緒にいてくれたもんね。一緒にいない父親って多いから。あの人の父親だっていなかったんだから。親父は金の稼ぎかたを学ばなきゃならなかったんだよ。ゴーカートの直しかたを教えてくれたのは親父なんだ。手がすごく器用でさ、ものが修理できる。それに絵も、絵も描けるんだよ」

「絵?」

「ムショに入ってるとき、絵入りの手紙をたくさん送ってくれた。それに裁縫もできる。服とかつくろえる。おれのズボンに穴が開いたとき、つくろってくれたよ。家族の中でいちばん強いけど、すごく悲しい思いをさせちまった、おれがここに入ってるから」

首が燃えるように熱くなっていた。父親をあんなふうに裁いたりして、私はパトリックの何の助けにもなっていなかった。

パトリックはまた口をつぐんだ。「そこで言ってること」とパトリックはノートを指し示した。「本心だから。ほんとに、感謝してます、助けようとしてくれて」

私たちはまたふりだしに戻った。パトリックが私に感謝をし、私を失望させたかのように感じる力関係に。この力関係のいったい何割くらいを私がつくり出したのだろう？　パトリックには、私の顔を見れば自分は立派にやっているという気持ちがわくようになってほしい。もちろん立場は同じではないけれど、私と彼とは平等な人間なのだとわかってほしかった。

「じゃあ、あなたから」と私は言った。「私はそのあとね」

パトリックは、ぽかんとして私を見つめた。

「イェイツ、それともディキンソン？」

「じゃあエミリー」とパトリック。彼はディキンソンのことをファーストネームで呼んだ。ダグラスのことを「フレデリック」と呼ぶときもあった。

「あなたの小さな胸のなかに小川はありますか」パトリックが暗誦をはじめ、次の行を思い出そうと目を閉じた。やがて自分の暗誦パートを終えると、「先生の番だよ」と言った。


パトリックにタバコを渡すのはやめた。パトリックも二度とねだりはしなかった。

私たちはフレデリック・ダグラスを読みつづけた。

「読めば読むほど、私は、私を奴隷にするものをますます嫌悪し、憎むようになっていった」とパトリックが読んだ。「嫌悪」とは何、と私が訊くと、パトリックは「嫌うこと」と答えて読み進んだ。「私には彼らが、首尾よく盗みを働いた盗賊の一味にしか見えなかった。彼らは自らの故郷をあとにアフリカへ行き、我々の故郷から我々を盗み出し」

パトリックの読みかたは上達しつつあった。いままでは読むペースが安定し、出てくる言葉のスピードも速すぎることなく、的を狙って矢を射るようにちゃんと制御できていた。以前はためらいがあるせいで本来の声の深みが出ていなかったが、それも解消していた。たぶんマリファナの一件で隠しごとがなくなり、自分たちは完璧でなくてもいいと思えるようになったからだろう。

「……読めるようになるということは恵みというよりもむしろ呪いだったと時折考えたものだった。そのために、救済策のない、自分の悲惨な状態がわかったからである」とパトリックが読んだ。

「ダグラスはどんな気持ちでいると思う?」と私は尋ねたが、その読みぶりから、何を考えているのか、もうわかっていた。

「絶望してる」とパトリックは答えた。張りつめて鋭い目になっていた。「自由とか、チャンスとか、自分が手に入れそこねてるものぜんぶ、そういうものがぜんぶ」そこでパトリックはひと呼吸入れ、ぴったりくる言葉を探した。「ダグラスの重荷になっている。読めるようになったことで落ち込んでる。主人の言ったことが本当に起きている」そう言うとパトリックは文章に目を戻した。「そして穴は」――「読めるようになって目を開かされた私が見たのは恐ろしい穴だったが、そこから抜け出す梯子はないことがわかった」という文のことを言っているのだ――「これは自分の気持ちを表す比喩か何かだよね。だってダグラスはそこから抜け出せないんだから」

パトリックは問いに答えたことをわかっていたので、私の返答を待たずに読みつづけた。「苦しいときには仲間の奴隷の愚かさがうらやましかった。自分が獣だったらいいのにと何度も思った。自分自身のありさまよりも、この上なく卑しい爬虫類になったほうがいいと思った。なんでもいい、こんな思考をせずにすむものになりたかった! 自分の置かれた状態をこのように延々と考えつづけることで、私は拷問のような苦しみを味わった。その考えを追い払うことはできなかった」

パトリックの顔がゆがんだ。おそらく、その一節がそっくりそのまま自分に当てはまるのがショックだったのだろう。

「ほかの奴隷について彼はどんなふうに言ってると思う？」

その質問そのものがすでに答えであると言いたげにパトリックは首を振った。「フレデリックがここで言いたいのは、奴隷は心配事が何もない獣や犬みたいなもんだってこと。そして、そんな奴隷たちをうらやましく思うのは、そいつらが何もわかっちゃいないから。奴隷たちは苦しんでるけど、それはほら、精神的な苦しみじゃないよね。仲間はダグラスのような悩みかたをしていない。おれの囚人仲間とおんなじだ。あいつらは一日じゅう、つば吐いたり罵ったりしてる。みんないろんな音を立てて、唸ったり、うめき苦しんだり、いろんな声を出す。おれはああいう声が大嫌いなんだ。フレデリックにはわかりあえる人がいなかったんだよ。少し賢くなってるから、過去と現在のことがわかってる」とパトリックは言った。その強調の置きかたに、いつだったかパトリックが「原因と結果」という表現をしたときの口調を思い出した。「ダグラスにしてみれば、読めるようになって——何もかもが変わった」

さらに読んでゆくと、祝日に主人が奴隷にジンを飲ませてやる場面になった。主人は奴隷が泥酔することを知ってのうえでジンを飲ませる。奴隷が自由に嫌気がさすよう仕向ける方法だ。奴隷たちは吐き気を催しながら、よろよろと千鳥足で畑に戻ってゆく。そして自由など自分たちにはそぐわない、自分たちの手に負えないという結論を出す。

このくだりを読んだパトリックはうめき悲しむような声を上げた。
が、すぐさまその声をのみ込んで読みつづけた。パトリックは顔を上げなかった。読むのをやめなかった。彼にしてみればこれ以上ない辛い思いを、念頭から追い払いたいとか忘れたいとは思っていなかった。読みつづけなくてはという切迫した思いに駆られていた。いや、もはや選択の余地などない、読むしかない状態に置かれていた。

ダグラスの自伝を読んだパトリックが痛々しいまでに明らかな事実を受け止めたとすれば、私はまた別のことを感じていた。

この本を読むことによって私たちはともに奴隷制を軽蔑することになるだろうと予想していたのだが、いまの私は、読みはじめたときよりもさらにパトリックと切り離されたような感覚をおぼえていた。私が子どものころには、『フレデリック・ダグラス自叙伝』は「熱望」と同義語だった。読み書き能力は自由を手に入れるための手段であり、読み書きができたからダグラスは自由になれた。奴隷の物語にはよくあるテーマだ。文字が読め、文字を書くことができれば、自意識に灯がともり、逃げ出そうという気持ちが芽生え、それを実際の行動に移す。

どうやらダグラスは、パトリックの中に私の予期していなかった理屈ぬきのさまざまな感情を生じさせたようだった。パニック、恐怖、ショック。そして落ち込み。カフカは、傷を負わせる本を読まねばならないと書いた。「大惨事のような影響を私たちに与え」、「私たちの内部にある氷の海を砕く斧」のような本を読まねばならないと。パトリックにとってはフレデリック・ダグラスの自叙伝がその斧だった。ダグラスの本はパトリックをばらばらに打ち砕いた。

ダグラスは成し遂げた者としての立場から本を書いた。ミセス・オールドに拒まれたあとも独学で勉強した。ダグラスにとっての本が無知という暗闇を照らす明かりの源泉だったとすれば、パトリックにとって本とは自らの失敗を思い出させるものだった。パトリックは言葉の意味を辞書で調べた。自分がその意味を理解しているのかどうか確信をもっていなかった。タバコ欲しさに嫌でも宿題をやっていた。教師をかつぎ、こっそりマリファナを運ばせた。パトリックは獄中にいた。

本人は気づいていなかったし、認める気もなかったろうが、私の目にはパトリックがなんとダグラスと似ていたことか。郡の拘置所で、テーブルも明かりもないところで本を読むパトリックが、彼がぷっりと切れるのを待ちかまえる在監者に囲まれて、苦悶しながら自らを律するパトリックが。

第9章　有罪の答弁

「私は、ラテン語で《話す》ということは貧乏人を欺くひとつの方法であると思う。なぜなら、裁判において貧しい人びとは言われていること、かれらが瞞されていることを理解できない、そして言うべきことが四言ほどでもあるなら、かれらは弁護士を必要とするからである」
――十六世紀の粉挽屋、メノッキオの言葉
カルロ・ギンズブルグ著『チーズとうじ虫』より

法廷で着用してはならないもの

ショートパンツ
腰までずり下げたズボン
帽子（男性）
卑俗な言葉が書かれたTシャツ
ホルタートップ

マッスルシャツ
サンダル
ハウスシューズ

ドアを開けて法廷に入った私は、掲示物の単語のつづりがすべて正しいことに気づいて驚いた。

法廷内には薄くなりかけた白髪の判事がひとり座っており、合衆国国旗が一対、その両脇を固めていた。判事はうつむいて書類を読んでいた。その左には若い黒人の在監者が一列に座っていた。みな太い白黒ストライプか派手なオレンジ色のつなぎを着ていた。判事の右の陪審員席は空のまま、地域の人びとが集合するものと仮定されただけの席だ。

私はロブから電話をもらったのだった。「そろそろだ」

「そろそろって、何がです?」

「公判だよ!」とロブが声を張り上げた。

「了解しました」州の法廷システムではそれはごく普通のこと、といった口ぶりで私は返した。ほぼ一年半遅れで、いきなり二十四時間以内に公判が行なわれる旨通知されるシステムである。パトリックは今日法廷に出向かねばならないが、在監者リストのほぼ最後に名前が出ているため、今日中に順番が回ってこないかもしれないとロブは言った。

後方の席に座った私はパトリックの姿を探した。私たちは同時に互いを見つけた。パトリックはうつむき、サンダルのストラップをいじりはじめた。白黒ストライプのぶかぶかつなぎで公けの場にいる自分を気にしていた。

ロブと同じフィリップス郡の国選弁護人をしているもうひとりの弁護士が、在監者のひとりに近づいた。若い男の在監者は、瞬時に態度を一変させた。緊張し、警戒し、前のめりになって弁護人の言葉をひと言も聞き漏らすまいと耳を傾けている。どうやら弁護人がその被告人に会うのは今日が初めてのようだった。私は法廷の真ん中あたりに座っていたが、そこからでもその男が必死に相手の話を聞いているのがわかった。

判事が法廷にいる人びとに静粛を命じた。

最初の在監者の名前が読み上げられた。

男がひとり、足を引きずりながら中央に進み出た。

判事が尋ねた。「あなたの年齢は？」

「二十五歳です」

次にこう尋ねた。「学校には何年生まで通いましたか？」

「九年生までです」

判事はふつうそのような質問を被告人にしないし、この判事は被告人の返答に驚いた様子も、興味を示す様子さえも見せなかった。おそらく、被告人に人間味をもたせるために以前なされていた質問が、ときとともに形骸化したのだろう。

検察官が罪名を述べた。住居侵入罪だ。「裁判長、答弁取引がなされました」

すると判事が言った。「あなたは、陪審裁判に対し憲法で保障された権利を有していることを理解していますか？　有罪の答弁をすることにより、あなたに対する起訴における争点を上訴できるという、憲法で保障された権利を放棄していることを理解していますか？　あなたは、あなたの弁護人とあらゆる可能な弁護について話しあいましたか？」

判事は平板で効率のよい、一本調子の口調でしゃべった。被告人の返答はほとんど聞こえず、打楽器のリズムのようなイエス、イエス、イエスという声だけが聞き取れた。

判事は言った。「被告人は、承知のうえで、理知的、自発的に、自分に対する起訴内容を理解したということが記録されます」

遅々として進まぬ時間がこうしてはじまった。

被告人の年齢は十六歳から六十歳までさまざまで、全員が黒人だった。そして、おおかたが五年生から十年生のあいだに学校をドロップアウトしていた。法廷にいる全員の目の前で起きていることに対し、だれも何も言わなかった。「いいえ、私は五分前に弁護人に会ったばかりです」とはだれも言わなかった。私にはこの手続きが茶番劇のように見えたが、周りの人たちはだれひとり笑っていなかったし、不当な扱いを受けているという顔もしていなかった。

危機的な局面でも目撃できれば愉快だったろう。退屈そうな権力者と権力のない者が見せる倦怠を揺さぶる何かを目の当たりにできていれば。しかし判事も廷吏も眠そうだった。法廷は司法機関と呼べるほど効率的に機能していなかったし、お役所仕事と呼べるほどかっちり運営されてはいなかったし、非人間的と言えるほど悪意に満ちてもいなかった。法廷に座り、興味深いことが起きないものかと待ちかまえながら、私は自分の中に怒りがないことを、だだっ広い法廷にいわく言いがたい空しさが漂っているのを感じていた。のちにパトリックはその空しさを「新鮮な空気に満ちていた」と表現した。

休憩時間になった。ロブは未決訴訟事件表のどこにパトリックの名前があるのかを私に見せ、まだ名前が呼ばれない理由を説明してくれた。リストは長く、ロブによれば、すでに延期され審理を春まで待たされる事件が山ほどあった。保釈されている者もいれば、拘置所に戻されてパトリックのように次の公判日を待っている者もいた。

一覧表には三、四人ごとに教え子の名前があった。ふたり連続で教え子のこともあった。どの名前もつぎつぎに記憶を呼びさました。サミュエル・トギンズ。ほとんど見えないほど薄い筆記体で字を書く子だった。ウィリアム・バッツ。ブランドンが死んだあの日、いっしょに盗みを働いた子だ。ウィリアムは盗みを働いて拘置所に入った。「なんでウィリアムが入れられるんだよ？　親友が死んだのが罰だってのに」とだれかが言っていたっけ。服役を終えて出たのに、また舞いもどったのだろう。ジャマーカス・レイン。バレンタインカードのように丸い赤ら顔をした学習障害の子だった。キャメロン・ストーリー。この子も学習障害で、dogという単語がつづれなかった。私に、ボーイフレンドはいるかといつも訊いてきた。ミズ・ジャスパーはこの子をパドルで叩いた。後日、看守にキャメロンが入った理由を訊いたら、こんな答えが返ってきた。「よくわかんないわね。たぶん頭がおかしくなっちゃったんでしょ。それか、ささいなもの盗んだとか。ドラッグ売って捕まったんじゃないことだけは確か。あの子にはそんな頭ないから」そう言って彼女はくっくっとひとり笑いをした。

名前はまだつづいた。レイ・リード。十五歳のとき私のピカソのポスターを盗んだ子。マリク・ジョーンズ。短気で、笑うとびっくりするほど大きな歯がのぞいた子。たしかこんな文ではじまる作文を書いたことがあった。「ぼくの人生でいちばんつらいことは子どものときにお父さんがいてくれなかったことです」

私が二年間に教えた約六十人のうち、拘置所に入ったことのある男子の数をかぞえたら両手の指では足りなかった。この一覧表は、中途退学者報告書のしめくくりだ。郡拘置所はドロップアウトした生徒が最後に落ち着く場所なのだ。ヘレナには仕事がない。この子たちにはスキルがない。大半は学習障害や感情障害、精神障害などを抱えている。ほかに行くあてがどこにあると私は考えていたのだろう?


判事は書類から目を上げ、壁際の一番むこう端に座っている在監者のほうにくるりと顔を向けた。

「で、きみはだれだね?」

その男は声をかけられたことに気づかず、ぼんやりと膝を見つめていた。

「きみ」判事はもう一度声をかけた。

男はさっと顔を上げ、自分のことかと身ぶりでたずねた。

「きみの弁護士は?」と判事が訊いた。

法廷にいた人たちがいっせいに答えを期待して男のほうを向いた。男は口を開いたが言葉が出てこなかった。「ガーヴィン」ようやく、つっかえながら男は名前を口にした。

検察官と判事は書類をぱらぱらとめくりはじめた。

「ミスター・ガーヴィンは下りてますね」と判事が検察官に伝えた。「彼の弁護人がだれなのか調べなくちゃならん」

判事は自分の目の前にさらに書類を重ねた。検察官は軽く肩をすくめた。運命の一部を自分が手中にしている男に弁護人がいないことに、驚いていないのは明白だった。

「来なさい」ようやく判事が口を開いた。

男は前に歩み出た。肩をそらせて姿勢を正そうとしたが、背中が丸まったままだった。

「入所してどのくらいに？」

「八か月です」

判事は書類に目を落とし、ペンで何かに印をつけながら言った。「明朝、あなたのために国選弁護人が任命されます」

話がそこで終わりなのはだれの目にも明らかだったが、男は私たちのほうに背を向けたまま立っていた。下がってよいという指示を待っていたのだ。

法廷にいた人たちは押し黙り、その男のことを哀れんでいた。私はパトリックに目を向けた。人に見られることに慣れたらしく、ほかの男たちと同じように前かがみになっていた。

ようやく判事が口を開いた。「本日の審理はこれで終わりとなります」私は腕時計を見た。まだ三時半。未決の訴訟事件が多いのも道理だ。パトリックは明日まで待たねばならない。小槌の音がして判事が立ち上がり、パトリックは法廷の外に連れていかれた。私たちは従順な羊の群れのように、いっせいに席から立ち上がった。

公判二日目、法廷でのパトリックは、まわりの人間とほとんど見分けがつかなかった。ベイビーブルーのストライプのワイシャツに、アイロンをかけたばかりのカーキ・パンツ。妹のキーラが家から服をもって来たのである。

今日は重大な一日だった。区切りのつく日、法的に宙ぶらりんの状態にピリオドを打つ日、二〇〇八年九月のあの夜に起きたことに結論が下る日だった。

裁判所内のくぼんだ個別スペースに入るとキーラが手を振ってきた。真っ赤な爪が宙を舞った。その隣では母親のメアリーが腿の上に両手をのせて座っていた。みんな私の到着を待っていたのだ。ロブはすでにそこにおらず、検察官と何かを話していた。

「先生、唇がひび割れてる」とキーラに声をかけられた。「あたしのリップグロスつける?」

私は断った。「かわいいわね」とキーラに言った。キーラは素敵なブラウスを着て、脇を編み上げた茶色のロングブーツを履いていた。

「ほんとはブルーのイヤリングつけてきたかったけど、それじゃやりすぎかなって。ほら、貧乏人くさいし」

そう言うとキーラはパトリックのほうに向き直った。「あたしの選んだ服、気に入ってる?」

キーラは顔を輝かせた。いまのは質問ではない。と思ったら、キーラはため息をついた。パトリックのサンダルが壊れているのが目に入ったからだ。「靴のこと、知ってたらな。まさかサンダル履かされてるとは思わなかった」

パトリックは、私が初めて面会に行ったときに壊れているのをとても気にしていた、あのサンダルを履いていた。オレンジ色のゴムの切れ端がストラップからはみ出ていた。

「ひもがあるから」とパトリックが言った。「縛っとくよ」

私たちは黙ってパトリックのサンダルを見つめた。じきにキーラが言った。「いい靴、もって来る。きれいな〈ナイキ〉、部屋にもってけるように」

パトリックは片手を振った。「いらないよ、どうせ捨てられちまう」

そして尋ねた。「チェリーはどう?」

「父親似よ」とキーラ。

パトリックが嬉しそうな表情を浮かべた。何度聞かされてもパトリックは顔を輝かせた。

「元気そうじゃないの、パット。お肌の色が明るくなってるよ。つやつやしてる」キーラはそこで言葉を切った。「でも足はみっともない」

私たちは声を上げて笑った。

キーラはトイレを探しにその場を離れた。パトリックが母親に話しかけた。「キーラってさ、ボーイフレンドいるんじゃないの？」

「ふたりいるよ」メアリーはそう言うと、ため息をもらした。そして前後に体を揺すりはじめた。「毎晩お祈りしてるんだよ」メアリーは、この場で祈っているかのように両目をぎゅっと閉じた。

「おれのことなら心配しないで、ママ」

メアリーは目を開けたが、前方を見たまま相変わらず体を揺すっていた。そして両腕で自分の体を抱え込んだ。

「お祈りはもういいから、薬飲んで」

「あたしは砂糖はとらないんだ、まだ血糖値が高いからね。ストレスだよ。きっとストレスだ。職場でも、家でも」

「まだあのグレイビーソースとビスケットつくってるの？」

「もう長くなるねえ」そこでメアリーは向きなおり息子のことを見た。「キーラは大丈夫。あんた、その服似合ってるよ」

みんなで写真を一枚撮らないかと私は訊いた。私がパトリックの家族にあげられるのは写真くらいだからだ。

パトリックたちがいっせいに警備員をちらりと見やると、警備員はうなずいて許可を出した。たがいに触れあう理由ができて、メアリーとパトリックはすぐさま寄り添った。メアリーは息子を横から抱きかかえた。ふたりとも笑顔を見せたかと思うと、どういうわけか、笑い声を上げそうになった。

私がカメラつきの携帯電話をもつ手を下ろすと、メアリーはパトリックに回していた片手をほどいた。しかし、パトリックはまだ片手を母親の肩にのせていた。

「見てみたい？」

パトリックとメアリーは身を乗り出し、顔を寄せあい、自分たちの画像を黙って見つめた。

そのとき音がした。ドアが開いてロブが入ってきた。シャープな黒のスーツに鮮やかな黄色のネクタイをしめている。

パトリックとメアリーは互いに相手から跳びのいた。

そんなことにはかまわず、ファイルの束を胸に抱えたロブは大きな声でこう言った。「かなり好条件のオファーをもらった」テーブルにつくよう、ロブがしぐさで促すと、みなそれに従った。

「ほんとに裁判になるの？」トイレから戻ったキーラが言った。「見ず知らずの人が十二人？　この町の人だよ？　この名字だよ？　パトリック・ブラウニングなんだからね？　だめだよ」キーラはきっぱりそう言うと舌打ちをした。「みんな父親のこと知ってんだからね」

「おれは裁判する気はない」とパトリックが返した。

驚いた。パトリックの家族は、父親のジェイムズの前科のせいで十二名の陪審員がパトリックに偏見をもつと思っていた。しかし、検察側の主張する罪――第一級殺人罪――はどう見ても重すぎるように思えた。陪審がその罪を軽くしてくれる可能性はあった。

「正当防衛を主張するためのいい証拠がないかな？」と私は言った。「あなたの家のポーチに上がったとき、マーカスは酔って攻撃的になっていた。それにマーカスが――」私はそこでいったん言葉を切った。「マーカスの死は、パトリックが恐怖を覚えたから起きたことよ。マーカスは泥酔してた。思うんだけど、じつはパトリックは少しスローな妹を守ろうとしてたと言えるんじゃないかな」パムがこの場にいなくてよかったと思った。「たぶん陪審員たちは、ポーチに上がった男を――」

「人格を毀損する資料がここにあるんだが」とロブが慎重に言った。

ロブはベテラン弁護士だ。取引しろと依頼人にプレッシャーをかけるまでもないことをちゃんと心得ていた。まだ刑期も定まらないうちから、依頼人はすでに答弁取引をする気になっていた。

答弁取引には、人間の行動についての無理な前提が組み込まれている。自分の選択をきちんと評価し、自分の考えを主張したり抑えたり、裁判のリスクを計算する、冷静で理性的な事件関係者を想定しているのだ。が、パトリックとその家族は自分たちが司法制度に助けてもらえるとは思っていなかった。そしてまた、裁判の結果を動かせそうなエビデンスなど彼らの生活にはなかったのである。

パトリックの家族はだれひとりとして闘いたいとは思っていなかった。事件から十六か月たったいまも、あまりに辛くて、あの夜に起きたことを話すことも、過ちの分析もできずにいた。パトリックの母、メアリーはマーカスの母とともに涙を流した。少なくともメアリーにとっては、それで充分問題は解決されていた。裁判になった場合、だれもが事件について否応なしに問いかけ、答えを出そうとしなくてはならなかっただろう。だからパトリックの家族は裁判ではなく取引を選んだ。パトリックは答弁取引にサインをすることにした。

「第一級殺人罪から傷害致死罪に下げてもらったよ」とロブは勝ち誇った口調を隠さなかった。「つまり刑期は三年から十年のあいだ。私は五年以内に出られると見ている。刑務所は満杯だからね。五年の刑を受けたのに三年で出所した依頼人がいたよ」そしてこうつけ加えた。「私が扱った答弁取引の中では最高の部類に入る」

ロブに請けあってもらえたことで家族全員の決心が固まった。

私は自分がなぜ釈然としないのかを考えてみた。たしかによい取引ではある。が、「よい取引」と正義がどうつながるのだろうか？　パトリックは相応の罪を負うことになったのだろうか？　あるいは——もっと気のめいる考えだけれど——パトリックが制度をうまく利用して、相応の罪よりも軽い罪で逃げていたら？　その答えを法は教えてくれない。パトリックを糾弾することになるのを恐れ、だれもがあえてその問いを口にしなかった。

ロブはパトリックの目の前に紙切れを一枚置いた。えんえんと長い質問が書かれていた。「あなたは、あなたに対する起訴における陪審裁判に対し憲法で保障された権利を有していること、および、有罪の答弁をすることにより、あなたに対する起訴における争点を上訴できるという憲法で保障された権利を放棄していることを完全に理解していますか？　あなたは、あなたの弁護人とあらゆる可能な弁護について話しあいましたか？」

ロブはその文章を声に出して読み上げた。

パトリックは聴いても読んでもいないことが私にはわかった。ちゃんと読んでいるときの彼はいつも人差し指か小指で文字を追う。それにしても、その言葉はあまりにも専門的すぎた。普通の人間に読まれることを意図して書かれてはいなかった。おもにお金を払ってそういう言葉を学んだ人たちが口にするものだった。

パトリックはロブが読み上げているあいだ礼儀正しく待っていた。ロブが読み終えるまではサインできないことを知っていたからである。

最後の行にはこう書いてあった。

私はこの書類に書いてあることにすべて目を通しました。私は、私に対して言われていること、私にどのような権利があるのかということ、私に対してなされた質問を理解しています。七つの質問すべてに対する私の答えは「はい」であり、私は自分のしていることを理解したうえで自発的に罪を認めています。

聞き終えたパトリックは私のほうを向いた。「先生」焦った口調だった。「もう十六か月服役してること、むこうはわかってるよね」

「自動的にそうなるわ」私は答えた。「そういう法律だもの」

「でも忘れられるんだ。そういうもんなんだよ」パトリックが疑うのも無理はなかった。どうなるのかわかったことではないのがヘレナなのだから。「これまでの十六か月がちゃんと認められるように念押ししてもらえないかな？　お願いします」

ロブが差し出したペンをパトリックは手に取った。そして書類に自分の名前をサインした。

ロブはそれを、ごちゃごちゃと書類のはさまったファイルに混ぜ込むと、みなと握手をしてその場を立ち去った。それきり、私たちがロブと話をすることはなかった。

殺人と傷害致死・過失致死の違いははっきりしている。殺人には〝その意図〟がある。意図があるとは、じっくり考えて計画を練ることである。考えれば考えるほどその人は罪深くなる。銃を買い、アリバイをつくり、殺しの構想を練る。

意図ある罪の反対にあるものは何か。主として偶然が引き起こした状況である。別のことが起きていた可能性が考えられる犯罪のことである。傷害致死や過失致死とは、はからずも起きてしまった死のことをいう。その意図はないのに殺してしまうことをいう。

そう聞くと、めぐり合わせについて深く考えてしまう。もし日やタイミングが違っていたら。もし当事者たちが出くわさなかったら。もしXの母親がXに、妹のZを探してくれと頼んでいなければ。もしXの母親が、隣人に預けておけばZは大丈夫だと思っていたら。もし未成年で特別支援教育を受けているZが、アルコールの出る、年上の男たちが来るパーティに行ってなければ。

もし、Xの暮らす界隈がある特定の価値観に支配されておらず、だからXが喧嘩に勝たねばならないとは思わず、そもそも喧嘩をしようとも思わなかったなら。もしだれかが警察を呼んでいたら。呼べば警察は来るはずと思える根拠があったなら。もしナイフが生命にかかわる器官を刺したのではなく、皮膚をかすっただけだったら。生命にかかわる器官をはずして、その下の部分、心室ではなく脾臓を傷つけていたとしたら。もし救急車がもたもたしていなかったら。

しかしXとYが不意に出会ったから、Yが酔っぱらってZを家まで送ったから、XがYにポーチから降りろと言ったから、Xがナイフをもっていたから——ただの男どうしの喧嘩であったはずのものが、法律で裁かれる事件に分類されている。いまやYは、死に至るプロセスを完了した人物、すなわち「故人」であった。

「不幸は、とても乗りこえることのできない倫理的な試練を人に与えうる」と哲学者ニール・アイシコヴィッツは書いている。刑法は、責任がある場合にのみ有罪という考えかたを基本的な前提としている。それでも、犯罪に寄与したさまざまな要因はまったくの偶然だ。パトリックの場合、それはヘレナに生まれ、ガーランド・アベニューとフォース・ストリートの交差点に住んでいた不幸だった。この町で育っていない人間には与えられないある種の試練。パトリックはその試練を受け、失敗したのだ。


パトリックがキーラのほうを向いて言った。「何時に仕事？」

「二時。着替えなきゃ」

パトリックが申し訳なさそうな顔をした。自分のせいで妹に仕事を休んでほしくなかったからだ。

「みんなもう帰っていいから」とパトリックは言った。「服、もってきてくれてありがとう」そして、言わずにはいられないというふうに、こうつけ加えた。「すげえ怒ってるって親父に言っていいよ。来ないんだもんな」

みな口をつぐんだ。

「子どもたちをみてくれてるのよ」ようやくキーラが口を開いた。そして話題を変えた。「あたしはそのサンダルに腹立ってるけどね。いい靴、ほんとにもって来てほしくないの？」

「みんなもう帰っていいから」とパトリックは同じ言葉を繰り返した。

しかし、だれも帰ろうとはしなかった。

「何があったか知りたい」とキーラ。
「みんな知ってるだろ」
その言葉にはキーラでさえも黙りこくった。キーラはタバコを吸うためにいったん外に出て、また戻ってきた。

法廷から裁判は消えた。大半はテレビの中に存在するだけである。イギリスの司法制度を受け継いだ陪審制は、犯罪の代償を引き受ける共同体、すなわち被告人の近隣住民や仲間でメンバーを構成したいという強い思いから生まれた点が、アメリカ独特であった。一七〇〇年代から一八〇〇年代初期のアメリカの陪審は、法的な評価のほか倫理的な決定をも委ねられていた。統計によると、殺人事件では有罪の決定を拒む陪審員が圧倒的に多かった。十九世紀に入ると、たとえばシカゴの殺人犯の四分の三以上は刑罰を科されなかった。刑法学教授ウィリアム・スタンツはこう書いている。「この時期に起きたシカゴの殺人事件に関するある歴史家の研究を見てみると、まるで酒場の手に負えない喧嘩を要約したもののように読める。そのすべてが証人の目の前で起きたことであり、その大半が被告側の勝利に終わっている」

このように刑事司法をより民主的に具現化した過去は北部の都会だけのものだった。デルタ地域にもっとも行きわたっていた「正義」のかたちはリンチ——スタンツに言わせれば「法的手続きの究極の拒絶」——であった。デルタではリンチと集団暴行が認められ、多くの場合、州の権力者によって扇動されていた。エレイン大虐殺のときには地元警察が合衆国連邦軍の支援を得て、千人を超える黒人を一斉検挙した。ヘレナの拘置所では、捕まった黒人たちが警官から殴打や拷問を受け、電気椅子で処刑された。「ニグロたちは残酷なまでに鞭打たれました。鞭が当たるたびに血が流れました」と、のちにある白人警官が証言している。「私たちは、私たちが黒人に言わせたいことを言わせるために鞭打ちました。逮捕されている黒人を有罪にする事実を黒人自身に言わせたかったのです」またこの警官は、亡くなった白人の少なくともひとりが、じつは同じ白人によってたまたま殺されたかもしれないとも述べた。「気をつけろ！　おれたちは仲間を撃ってるぞ」と同じ警官隊のだれかが言うのを耳にしたと彼は回想した。

最終的には検察側が、ほぼ強要した自白にもとづき百二十二名の黒人を起訴、うち七十三名を第一級殺人罪とした。十二名が死刑となった。その十二回の審理では、いずれも武装した白人たちが裁判所を取り囲むなか、全員白人の陪審が十分とたたないうちに評決を下した。有罪判決のうち六つが最高裁によって覆されたが、地元でそれを認める人間はほとんどいなかった。この大虐殺から四十年以上たったのち、フィリップス郡の住民ふたりがある記事を書く。彼らの説明によれば、その記事は「事実」をいくつか挙げておくためのものだということだった。「エレイン暴動で共謀の罪に問われた人びとはみな公正な裁判を受けました」と地元歴史家は書く。「集団暴行などひとつたりとも企てられていません。……フィリップス郡はつねに、この暴動の前も後も、人種間で平和な関係を保っているとの評価を受けてきました」これは一九六一年の『アーカンソー州歴史四季報』に掲載された記事である。それから三十五年後の一九九六年、『フィリップス郡歴史四季報』は再び同じ記事を掲載した。

南部の刑事司法はあいかわらず野蛮だが、リンチの数は二十世紀初頭の二十年を過ぎると減少した。一九〇〇年に起きたリンチの数は年間おおむね百件。それがブラウン判決前夜の時期になると、実質的にゼロになっていた。共産主義急進派からＮＡＡＣＰ地元支部メンバーまでが進めた南部の草の根運動

――連邦政府の介入なしに進められたものだ――がもたらした変化だった。彼らが組織をつくり、声を上げ、大衆の意識を劇的に変えたので、ついに南部の白人エリート層もリンチに当惑を覚えるまでになった。公民権運動の時代が到来すると、キング牧師のような新しいリーダーたちは連邦政府に変化の責任を問い、黒人の権利擁護のために南部諸州に介入するよう要求した。当時のリーダーは、いろいろな点で成功を成し遂げた。「一九六五年の公民権法（投票権法）」は、南部のジム・クロウ〔黒人差別〕法を廃止するという圧倒的な勝利を意味する法律であった。

しかし、連邦政府に期待をかけるのは危険だ。もしこちらを攻撃してきたら？　公民権法が議会を通過したあとにそれは起こった。輝かしい鎧をまとった、待ち望まれた騎士自身によって、貧しい黒人を標的にした法がつぎつぎに制定されたのである。政策立案者たちは、貧困こそが犯罪の根本的原因だとする基本的な考えかたと距離を置くようになった。「教育、雇用、住宅プログラムは、彼らの決めた条件下で擁護されることもあったが、しだいに犯罪の低減とは無関係なものとして立案されるようになった」と歴史家のエリザベス・ヒントンは書いている。以前に比べれば、あからさまな人種差別は好ましくないものになったが、政治家は人種問題について意見を述べるときに「犯罪」を戦略的な――そして政治的に許容される――方法として用いるようになった。今日の状況を見ればわかるが、「犯罪」は貧しい黒人の行動を婉曲的に表現する言葉になった。

南部の田舎の視点からいえば、この国の刑事司法の物語は北部がみせた偽善の物語でもある。一九五〇年代から一九六〇年代、革新的な出来事が起きたときには、黒人を差別する南部を攻撃することに重点が置かれた。人種差別は南部の問題であり、北部のものではないと見なされた。が、ひとたび黒人が大量に南部から北部の住人の裏庭に流入し、産業の空洞化が起きて都市部の失業者数が増大するや、制裁的な方針が立案され施行された。犯罪との戦いを提唱したのはかつての人種差別主義者というよりも、「閉鎖的な集団、あるいはより大きな連合体の一員として行動している政策立案者たちの超党派的コンセンサス」であった、とヒントンは言う。複数の連邦政府機関が各州に何百万ドルも投じ、犯罪を抑えるようにとの命令を下した。州政府は有罪判決を下しつづけた。そのため膨大な事件数で制度が麻痺し、陪審裁判が非現実的になった。制裁的な政策の中にドラッグ関連の犯罪に科される長期刑もあり、パトリックの父親や伯父はのちにその長期刑を受けて刑務所に入ることになる。大量収容は「公民権運動に対する反動が最も有害なかたちで現れたもの」だと、公民権弁護士であり大学教授でもあるミシェル・アレクサンダーは書いている。答弁取引が生まれ、盛んに行なわれるようになったのはそのころからだ。

答弁取引に関する公けの論争の大半は都市部に焦点をあてたものだった。しかし、南部の田舎に及んだ影響たるやひどいもので、その惨状は昔もいまも変わらない。国選弁護人には事件を調査するために必要な最低レベルのリソースもない。他地域に比べ、専門職の水準が低く、州と被告側の関係はきちんとしておらず、敵対的戦術をあまり好まない。また、田舎の弁護士不足は教師不足に負けず劣らず深刻だ。ロースクールを卒業した若者がデルタに住みたがらないからだ。支援プログラムや社会福祉プログラム――メンタルヘルス、薬物からの更生、社会復帰、基本的な法的支援――が存在しないため、有罪判決を受けた者は、答弁取引、貧困、収容という過酷なサイクルにはまり込んでいる。

今日、南部でも北部でも答弁取引が圧倒的に普及している。アメリカで起きる刑事事件の九八パーセントは答弁取引で解決されている。正義への攻撃だとする意見は多々あった。ひとりの人間がもつさまざまな権利――公正な裁判を受ける権利、自由である権利、推定無罪の権利――が、市場に出たモノのように交渉され、交換され、値切られてよいのか？　答弁取引によって、要するにマーカスの家族はこう言いわたされたのだ。「我々にとってあなたの訴訟事件は裁判に値しません。我々のシステムの流れを妨げているため、この事件に対する審理を取りやめることとします」マーカスの家族にとって、裁判とは公けに弁明することであったかもしれないのに。酒に酔い、上がるべきではないポーチに上がった人間は刺し殺されるべきなのか、その男は女の子を家まで送り届けたから死ぬべきなのかを立証することだったかもしれないのに。

司法のかたちは変わっても、ずっと変わらないものがひとつある。黒人だけのコミュニティで起きる犯罪は昔から優先順位が一番低いままだ。「多くの社会的惨事と同様、アフリカ系アメリカ人を異常なまでに苦しめているのが犯罪である」と法学教授ランダル・ケネディは書いている。「というのもアフリカ系アメリカ人は、同様の状況にある白人よりも、強姦され、強奪され、襲撃され、殺されやすいからである」デルタではとくにその傾向が強い。南部のある進歩的な新聞記者が一九〇〇年代初頭にこんな記事を書いている。「残念ながらデルタでは、ある黒人が別の黒人に殺されても、だれも真剣に取りあってこなかった」一九〇三年にはまた別の記者が書いている。「ある黒人が別の黒人の喉を掻き切る……話はそこで終わりだ。まるで犬が犬を噛んだのと同じ扱いで、白人たちはその問題に無関心だ。黒人がまたひとり死んだ――それだけのことなのである」

一九三三年にミシシッピ州の殺人事件を調査したホーテンス・パウダーメイカーは、黒人間で殺人が起きるのは、ひとつには警察がいつも見て見ぬふりをしているからだと主張した。地元警官は町の有力者たちをお手本にしていたのだ――農園主は法を破った小作人に対し、いつも決まって保釈金を支払った。凶悪な犯罪をおかした者にさえも。つまり、黒人は「自ら事にあたるように」仕向けられた。「司法機関には正義も弁護も望めなかったので、黒人は自分の問題を自分で解決せねばならなかった。多くの場合、黒人が知っている方法はひとつしかなかった」

裁判とは公けの場で結論を出すことを意味している。すべてを変えた夜に起きたことの意味を共有するための努力を意味している。なのに行き当たりばったりの答弁取引で、司法制度は事件の意味がすでに決まっているとのメッセージを送っている。黒人だけの地域で好ましからざる人間ふたりのあいだに喧嘩がひとつ起きた。それが事件の意味だ。百年以上前から、黒人の黒人による殺害はありきたりの見世物で、目につかない説明不要の光景と考えられている。

「パトリック・ブラウニング」判事が名前を呼んだ。

パトリックは立ち上がり、両手をさっと腰に当ててズボンを引っぱり上げた。サイズがぴったりの清潔なカーキ・パンツをはいていることを忘れていた。

すぐそばでメアリーが体を前後に揺すりはじめた。

パトリックは判事の前に立っていた。たったひとりで判事を見上げる姿が、高飛び込みの板に立つダイビング選手のようだった。検察官と弁護人がおのおの席につき、遠くから見物人のように眺めていた。

私とメアリーとキーラにはパトリックの背中と両手しか見えない。パトリックは両手を背後で握りしめている。法廷の後方にいる傍聴人は、パトリックに手錠がかかっていると思うかもしれない。が、パトリックは礼儀正しくふるまおうとしていたのだ。

パトリックの顔を正面から見ることができるのは判事だけだったが、当の判事はうつむいて手元の書類を見ていた。

ようやく判事が、視線を落としたまま口を開いた。

「記録を残すために訊きますが、あなたはパトリック・ブラウニングですか？」

声が聞こえない。私の隣でメアリーが腰を浮かせはじめた。メアリーは両脚を開いて、左手を左膝に、右手を右膝の上に置いていた。

「大きな声で話してください」と判事が言った。

パトリックがきっと何かをしゃべったのだろう、判事は次の質問に移った。「あなたの年齢は？」

また沈黙だ。

判事が同じ言葉を繰り返した。「大きな声で。声が小さいです」

私が身を乗り出すと、キーラも前のめりになった。

ようやく声が聞こえた。とても小さい声だった。

「二十歳です」

「学校には何年生まで通いましたか？」

「十年生です」

「あなたは、Dクラスの重罪に問われていることを理解していますか？」

「はい」

母のメアリーは膝から離した両手で胸をぎゅっと抱きしめた。

ロブが口を開いた。「記録のために申しますが、被告人はすでに五百六日間服役しています」

「検察官はこれに同意しますか？」

判事は検察官のほうを向いた。

「まだ計算はしておりませんが」検察官は天井を見上げて日数を計算しているようだった。「はい、同意します」

判事の口から、もはやおなじみの質問が次から次へと出てきた。顔はうつむいたままだった。返事をほとんど待たず、矢継ぎ早に、判事は質問を読み上げた。

「あなたは、陪審裁判に対し憲法で保障された権利を有していることを完全に理解していますか？」

「はい」

「あなたは、有罪の答弁をすることにより、あなたに対する起訴における争点を上訴できるという、憲法で保障された権利を放棄していることを完全に理解していますか？」

「はい」

「あなたは、約束事も威嚇もなく、自らの自由意志によって有罪の答弁をしていますか？」

「はい」

そこで判事は質問を終え、小槌を振り下ろした。

終わった。パトリックの有罪が確定した。パトリックは暴力的重罪の前科をもつ身になった。その記録を消し去ることはもうできない。

そばでカサカサという音が聞こえてきた。キーラが手荷物をまとめていた。キーラは私とうなずきあうと、急いで法廷を出た。仕事に遅刻していた。

すでに次の在監者が重い足どりで法廷の真ん中に出ていた。たった一回のやりとりのためにおそらく何か月も待ったあげく、裁判前日に自分の弁護人に会ったばかりの例の男だ。昨日私はこの男に興味をもった。が、私は彼から視線をそらし、席に戻るパトリックの姿にひたすら注意を注いだ。私はパトリックを支えねばならないのだから、名も知らぬその男に関心を示さなくてもよいといわんばかりに。パトリックには私の特別扱いが必要だった。

在監者が一列に座る席に戻ったパトリックの顔が再び見えなくなった。パトリックはうつむいていた。

判事はまた同じ質問に戻った。

「あなたの年齢は？」「学校には何年生まで通いましたか？」

メアリーは私の隣で目を閉じ、両掌を組んで固く握りしめていた。たぶん祈っているのだ、試練はもう終わっていると気づかずに。

答弁取引のあと、パトリックに会いに行った。

パトリックはノートを私に渡した。宿題をやっていた。

いつもとほとんど変わらない日のように思えたが、そうではないことをふたりとも知っていた。だから私はノートに触れなかった。

その数分前、私はロースクール時代の友人に電話をかけていた。「おめでとう」と友人は言った。傷害致死罪で三年から十年なら「いい取引だ」と。私が口をつぐんでいるので、むこうはじれったそうにこう言った。「おいおい、その子は人を殺したんだよ」

友人は私をぎょっとさせて不幸な気分から抜け出させようとしたのだ。そういうやりかたで私を慰めようとしたのだ。

「二十五までには出られるよ」と彼。「そうしたら一からやり直せる」

たしかに友人がほのめかしたように、私はまったく全体が見通せなくなっていた。刑期は長いよりも短いほうがいい。が、だからといって気分は晴れなかった。出所してもパトリックには前科がついている。重罪犯の烙印が押されている。仕事にはなかなか就けないだろう。その後の人生、自分自身に対する見かたも変わるはずだ。悪夢から目覚めてシャワーを浴びたかのように、一からやり直せるはずなどないのだ。

「ねえ」と私はパトリックに言った。「あそこでどんな気持ちだった?」

パトリックは身をかがめてサンダルのストラップにふれた。

「なんて言えばいいかわかんないけど」パトリックはようやく口を開いた。「ただ言えるのは」パトリックは喉をごくりとさせる。「罪があるってことだけ」

「罪があると思ってる?」

「罪があるとわかってる」

パトリックは両手で頭を抱えた。

私はこう言いたかった。あなただけのせいじゃない。社会のせいでもあるのよ。ひどい学校、ひどい地域、家族、歴史、人種差別。すたれた経済。その経済は百年間黒人の労働力に頼っておきながら、景気が悪くなると黒人を見捨てたのよ。

でも、どうやってそれを説明すればいいだろう。

「あなたは自分の行動の主体にはなれない」とでも言うの?

「あなたは自分を変えられない。自分の未来を変えられない」と言えばいいの?

私は一月のある日のことを思い出した。マサチューセッツにあるホームレスのシェルターで働いていたときのことだ。その年一番の冷え込みで、雪が私の膝まで積もった日だった。シェルターの前にいた男に中に入れてほしいと懇願されたが、ベッドがふさがっていたので入れてあげられなかった。その男は酒臭く、ろれつが回っていなかった。私はこう言いつづけた。「申し訳ないけど、もうベッドがないの」男は懇願しつづけた。私はずっと考えていた。なぜ私が、いやだれかが、この人を意のままに扱わなくてはならないのだろう?

パトリックはうなだれていた。私はその顔を見ることができなかった。

「先生、おれはやってしまったんだ」とパトリックが言った。

喉元にこみ上げてくるものを感じた。涙で目がうるんだ。

パトリックが顔を上げ、私のことを見た。

「大丈夫だから、先生。泣かないで」

こんな日にパトリックに何を教えられるというのだろう。それでも、この場を立ち去れないことはわかっていた。

「やってほしいことがあるの」マーカスの母親に手紙を書いてほしいと私はパトリックに言った。

パトリックは脅えたような表情になった。

「いまここで?」

そう、いまここで。あなたがそうしたいと思ってること、私は知ってる。お祈りしてるとき、頭の中で何度も何度も話しかけてきたでしょ。赦しを求めているなら、じっさいにお願いしなくてはだめよ。マーカスのお母さんのこと、考えてはやめていたのを知ってるわ。それより、なんでもいいから、いまとは違うことをやってみたほうがいいと思うの。私たち、法から何も学ばなかったよね？　あの夜にあなたが何を感じ、あの夜に何があったのか、法によって理解することはできなかったでしょう？

「それをお母さんに渡すの？」

「会えたらね」

「おれ、字が下手だし」

「そうじゃないってこと、わかってるはずよ」

「書くけど、先生がちゃんと書き直して」

「書き直さない」

パトリックはマーカスの母に手紙を書いた。毎晩寝る前にマーカスに語りかけ、彼の心の中に入れてほしいとお願いしていることを知ってほしいと。マーカスと自分の魂に慈悲が与えられんことを何度も神様にお願いしていると。あなたと話をするのが辛い、きちんと説明をしてあなたの痛みや悲しみを晴らすことはとてもできないと。本当にすまないと思っている、これははじまりにすぎないと。天国はどこかにあり、マーカスはそこにいて、みんなを見守っていると。天国はここよりもよい場所で、そこに行けば幸せになるだろうと。そして、パトリックは手紙をこんな言葉でしめくくった。「ママ、ゆるしてください」

パトリックは手紙を二回折りたたみ、封筒に入れた。

「なぜママって書いたの？」と私は訊いた。

「マーカスは兄弟（ブラザー）だから」

「なぜマーカスがブラザーなの？」

「あいつはただのニガーじゃない」

あいつは黒人(ブラック)だからとパトリックは言わなかった。あいつは隣人だからとパトリックは言わなかった。

おれたちは同じ血を引く人間だという主張だった。貶(おとし)められていると感じる孤独への主張。世界が自分を見る目への主張。おまえがいまそうなっているのは悪いことをしたからに違いないという裁きへの、ひとつの主張だった。

第10章　晩春のポーラに

パトリックの書く字は変わった。小さく、安定した精密な文字を書くようになった。各文字の上端をたどると、なめらかな水平線が一本引けそうだった。インクの黒いしみもなく、ボールペンを強く押しすぎた跡もなかった。ペンを上手にコントロールできるようになっていた。

パトリックは毎日何かしら書いた。毎日私と一緒に詩を暗誦した。

アンナ・アフマートヴァ、ウォルト・ホイットマン、ユセフ・コマンヤーカ。デレク・ウォルコット、エリザベス・ビショップ、リタ・ダヴ、チェスワフ・ミウォシュ、リーヤン・リー。杜甫の秋雨の詩やリチャード・ライトの俳句。パトリックはさまざまなことに気づき、つながりを見つけた。リチャード・ライトの俳句の一行「私は何者でもない」を読み、エミリー・ディキンソンの詩「私はだれでもない！　あなたはだれなの？」を思い出した。詩の格調が規則からはずれていると、なぜ規則どおりではないのかを推測した。気づくと私はパトリックと一緒になって課題に取り組み、初めて読む一篇でもあるかのように詩に向きあい、ある一行が効果を生んでいる理由を把握しようとしていた。毎晩私は翌日にもって行く詩を探した。こんなにたくさん詩を読んだのは生まれて初めてのことだった。

私は毎日、大きなトートバッグふたつに本を詰め込み、両肩にひとつずつ下げて刑務所まで運んだ。持ち込んだ本を一冊ずつ積み上げると、ほの暗い照明の取調室が、絵本、ガイドブック、詞華集や辞書の並んだ小さな図書室になった。帰るときになると、パトリックは気の毒そうな顔でトートバッグを見て、重いのではと訊いてきた。四月になり、私の面会時間はますます延びていった。前年の秋は、一時間面会したら、スペイン語の授業のためにそそくさと拘置所を出るのが常だったが、いまでは一回の面会時間がへたをすると午前中まるまる、あるいは午後一杯になる日もあった。会話は脱線した。彗星の起源やヒトラーや原爆について一日議論した日もあったように思う。

参考にするため、パトリックと私はありとあらゆる写真を見た。私は、『アーカンソー州の裏庭に来る鳥』といったパンフレットを無作為に選んでもって来た。ハチドリのことを調べたパトリックは書いた。「ハチドリは翼は一秒間に百回羽ばたく」また、地球の歴史をイラストで語るビル・ブライソンの本で太陽系について勉強し、こんなメモも取った。「土星は太陽から六番目の惑星である。輪はたぶん金色と青とグレーの玉虫色。釣りの帽子か保安官の帽子のようなかたち」

パトリックのノートには一日のうちにさまざまなことが書き込まれた。

毎朝、パトリックは詩を一篇、模作した。詩の語り手や格調や音に耳をすませ、自分の詩で再現してみるのが目標だ。

たとえばフィリップ・ラーキンのこんな詩。Yet still the unresting castles thresh / In fullgrown thickness every May.（でも城郭は休むことなく／五月になれば生い茂る青葉の中で衣替え）

これを読んだパトリックは、こんな詩をつくった。Some pity these leaves are gone in fall / Another season again it's golden.（秋には葉が散ると哀れむ人もいる／季節がめぐればまた金色になる）

ディラン・トマスのある詩にはこんなくだりがあった。Do not go gentle into that good night.（あの優しい夜の中にやすらかに入ってゆかないでおくれ）

パトリックは頭韻や母音韻を意識したこんな一行を書いた。Break down the hill and build a house to live.（小高い山を壊し暮らす家を築け）

パブロ・ネルーダも読んだ。I do not want to go on being a root in the dark, / hesitating, stretched out, shivering with dreams / downwards, in the wet tripe of the earth, / soaking it up and thinking, eating every day.（あやふやなまま広がり／眠気でぞくぞくしながら／下方へと向い　土の湿った腹の中で／毎日　食ったり　夢中になったり　考えこんだりしている／闇の中の根っこでありつづけたくない）

パトリックはこんな詩を書いた。I do not wish to be a dream in a grave / A guitar untuned whining at night / Howling, with the inflection of a wolf, / Complaining, of things that won't be heard.（墓の中の夢になりたくない／調子はずれの哀れな声で夜に泣き／オオカミの遠吠えとともにうなり／聞いてはもらえぬ愚痴をこぼすギターになりたくない）

どの詩を書くにも長い時間がかかった。

パトリックはいつも親指で反対の手の指先を順に軽く叩きながら音節を数えた。まず左手の指、それが終わると右手の指。

眉間にしわを寄せ、椅子の背に寄りかかる。

ぽきぽきと音を鳴らして首を回す。

そしてまた一連の動作を最初から繰り返す。

書き上げると、詩を私に読んでもらっているあいだ痛そうな両手を揉んだ。

パトリックが詩の何篇かに興味を示したことに私は驚いていた。大のお気に入りはホイットマンだ。大工が板に釘を打つときや母親が子どもに歌ってやるときの喜びを表現した部分が好きだった。「きみに」という詩も大好きだった。「見知らぬひとよ、通りすがりに私に出会い、私に話しかけたいなら、なぜきみが私に話しかけてはいけない？／そしてなぜ私がきみと話してはいけない？」パトリックはどの詩であろうと冷笑しなかった。むしろ詩の世界の一部になりたがっていた。ホイットマンの詩は楽しくて、まねしやすい。感嘆符があり、感情がほとばしり、行の切れ目が明確だ。パトリックはこんな詩を書いた。「きみよ、パトリック・ブラウニングよ！　きみの中で何が広がっている？」「おお、私の手を取ってくれ、パトリック・ブラウニング！　世界は動いているのだから！　こんなにも生き生きと揺れているのだから！」それからこんな詩も。「巨大な崖か山から滝が落ちてくる、おどろくべき水音が聞こえる／嵐が木々の枝を揺さぶり、葉のふるえる音が聞こえる」滝や崖や山や嵐や葉について詩を書くのは、その美しさを自分の一部にすることだった。心の中に世界を構築し、その世界に心動かされ、驚嘆することだった。

しかし一緒に読んだ詩の中でも、たぶんパトリックがいちばんよくわかっていたのは、W・S・マーウィンの「晩春のポーラに」だろう。

「ぼくらはまた来ると想像させておくれ／ぼくらが望むときに、それはきっと春に」これはマーウィンが妻に宛てて書いた詩だ。

パトリックは自分の娘に宛てて書いた。「ぼくがきみのそばにいると想像させておくれ／ぼくが必要になれば、たとえ少し遅くなっても」

それから母親に宛てても書いた。「ぼくらが高い山の上にいると想像させておくれ」

毎日勉強をはじめるとき、私たちはまずマーウィンの詩を暗誦した。パトリックも私もこの詩を退屈に思うほど、すらすらと言えるようになった。

また詩に戻ったのは苦しまぎれ、散文をあれこれ読ませてもうまくいかなかったからだった。小説や戯曲も手に取ってはみたが、途中まで読んではやめていた。ウォルター・ディーン・マイヤーズの小説はあまりにも自分の人生を思い出すし、シェイクスピアの戯曲は読むのに時間がかかりすぎるとパトリックは不満を漏らした。旧約聖書のヨブ記も読んでみたが、神がヨブに罰を与えるのには理由があるはずだと言うパトリックを、そうではないのだとは説得できなかった。『本当の戦争の話をしよう』も読んだ。パトリックに言わせれば、この本の内容は暴力的すぎて、何が書かれているのかわからないから嫌ということだった。というわけで、消去法でたどりついたのが詩だったのである。

「この詩人、たぶん気に入るんじゃないかな」ジョージ・ハーバートだ。「ハーバートは牧師だったの。シンプルで自然な語りの詩よ」

その詩は昔から人気のある一篇、「愛（Ⅲ）」。〈愛〉が詩の語り手に自分の食卓で食事をしてゆけと熱心にすすめる詩だ。

「あなたはどの行が好き?」

パトリックはしばらく考えて、この一行を選んだ。「しかし、さとい目をした〈愛〉は、一歩入った瞬間ためらう私に気づき」

「おれみたいだ――たぶんおれは少し塵をかぶってるし、曲がったこともしてる。でも〈愛〉は目ざといから、人が道から外れるのを見守ってる。その人のことを愛してない人間は、道から外れてるよって言わないんだ。でも〈愛〉はちゃんと言う。〈愛〉はちゃんと気づいて教えてくれる。先生はどこが好き?」

私は最後の二行が好きだと言った。「『おすわりなさい』と〈愛〉が言う、『そして私の食事を味わいなさい』と/そこで私は席につきそれを食べた」

その二行もいいとパトリックは言った。「神だ。神様がこの人を晩餐に招いている。そして何も問題ないとおっしゃってる」

ふとパトリックが訊いた。「きのうはイースターじゃなかった、先生?」

「そうよ」

「きのうの朝、卵が出たからそうじゃないかって。いつもはプレーンのグリッツ〔トウモロコシ粉でつくったおかゆのような米南部の食べ物〕なんだけど。今月最初の日曜だってだれかが言うから、ああイースターかって思った」

「イースターはいつもお祝いするの?」

「母さんが料理とかする。でも、そんなに大げさなことしないかな。ところでイースターは何があった日なの、先生?」

パトリックは身を乗り出す。

「イースター前の金曜日にイエスが殺されたのは知ってるでしょ?」

パトリックは目をしばたたいて、知らないことをそれとなく示した。このへんの子どもたちは信心深いけれど、聖書の話は知っていたりいなかったりだ。

「だから日曜日に」と私は話をつづけた。「マグダラのマリアが友だちと一緒にイエスのお墓を訪ねるの」

突然、自分の母親と同じ名前が出てきたのでパトリックの表情が明るくなった。

「でも、お墓に行く途中、マリアたちはずっと心配してるの。大きな岩でお墓が閉じられてるから、だれにその岩を動かしてもらおうか、お墓の中にどうやって入ろうかってずっと考えてるわけ。でもお墓に着くと大きな岩がなくなってて、だれかがこう言うのよ。墓は空っぽだよ！　イエスはそこにいない、なぜかっていうと――」

「生き返った」とパトリックが答えを出した。「イースターは――イエスがよみがえった日？」

「そのとおり。みんな嬉しくて興奮するんだけど脅えてもいる。だって、そんなこと信じられないから」

私はさほど宗教に親しんで育ってこなかったが、大学生のとき、礼拝に行く友人たちについて行ったことがあり、そこで初めて小さな祈りの集会に参加した。みんなあらゆることについて祈り、心を開き（私にはそう見えた）、奥深くにある心配ごとはささいなことだという意見を受け容れた。何を言えばいいのだろうと私は迷った。正直なところ、そのときはすこぶる上々な日々を送っていたのだ。私の番がきた。「神様」とりあえず、ぎこちなく、そう言ってみた。だれかに話しかけているわけではないと思っているから、そんなことを言う自分が滑稽で吹き出しそうになった。「神様、どうか……」その奇妙なフレーズを繰り返すと、繰り返しによって妙な感覚が少し薄れた。自分のために決まった語りかけのかたちをもっておくと、語りの中身に意識を集中できるから、こういうのも悪くないなと思った。そして実際、嘆願のポーズを取ることによって、抑え込んできた懸念が解き放たれた。ある友人が生まれて初めてひどい鬱を発症し苦しんでいること、彼女も私もその分野についてはなんの知識もないこと。

ホームレスのシェルターにいたあるゲストが思い出の品々をゴミ袋に入れて持ち歩いていたこと、その中に孫の写真があったこと。二週間の滞在期限が切れたその人が、ゴミ袋をロッカーに預けたいけれどスタッフに捨てられてしまうのではないかと心配していたこと、だから私がその袋をロッカーに入れて鍵をかけたこと。「どうか神様、友人とともに心静かでいられますように。大切なものごとに集中して取り組めますように」

私はそんな思い出をすべてパトリックに話して聞かせた。パトリックは一心に聴き入っていた。私に神の存在を信じてもらいたがっていた。そして私がイースターの説明をしたことに喜んだ。パトリックにとっては、私がイースターの物語を知っていることが大事なのだった。だから私にとっても、イースターの物語が大切なものになった。

五月になろうとしていた。その夏を過ごすアパートの鍵が郵便で届いた。アパートはカリフォルニア州オークランドの北部にあった。レバノンとエチオピアと韓国料理のいい店がみんなワンブロック内にそろっていると、部屋の転貸人は約束してくれた。車で行こう。ルートは自分で決めた。ロースクール時代の友人ひとりとアルバカーキで待ちあわせて、そこから先、カリフォルニアまでは運転を手伝ってもらう。途中グランドキャニオンに寄り、サボテンを見て、写真を撮る。もう少しデルタにいようかなと思ったりもしたが、そろそろ潮時なのはわかっていた。

「こんなことを書くのは、ひとつには、きみに伝えたいことがあるからだ。いつかきみが、自分は人生でいったい何をしてきたのかと思うことがあっても、それは遅かれ早かれだれもが直面することであり、」パトリックはそこまで読み、いったん休止した。声に好奇心が滲みでていた。おそらく、自分はどうなのだろうと考えているのだ。「きみはぼくにとって神の恵み、奇跡だった。いや奇跡以上のものだった」

「奇跡」という言葉のところで止まり、パトリックは考え込んだ。

パトリックの信心深さ、喜びや悲しみの色あいを理解する能力、その詩心、音のセンス――それらすべてがこの作品、『ギレアド』を彷彿とさせた。『ギレアド』は、ヘレナで教師をしていた二年間が終わるころ、私が初めて読んだマリリン・ロビンソンの小説で、ある年老いた牧師が幼い息子に宛てて書いた手紙の形式を取っている。愛の理想型はさまざまだということ、努力しても及ばぬことがあることを語った作品だと私は思っていた。ふたりで全編を読み通す時間はもうなかったが、作品の一部を詩だと思って、以前やったようにパトリックがまねて書いてみればいいだろうと私は考えた。

ページの最後まできたとき、私はパトリックに言った。「私の言おうとしてること、わかるよね」

パトリックは気に入った部分を読み上げた。「結局きみはぼくのことをよく憶えていないかもしれないし、おそらくきみが去ることになる寂れた小さな町の老人の良い息子だったといっても、きみにとっては取るに足りないことなのかもしれない」

「その文のトーン、あなたならどう形容する?」

「歓びにあふれ、穏やかで、希望に満ちている」

パトリックの口から、その三つの言葉がたてつづけに出てきた。まるで暗記していた詩の中に出てくる言葉のように。

私はパトリックに課題を出した。「マーウィンの詩をまねしたみたいに書くの。同じことよ。詩の一行一行ではなく文章にして」
一時間が過ぎた。
一連の動作が何度も繰り返された。
眉間にしわを寄せる。
首をぽきぽき鳴らしながら回す。
ノートをぱらぱらとめくり、絵本をのぞいてイメージを探す。
そしてまた、同じプロセスを最初から繰り返す。
ようやくパトリックが私に見せた手紙がこれだった。

ぼくときみときみのママとで、ベア・クリークに魚つりに行ったときのことを憶えているかい？憶えているよね、きみはとても楽しそうだったから。そしてそう、ぼくはいつかまたきみをあそこにつれて行こう。川の土手に座るぼくのところに駆けより、きみは叫んだ。「パパ、見て」竹やぶのそばに立つきみは、鮮やかなピンク色の花が咲いているのを教えてくれたね。シャクヤクだった。たくさん花びらがついていて、バラよりきれいだときみは言った。きみがその花を一本ちぎり、「パパ、あげる」と言うから、ぼくはその茎をくわえた。するときみの顔に満面の笑みが浮かんだので、ぼくはきみを抱き上げ鼻にキスした。シャクヤクを口元からぶら下げたままで。きみをおろしたら、いつか一緒に暮らせるの、ときかれたから、もちろん、とぼくは答えたんだ。

すり切れた薄いノートを手にした私は、パトリックがその文章を書いたことが信じられなかった。ここまで書けるとは思っていなかった。私が教えた以上のことが書けていた。

私はこれまでずっと、どんな形式でパトリックに文章を書かせたものかと探ってきた。たぶん詩だと思っていたが、これでわかった、手紙だ。詩以上にパトリックの心を魅了するメディアは手紙だったのだ。それもそのはず、パトリックはこれまでずっと数え切れないほどの手紙を書いてきた。パトリックがつぶやく祈りこそ、神への手紙にほかならないのだから。パトリックはこれまでチェリッシュやマーカスの母親に手紙を書いてきた。手紙は書くという行為に目的を与える。聞いてもらいたいという懇願であり、ひとりの人間がだれか別の人に語りかける行為だ。『ギレアド』を選んだ理由もおのずと明らかになった。『ギレアド』は愛を探求する物語だ。友愛、夫婦愛、白人と黒人の愛、神と嘆願者のあいだの愛、専門家とその人に委ねられた相手とのあいだにある愛、しかし何よりこの作品は、親の子に対する愛を描いていた。自分が知っていること、自分が子どもに望むことを子ども自身にどう伝えればいいのか。保ちつづける価値のあるものは何なのか。そういうことを問いかけた作品だった。

「いつかチェリーはこの手紙を読んで、自分があなたの人生で一番大切なものなんだと知るのね」と私は言った。「よくここまで書けるようになったわ。以前どんな手紙を書いてたか憶えてる？」

パトリックは私の説明を待った。

「ごめんなさいの繰り返しだった——そばにいなくてごめんね、学校を途中でやめてごめんね、ぼくみたいにならないで、ぼくみたいなことをしないで。この手紙で初めてあなたはチェリーを恐れなくなったように思うの。だって以前書いた手紙は——子どもには重荷よ、そう思わない？　七か月前の手紙を読んだらチェリッシュはどう思ったでしょうね？」

パトリックはしばらく考えた。「おれみたいに、どうしていいかわかんなくなったろうな。パパはあまりものを知らないんだ、なんて思って」

パトリックは毎日一通チェリッシュに手紙を書き、五月になるころには何十通にもなっていた。今日の手紙はカヌーについて。ミシシッピの水位が高い時期にカヌーで川下りしたときの写真を私はパトリックに見せていた。雨で川の水が溢れ、木々が水の中に立っていた。場所によっては水中森のようになっており、泳ぐか飛ぶかする動物しか近寄れなさそうに見えた。「木のあいだをカヌーで漕いでいったの？」写真をつぶさに眺めていたパトリックが驚いた。写真を一枚一枚説明しながら、私は自分の憶えた植物の名前を教えていった。「これがアメリカヅタで、これがヒロハハコヤナギ。そっちはクワね」そして、緑色の小さなかたまりを指差した。「丸太に亀がいるわ。よく見えないだろうけど、日光浴してる」

一時間、一生懸命に取り組んだあと、パトリックは書き上げた手紙を見せてくれた。

きみとぼくはミシシッピ川をカヌーで下っている。木が何本も水の中にかたまって立っていて、まるで森のようだ。川はところどころ日陰になっているけれど、木々の隙間から光が射し込んでいる。土手のそばにはアオサギが一羽、身動きひとつせずに立っている。魚を探してるんだ。そばを通り過ぎるとき、銀色のコイが水面に姿を見せる。まるで水中の宝石のようだ。「パパ、見て、ヘビだよ」ときみが言う。「どこ」とぼくが訊くと、きみはこう答える。「ちがう、つるだ」水しぶきや、魚の跳ねる音や、カエルの鳴き声が聞こえる。泥水の上に白い光がきらめいていて、きみはそれを、コーヒーみたい、と言う。

ヒロハハコヤナギや糸杉の茂みに近づくと、抑揚をつけてうたう鳥たちの声が聞こえる。低い枝にクワの実（マルベリー）がたっぷりと実っている。きみは片手をまっすぐ伸ばし、実をいくつかつかみ取る。白い実はまだ熟していないけど、青黒い実は食べられる。きみがひとつ、その実を食べると、シャツが汚れる。カヌーをこいでその場を離れながら、ぼくは言う。きみがうちで昼寝してるときはいつも、「ねんねのベリー」って思うだろうな、と。

水中からいろんなかたちの木が伸びていてびっくりだね。Y字形の木もあれば、倒れている木もある。柳はとても高いから、てっぺんを見ようとすると首がぽきりと音をたてる。左側には丸太が浮かんでいて、その上にカメが二匹乗っかってるのに気づく。ふたりで見つめているとカメたちが水にぽちゃんと入る。あたしも水に触りたいと言い、きみはカヌーの外に足を出して水にひたす。水の下で揺れる足が小さな魚のようだ。

ぼくは舳先に座り、両手を頭のうしろに回してうっとりしている。風が吹き木の葉が揺れると、紙のようにカサカサと音がする。

胸が驚きで高鳴った。こんな着想をパトリックはいったいどこで手に入れたのだろう？　クワの実や亀、ヒロハハコヤナギや柳のことは話題にした。しかしアオサギや、銀色の鯉や、娘につけたニックネーム（ねんねのベリー！）など、話題にしたことは一度もない。カエルの鳴き声や、泥水や、木の下で首をぽきりと鳴らすことも。

私はその手紙をもう一度読み直した。私の影がどこかにないか探してみた。ふたりでかわした会話とか、パトリックが話してくれた思い出話とか、私が教えた言葉などがこの手紙のどこかに沈殿してはいないかと。しかし、どこにも私は見当たらなかった。ひとつひとつの言葉は、思いがけず地下に出てきた小さな根っこのようで、私を超えた不思議な力が働いた証しのように思えた。

「あなた、ルーシーについてなんて言ったか憶えてる?」

パトリックは、ぽかんとした顔で私を見た。忘れているのだ。

「この本はC・S・ルイスからルーシーへの贈り物みたいだって言ったでしょ? この手紙はね、あなたの贈り物よ。いつかチェリーをこういう旅に連れていったら言ってあげなさい、ずうっと前から計画してた旅だよって」

ついに私たちは、ボールドウィンが甥のジェイムズに宛てて書いた手紙を読んだ。『次は火だ』に収録された作品である。

パトリックが勾留されていると初めて知ったとき、私はこの本を拘置所に送った。しかしパトリックは読んでいなかった。「読もうとしたんだけど」本について尋ねたらパトリックは短くそう答えただけだった。私はそれ以上は訊かなかった。

ボールドウィンの手紙をあらためて見ると、とても奇妙なことが起こった。読みながらパトリックの声が聞こえてきたのだ。

私はこの手紙を五回書き出し、五回破り捨てた。

目の前にはたえずきみの顔が浮かんでいる。きみの顔は、きみの父親であり私の弟でもある人の顔だ。

私がこんな話をするのはきみを愛しているからだ。どうか、それを忘れないでほしい。いま、きみは私たちに愛されているのだから生きのびねばならない。きみの子どもたちやそのまた子どもたちのために。

ボールドウィンがこの手紙を書いたのは一九六二年、公民権運動のさなかのことだった。ボールドウィンは短い枚数の手紙の中で、アメリカの歴史が人間の愛する力を試していると語った。人びとが愛をなくし憎しみをつのらせている、憎しみのせいで自分とは何者かを問いかける意識が失われていると語った。自分が居るべき場所にいないという思いが憎しみのせいでより深刻化していた。しかし、人びとは間違いなく居るべき場所にいたのだ。「なぜならここがきみの故郷(ホーム)だからだ、ジェイムズ。故郷から追い立てられてはいけない。……きみはたくましい農民の子孫だ。綿をつみ、川を堰(せ)き止め、鉄道を敷き、すさまじい不平等にもかかわらず、ゆるぎない不朽の尊厳を手に入れた人びとの血をきみは引いている」

数日後に一緒に読もうと思っているその手紙を私はパトリックに見せた。

「タイトルは?」と私は訊いた。

「『私の土牢は揺れた——解放百周年によせて送る甥への手紙』」

「また訊くけど、『解放』とは?」私はいつかと同じ質問をした。

「奴隷制をやめること」とパトリックが答え、私は素早くうなずいた。

「解放された黒人がもっとも求めていたものは何だと思う?」

パトリックには容易に推測がついた。「権力、金、敬意、土地」

「どれもそのとおり。とくに土地ね。土地は手に入れたと思う？」

「ノー」パトリックは答えを知っている。

翌日からの二日間は歴史の話に充てた。

「南北戦争のあと、合衆国政府は法律をつくったのよ。リトルロックのオフィスで土地を申請できるという法律をね。あなたは何がうまくいかなかったのだと思う？」

パトリックはまた考えて、こんどは質問の形で答えた。「はるばるリトルロックまでどうやって行くの？　だれも教えてくれないのに、どうやって土地のことがわかるの？　たぶん黒人たちは信じてない。そんなのはまやかしだ。それに土地は貴重なんだし、みんなこっそり取ろうとするよ」

私も同じ意見だった。「リトルロックに行くには馬を持ってるか、馬に乗るためにお金を払う必要があった。腐敗があったのよ。白人は賄賂を受け取り土地を分け与えたの」結局、アーカンソー州で土地を手に入れた黒人はわずか二百五十世帯ほどであった。

後ろめたかったが、その後の百年に世の中で起きた大きな出来事はざっと目を通すにとどめた。公民権運動の大きな白黒写真が載った本をパトリックにじっくり見てほしかったのだ。一九六二年に起きていたことを調べてみる必要があると私は言った。一九六二年はボールドウィンが甥に手紙を書いた年だ。彼はフランスにいたが、運動の高まりを受けてアメリカに戻ってきていた。南部を訪れたかったからだ。

さまざまな写真をパトリックはつぶさに眺めた。ミシシッピ大学では、白人の暴徒が目に入るものすべてに火を放ち、手あたり次第に壊していた。白人たちは、その男が——そこで私はジェイムズ・メレディスの写真を指差した——ロースクールの授業を受けることに我慢がならず怒り狂っていた。そこで話はメレディスのほうに脱線した。メレディスは恐れていなかった。人種差別に抗するべく、メンフィスを皮切りにジャクソンまで何百キロもひとりで歩き、デルタを縦断すると宣言した。そして行進をはじめて二日目に狙撃された。

「死んだの？」

「いいえ。撃たれて倒れたの。でも死にはしなかった。そして最終的にはロースクールに行った」

パトリックは考え込んだ。「ジェイムズ・ボールドウィンがここに来たって言ったよね？」

「ええ。でも正確にはヘレナに来たんじゃなくて、南部の別の場所に来たのよ」

「家族に会うため？」

「いいえ。彼は南部に住んだことがないわ」

パトリックは信じられないという顔をした。

「おれならそんなことやんないだろうな」

「あなたならやるかもよ」

「いや、やらない」とパトリックは首を振った。

「さてと」私はパトリックに宿題を出した。今回はボールドウィンの手紙を読むのが宿題だ。

パトリックは本を高く掲げながら部屋に入ってきた。それが勝ちとったメダルであるかのように。そして「これ、ほんとにそうだね」とひと言。胸に大きなものがこみ上げた。そう、結局はこんなにも簡単なことなのかもしれない。ある人に本を一冊渡す。その人がそれを読み、心を動かされる。ある段階を越えたら、あなたはただの本を運ぶ人になる。相手と本とをつなぐパイプ役でしかなくなるのだ。

パトリックは椅子に座るなり、どうだったかと私が訊くのを待つまでもなく、自分の気に入った一行を教えてくれた。

「きみは受け容れねばならない、愛情をもって彼らを受け容れねばならない」とパトリックが読んだ。なぜそこが自分にとって大きな意味をもつのかを、パトリックは尊大な、ほとんど説教じみた口調で説明した。「この部分はね、奴隷制と人種差別が終わったあと、自分のプライドは脇に置いといて、オーケーだって相手に言わなきゃならないって意味だ。ジェイムズは本物の愛について語っている。本物の愛とは母親が子どもに対して示す愛情のようなものなんだ。母親は子どもがどんな子かで愛するかどうかを決めない。愛しいから愛するんだ。ジェイムズは世の中全体にそういう愛が広がってほしいと思ってる。愛は与えれば育つことを知っている。おれたちはもっと大きく素晴らしくなれるんだ」

「ほんとにそのとおりだよね、先生」とパトリックはまた言った。「ジェイムズは甥に書いてるけど——おれにも甥っ子がひとりいるんだ。いいなと思えるようになったよ、黒人であることが」

黒人どうしの連帯感をパトリックが表現したことを祝福したい気分だった。私は喜びを隠せず、しきりにうなずいた。

「先生はどの部分が好き?」こんどはパトリックが訊いてきた。

「無邪気こそが犯罪をなしている。……なぜなら、そういう無邪気な人びとには、ほかに望みがないからだ。要するに白人たちは、自分の理解していない歴史の罠に相変わらずはまったままなのだ。それを理解しない限り彼らが解放されることはない」

それもいい文章だとパトリックは言った。「この部分、あなたにとってはどういう意味があるの?」

「深いよね、冗談抜きの言葉だ。たぶんこの部分は白人が黒人の歴史を知らないってことを言ってるんだろうな。知らないというか、わかってないというか。深いな――ただ白人が悪い、嘘つきだって言うんじゃなくて。白人が何も知らないのは知りたくないからで、だから白人はこれからも知ろうとはしないって言っている。人生をあきらめてる黒人が多いのは、たぶんそれが理由じゃないかな」

「なぜそれが罪なのかしら？」と私は質問をたたみかける。「知らないことがどうして罪なの？」

「黒人が置き去りにされてるというか。知らない、知りたくないなんて、白人は冷たいよ。『なぜならここがきみの故郷だからだ、ジェイムズ。故郷から追い立てられてはいけない』っていうジェイムズの文を読むとダグラスを思い出す。ダグラスも、ここがおれたちの故郷だって言ってるもんね。フレデリック・ダグラスに感謝、抗議した人たちに感謝だ。ダグラスとか、いろんな人たちが闘ってくれたことに感謝するよ」

パトリックはしばらく口をつぐんでから、自分の言葉に疑問をはさんだ。「でも、じつは、おれたちが感謝してても、白人は考えるのがストレスなんだ。むこうはそんなこと考えたがっていない。ジェイムズも言ってるよね、白人が『現実から逃げている』って。おれにとっちゃ、それは白人だけの問題じゃない、黒人の問題でもあるよ。飲んで、わけがわかんなくなって、ハイになって、忘れようとして、むちゃくちゃになって――おれたちは忘れたいんだ、だって奴隷制のことや自分たちの歴史のことなんか知りたくないもんな。リアルで、辛くて、ストレスだらけで、信じられないほどひどい話だよ。でも乗り越えるには、それについて考えるしかない」

「奴隷制のことはなんにも知らないけど、おれの人生についてなら先生に話せるよ。大変なことがほんとにたくさんあった。おれの人生はキツいって言えるだろうけど、どのくらいキツいのかはわかんないな。こんな目にあったって言えるだけだから。先生の人生とくらべたら、『ああ、おれの人生は先生の人生よりキツい』って言えるだろうけど、奴隷の人生にくらべたら楽だよね。でも白人とくらべてどうなのかはわかんない。だって白人の知りあいなんかいないんだから、比べてどうこう言えないよね?」パトリックはとてもゆっくりと小声になってゆき、ごく自然に沈黙した。「ときどき、マーカスと立場が逆だったら、マーカスに命を返せたらって思う。マーカスになりたい」

「ときどき思うんだ……」パトリックは慎重に話しはじめた。「ときどき、マーカスと立場が逆だったら、マーカスに命を返せたらって思う。マーカスになりたい」

私は固唾を呑んだ。なぜ話がマーカスに戻ってしまったの?

「ただ言ってるだけだからね」とパトリックは言葉を濁した。「ここは」と片手で監房を示しながらつづけた。「おれたちみんなが通過する場所さ。苦悩。そして痛み。だれも痛みなんか感じたくないけど」

少し休憩できないか、とパトリックは言った。

ほんのつかのま、パトリックの気持ちは高揚した。ほんのつかのま、ボールドウィンはパトリックを開かれた場所に、崖っぷちに連れだした。ボールドウィンはパトリックに新たな視点を与えたように見えた。それは人びとのためらいに気づき、人びとを赦し、席について食事を味わいなさいと言う慧眼の主、ジョージ・ハーバートの〈愛〉の視点そのものだった。

だが、やがてマーカスのことを思い出すとパトリックの高揚感は消滅した。歴史を見はるかす力強い自由を感じたとたん、いやおうなしに自分を省みることになった。

自分を温かく受け容れる気持ちを育むには努力が要る。だが、それなくして他人の中に、ヒーローの中に自身の姿を見ることはできない。

パトリックとともにボールドウィンを読んだことでひらめくものがあった。だから私はボールドウィンが好きなのだ。もがいて、自分を温かく受容することが大切だとボールドウィンは世の中に向かって語った。人種問題には「自己という、より重大な問題を隠す」働きがあると彼は書いた。人種間に不平等がないと言ったわけではなく、それ以上に困難な仕事があると主張したのだ。それは、不平等であるがゆえに、また不平等をものともせず、本当の自分を理解することだった。デルタで教えはじめたばかりのころ、自分を描写する「アイ・アム」の詩を授業で書かせた理由はそれだ。そんなことをするつもりはなかった。それよりも政治や歴史をそのまま教えたかった。マーティン・ルーサー・キングやマルコムXとともに怒り、オバマに共感してもらいたかったのだ。いま思えば、フレデリック・ダグラスをパトリックに読ませたのも同じ理由からだった。生徒たちにお手本となるものをあげたかった。パトリックのスピリットの中にダグラスのそれを溶け込ませたかったのだ。しかし、内側に抱えておくべきだからといって、他人の物語を詰め込もうとしても無理であることを、私は理解しはじめていた。まず最初にすべきは自分は何者かという問いかけなのである。

ダグラスもキングもマルコムもオバマも黒人で、自分の人生について書く行為を通して、一定レベルの自由は達成した。しかし、私の教え子にはデルタのストーリーが何ひとつなかった。偉大な男たちを抱え込めるしっかりした物語の枠組をもっていなかった。「ぼくたちの人生に背景はないの？　生気あふれる歌も文学も詩も、あなたが伝えることのできる経験につながる、ぼくたちに力強い一歩を踏み出させてくれる歴史もないの？」と語ったトニ・モリスン。物語の不在はそれ自体が暴力であり、私はそれを見落としていた。

テーブルの上、私とパトリックのあいだにボールドウィンの本があった。裏表紙にはボールドウィンの写真。あの有名な目がまっすぐにカメラを見すえていた。

「この人、自分は醜いってずっと思ってたんだって」と私は言った。

「醜くなんてない」とパトリックは言った。


チェリッシュはよちよちと家の戸口まで歩いてゆき、網扉ごしに外を見つめた。スクールバスが家の前に停まった。バックパックを背負った子どもたちがたどたどしい足取りで降りてきて、賑やかなしゃべり声が通りにあふれた。

「この子、父親に似てません？」とメアリーが言った。「初めてこの子を見たとき泣き崩れちゃった、あんまりあの子に似てるもんだから」

翌日ヘレナを発つことになっていた私は、パトリックの家族にお別れの挨拶をしに来ていた。パムとキーラとウィラがそれぞれ私にハグしてくれた。そのあとパムがチェリッシュをさっと抱き上げた。スクールバスを見せようと、三姉妹はチェリッシュを外に連れだした。

「何か困ったことがあれば電話してください。私の番号、お伝えしたので」と私はメアリーに言った。

メアリーはうなずいたけれど、きっと電話はしてこないだろうと私は思った。

しばらく黙っていたメアリーが口を開いた。「パットは自分の過ちがわかってます。自分の過ちをだれのせいにもしない。そこがあの子のいいところ。自分が家族の重荷になってるって思ってる……このことがぜんぶ終わったら、昨日のことは忘れてまた人生をやり直せるといいなって思ってるけど」

「彼にはできると思いますか？」

「できるって信じてますよ。毎日神様にお願いしてるから。ええ、朝から晩までね」メアリーは、牧師の説教に聴き入っているかのようにうなずきはじめたかと思うと、両手を握りしめた。ほんの一瞬、こっそりとお祈りしているのがわかった。

「帰ってきていいよ、ここはいつでもおまえの家だよって、いつもあの子には言ってんです。でもね、そろそろあの子もここを出てって、ほかに住む場所を見つけるときなんだわね、きっと」メアリーはごくりと唾を呑み込んだ。「あたしがどこにいようと、子どもらはいつも帰ってきますよ」

メアリーはこれまで家族に対して誠実に生きてきたが、いまは家族のほうがメアリーを支えようとしていた。初めて刑務所に入って出てきた夫をメアリーは家に入れた。二度目に刑務所に入って出てきたときにも受け入れた。兄がドラッグでハイになり叔母を殺して終身刑となったときにも兄を見捨てなかった。一番上の子のウィラが妊娠して、家を出て、住む場所もなく出戻ってきたときには、ためらうことなくウィラとその赤ん坊を受け入れた。キーラが学校をドロップアウトしたときも同じようにした。家族にはメアリーのいる家（ホーム）がある。メアリーはずっと働きつづけた。調理人として働く職場では、何時間立ちっぱなしでも文句ひとつ言わなかった。糖尿病の発作があったり、何度も軽い脳卒中に見舞われても、メアリーはずっと仕事に出かけていった。「ニガー」を連発する上司にほかの従業員が腹を立てても、メアリーは深入りしなかった。「自分の口と舌を守る人は、苦難から自分の魂を守る」という聖書の一節を私に語った。メアリーはその言葉に従って生きていた。夜間シフトを好んだのは静寂が好きだったからだ。

デルタに留まる人たちのいったいどれほどが、置き去りにできない者への義務感からそういう生きかたをしてきたのだろう。愛する者を残してゆけず、新しい別の人生を生きるチャンスさえつかめなかった人たち。自分の両親のことを思うと、私はうずくような痛みを感じた。私はあっちの場所からこっちの場所へと絶えず動き回り、家に戻ったことなどなかった。それは私のために両親が望んだことだった。ちょうどメアリーが子どもたちのためにそうしたように。しかし、メアリーは病気をかかえていた。子どもたちはきっとメアリーがどれだけ弱っているのかを知っていたのだろう。だから母親を見守りたいと思ったのだ。

「たぶんあたしはこの町を出とくべきだったんだわね。出る準備はできてんのよ。ほかの場所には住んだことなくって」そう言うとまたメアリーはひとりでうなずきはじめた。

「いいえ、お母さん、この場所こそ、あなたのいるべきところですよ」と私は言った。

「もう荷づくりはすんだの？」

「ええ」

パトリックは宿題を差し出した。「最後の日に怒らせたくなかったから」と微笑んだ。「カリフォルニアまで州をいくつ通ってくの？」

私はバッグの中をかき回し、地図帳を取りだしてパトリックに渡した。

それから宿題を読みはじめた。全部やってあった。

まずチェリッシュへの手紙。「ぼくが好きなW・S・マーウィンの詩は、『晩春のポーラに』です。ぼくはこの詩を暗記してるから、きみにも知ってもらいたいな。目を閉じて言葉の音に耳をすませてごらん。この人はどこに来るつもりかな？　どうしてまた来たいんだろう？　なぜこの人は想像してるんだろうね？」

「ぼくがいちばん不思議に思うところはね、『すりきれた悲しみ』って書いてある行だ。わからないことだらけだよ。すりきれた悲しみがなんなのか、この人は決して言わないけど、ぼくはなんだろうって思ってる。すりきれた服やくつなら思い浮かぶけど、悲しみがすりきれる？　この人にはいったい何があったんだろう？」

手紙はさらにつづく。「最後から二行目は『ぼくらがともに生きた長い夜々と驚きの歳月に』だけど、『ぼくらの』って書いてあるのに気づいたかい？　きみとぼくは将来どこに立っているのだろう。何に驚くのだろう？」

次は、W・G・ゼーバルトの『移民たち』をまねた文章。祖国ドイツを去った男の日記の冒頭部だ。パトリックはこれまでそれを根気強く読み込んできた。

もうパトリックにできないことはなかった。ヘレナを去るにはよいタイミングであり、残念なタイミングでもあった。

そのあと、パトリックの書いたストレスに関するエッセイ——私たちはまだそれを自由作文と呼んでいたけれど——に目を移した。

「拘置所に入って初めてストレスを感じたのは、ミズ・クオが初めて会いに来てくれたときだ。先生が帰ったあと、面会室でぼくは泣いた。『おまえは人生を捨てた男だ』と部屋にいた男に言われた。ぼくのことを気にかけてくれる人がいると思うとストレスを感じる。なぜならぼくがその人にストレスを与えているからだ。ぼくにはいろいろな責任があり、その基準をみたさなくてはならない」とパトリックは書いていた。そして終わりのほうにはこう書いてあった。「ぼくが泣いたのは、ぼくのことを気にかけてくれる人がいたからだ」

獄中のパトリックに初めてストレスを与えたのが私だったとは。慰めになるかと思って訪ねたのに。帰ったあとに泣いていたなんて知らなかった。泣いているところを見つかり、自業自得だと言われたことも知らなかった。結局いつも自己責任ということ？

　初めて拘置所を訪れた日のことを私は思い出そうとした。しかしパトリックと同じで、私の記憶に残っているのも面会そのものではなく、そのあとのことだった。拘置所の外に出るや私を包んだ、暑く埃っぽい空気。以前からの知りあいに見られただろうかという動揺と困惑。それが戻ってきた理由？　そんなふうに、記憶に恥じない行動をしているところを人に知ってもらうのが？

「言ったかしら、アーロンといっしょにスターズに行ってきたこと……」私は口を開いた。

　パトリックは地図帳から顔を上げた。一ページずつ、ページをめくり出していたところだった。

　オクラホマ、オレゴン。

「ばらばらにされてたわ。何もかもまだ残ってて、校庭にゴミ箱が転がってた。でも門には鍵がかかってたから有刺鉄線越しに見るしかなかった」

「ブルドーザーでならしてなかったの？」

「ええ。それをやろうとすると――」

「手間暇かかるから」

　打ち捨てられ、朽ちてゆく学校が脳裏に浮かんだらしく、パトリックは低くうめいた。

「正直に言うわ。はっきり言ってあなたはひどい学校に通ってた。もし、そうじゃない学校に行ってたとしたら、どうなってたと思う？」

「でも、おれには先生がいたよ」

「それだけじゃ不充分よ」

「おれには充分だ」

私は首を振った。

パトリックは自分のサンダルを見下ろした。ひもできちんとしばってあった。

服役後のパトリックの人生が私には気がかりだった。ヘレナでいったいどんな仕事をするというのだろう？　だれがパトリックを雇ってくれるのだろう？　また、通りをさまよい、ポーチに座るのだろうか？　私はパトリックの将来を思い描くことができなかった。

「きのうの晩はダニーやルーシーといたの？」とパトリックが訊いた。

「赤ちゃんの名づけ親になってほしいって言われたの」私はちょっぴり嬉しそうな顔をしてみせた。

「わあ、きっと赤ちゃんが生まれるとき、そこにいたいって思うはずだよ」

「そうよね。ルーシーったら、もうこんなで」と私は大きなお腹を身ぶりで示した。

パトリックが微笑んだ。

「チェリッシュが生まれたときにはそばにいたの？」と私は訊いた。

「うん」パトリックは生まれた日をすらすらと言った。六月生まれの子だ。

私はチェリッシュの誕生日を書き留めた。「ダニーとルーシーがね、超音波の写真を見せてくれたのよ」

「え、なんの写真？」

「お腹の中にいる赤ちゃんの。あなたは見ることができた？」

「いや見てない」

「頭が見えるのよ」

パトリックは目を細め、写真を思い浮かべようとするような顔をした。

「初めてチェリッシュを抱っこしたときはどんな感じだったの?」

「嬉しかったな、ほんとに。娘が、赤ちゃんができた——自分の子だって思った。ほんとにちっちゃくて、一九〇〇グラムしかなかったんだ、ピンクの子豚みたいで。目がすごく大きくて、きらきらしてた。その目がおれの目をじっと見たときのこと、憶えてるよ。で、思った、これが……これがおれの娘だ……」パトリックはそこで口ごもった。

パトリックの声が低くなった。「まだ子どもをもつ準備ができていなかった。何も仕事してなかったし。あの子の大きな目を見つめて思った、学校も出てないし、仕事もないし……」

パトリックは声をつまらせ顔を背けた。

私は宿題に目を落とした。

愛するチェリッシュへ

きのう、ぼくたちの夢を見たよ。夢の中できみとぼくは山の白い急流を渡っている。農家の人たちがぼくらのために、ニジマスとすごくおいしいポテトをもたせてくれている。夜が近づいている。きみは山上のロッジを指さす。「そうだよ、今夜はあそこで寝るんだ」とぼくが言う。ハイキングは登りが六時間、横に二時間で、世界の中でもとびきり素晴らしいながめだ。木々はみごとな常緑。山々はけむった灰色で、てっぺんは雪におおわれ、尾根はぎざぎざだ。夏でもここはいつもひんやりとしている。水のせせらぎは速く、ジャグジーのように白く泡だち、その流れがやがて美しい滝になる。だれかが掘った壕のような不思議な溝もある。溝は、小屋がある農場の端から端までつづいているが、そこで途切れている。農場一家の話によれば、ここを流れる水はこの国でも指折りのきれいな水とのことだった。ぼくらは登山道をひたすら歩く。ルリツグミやハクトウワシ、タイヨウチョウが低い枝に止まっている。

スターゲイザーという名のユリが目に入る。ピンクと白の水玉模様の花だ。夕方、小川のそばに腰を下ろすと、きみは言う。ここを離れたら、こんなに素敵な場所には二度と来られないね、と。

ぼくは真夜中になっても、あたりのあまりの素晴らしさに眠ることができない。きみは寝返りを打ち、ぼくを見上げる。突然、トカゲが一匹、窓を横切る。たぶん真夜中にひとりぼっちなんだろう、そこよりもいい場所を見つけられなかったのか、ときみが言う。明け方、きみが目をさますとトカゲは部屋の隅に隠れる。ちっちゃな脚がついたヘビみたい、ときみが言う。トカゲはもういない。せせらぎのむこう、山上には、けむった灰色の山々のこの世のものとは思えない美しい稜線が、朝陽に照らされくっきりと浮かんでいる。

パトリックはこんなにも成長した。しかし、そのとき私の心を打ち、その後何年ものあいだ私の心に強く残っていたのはむしろ、私がパトリックに対してしたことの少なさだった。謙遜を装っているのではない。パトリックの知的成長に必要だったもののあまりの少なさに愕然としていると言いたいのだ。静かな部屋と、たくさんの本と、大人の導きが少しあればここまで伸びる。なのに、それらが与えられる機会はほとんどなかったのだ。

パトリックは身のまわりのものをまとめると私のほうに向きなおった。

「これ、もらっておいてもいいかな?」私はパトリックのノートを掲げた。

パトリックは無造作に肩をすくめると私の顔を見た。私の顔には落胆の色が浮かんでいたはずだ。そのノートはいまや私にとっては神聖と言ってもいいほどのものになっていたのに、パトリックにとってはそれほどでもないようだったから。

パトリックはすぐさま事情を説明した。「一か月後に別の場所へ移されるんだ。だからたぶん、もって行かせてもらえない。ここに置いとくとなくなるし。先生がもっててください」

「だれかに取られちゃうかもね」と私は言った。

「あいつらが欲しいのはそれじゃない」とパトリックは訂正し、ひとり笑いをした。

だれかの私的な思いの記録など、どこで見せようが価値はないのかもしれない。獄中では禁制品のほうが間違いなく価値が高い。しかし、このノートはとりわけデルタで価値がないのではないかと思った。本を読める静かな場所を見つけにくく、書店ははるか彼方にしかなく、どのみち一冊の本を買う余裕もない家庭だらけのデルタ。ある教師が私の授業に飛び込み、生徒にクラスメートの死について文章を書かせるなどもってのほかと叱り、強盗して亡くなった子を生徒に悼んでほしがらないデルタで。

パトリックは地図帳に目を戻して凡例を丹念に読んだ。あたかも凡例が詩で、いまそれを読み解いているところだとでもいうように。一インチが表しているのは一マイルだ。

「先生ってどこの出身だったっけ？　マサチューセッツ？」

「いいえ、ミシガンよ」

パトリックがミシガン州を見つけた。私は自分の生まれ故郷、カラマズーの場所を教えた。「子どもが暮らすにはいいところだったな」と私が言うと、パトリックは真顔でうなずいた。深遠な、私に関して多くを説明しているコメントを聞いたかのような表情だった。

次にパトリックはアーカンソー州を探し、川をたどってヘレナを見つけた。リトルロックやフェイエットヴィルも見つけた。それからベイツヴィルを指差して宣言した。「ここがいいかなって思ってる」

ベイツヴィルは小さいけれど、ヘレナよりはまだ大きな町だった。

「逃走ルートを考え中」パトリックがジョークを言った。「そのための車がいるな」

「いいわよ。何月何日か言ってくれたら私が行く」

パトリックも私も笑った。

「先生、もう行かなきゃだめなんじゃないの？」

私は時計を確認した。

「そうね」

私はマーウィンの詩のことを考えていた。パトリックがマーウィンの詩をすっかり暗記していること、娘への手紙に「ぼくはこの詩を暗記してるから、きみにも知ってもらいたいな」と書いていたことを。

時間を稼ごうとして私は言った。「もういちど、暗誦しよう」

言葉は苦もなく口から流れ出た。言葉はひとつの形式的行為、一種の儀式になっていた。

　ぼくらはまた来ると想像させておくれ
　ぼくらが望むときに、それはきっと春に
　ぼくらの歳はかつてと変わらぬままだろう

すりきれた悲しみは早朝の雲のようにやすらいでいるだろう
雲の切れ目から朝がゆっくりとわれに返り
死に対する老齢のまもりは終わり
ついに死の手にゆだねられるだろう
光はいまと変わらぬ輝きだろう
ぼくらがともに生きた長い夜々と驚きの歳月に
ここで築いてきた庭に差す光のままだろう

パトリックと私は最後までよどみなくすらすらと暗誦した。「歌をひとりで口ずさんでるみたいだと思わない?」と私は言った。言葉から音が生まれ、音が思考を遠ざける。しばらくすると、読み手は詩の意味をあれこれ考えなくなる。なぜなら、そのときにはもう詩がその人の一部になっているから。

しかし、そう言いながらも私には、パトリックと初めてこの詩を読んだときのことが思い出され、これはどういうことなのだろうと考えてみた。あれはヘレナに戻って五か月ほどたった三月のこと、私はパトリックにどの行が好きかと訊いたのだった。この質問に答えることが彼にとって重要になりはじめた矢先のことだった。

パトリックはじっくり考えたあとにようやく答えた。「ぼくらの歳はかつてと変わらぬままだろう」

私はその理由を尋ねた。

「この場所に行けばいつも、まるで――まるで、この場所が永遠につづくって感じがするから。ここは」――そのときパトリックの喉元で小さな音がした――「もう時間なんかどうでもいい場所って気がする。時間が止まってるところって感じ」

永遠につづくこの場所
時間が止まっている場所
もう時間なんかどうでもいい場所

パトリックは獄中にいることで多くの時間を失ったと――いや、失ったのではなく無駄にしたと――感じているのだろうと私は思った。そう感じると次には、人生で無駄にした時間の多さについても考えるのだろうと思った。語彙の練習で文を書かせたとき、パトリックは「忘却」という言葉を使い、「ぼくの十代は忘却の日々だった」と書いたことがあった。


「あなたにはこういう場所がある?」と私は訊いた。「時間が永遠につづく場所はある?」

パトリックはためらうことなく答えた。「ママのところ」と。

私は目をしばたたいた。あとひと息で何かを理解できそうな気がした。

どんなトリックも魔法も神も過去を覆すことはできない。起きてしまったことを無しにすることはできない。人を殺さなかったことにすることも、人生を取り戻すことも、パトリックにもう一度十代を生き直すチャンスを与えることも。しかし詩によって、あるいはこのマーウィンの作品によって、パトリックはある感覚、ある存在に近づいていた。死を呑み込み、時間を取り払うことのできる無限の広がりに近づいていた。神秘的な言いかたに聞こえそうだけれど、それはまさに愛の記憶、息子の帰宅を待つ母のことだった。

パトリックと本を読んでいたとき、彼がまるで初めて出会った、私が理解しはじめたばかりの人のように思える瞬間が何度もあった。その一瞬一瞬、私たちのあいだには、不思議な、根本的な、ありそうにもない平等さがあるように思えた。本を読めば、たとえつかのまだろうと、人は予測を超えた存在になれる。それが読書の力だ。本を読んでいるとき、その人は別のだれかが「こういうタイプ」と決めつけることのできる人間ではなく、あらかじめ規定されていない素のままの人になっている。パトリックに本を与えたのも、読むテクニックを教えたのも私だが、同じ言葉を読んでも私とパトリックとでは心の動かされかたが異なっていた。同じ鳥のさえずりでも、人によって違う歌にきこえるように。

そろそろ行く時間だった。「最後にひとつ、やってほしいことがあるの」と私はパトリックに言った。

パトリックはペンを手に取った。

ペンを置くようにと私は言った。

「書かなくていいの。リラックスすればいいだけ」

目を閉じて、と私はパトリックに言った。パトリックは両目をぎゅっと閉じた。行ってみたい場所を思い浮かべてちょうだい。何が見える？ 水が見える、とパトリックが答えた。それから、砂。

「生きものの気配は？」と私。

「カニが一匹だけ」

「人はいる？」と私が訊くと、パトリックのまつげがちらちらと震え、口元がぴくりと動いた。

「チェリッシュが」とパトリックが言った。私は待った。「しゃがんでる」とパトリックがつづけた。

「カニを見ている。ちっちゃな脚がついてるって言ってる」でも、と言ってパトリックは口元にかすかな笑みを浮かべた。「チェリッシュの脚もちっちゃいな」

第四部

第11章　イースターの朝

私がもっとも頻繁に
帰って行くのは彼の墓だ
何がいけないのか、何がいけなかったのかを
訊くために、そのすべてを
異なる必然の光に照らして見るために
しかし墓は癒えないだろう
そして、身じろぎしている
その子は、私の墓を私とともに、
ひとりの老いた男とともに共有せねばならない……

――A・R・アモンズ「イースターの朝」より

私はカリフォルニア州オークランドに住み、フルートヴェールのNPOで働いている。ある朝、職場の窓から鳩が飛び込み、ここかしこに糞をまき散らす。これが弁護士仲間に話して聞かせる私の勲章になっている。毎週木曜の夜、私の働くNPOでは依頼人向けの「相談会」が開かれる。大半はメキシコ

から来た不法滞在移民。日雇い労働者、庭師、皿洗い、建設作業員、ナニーなど、賃金をきちんと払ってもらえないか、立ち退きを迫られている人たちばかりだ。

仕事が終わるとオフィスに鍵をかけて飲みに行く。みんなでがんがん飲む。みんなは私をスペイン語の名前で呼ぶ。ミチェラーダだか、ミチェリーナだか。私はなんにも記憶がないほどハッピーだ。一気(フォンド)、一気(フォンド)、一気(フォンド)。さあ、ぐっと飲んで。私はスペイン語を習っている。ひと月しないうちにバーで待ちあわせしている。相手も同じ、いわゆる「公益活動弁護士(プロボノ)」だ。自分がもうデートしていることを私はほとんど信じられないでいる。

やがてパトリックから手紙が届く。

一通ではなく、一度に何通も。

パトリックは郡拘置所を出たあと刑務所を転々と移されて、アーカンソー州北部のキャリコ・ロックに行き着いた。その手紙には、私の手紙を受け取ったと書いてあり、刑務所での日々がつづられている。

しかし私はパトリックの書いている内容になかなか集中できない。文の書きかたに注意がそれてしまうのだ。単語のつづりが間違ってるし、アポストロフィが抜けている。字は以前よりも大きく丸くなっている。ほんの三か月前の文字はどこへ行ったの? 小さいカリグラフィーのような文字。職人技といってもいいほどの、あの整った文字は? 私にとってあの手書きの文字は、私がパトリックの成長を予測していなかったことの証しだったのに。

現実を見なさい、寛容になりなさいと私は自分に言いきかせる。教育はビジネスや会計学とは違う。

いまスキルをなくしているからといって、注ぎ込んだ時間の価値が下がるわけではない。それにパトリックの手紙にはいい知らせも書いてある。州刑務所のプログラムを利用したGED〔高卒と同等の学力があることを証明する検定〕のクラスで最高点だったのだ。やがて十月、パトリックから高卒認定証書のコピーが郵便で届く。

ある手紙にパトリックはこう書いている。「二ドル都合がつきませんか?」切手を買うお金を借りなければならなかったからと。

私は心配になりはじめる。パトリックのことではなく、自分のことが。あの七か月が本当にあったことは思えなくなりはじめている。パトリックが書いているときに共有していた不思議な静寂は私の空想の産物にすぎない気がしてきた。私はきっと、ふたりで詩を暗誦したと夢想していたのだ。だって私はもうその詩を思い出せない。職場に向かう地下鉄の中、手すりを握りしめた私は自問する。あの七か月はいったい何のためにあったのかと。そして考え込む、いったん考えることをやめると忘れてしまうものなのだと。

それでも私はパトリックに絵葉書を何枚か送る。そのうち一枚はセコイアの写真の葉書、友人たちとカリフォルニアの公園に行ったときのものだ。「お元気ですか?」と私は書く。「この木を見て! 世界でいちばん大きくて古い木よ」

私はまた引越しをする。賃貸契約が切れるのだ。いま住んでいるところは好きだけど、どこか新しい場所に住んでみたい。こんどはオークランド・チャイナタウンだ。見苦しいアパートだが、毎朝窓から徒歩通学の子どもたちが見える。背中の曲がったおじいちゃんが、お下げ髪の女の子の手を引いている。女の子のほうが足取りが速く、おじいちゃんを引っぱって歩いている。夕方、歩いて部屋へ帰る途中、私はある店の前を通り過ぎる。看板には「鴻年五金建築材料公司」。古きよき中国語。

冬休みには台湾へ親戚に会いに行く。島の東海岸付近、野の花の咲く畦道を四人で自転車を走らせる。眺めはデルタの平坦な内地とは似ても似つかないけれど、微風と水の青さにあのときのドライブを思い出す。車のウィンドウを下ろし、生徒たちと橋を渡ったときのことを。母は自転車の乗りかたを忘れている。よろめき、ガタガタ音をたてて倒れ込む。私たちは手を差しのべて立ち上がらせる。母は楽しそうにまた自転車をこぎはじめる。山は緑の木々に覆われているけれど、深い霧のなか、目に映るのは青、グレー、そしてまた青。前を見ても後ろを見ても山ばかり、だからいつまでたっても山から離れられないような。

私はパトリックの書いた詩を思い出す。「My mother is around the mountains（ぼくの母は山のあたりにいる）」ではじまる詩。「The cliffs lift me up to see（崖がぼくを高みから見せてくれる）／Her voice is in the air（あたりに母の声がする）」音が美しい。いまも耳元で音が聞こえる。「air」と「around」、「lift」と「cliffs」。しかし、とくに素晴らしいのは「mother（母）」と「mountains（山）」だ。パトリックの見たいものふたつが同じひとつの居場所（ホーム）を与えられていた。

パトリックが電話をかけてくる。

「出たよ。刑務所が満杯だから出してもらえた」

要するにそういうことだ。

「出たの？」と私は繰り返す。「いまどこ？」

「家だよ」

パトリックは二年半服役した。「仮出所したんだ。素行がよかったから」

「すごい」と私。「どんな感じ？」

「ほんとかなって感じ」パトリックのにんまりした顔が目に浮かぶ。

電話を切ったあとで私は思う。いま、どうなっているのだろう。


パトリックには何も変化がないと同時に、あらゆる変化が起きている。家に帰る。母のメアリーがポーチで出迎える。それから九か月後にメアリーが死ぬ。享年四十三歳。

最後の発作が起きたとき、メアリーはシャワーを浴びていた。それまで毎日のように糖尿病の発作は起きていた。メアリーはバスタブに頭をぶつけて死んだ。見つけたのはキーラだった。

通夜はなかった。「母さんがそれを望んでたから」亡くなってまもなく、かけてきた電話でパトリックが言う。「母さんはぜんぶ計画を立ててたんだ。火葬にしてほしい、大げさにしてほしくない、みんなにはあんまり泣いてほしくない、それか、なんにもしないでほしいって」

ひと月後、パトリックからまた電話がくる。

私はオフィスで仕事の真っ最中、目の前に依頼人が座っている。

「先生、二ドルほど貸してもらえないかな？」

パトリックはなかなか引き下がらない。パトリックの声に、息づかいに、彼らしくない押しの強さに何かを感じた私は動揺する。いつものパトリックではない。たぶん何かをやっているような気がする。

ドラッグ？　アルコール？

私は心をかき乱される。

「貸せないわ。ごめんなさい」

電話を切られたのだと最初は思う。しかし、パトリックの息づかいが聞こえる。

「そこにいるの？」

「うん。大丈夫だよ、先生。わかってる」

そしてまた沈黙。私は逃げ場がない気分。そこで話題を変えようとする。

「職探しはどうなってる？」

「頑張ってるよ。でもさ、ヘレナにはなんにもないんだよ。通りを歩いても、なんにもない」

依頼人は相変わらず待っている。礼儀正しく、聞かないふりをして、この電話が私用なのか仕事なのかを見きわめ、私の無礼さの度合いを測ろうとしているのは確実だ。彼女の部屋のドアには銀行からの立ち退き通告が鋲で貼られている。彼女の抱える問題は急を要している。それでパトリックの用件が帳消しになる気がして私は安堵する。

「もう行かなくちゃ。またあとで電話するから」私は電話を切る。

その後六か月、パトリックからの連絡が途絶える。


私はある友人に、サンクエンエンティン刑務所のプリズン・ユニヴァーシティ・プロジェクトのことを教えられる。州立刑務所で大学の学位を取得できるという、カリフォルニアで唯一のプログラムだ。「そこでボランティアするといいよ」と彼女は言う。「教えなさいよ」

私はそのプログラムに参加する。何百人というボランティアのひとりとして。夜になるとベイ・エリアじゅうの組織や大学からボランティアが続々とやって来る。カリフォルニア州サンクエンティン刑務所の人的リソースとアーカンソー州の郡拘置所のそれとのあいだには、何光年もの開きがありそうだ。

私はその刑務所で、それまで出会ったことがないほどやる気にあふれた生徒たちに遭遇する。「これを五回目に読んだとき、ようやく何かがわかりました」と、ある生徒が平然と話しはじめる。五回目？私は驚きを隠そうとする。生徒がだれひとり驚いていないからだ。彼らは「ほかにすることがない」と世間に思われているけれど、その考えは誤っている。大半の在監者は朝六時、肉体労働で一日をスタートさせる。椅子の張り替えや大工仕事など、時給約二ドルで作業をこなす。そのあとにはグループ・ミーティング、薬物中毒のリハビリ、禁酒会、宗教の集まり、カウンセリング。そんな一日の中に、教師から出された課題をどうにか組み込んでいるのだ。

私はある教師に出会う。白人や黒人の教師がごまんといるなか、数少ない東アジア系の、私くらいの年齢の教師。どこか私に似ている唯一の人物だ。彼は生徒のひとりに熱心に話しかけている。ステレオタイプな見かたを免れない私は彼を数学教師と決めてかかる。そしてこっそり盗み聞きをする。ギリシア悲劇の話、だろうか。『アンティゴネー』、いや『オイディプス王』？　私が読んだことのあるのはそのふたつだけ、私にはギリシア演劇の知識が欠落している。「そこで彼は自分の両眼をえぐり出す。この物語のテーマはこうだ。人は自分の運命を変えられるのか？」やがてその数学を教えていないボランティア教師は話すのをやめて眼鏡を押し上げる。「きみはどう思う？」と笑顔で問いかける。選んでいるテーマは暗いのに気質の明るい人だ。

ステレオタイプな見かたのつけが私に返ってくる。英語の教師が多すぎるので、結局その日は私が数学を教えるはめになる。

数か月後パトリックが電話をかけてきて、しらふになったと自分から言う。

「よくなったんだ」具合を訊かれもしないうちにパトリックが言葉を継ぎ、私の心は安堵でいっぱいになる。パトリックと話すとき、こんなにも張り詰めていることにあらためて気づく。

「大丈夫だって言おうと思って電話しただけだよ。先生が心配してると思って」仕事を見つけたよ、とパトリックがつづける。ヘレナの、プラザ・アベニューの墓石屋なんだ。

「どこの店か知ってる」と私は返す。その店が目に浮かぶ。葬儀場が三軒とブランドンが撃たれて死んだ花屋のあるブロックだ。

仕事はどうかと私は尋ねる。ボスが墓石に日付と名前を彫ったら、おれがそれをトラックに載せて郡のあちこちの墓地に運んでいく。墓の区画を掘って、墓石をすえる。「いい仕事だよ」とパトリックが言う。「外にいると気分がいい」私はパトリックが書いた詩を思い出す。「灼けつく暑さのもと／ひとりの男が黙々と働いている／ひとりで鼻歌をうたいながら」

家族で安い家に引っ越したとパトリックが言う。母親の給料なしでは家賃が払えないからだ。もといた家には別の家族が越してきて、また、あのポーチで人が死んだ。また、二十代の黒人の男だ。男は顔を撃たれた。パトリックにはそれ以上のことはわからない。

「同じ場所だ」とパトリックが言う。そのフレーズを強調して繰り返す。「同じ場所でだよ」

電話を切った私はベッドの下に手を入れ、アーカンソーにいたころのルーズリーフが入った箱を引っぱり出す。中から詩が一篇、こぼれ落ちる。A・R・アモンズの「イースターの朝」。たぶん、パトリックに教えようと思っていたのが時間がなくて見せられなかったのだろう。宣誓供述書やスプレッドシートや訴訟事件摘要書やレターヘッド入りの便箋に数か月埋没してきた私の両目が、その紙の空白に順応しようとする。光に順応しようとするように。

その詩は七つのパートからなる、ある経験を追憶した作品だ。詩人が四歳のとき、幼い弟が死ぬ。「私には実現しなかったいのちがある／脇にそれて止まったいのちがある」というフレーズではじまる。「私がもっとも頻繁に／帰って行くのは彼の墓だ」何がいけないのか、何がいけなかったのか、ようやくその子を眠りにつかせるものは何か、詩人は問いかけようとする。しかし、その子は安堵の眠りにつかない。「そして、身じろぎしている／その子は、私の墓を私とともに、／ひとりの老いた男とともに共有せねばならない……」

私はその詩を壁にテープで貼りつける。そしてパトリックのことを書きはじめる。


数学を教えていないボランティア教師は私と同じ台湾系アメリカ人と判明する。バークレーの大学院生で、宗教とドイツ史を学んでいる。

「ドイツ語しゃべれるの?」と私。

「うん、でも――」

「何かドイツ語で言ってみてよ」と私は命令する。

そのボランティア教師はシャイなので私の命令を拒む。

「ほんとはしゃべれないんでしょ」

私はその数学を教えていないボランティア教師とデートするようになる。彼の名前はアルバート。

パトリックがアーカンソーからバスに乗り、サンフランシスコの友だちに会うためにカリフォルニアを訪れている。職業部隊（ジョブ・コー）〔無職の青少年に無料で職業教育と訓練を施すアメリカの国営機関〕で知り合った友だちだという。パトリックは大工仕事と配管工事のプログラムの終了証書をもらったばかりだ。

カリフォルニアは「でかくて美しい」と携帯メールが届く。ロサンゼルスとサンフランシスコのあいだのどこかから。

父と母がサンフランシスコに来ている。アルバートと私は結婚したばかり。

そこにパトリックが訪ねてくる。みんなと握手する。父がパトリックの大きなアフロヘアに触れ、私に恥をかかせるけれど、パトリックは優しいので受け流している。

私はパトリックとふたりきりでクリッシー・フィールドを散歩する。広がる緑のじゅうたんの先にサンフランシスコ湾、さらに先には太平洋が見えている。私たちの目の前を犬が一匹、全力で駆け抜ける。

まだあなたのことを、私たちのことを、拘置所で本を読んだことを、アーカンソーのことを書いていると私は言う。「いいかな?」と訊く。「あなたの名前は出さないから」

「おれの名前、出してもいいよ」とパトリックが言う。「おれは証しを信じてる。神様を信じている」

私はその言葉にほっとする。でも、と内心思う。これはパトリックの証しではなくて、私の証しなのだ。

私は訊いてみる。何でもしたいことができるとしたら何がしたい?「トラックを運転したい」でっかい十八輪トラックを運転して国じゅうを見て回りたいな。

あとで私は両親にこんなことを言う。「いつも想像してたのよ、パトリックがね、わかんないけど、英語の先生か何かになってるところを」そして、ふたりにくすくす笑われる。

「トラックの運転手はいいよ」父と母の声がいきなり大きくなる。「手当がいい」

「あの子、教師をしてたころのあなたのお給料より、たくさん稼ぐわよ」と母。

そして父があてつけがましく言うのだ。「弁護士の給料よりもな」

私がトラックの運転手の仕事を探してみる、とパトリックに言う。

パトリックは首を振る。「重罪犯じゃ厳しいってこと、もうわかってるから」

私たちは話をつづける。私はパトリックに、お母さん、残念だったねとお悔やみを言う。

母さんは病気でストレスもいっぱいあったから、とパトリックが返す。毎日発作があった。血糖値も高かった。「水だ」パトリックが唐突に言う。「そういえば、母さんが水を飲んでた記憶がないな」新たな手がかりに思い当たったパトリックはそのことについて考え込む。

私は私で、一緒に本を読んでいたときにパトリックが水のことを、水に関するイメージや言葉を好んでいたことを考えている。雨、大きな川や小さな川、せせらぎ、露。「なだめる」という言葉の練習をするとき、パトリックは「雨が大地をなだめる」と書いた。

「お母さんはあなたをとても愛してたわよね」

「毎晩母さんに話しかけるよ」

「素敵」

「マーカスにも。毎晩」

「答えは返ってくる？」

「もちろん、返ってくる」パトリックの母親が神について話していたことを私は思い出す。神様は答えてくださいます？　そりゃあもう。

パトリックと私は水平線に向かって歩いている。青い空と青い海がまじわるあたりを目ざしている。ふたりともしばし口をつぐみ、それぞれの思いに没頭する。

いつかパトリックに尋ねたことがあった。「なぜマーカスが天国にいると思うの？」

「ただ思うだけだよ……殺されたりとかした人たちは天国に行くって」

「あなたも天国に行くと思う？」

「わかんない。おれみたいなやつらの居場所が天国にあるなら」

「あなたみたいな人たち？」

「過ちやら何やらをおかした人間」

空から堂々と降り立つゴールデン・ゲイト・ブリッジの赤い弧が霧に消えてゆく。いつだったか、パトリックにこの橋の写真を見せたことがあったけれど、いま私たちはその橋をかなたに眺めている。もう遅いから渡る時間はないとふたりともわかっている。

他者の人生は好転させられるという考えかたには強い力がある。とくに教師についての議論になったとき、大きくのしかかるように現れる。いい教師なのか悪い教師なのか、いかさま師なのか聖者なのか、不当に危険視されているか盲目的に称賛されているか――こういう正反対の教師像が、生徒の本質を議論するときの裏づけになっているのだ。その子は感受性の強い、まだ何も書かれていない真っ白な紙であり、教師の側に手腕や賢さ、生徒を気にかける姿勢が充分あれば、白い紙の上に情熱と知識を上手に記すことができるという意見。あるいは、その子はすでに環境の影響を受けて——暴力やネグレクトや貧困によって——形づくられてしまった、だからどんな教師だろうとその子の人生は変えられないという意見。どちらの主張も完全に正しいことはありえない。

私がパトリックに出会ったのは彼が十五歳のとき。パトリックは五歳でドラッグの売買を観察し、十一歳のときに火遊びで偶然やけどを負っていた。パトリックは私の知りえないことをすでにたくさん経験していた。私なら、いやだれであれ教育者ならパトリックの運命を決定的に変えられたはずだと思うのは、馬鹿げて見えるかもしれない。ある人の複雑な人生において、一介の教師など、ほんの小さなしみにすぎないのかもしれない。

それでも、生徒として知っている相手はいくつになってもやはり生徒だ。生徒として見るということは、その子の努力を深く感じ取ることであり、その努力の中にあなた自身の努力をも感じ取ることだ。生徒ががらりと姿を変えてゆくさまを見守り、それが忘れがたい思い出になることだ。生徒がオウィディウスの作品の登場人物のように、もがき、身をよじって、ひとつの生きものから別の生きものへと、ついには完全に変身するところを見守ることなのだ。それはあなたがその子に信頼されているから、その子が新しい自分を感じたいと思っているから。この変化が止まらないようにあなたに支えてほしいと願っているからなのだ。

パトリックはもう二十五歳、ちょうどマーカスが死んだ歳になっている。

パトリックの娘のチェリッシュは六歳で、ヘレナのＫＩＰＰに通っている。そのチェリッシュの教室を私とパトリックが訪ねる。子どもたちは、色とりどりの四角形や動物がパッチワークされた大きなラグの上に座っている。チェリッシュは父親の姿を見つけて嬉しそうだ。父親にもらった俳句好きのパンダの本を手放したくなくて、胸元にしっかり抱きかかえている。「パパにもらったの？」ほかの子が、やきもちを焼いていなくもない様子でチェリッシュに訊く。チェリッシュはこくりとうなずく。

パトリックは、ヘレナよりも働き口があるリトルロックに住みたかったのだ。しかし職が見つからなかった。倉庫の仕事に応募したが、重罪犯がネックになった。トラックの運転も考えたが、重罪犯がネックになった。ヘレナではさらに選択肢が狭まった。カジノに応募した。重罪犯なのでだめだった。〈ケンタッキーフライドチキン〉や〈ダラー・ジェネラル〉にも応募した。けれど空きがなかった。パトリックには車もパソコンもない。

そこで私はパトリックを車に乗せ、フィリップス・コミュニティ・カレッジまで連れてゆく。カレッジの授業を受けるよう、これまで強くすすめてきたのだ。

受付の女性は言う。「クラス分けのテストを受けなくちゃだめよ」

「もう受けました」とパトリックが返す。

私はいぶかしく思いパトリックを見る。そんな話は初耳だ。入学し、ドロップアウトしたのだろうか。

受付の女性がファイルをチェックする。「英語の成績がすごくいいね」と驚きまじりの声で言う。「とてもいい」

私はパトリックをじっと見る。パトリックも私をじっと見ている。

私たちは車に戻る。カレッジで何があったのと私は尋ねる。溶接の授業をいくつか取ったけどドロップアウトした、とパトリックが答える。いつのことなの？　職業部隊（ジョブ・コー）に入る前だよ。ちょうど母親が死んだころだと私は内心思う。

隣は図書館だ。ヘレナで化学プラントが操業をはじめるという情報を私たちは手に入れている。問題解決の確実な糸口だ。履歴書を用意しなくてはならないので、私はパトリックを図書館まで乗せてゆく。図書館は真新しくて清潔で風通しがいい。

館内には新しいコンピュータ・ルームがあり、コンピュータが十台ほどとプリンタが一台ある。パトリックの履歴書と添え状をタイプする。パトリックはワード文書のつくりかたや開きかたを知らない。だから私がやりかたを教える。ぼくにはいま仕事がありません、と両手の人差し指でキーボードをつつきながらパトリックがタイプする。「そうそう、それでいい」と私。「自分の仕事に誇りをもちますとつけ加えたらどうかな？　だって本当にそうでしょ」

パトリックはその一行を書き加える。

私はワード文書をメールに添付する方法を教える。応募書類をメールで送らねばならないかもしれないからだ。

履歴書を二十部、添え状を二十部、私はプリントする。用紙一枚につき二十五セント。受付の女性にお金を払う。紙にお金を払っているのを見たパトリックがすまなさそうな顔になる。

化学プラントはヘレナの西はずれ、川向こうにある。晴れわたる青い空の下、えんえんと広がる平原を私たちは車で走り抜ける。投資家や大企業が所有する何千何万ヘクタールもの畑の中を。作物に肥料をまいている巨大な機械が、人が住んでいる唯一のサインだ。デルタで暮らす土地所有者はほとんどおらず、栽培に人手はほとんど要らない。

車の中で私はパトリックにマーウィンの詩集を渡す。刑務所にいたとき一生懸命暗誦した詩人の本だ。パトリックは濃いグレーの表紙にそっと触れる。たぶんもう長いこと大人向けの本を手にしていないのだろう。胸が痛むけれど、私はそれを隠す。

「何行くらい憶えてるか暗誦してみようよ」と私。

「ちょっと、先生」宿題を出すと拘置所で初めて言われたときのようにパトリックが笑い飛ばす。

「私のこともテストしていいわ」

パトリックはページをめくり暗誦をしてみる。私も暗誦してみる。いくつかの行がすらすらと口をついて出る。

「何か書いたりしてた?」と私は訊くが、もうわかっているではないかと、返答を待たずに急いでこうつけ足す。「ときどきね、ちょっとした日記でもなんでも書くと、思ってることを外に出せるじゃない? いいと思うのよ。少なくとも私はそう……」声がだんだん萎んでゆく。

パトリックは窓の外に視線を移している。「大変だね……ちゃんとした人間になるのって」

ボールドウィンのエッセイでパトリックが下線を引いていた部分を思い出す。「彼らは読むことさえしなかった。抑圧された人びとには割く時間もエネルギーもないのだ」パトリックは「わかる」と言った。

プラントのボスは赤ら顔で、何かをクチャクチャ嚙んでいる。たぶん煙草だろう。開けっぴろげで偉そうな態度の男だ。

「肝心なのは」男は相変わらず口をクチャクチャさせて歌うように言葉をつづける。「ク、リ、ー、ン、だってことさ」

「はい」

「やってないかい、兄ちゃん？」

「やってません」

「いま薬物検査できるかい？」

「はい、できます」

パトリックにとっていちばんの苦痛は罪を犯したことと収監されたことだと、それまでずっと私は思っていた。それまでのパトリックの人生に起きた最悪のことではあるけれど、刑期を終えれば少なくとも事態はそれよりひどくはなるまいと思っていた。

だが私は完全な思い違いをしていたのかもしれなかった。デルタに戻ろうとするパトリックの試み――職を見つけ、故郷に帰った気分を味わい、「ちゃんとした人間になる」試み――とは新たな闘いだった。監獄の中にいるのとは違う、終わりのない耐えがたい闘いだった。学校や刑務所が、パトリックに対してたとえ最小限でも責任を取ってくれていたとすれば、いまの彼には自分に対して責任があると言ってくれる人も、施設さえも存在しなかった。

カリフォルニアの自宅に戻った私はパトリックからの手紙を探す。どこにしまったのかもわからない。私は彼にもらった手紙を読みたいと、読む必要があると思っている。

パトリックの手紙が入った封筒がいくつか、黄色いファイルからこぼれ出る。私がデルタを去ったあと刑務所から書き送ってきたものだ。輪ゴムでまとめず、とくに整理もされないままはさんであった。今日までその封筒を開いて手紙を読んだのはたったの一度きりだ。

私は手紙を読みはじめる。

読みはじめたら止まらなくなっている。

手紙にはこう書いてある。「きっと絵葉書に出ていたあの巨大な木はセコイア公園なんでしょうね。行けてよかったですね。カリフォルニアはきっとアメリカでもとびきり素晴らしいところ、空気もきっとすごく澄んでいるでしょうね」

それからこうも書いている。「これまで読んだラングストン・ヒューズの詩の中でお気に入りのやつを書いて送ります。一日おきに図書室に行って本を探しています」

そしてこんな手紙も。「あいかわらず先生から手紙が届くので嬉しいです。先生には風邪をひいてほしくないし、早くよくなってほしいです」

「母さんに手紙を書いたけど返事が来ません。家族を支えるために忙しいのはわかっています。知ってのとおり、ぼくは社交的じゃないけど人の話はよく聴きます。時間があるときには手紙をください。先生がとても懐かしい、先生のことが大好きです」

「先週、プレテストに合格しました。来週はGEDのテストを受けます。それから、成績優秀者なので掲示板に写真を貼ってもらいました」

「そう、GEDに合格しました。英語とライティングで六〇〇点取りました。エッセイは四です。『最高点だ』とみんなに言われています」

「こんにちは！　絵葉書届きました。スペインの教会、なんて大きいんだろうと友だちが感心してました。ぼくもすごいと思います。スペインとか台湾とか、素敵な場所に旅ができて本当によかったですね。先生が無事なので安心しています」

初めてパトリックの手紙を受け取ったとき、それがパトリックの成長を示すものであってほしいと私は思った。パトリックが完全に根本から変化を遂げたことを示す証拠であってほしいと思った。しかし、そんな見かたをして目に見えない大切なものを見逃してしまっていた。手紙とは、空しさのうずき、相手を必要としていることや友情の告白、人がつながっている世界の中に居場所がほしいという表明以外のなんだというのだろう？　書き手は読む価値があると願う自分の話を語る。鏡を磨きながら、そこに映る自分をのぞこうとすることに似ている。

パトリックはこう書いている。「旧約聖書のコヘレトの言葉にこんな一節があります。『太陽の下、人間にとって／飲み食いし、楽しむ以上の幸福はない。それは、太陽の下、神が彼に与える人生の／日々の労苦に添えられたものなのだ。』」

パトリックはこうも書いている。「先生はぼくをどん底から引っぱり出してくださった人です。先生が何をしようと、ぼくはこのことを忘れません」

そしてパトリックの手紙の中で私が何より好きな文章。「メアリー・オリヴァーの詩、『そう、それは神秘』がとても魅力的です。草は羊の口に入ると滋養になる、という行には正直笑いいと思いませんか。ぼくの好きな行は『どうして人は、喜びのときも傷を負ったときも、一篇の詩に安らぐのか』です。おわかりでしょうが、この行を読むとすべてを思い出します。先生はどの行が好きですか」

私は再び引っ越そうとしている。壁に貼った「イースターの朝」のテープをはがしていて、紙のひと角(すみ)を破ってしまう。その詩を読み、ふと気づくと座っている。

詩はこのように終わる――話者は散歩をしていて、あるものを目にする。「大きな鳥が二羽／たぶん鷲だろう、翼が黒く、頭が白い」。二羽は空を飛び、揚力に身を任せる。一羽がくるりと向きを変えて旋回し、また戻ってくる。「絵に描いたように完璧なイースターの朝」だ。ふたり、重なるふたつのもの、一対になったもの、近づくことと離れることがこの詩のテーマだ。鳥が二羽、ひとつのパターンを描き、たがいに関わりあいながらどこまでも飛んでゆく。片方が合流し、向きを変えて離れ、また戻る。そのようにして、ふたりは夢で会い、ひとつの墓を共有し、空を飛ぶ。

対をなすものは、見つけようと思えばいたるところで見つかると思う。

ひとりの人間の心がどうしてふたつの存在に、「実現しなかった」いのちと実現しているいのちに分かたれているのだろう？　片方のいのちは止まり、存在しなくなっている。もう片方のいのちは継続している。意に反して花を咲かせ、もちこたえている木のように。

だからパトリックは夜になるとマーカスに語りかけ、マーカスを生かしつづける。あたかも自分の殺した人間が死にはしなかったとでもいうように。だからパトリックは眠りにつく前母親に語りかける。母親を自分の隣に、枕元に置いて。人生でもっとも愛した人、自分ではあきらめたつもりの、もはや灰になった母親に語りかける。

詩の作者アモンズにとっては、よりによって弟の死んだ場所が「最愛で最悪の」場所だ。アモンズはその場所を離れられない。その場所に「立たなくてはならないのにできない」。だれにでもそういう、戻ってゆく瞬間や岐路や場所が、「現実になってくれ」と呼びかける瞬間や岐路や場所があるのだろうか。そうして私たちの影なる自己、私たちに語りかけ、私たちを罰する霊的な存在の重みに耐えながら人生を歩んで行くのだろうか？

実現しなかった私の人生(いのち)、私が繰り返し戻ってゆく場所とはこうだ。

私はデルタに戻っている。ときは二〇〇六年、私は頑張り抜く決心をしたところ。あともう数年、そうすれば最初に受けもった八年生のハイスクール卒業を見届けられる。私は孤独をまぎらわすために犬を飼っており、この犬がまた愛らしい。いかにもデルタ的な、日没は遅いけれど星の見える夜、犬は蚊に食われたところを引っかき、私はビールをすすっている。私は両親に電話をかけ、ここにいることにすると告げる。そのときの声は震えていない。両親がどういう人たちかはよく知っている。いまは失望しても、やがて受け容れ、理解してくれる。

スターズが閉鎖されたのでセントラルで教えはじめた私は、廊下をぶらぶらしているパトリックを見かける。パトリックは人混みや騒音に嫌気がさすと私の教室に顔を出す。ちょっと話したくて、戸口から足を踏み入れる。私は黒板の字を消しているところ、疲れきって心ここにあらずだ。パトリックはポケットからくしゃくしゃになった紙を取り出して、自作の詩かラップを見せる。

しかし、ここは喧嘩の絶えない混沌たる学校なのでパトリックは欠席しはじめる。私はもちろん、新しい生徒たちにずっと気を取られているから最初は気づかない。が、別の教師に言われる。パトリック・ブラウニングって受けもってた？　最近学校に来てないのよ。

〈ウォルマート〉で生鮮食品を買い、カートを押して駐車場に出てゆくとき、私はふと思い出す――あの子んち、たしかここから数ブロックのところだったな。パトリックの家のドアをノックする。だれも応えず家の中は暗いけれど、父親が長椅子に寝そべっているのを私は知っている。待てばいいことを私は知っている。やがてパトリックが姿を見せる。

ポーチに出て、私たちは気楽におしゃべりをする。ここにいるときはいつもそう。パトリックは私が来た理由を知っている。ごめん、先生、と言う。謝る必要はないわ、と私が返す。パトリックはまた学校に行くと約束をする。顔を上げなさい、と私が言う。その言葉を文字どおりの意味に受け取ったのか、パトリックは顔を上げる。ここにいてあなたが卒業するのを見届ける、と私が言う。パトリックはうなずく。〈ボーイズ・アンド・ガールズ・クラブ〉がオープンしたばかりだから、そこで仕事してみる気はない？　ピンポンだってできるよ。ほら私、アジア人だから、とジョークを言う。ピンポンはお手のものなんだ。あなたに勝ち目はないわよ。私がもう怒っていないようなのでパトリックは笑顔を見せる。明日になればパトリックは学校に行けることを証明するだろう。嘘をつかないところを見せてくれるだろう。パトリックは立ち上がり、私を車まで送ってゆく。

空想の中の人生では私はデルタを去らない。パトリックは学校を途中でやめない。マーカスが殺されていたであろう夜、パトリックは試験勉強をするために家の中にいることに決めている。やることがあるから、そのことに集中しきっている。だれからも妹を探してくれとは言われない。外でごそごそ音がするのを聞きつけた父親が、長椅子から立ち上がって男にこう言う。ここから出てかないとサツを呼ぶぞ。マーカスがその場を立ち去る。パトリックはその騒ぎを耳にするけれど、気にとめず、何かを読みつづける。ポーチでは何ごとも起こらない。ポーチはただのポーチだ。暖かい日にはおしゃべりする場所だ。

自分のしていることくらいわかっている。これはただの願望、妄想だ。私がデルタに留まっていたところで、何も変わらなかったかもしれない。パトリックはパトリックの人生を、私は私の人生を生きつづけていたかもしれない。私ならパトリックを助けられたかもしれない、私は彼の人生にとってとても重要な存在だといわんばかりの口ぶりなのもわかっている。私はそんな人間ではない。

あるいはこれとは別の、理性的な考えかたが私自身に言い聞かせるだろう台詞。それなら私という人間を言い当てているかもしれない。あなたにはそこまでできない、あなたはそこまで重要な人ではない、人生にはいいこと悪いことといろんな力が働く、あなたいったい自分を何様だと思ってるの。これはデルタを去ったあと気持ちを楽にするために自分自身に言った台詞にほかならず、いまでもまだときおり口にする台詞だ。が、だとすれば人間とはいったい何のために存在しているのだろう？　だれかは別のだれかにとって大切な人であるはずだ。ふたりの人間がともに過ごし、たがいに努力し、より自分らしい自分になるために力を注いだことには何かしらの意味があるはずだ。だからもし私が間違っているとしても、夢みることが間違いだとしても、もうひとつの、まったく夢を見ない考えかたも間違っているように思うのだ。

この私ならパトリックの人生を変えられただろうとか、パトリックなら私に応えてくれただろうなどと言っているのではない。むしろ私は信じなくてはならないのだ。あるとき、ある場所で——まだすり減らず頑（かたく）なにもなっていない、大人になりつつある時期に、多くの人が去ってしまった場所で——ふたりの人間がたがいに大きな影響を与えあえるということを。そういうときと場所にいる人間は、壊れやすいと同時にいつでも変われる準備ができている。

習慣はやすやすとは変えられず、パトリックはまた学校をさぼりはじめる。昼休みに車で買い物に出ている私は、パトリックがヴァレー・ドライヴをぶらつく現場を捕まえる。

パトリックが私の車を見つける。生徒のためにはいっさい車を停めないのにと、後ろめたい気持ちで私は車を寄せる。そして体を倒して助手席のドアを開ける。パトリックが車に乗り込み、カーステレオをいじりながらこちらの叱責を待つ。私は両手をハンドルにかける。少し車を走らせる。パトリックがウィンドウを下げる。外を眺めて、目に入るものにじっと視線を注ぐ。暑さのなか、しゃがみ込んでいるホームレスの男。自転車に乗った子ども。パトリックが恥じているのが伝わってくる。私をがっかりさせたうえ、自分で自分にがっかりしたと思っている。羞恥心には優しさで対応しなくては。私はカーステレオを消し、シンプルな質問をする。どう、元気？　どこに行くところ？　静まりかえった車の中で私たちは明日の計画を立てる。

ぼくは自由を感じるように独学をした

ぼくは自由と生を感じるように独学をした
ここにいることを感謝して目ざめるように
あらゆるものが恵みであると思うように
食べものを、家族を、訪れてもらえることを。
年老いた男が部屋でうめき声を上げ
白人の男たちが悲しい物語を語っても、
ぼく自身は大丈夫だと主張する。
ぼくは申し分なく健康で幸福だ。

ぼくはすぐさま悟る、平和な虫たちが
音も立てずに部屋を飛び
明るい電球が毎日ぼくのために
ダウンタウンの郡拘置所で
太陽のように輝くのを、
新参者がただそれに驚いているのを。
きみに何か尋ねられてもぼくはここにおらず
ぼく自身の世界にいるだけだ。

パトリック作、二〇一〇年四月

参考文献

この作品を書くことができたのは、歴史家諸氏が都市部以外の南部のアフリカ系アメリカ人を研究し、奥深い仕事を残してくださったおかげである。以下のリストはすべてを網羅してはいないが、これによって私に影響を与えた文献の価値が認識され、より詳しく知りたい読者への道しるべになることを願っている。Leon Litwack, *Trouble in Mind: Black Southerners in the Age of Jim Crow*, Knopf, 1998〔『心に問題を抱えて——ジム・クロウの時代の南部黒人』〕とRobin D. G. Kelley, *Hammer and Hoe: Alabama Communists During the Great Depression*, University of North Carolina Press, 1990〔『ハンマーと鍬——大恐慌時代のアラバマの共産主義者』〕は私に南部の歴史の手ほどきをし、かつ永続的に影響を与えている本である。Steven Hahn, *A Nation Under Our Feet: Black Political Struggles in the Rural South*, Harvard University Press, 2003〔『私たちが踏みつけている国民——南部農村部の黒人の政治闘争』〕も私にとっては不可欠の一冊だ。南部の田舎に生きる貧しい黒人の組織化を記録した力作であり、アーカンソー州フィリップス郡の黒人たちが起こした活気あふれる社会運動にも光を当てている。Jeannie Whayne, *Delta Empire*, Louisiana State University Press, 2011〔『デルタ帝国』〕と*A New Plantation South*, University of Virginia Press, 1996〔『南部の新たな農園制』〕、Nan Woodruff, *American Congo*, Harvard University Press, 2003〔『アメリカン・コンゴ』〕、James Cobb, *The Most Southern Place on Earth*, Oxford University

Press, 1992〔『この世で最も南部的な場所』〕は、十九世紀から二十世紀半ばにデルタ地域で起きた大がかりな社会経済的変化を理解するのになくてはならない四冊である。鋭敏で有益な情報源を示してくださったJeannie WhayneとPaddy Rileyの寛大さに感謝を。

フレデリック・ダグラスは黒人の集団移住とバック・トゥ・アフリカ・ムーブメントに異議を唱えたが、それについてはWaldo Martin, *The Mind of Frederic Douglass*, University of North Carolina Press, 1986〔『フレデリック・ダグラスの精神』〕とNell Irvin Painter, *Exodusters: Black Migration to Kansas After Reconstruction*, Norton, 1976〔『脱出者たち――連邦再建後の黒人のカンザス移住』〕が理解を助けてくれた。アーカンソー州のバック・トゥ・アフリカ・ムーブメントは、Steven Hahn、Adell Patton Jr.、Kenneth Barnesの著作を参考にした。彼らによれば、運動初期におけるもっとも熱心な支持層は田舎の貧しい黒人たちだったという。二十世紀初頭のアーカンソー州の人びとの移住についてはDonald Holleyの著作に、アーカンソー州の人種間不平等についてはS. Charles Bolton、Willard Gatewood、Carl Moneyhonの著作にお世話になったことを感謝する。南部から北部大都市への黒人の大移動については、Stewart Tolnay、E. M. Beckによる移住者と残留者の経済状態を比較した研究に目を見はった。Isabel Wilkerson, *The Warmth of Other Suns*, Random House, 2010〔『他の太陽の暖かさ』〕、ニコラス・レマンの『約束の土地――現代アメリカの希望と挫折』（松尾弌之訳、桐原書店）を読むと、黒人の大移動の全貌が把握できる。移住者と残留者それぞれの経験を、状況をふまえて比較できたのはこの二冊のおかげである。

ミシシッピ州以西で初めて設立された黒人のための高等教育機関について書いたThomas Kennedy, *A History of Southland College*, University of Arkansas Press, 2009〔『サウスランド・カレッジの歴史』〕では魅力的な地方史が紹介されている。教育を施すためにフィリップス郡にやって来て住みついたクエーカー教徒のことだけでなく、アーカンソー州の黒人教育についてより広範な知識を与えてくれた本だ。Randy Finley, *From*

Slavery to Uncertain Freedom, University of Arkansas Press, 1996〔『奴隷制から不確実な自由へ』〕には、奴隷解放直後のデルタの心動かされる描写が記されている。アーカンソー州の学生非暴力調整委員会の役割に関するFinley の研究に、感謝の意を表したい。

アーカンソー州のエレイン大虐殺、デルタ地域の人種間暴力については、Grif Stockley, *Blood In Their Eyes: The Elaine Race Massacre of 1919*, University of Arkansas Press, 2001〔『血にまみれた目——一九一九年のエレイン人種大虐殺』〕、Woodruff の *American Congo*、Karlos Hill による調査、J. W. Butts and Dorothy James, 'The Underlying Causes of the Elaine Race Riot of 1919', *Arkansas Historical Quarterly*, 20, Spring 1961〔「一九一九年のエレイン人種暴動の根本的原因」〕、Jeannie Whayne, 'Low Villains and Wickedness in High Places: Race and Class in the Elaine Riots', *Arkansas Historical Quarterly*, 58, Autumn 1999〔「下層の悪党と上層の邪悪——エレイン暴動における人種と階級」〕を参考にさせていただいた。

戦時中のアーカンソー・デルタにおける日本人の強制収容については、Calvin Smith, William Anderson, Russell Bearden, Jason Morgan Ward、そして非営利団体デンショー（densho.org）によるオーラル・ヒストリーに助けていただいた。デルタのアジア人が経たさまざまな経験については、James Loewen, *The Mississippi Chinese: Between Black and White*, Waveland Press, 1971〔『ミシシッピの中国人——黒人と白人のはざまで』〕と Leslie Bow, *Partly Colored: Asian Americans and Racial Anomaly in the Segregated South*, New York University Press, 2010〔『半有色人種——南部人種差別下のアジア系アメリカ人と人種の例外』〕を参考にした。

デルタと南部全体の刑事司法の歴史については David Oshinsky, *Worse Than Slavery*, Free Press, 1996〔『奴隷制よりも劣悪なもの』〕、Michael Klarman, *From Jim Crow to Civil Rights*, Oxford University Press, 2004〔『ジム・クロウから公民権まで』〕、Hortense Powdermaker, *After Freedom: A Cultural Study in the Deep South*, Viking, 1939〔『自由のあと——深南部の文化的考察』〕を参照した。

都市部における勾留と司法制度については、William Stuntz, *The Collapse of American Criminal Justice*, Belknap Press, 2011〔『アメリカ刑事法制度の崩壊』〕、Michelle Alexander, *The New Jim Crow*, The New Press, 2010〔『新たなジム・クロウ』〕、Randall Kennedy, *Race, Crime, and the Law*, Vintage, 1996〔『人種、犯罪、法』〕、Khalil Gibran Muhammad, *The Condemnation of Blackness*, Harvard University Press, 2011〔『黒さの糾弾』〕、Elizabeth Hinton, *From the War on Poverty to the War on Crime*, Harvard University Press, 2016〔『貧困との戦いから犯罪との戦いへ』〕を参考にした。道徳的運と刑事司法制度についてはLaw and Social Justice, MIT Press, 2005〔『法と社会正義』〕に収められたNir Eisikovits の著述が参考になった。また、アーカンソー州の都市部以外における極度の弁護士不足について述べたLisa Pruitt の論文にも深く感謝している。

〈アーカンソー州の子どもと家族を守る会〉にも有益な情報を与えていただいた。学校規律に関する二〇一三年二月の報告によると、黒人生徒が校内謹慎処分を受ける頻度は白人生徒の約三倍、校外謹慎処分にいたっては五倍以上であり、黒人生徒が体罰を受ける頻度は白人生徒のほぼ二倍とのことであった。人種隔離撤廃と公民権運動について書くことができたのは、Richard Kluger, *Simple Justice*, Knopf, 1976〔『シンプルな正義』〕とDerrick Bell の仕事のおかげだ。Robert Carter のエッセイは、Derrick Bell の編集した *Shades of Brown: New Perspectives on School Desegregation*, Teachers College Press, 1980〔『さまざまな色合いのブラウン――学校における人種隔離撤廃の新たな展望』〕に収められている。教育政策と法律についてより広範な知識を与えてくれたのはJames Ryan で、その透徹した見識にずいぶんと助けられた。リチャード・ホフスタッターの『改革の時代――農民神話からニューディールへ』（清水知久ほか共訳、みすず書房）は、都会と田舎の分断について深く考えさせてくれた。現代アメリカのさびれた地域が直面している諸問題についてより広く理解するために頼ったのは、Patrick Carr and Maria Kefalas, *Hollowing Out the Middle: The Rural Brain Drain and What It Means for America*, Beacon, 1999〔『ドーナツ化するアメリカ――地方の頭脳流出とその意味』〕だ。

現代の南部の都市部以外における司法制度と教育に関するより広い調査研究は喫緊の課題だろう。

デルタについて考えるときにいつも思い浮かべるのは Mary Beth Hamilton, *In Search of the Blues*, Basic Books, 2005〔『ブルースを探して』〕だ。また、Ted Gioia、John Jeremiah Sullivan、Elijah Wald の作品は、デルタの文化、歴史、音楽への理解を促してくれる点でじつに素晴らしいと思う。

Aida Levy-Hussen には、十年以上にわたり私を有益な情報源に導いてくれていること、およびその透徹した著作 *How to Read African American Literature*, New York University Press, 2016〔『アフリカ系アメリカ人文学の読みかた』〕に感謝を捧げたい。公民権運動後の作家たちの取り組みについて冴えわたる筆致で記し、アメリカ人の心の中で奴隷制がどのような位置を占めているのかを私に教えてくれた作品である。リチャード・ライトの成長については Michel Fabre, *The Unfinished Quest of Richard Wright*, University of Illinois Press, 1973〔『リチャード・ライトの終わりなき探求』〕と Lawrence Jackson, *The Indignant Generation*, Princeton University Press, 2010〔『怒れる世代』〕を参考にした。Robert Stepto, *From Behind the Veil*, University of Illinois Press, 1979〔『ベールのうしろから』〕はアフリカ系アメリカ人の物語とリテラシーの関係について探った作品である。

アーカンソー州の新聞のマイクロフィルムを見せてくださったアーカンソー州歴史委員会、とくに Tim Schultz にお礼を申し上げたい。人種隔離撤廃とデソト・スクールに関してはヘレナの新聞を参照した。奴隷制に関する広告についてはサザン・シールド紙に、アーカンソー州黒人の生活描写についてはザ・ミラー・スペクテイター紙に当たった。ジェイムズ・ボールドウィンの資料をこころよく見せてくださった Kevin Schultz にも感謝する。

本書に登場する人物の大半はプライヴァシー保護のために名前を変えている。私のつくり上げた人物はひとりたりとも登場しない。体験を語り、私のえんえんとつづく質問に答えてくださったデルタの人たちの忍耐と寛容に心からの感謝を捧げたい。地元の人であれ、外から入ってきた人であれ、デルタに留まる人たちを私は称賛と尊敬の念で見つめている。

パトリックはある手紙の中で、メアリー・オリヴァーの詩「そう、それは神秘」（Beacon, 2009）からお気に入りの数行を引用している。その詩のすべてをここに記しておこう。

まったく、私たちはあまりに不思議で理解のできない
　神秘とともに生きている。

どうして草は羊の口に入ると
滋養になるのか。

どうして川や石は永遠に
引力に忠誠を尽くしているのか、
　私たちが浮上を夢見るかたわらで。
どうしてふたつの手は触れあい
断たれることなき絆を結ぶのか。
どうして人は、喜びのときも
　傷を負ったときも、
一篇の詩に安らぐのか。

答えを知っているつもりの人たちとは、

いつまでも、距離をおかせて。
「見て！」と言い、驚きに笑い声を上げ、
頭（こうべ）を垂れる人たちとは
いつまでも一緒にいさせて。

謝辞

この本を書き上げるには長い時間がかかった。執筆中には多くの方々に助けていただいた。まず、私を信頼し、自分について多くのことを語り、私にこの物語を書かせくれたパトリックにお礼を言いたい。パトリックの洞察、話してくれる物語、信仰心から私は多くのことを学んだ。出会ってからの長い日々に心からの感謝を。私がそうであったように、この本の読者も彼の非凡な資質に出会えんことを。自身の言葉を本書に書き記す許可を与えてくれたパトリックに深く感謝し、その寛大さに敬意を表して、フィリップス郡の〈ボーイズ・アンド・ガールズ・クラブ〉の発展とパトリックの今後のために、寄附をさせていただこうと思う。パトリックの家族にも、いろいろな話を聞かせてくださったことに感謝している。そして、私の教室と人生に感受性と知性とユーモアをもたしてくれたスターズの教え子たち、本当にありがとう。

アイーダ・レヴィ＝フッセン、ティム・シュリンガとリズ・シュリンガ、そしてキャシー・フアングの励ましによって私はこの本を書くことができた。本当に感謝している。アイーダは私の書いた文章を十年以上にわたり、事実上、一字一句読んでくれた。本書のもとになったごく初期の文章は、彼女と電子メールをやり取りしているなかからおそらく生まれたものである。このプロジェクトがかたちになったのは、彼女の鋭い知性、情熱的で自立した精神、おおらかな友情、人間味あふれる想像力、透徹した学識あればこそ、その資質に私は影響を受けつづけている。アイーダには計り知れないほどさまざまなかたちで助けられた。だれもが親しくなりたいと思うようなかけがえのない貴重な友人、ティムとリズ・シュリンガにもお礼を言いたい。アーカンソーで出会ってからというもの、ふたりの優しさ、ひねりの利いたユーモア、穏やかな気質、手料理、探求的な会話に私はずっと支えられてきた。自分の家庭がどのくらい温かいかを考えるとき、私はいつもふたりの家庭を目安にしている。長いあいだ私の文章に的確なコメントをくれたティムに感謝を、マックスとオーウェンにハグを。そして私の姐姐（ヂィエヂィエ）、キャシー・フアングと自然の力にも心からの感謝を。私が知りうる限りのあいだ、キャシーはつねに根性と恐れのなさとユーモアと勇気で人生の難題に立ち向かい、誠実さをもって生きたいと願ってきた。その姿勢に刺激を受け、励まされてきた私は、この世にいる限り彼女を尊敬しつづけるだろう。

地元チームのクリスティン・ナラゴン・ゲイニー、モニカ・カスティーリョ、ジェニファー・リース、サエ・タカダ、レイチェル・ルティスハウザーにも心から感謝している。クリスティンのサポートと思いやりはゆるぎなく、大船に乗った気持ちにさせられる。だれもが導きや思いやりを求めて彼女を頼りにするのも十分うなずける。モニカ・カスティーリョの尽きることなきユーモア、誠実さ、静かな賢さは、長年にわたり私に喜びと慰めを与えてくれており、彼女との友情は私の宝物だ。ジェニファーの熱い思いと喜びはまわりを感化する。彼女のいるところにはいつも大きな笑い声が聞こえている。私に賢明な励ましを与えてくれた、友人の中でもひときわ着実なサエにもお礼を言いたい。彼女に出会えたことに感謝している。そして、レイチェルの生き生きとしたスピリット、ゆるぎない、見たところは無条件に示してくれている共感（試しつづけましょう！）、素晴らしい料理にありがとうの言葉を。

ドロール・ラディンには、初期の原稿と完成に近い原稿に目を通してもらい、貴重な批評をいただいた。この十年間、私は彼の洞察力が頼りだった。ドロールとの会話を通して、本当に素晴らしい人たちと知り合い、その人を友人と呼べることの喜びと誇りを感じている。彼の明晰な頭脳、正義を探求する姿勢、どんな状況であろうと機知を働かせることのできる力には畏敬の念を抱かずにいられない。ありがとうドロール、そして暖かく思慮深いジェニー・ブレスに愛を。書こうとしている私に明るい光と安心感をたっぷりと与え、原稿がきわめて重要な段階にきたときには指導してくれたジュリア・チュアンにもお礼を言いたい。ジュリアを探し当てたことは、ここ数年の人生で訪れた大きな幸運のひとつ。深い精神と分析的で高度な技巧をあわせもつ彼女にはいつも驚くばかりだ。

理想的な友人、クリス・リムとサラ・ラフにも感謝を。クリスは申し分のない仲間であり、その誠実さ、陽気なユーモア感覚、熱い信念と友情に励まされ、私は前に進むことができた。サラの輝くばかりの知性、茶目っ気あふれる才気が私は大好き、アフラにもハグを送りたい。ジェイムズ・シーハンとマーガレット・ラヴィニア・アンダーソンにも深い愛情と称賛を表したい。私を快く招き入れてくれたジムとペギーの家は温かく、機知に富み、寛容で、私を励ましてくれる非凡な場所だ。

アーカンソー州とミシシッピ州で出会った心広き人たちにも感謝している。ペギー・ウェブスターは私の親友、音楽と大きなハートと優しさをくれた人だ。モード・ケイン・ハウとジミー・ウェブスターを失った悲しみはとても大きい。開放的で活動的なモードのマインドを私はいまも懐かしく思い出す。いまなおデルタに留まるダグ・フリードランダーとアンナ・スカルーパ、そのひたむきさのなんと素晴らしいこと。グレイス・フーのスピリット、誠実さ、ひねりのある観察眼を私は愛している。ノーム・オズバンドのユーモアとスピリット、そしてポエトリー・クラブは私の気持ちを高めてくれた。キャシー・カニンガムのひたむきさと温かさ、無限のエネルギーには元気をもらっている。モニク・ミラー、ブライアン・ミラーはロック・スターだ。その友情と心のこもった会話に感謝したい。エイミー・シャルパンティエは、アーカンソーでの教員時代、私を導いてくれた人であり、その思いやりと温かさにはいつも感心している。私が去った年にデルタにやってきたメイジー・ライトもトッド・ディクソンもいまや校長、ふたりとも本当にすごい人たちだ。ベン・スタインバーグとアレクサンドラ・ターニンコの優しさと寛容にもお礼を申し上げる。〈ティーチ・フォー・アメリカ〉の私のメンター、マイク・マーティンとエドリン・スミスは優れた能力とひたむきさをもつ人たちだった。ミシシッピのサンフォード・ジョンソン、アマンダ・ジョンソンは、その情熱とエネルギーでつねに私を刺激してくれた。クオポー・カヌー・カンパニーのジョン・ラスキーの仕事には敬服している。ミシシッピ川の知識を広めることに喜びを感じ、環境正義に責任をもって取り組むジョンは立派な人である。オルレーナ・ヒルの愛と信念とユーモア感覚は素晴らしい。イライジャ・マンディの寛容とサポート、あまねく賢明なありかたに感謝を。ジョゼフ・ウィットフィールドには、ともに語らい、励みになる言葉をくださった寛大さにお礼を言いたい。ジェイコブ・オースティン、ケイティ・オースティン、ホリー・ピーターズ、ハリス・ゴールデン、エイモズ・エッカーソン、マーティン・マッド、トム・カイザー、ルーク・ヴァンドワール、オルレーナ・ヒル、ドクター・ジョイス・コトムズ、〈ヘレナ第一長老派協会〉、ジョン・ベネッツ、アン・キングとジョン・キング、カリサ・ゴドウィン、スザンヌ・ローランド・ブラザーズ、サラ・キャンベル、エミリー・クック、カリアンヌ・シャイブ、ローレン・ラッシュ、リスロッテ・シュルエンダー、ジポラ・マンディ、オリー・ニール、スティーヴ・マンシーニ、ジェイ・バース、ウォリック・セービン、リチャード・ワームザー、キャサリン・バーン、アイダ・ジル、マイケル・スタインベック、クリスタル・コーマック、マイケル・コーマック、ジョン・シュー、ジョシュア・バイバー、ロン・ナーンバーグにも心からの感謝を。フィリップス郡の〈ボーイズ・アンド・ガールズ・クラブ〉とジェイソン・ロレットにはそのサポートと努力にありがとうの言葉を。フィリップス郡図書館、アーカンソー大学のジョシュア・ヤングブラッドにも感謝を。

アーカンソー州歴史委員会とティム・シュルツにはヘレナのマイクロフィルムを見せてくださったことに、ジーニー・ウェインには、素敵なスピリットとアーカンソー・デルタの歴史に関する申し分のない知識を分け与えてくださったことにお礼を申し上げる。

私のエージェント、フランシス・ゴールディン・リテラリー・エージェンシーのサム・ストロフには本当にお世話になった。サムほど素晴らしい人はいない。彼に任せておけば大丈夫と、出会ったときからずっと私は思っており、その思いは月日を重ねたいま、さらに深まっている。サムの忍耐とビジョン、誠意と天性の賢さ、品位と信念に心から感謝したい。サムは擁護者でありメンターであり友人だ。素晴らしいイレーナ・シルヴァーマンの温かさと見識にもお礼を言いたい。フランシス・ゴールディンのみなさん、ことにマット・マガウアンにありがとうの言葉を。

ランダムハウスでは、優秀な編集者ヒラリー・レドモンのお世話になった。細心の注意を払い、思慮に富み、的を射て良心的、こちらの気持ちを盛り上げてくれた完璧なヒラリー、本当にありがとう。その共感とビジョンに明るく照らされた私は本書のいたるところに彼女の愛を感じた。ヒラリーの励ましがなければ、この本を書き上げることはできなかっただろう。本書の権利を取得し、このプロジェクトを信じてくれたデイヴィッド・エバーショフにも深謝したい。デイヴィッドの透徹した洞察力、構成についての指導と寛大さは、私にとってなくてはならないものだった。この御恩は一生忘れない。正確で行き届いたキャシー・ロードの校閲に、ルーシー・シラッグとキャサリン・ミクラの見識とあふれんばかりの活気に、ジェス・ボネットの見事な導きに、モリー・ターピンのあくことなきサポートに、ケリー・カイアンやケイトリン・マッケナはじめランダムハウスのきら星のごときチームに心からの感謝を。また、ジャケットのデザインをしてくれたロビン・シフ、表紙のイラストを描いてくれたアレッサンドロ・ゴッタルドにもお礼を言いたい。アンディ・ウォードには原稿に対する批評をいただいた。スーザン・カミル、トム・ペリー、ジーナ・セントレーロのサポートと寛容さもありがたかった。

パン・マクミランのゼノア・コンプトンのサポート、ジョン・バトラーの温かい励ましにも感謝を。

私はこの本の一部を、移民の権利を守るNPO、オークランドのセントロ・レガル・デ・ラ・ラーサで働いているときに執筆した。セントロの同僚には、日々いろいろなインスピレーションを与えてもらった。エスメラルダ・イサーラ、パトリシア・サラザール、リンゼイ・ウィーラー・リー、ローラ・ポルスタイン、ルイス・サラス、カイラ・リリエン（とレオとアレックス！）、ナンシー・ハンナ、セイラ・マーティン、ジェニファー・ミラー、ビアンカ・シエラ、ファン・ヴェラ、ポール・チャベス、カルロス・アルマンサ、アビー・フィゲロア、ジェシー・ニューマーク、制御不可能な二人、エリザベス・コルテスとフェルナンド・フローレスにありがとうを。オークランドで初めて友だちになったエスメラルダの情感こもった笑い、寛容さ、深く愛する力と何杯ものピスコサワーに感謝。ジェシーが私が理想とする真のヒーローであることに感謝。恐れ知らずで妥協を許さず、深い共感力があり、コミュニティをまとめることを第一に考え、私をセントロに紹介し、途方に暮れていた法学生の頭の中をクリアにしてくれたジェシー、どうもありがとう。オークランドの場末のバーで飲んだ夜は最高でした。ブリットン・シュワルツとジェイリンとソノラに愛を。〈プリズン・ユニヴァーシティ・プロジェクト〉（ＰＵＰ）でとてつもないリーダーシップを発揮するジョディ・ルウエンとＰＵＰのスタッフに、鋭い知性と抜かりのない準備で授業に臨むサンクエンティン刑務所の生徒たちに心からの感謝を。

カリフォルニアでは、移民に対して優しく献身的に接するユーニス・チョウの姿勢にいつも心動かされた。彼女を知る人ならだれでも異議はないはずだ。シラ・ワクシュラグの飛び抜けた性格の良さと賢さは私の喜び、ティー・ンゴーの励ましとユーモアと、ものごとを深く見る目は私の宝物だ。チャック・ウィトショリクとアドルフォ・ポンスは温かくて親切で元気づけられる。ふたりと知り合えたことは本当にありがたい。メリリン・ネーアーには長年にわたって温かく接してもらい、目を啓かされるような会話を交わしてきた。書きつづけることができたのはリーナ・パテルとジェイムズ・アンドリューズの励ましがあったから。彼らと歩き、走ったことは私の良い想い出だ。オマル・アミールとヴィクトリア・リーはどこにいようと善意と光を降り注いでくれる。デヴォラ・ケラーからは優しい励ましと理解を示してもらった。塩ダラとアキーを肴にビールを飲みつつ、アンドリュー・ジョーンズと交わした数々の会話は刺激的だった。彼らしい穏やかな励ましと非の打ちどころのない味覚に感謝。パディ・ライリーにはこの本のある章を読んでもらい、鋭敏で惜しみないコメントをもらい、豊富な知識を分け与えてもらった。ラディカ・ナタラジャンの潑剌さは私の喜びだ（マペットよ永遠に）。シャー・アリの優しさと素っ頓狂な行動は日々を明るくしてくれた。イヴリン・ルーは私を甘やかしてくれた第二の母のような人。その優しさとムーンケーキ、空港に車で迎えにきてくれたこと、盛大なハグを忘れない。

スコット・リーは兄弟みたいな存在だ。長年、数々の会話を交わしながら、私たちは信頼を築き上げてきた。執筆中、ショヌー・ガンディには（そのトレードマークたる）超人的スピリットをおすそ分けしていただいた。彼女は私の人生にあふれんばかりの情熱と病みつきになるようなユーモア感覚を注入した人だ。サマー・シルヴァースミスのユーモアと信念とスクラブルの腕前と誠実さを私は心から愛している。クリシュ・スブラマニアンには、このプロジェクトはいずれ実を結ぶとスタート時から励ましていただき、その賢さと友情に慰められた。アヴィ・シングとリンゼイ・シングには書きはじめのころに支えていただいた。国選弁護人としての経験談、刑事司法問題についての助言をアヴィからもらえたことは、大きな収穫だった。エマ・マッキノンには原稿を読んでもらい、古い友情がよみがえったことをとても嬉しく思っている。ハンナ・シンプソンには初期の原稿を読んでもらい、見識ある温かい助言をいただいた。サイラス・ハビブはみんなに喜びを運ぶことのできる人、私は何年も前からその恩恵に預かっている。ハンナ・キャラウェイと出会えたことは大きな喜びだ。彼女の会社はとにかく居心地が良く、品位と知性にみちている。情け深くて寛大なショビザ・バートは初期の原稿を読んでくださった本当に親切な人。ヴィクター・リン、ジェニファー・リンとアッシャーには、輝かんばかりの愛と音楽とサポートを与えてもらった。カレン・シムとトム・ルティシャウザーとは長いつき合いだ。ふたりは私を自宅に招き入れ、素晴らしい料理をふるまい、鋭い観察眼で意見を述べてくださった。才能あふれるエミリー・ストークスには、書きはじめたころに力強い励ましをもらった。ニアヴァーナ・タヌーキーには、本質的で明確な助言をもらった。彼女と知り合えたことは心躍るような喜びだ。

クリス・ゲイニー、デイヴィッド・サッカー、ジョン・ミナルディ、セイラ・ベイダーマン、エイミー・バースキー、ジョンドウ・チェン、ペイティン・リ、ダニエル・シュタインメッツ＝ジェンキンス、トマス・チャタートン・ウィリアムズ、ライアン・コルダー、キャスリン・エイドマン、マナヴ・クマール、アルバート・ワング、ラフル・カナキア、ロイ・チャン、ジェイコブ・ミカノウスキー、ライアン・アクトン、アルヴィン・ヘンリー、ハンナ・マーフィー、アンディ・スタウト、ジェイク・ラマー、ドーリ・ラマーに温かい感謝の気持ちを送りたい。ドーリには卓越した歌のレッスンとサポートをしていただいた。クリス・ゲイニーの素晴らしい音楽、アレックス・ブッシュの美しいフィルム編集に深く感謝する。本質を見抜くプーヤ・シャベイジアンとクリス・マキューアンには励まされ支えられた。

素晴らしい師とメンターを得られたことにも感謝せねばなるまい。家庭内暴力を受けた子どもや障害をもつ子どもたちのためのプログラム、スーザン・コールとマイケル・グレゴリーの〈教育支援クリニック――トラウマと学習のための政策イニシアチブ〉があったおかげで、私はロースクール時代に熱い思いを維持することができた。ジェイン・ベスターには多大な励ましと知恵を与えていただいた。ダーシー・フライには明敏で励みになるコメントを早い時期にいただき、書きつづける自信をもつことができた。クレア・メサドの輝くばかりの才気と優しさは大きな励みとなった。寛容さと洞察力を発揮し生徒を擁護してくださるブレット・ジョンソンには深く感謝している。ランダル・ケネディの的を射た質問と怠りない気配りにも心からお礼を申し上げたい。ひたむきな熱意で正義に取り組むキャロル・ステイカーは、いつも生徒を励ましてくださる素晴らしい師だ。ジュディ・マーシアノの不屈の精神と励ましにも感謝している。モニカ・ワドマン、ウーナ・シーダー、シンシア・モンテイロ、キャサリン・ヴァズ、ギッシュ・ジェン、ミスター・ラーソン、ジョリー・グレアム、ミズ・スティーヴ、ミセス・アルワディ、ミセス・イーレク、スコット・フリースナー、ミセス・リオン、ドクター・エルジンガ、ドクター・ヤン、シャイト夫妻、ミスター・シンクレア、ミスター・ストリーター、ミズ・アディソン、ミセス・ハッチ、ミセス・キング、ミセス・ハント、レベッカ・ジャンセン、ブライアン・スネル、ジム・メンチンガー、その他、ポーテッジとカラマズーでお世話になった先生方に心からの感謝を。

スキャデン研究奨励金授与財団理事長のスーザン・バトラー・プラムのサポートに私はこれまで元気づけられてきた。スーザンはフェローを心から支援、擁護してくれる心強い味方だ。「人生」欄のエッセイを、じっくり考えつつ編集してくれたジョン・グラッシーにもお礼を述べたい。〈LAレビュー・オブ・ブックス〉、ことにエヴァン・キンドリー、ローリー・ワイナー、トム・ルッツにも感謝を。ポール・アンド・デイジー・ソロス研究奨励金授与財団のウォーレン・イルチマンは私の親友でありメンターだ。その洞察と優しさとゆるぎない励ましに感謝を。

ジョン・T・ヌーナン判事とメアリー・リー・ヌーナンのご厚情に感謝したい。ヌーナン判事の高潔さと学識と信念と並外れた文章は、人間的かつ知的な法学のモデルといえよう。メアリー・リーの長年にわたる寛容と温情とサポートにお礼を述べたい。

アメリカン・ユニヴァーシティ・オブ・パリス（AUP）の仲間には、執筆の最終段階に入ったときに支えていただいた。スティーヴン・ソーヤーの温情と寛容、ミランダ・スピーラーの誠実さと明敏さ（そしてアルシアの明るさ）、エレーナ・バーグの心動かすひたむきさ、フィリップ・ゴラブの鋭く熱い思い、スーザン・ペリーの寛大な導き、ピーター・ヘーゲルのいつも思いやりにあふれ、気分を盛り上げてくれるスピリットに感謝したい。マイケル・ストーペル、カースティン・カールソン、リンダ・マルツ、エリザベス・キニー、比類なきブレンダ・トーニーに温かい感謝の言葉を送りたい。ヘレナの歴史に関するマイクロフィルムを閲覧し、図書館スタッフにサポートをお願いすることができたのは、AUPからメロン助成金を頂けたおかげであり、ありがたいことだと思っている。世界じゅうからやって来て、私にエネルギーとインスピレーションを与えてくれるAUPの素晴らしい学生の皆さん、本当にありがとう。

私はこの本を父と母、私の人生で非常に多くのことを可能にしてくれたミン＝シャン・クオとファ＝メイ・リン・クオに捧げたいと思う。何事にも愛情をもって対処してくれること、生まれてこのかた娘を寛容とユーモアとでサポートしてくれたことに深く感謝している。兄のアレックス・クオは、私がよちよち歩きのころから、言葉の遅い幼少期を経て、スピーチ・コンテストの準備をする高校時代までいつもそこにいてくれた。いつも私のそばにいて通訳し、長じてからは、さまざまな指導をしてくれた。義理の姉、マリア・ジメネス・ブエドの笑い声と明敏な洞察力に、フェリックスの息をのむような魅力に感謝。祖母のイー＝ロン・ユーには物語を語ってくれたこと、中国語を教えてくれたことにありがとうの言葉を。夫の両親、モウ＝クエン・ウーとフイ＝チン・タン・ウーの優しさと励まし、デビー・チャンとフィル・ウーの並外れた寛大さと広い心、ミカのチャーミングな笑顔にも感謝を捧げる。素晴らしいいとこたち、おじ、おばたちにも感謝を。

そして最後に、私のいちばんの親友、協力者、愛する夫、理想的な読者であるアルバート・ウーに心からの感謝を捧げたい。アルバートのような人がいるなんて思わなかったし、いまでも彼の存在していることとが信じられないときがある。彼の太陽のように明るいスピリット、無限の優しさ、とてつもない多才さと、基本的に何に対しても抱く好奇心の恩恵を私はずっと受けている。しっかりと目を見開いて正道を行き、狭量なところがなく、喜び、共感してくれるアルバート、ありがとう。あなたにとっては喜びも共感も空気のように自然なことなのでしょうね。書いている私のそばにいて、私が書くことに疑問を抱かなかったアルバートに愛を。

訳者あとがき

この本には映画のようなシーンがいくつも出てくる。たとえば、ミシェルが生徒数人を車に乗せ、ミシシッピ川の向こうへ校外学習に連れていくシーン。窓から流れこむ風の感触や車内に流れるラップ、生まれて初めて川向こうに行く子どもたちが橋を渡るときに静まりかえる瞬間などが、映像や音として生き生きと浮かんでくる。それから、生徒が作文を書いているとき教室に満ちている静寂やビーズクッションにうもれて本を読む女子生徒の横顔、悪態をつく男子のふてくされた顔、その子が自作の詩をほめられて見せたはずの笑顔も思い浮かぶ。「あなたのハイスクール卒業を見届ける」とミシェルが言ったときのパトリックの目の輝きも、拘置所の階段で窓明かりをたよりに本を読むパトリックの姿も。映画になってほしいほどのみずみずしさと透明感だ。この話が終わらなければいいのに、と初めて読んだときに思った。訳しているときも同じことを考えていた。地味で質のいい映画を観たあとのような忘れがたい何かが心に残る。

本書は台湾系アメリカ人、ミシェル・クオの初めての作品だ。彼女はハーヴァード大学とハーヴァード・ロースクールで学んだのちに弁護士資格を取ったエリートだが、大学四年のときに進路に悩んでロースクール進学を留保、教育支援団体に入り、貧困地域の底辺校で読書を通して文学や歴史を教えてみようと心に決める。期限は二年、行き先はミシシッピ川畔のさびれた町ヘレナにある落ちこぼれの学校、スターズだ。

スターズで彼女の理想はあえなく砕かれる。罵声、取っ組み合い、体罰は日常茶飯事。進路指導員もおらず、教師たちは勉強なんて教えても無駄とさじを投げている。校内に漂うのは、あきらめの感覚だ。貧困、犯罪、教育の遅れ。ここでは、機会のない子どもたちがぼんやりした不安を抱えて生きている。自分はこの中から抜け出せるのか、と。ミシェルは詩作と自由作文を授業に取り入れ、ヤングアダルトの本をどっさり注文し、生徒に読書の楽しさを教えてゆく。彼らが本を読む姿を写真に撮って教室の壁一面に貼り、「自分を温かく受け容れる気持ち」を育み、生徒との信頼関係を築いてゆく。だれよりも能力を開花させたのがパトリックだ。大人の導きを渇望するパトリックはミシェルを人一倍慕っている。読書にのめり込み、辞書を引いて見事な詩をつくり、やがて校内で最も成績が伸びた生徒として表彰されるまでになる。だが、ミシェルがロースクールに進むためヘレナを去った翌年、パトリックは人を刺して拘置所に入る。とりわけ期待をかけていた子がドロップアウトし、事件を起こしてしまったのだ。荒れた拘置所で人生をあきらめ、もはや読み書きもおぼつかないパトリック。卒業を見届ける約束を守らなかったのが遠因かとミシェルは思い悩み、今度はすでに決まっていた就職を半年ほど留保、ヘレナに戻って拘置所に通いはじめる。

著者は人権活動に熱心な法学生だっただけあり、極端な格差にあえぐアメリカ社会の闇を作品の中に織り込むことを忘れない。自分の特権に無自覚なエリートと、貧困と犯罪のループから抜け出せない取り残された人びととの格差の描写はじつにリアルだ。しかし、ただ論じて終わっていないところがこの人のすごさだろう。置き去りにされた人のもとに足を運び、あいだにある壁を乗り越え、生身の人間として相手を理解しようともがいている。拘置所にいる貧困青年とエリート弁護士という圧倒的に立場の違うふたりが共有できるものは何かと考えたとき、彼女が思いついたのは本を読むことだった。児童書にはじまり、詩、俳句、自伝。いろんな書物を読みながら感想を語り合い、毎日何かしらをパトリックに書かせてゆく。最後にはパトリックは、なんとジェイムズ・ボールドウィンの評論を読破するまでに成長する。内面の変化があるレベルを超えたら彼は能動的に本を読むようになり、著者はガイドの役目を終えている。そこまでいくと、もはやふたりは対等な、ただの本を読む人になっている。読書によって人を導くその力量には舌を巻くが、自分がパトリックの知的成長に果たした役割はごくわずか、と彼女はあくまでも謙虚だ。本と静かな部屋とほんの少しの導きがあれば、子どもは伸びるのだと。

でも結局これは挫折の物語、パトリックには前科がついたし本当の意味では救ってない、という声も聞こえてきそうだ。しかし、成果という声高な言葉にかき消されそうな大切なことを本書は静かに問いかけているように思う。ただ、だれかのそばにいて、その人の話に耳を傾けることの価値を。

著者はどうしてここまでパトリックに肩入れしたのだろう。約束を守らなかったという後悔や同じマイノリティとしての共感など、いろんな事情が語られるけれど、結局のところ彼女は、自分と同じネイチャーをもつ人間が壊れていくのを見過ごせなかったのではないかという気がしてならない。

著者は、産休明けで大学の仕事に戻った直後の超多忙な時期に、訳者の細かい質問に誠実に丁寧に答えてくださった。日本が大好きで、いつか会えたらコーヒーでも、とメールに書いてくださる気さくな人柄をみても、ヘレナの子どもたちがクオ先生を慕っていたことが充分うなずける。多くを語ってくれたパトリックとその娘さんの将来のために、印税の一部を彼に寄付しておられる真摯な人でもある。

私の質問のひとつに対して返ってきた回答をここに記しておきたい。パトリックは著者がヘレナを去った夏に八年生を終え、その翌年ドロップアウトした。ということは九年生の途中でやめたことになるはずなのだが、公判のときに何年生まで学校に通ったかと質問され「十年生」と答えている。パトリックはスターズ八年生のときに放課後の補習を受けていた。本文中には書かれていないが、八年生を終了したあと彼は十年生に飛び級させられたらしい。だが実際には、スターズの補習だけで十年生にいけるとはとても言いがたく（学年が二年だぶっていたパトリックを早くドロップアウトさせようとする意図が働いていたのでは、というのが著者の推測）、第四章で書かれているように、拘置所にいた時点でのパトリックは実質的には八年生終了とみなすのが適切のようだ。

本書に出てきた引用のうち、以下の作品については既訳を使わせていただきました（他はすべて拙訳）。

- トルストイ『イワン・イリイチの死／クロイツェル・ソナタ』望月哲男訳、光文社、二〇〇六年
- W・B・イェイツ『赤毛のハンラハンと葦間の風』栩木伸明編訳、平凡社、二〇一五年（地の文との整合のため訳詞の行の順序を一部変更しています）
- カルロ・ギンズブルグ『チーズとうじ虫　16世紀の一粉挽屋の世界像』杉山光信訳、みすず書房、二〇一二年
- フィリップ・ラーキン『フィリップ・ラーキン詩集』児玉実用ほか訳、国文社、一九八八年
- パブロ・ネルーダ『ネルーダ詩集』田村さと子訳編、思潮社、二〇〇四年

俳句の表記は『芭蕉俳句集』（中村俊定校注、岩波文庫特装版、一九九七年）と『一茶全集第一巻発句』（信濃教育会編集、信濃毎日新聞社、一九七九年）にしたがっています。

翻訳するにあたり、お世話になった方々にこの場を借りてお礼を申し上げます。この本に目を留め、最

初から最後まで行き届いたサポートをしてくださった白水社編集部の糟谷泰子さん、英詩について有益な助言をくださった亀井よし子先生、翻訳出版が決まるはるか前から励ましてくれていた神田久さん、本当にありがとうございました。だれかと一緒に本を読む喜びが日本の読者に届きますように。

二〇二〇年三月

神田由布子

訳者紹介

翻訳家。東京外国語大学卒。

訳書に『冒険投資家ジム・ロジャーズのストリート・スマート』（SBクリエイティブ）、ジョン・ズコウスキー他『イラスト解剖図鑑　世界の遺跡と名建築』（東京書籍、共訳）等。

パトリックと本を読む
絶望から立ち上がるための読書会

二〇二〇年四月二五日　第一刷発行
二〇二一年五月一〇日　第四刷発行

著　者　ミシェル・クオ
訳　者 ©　神田由布子（かんだゆうこ）
装丁者　奥　定　泰　之
発行者　及　川　直　志
印刷所　株式会社　三　秀　舎
発行所　株式会社　白　水　社

東京都千代田区神田小川町三の二四
電話　営業部〇三（三二九一）七八一一
　　　編集部〇三（三二九一）七八二一
振替　〇〇一九〇・五・三三二二八
郵便番号　一〇一・〇〇五二
www.hakusuisha.co.jp

乱丁・落丁本は、送料小社負担にてお取り替えいたします。

誠製本株式会社

ISBN978-4-560-09731-1

Printed in Japan